LE MAGICIEN D'AUSCHWITZ

ÉGALEMENT CHEZ POCKET

LA FORMULE DE DIEU
L'ULTIME SECRET DU CHRIST
LA CLÉ DE SALOMON
CODEX 632 : LE SECRET DE CHRISTOPHE COLOMB
FURIE DIVINE
VATICANUM
SIGNE DE VIE
L'HOMME DE CONSTANTINOPLE
UN MILLIONNAIRE À LISBONNE
IMMORTEL
LE MAGICIEN D'AUSCHWITZ

J.R. DOS SANTOS

LE MAGICIEN D'AUSCHWITZ

Traduit du portugais
par Adelino Pereira

ÉDITIONS HERVÉ CHOPIN

Titre original :
O MÁGICO DE AUSCHWITZ

ISBN : 978-2-266-32252-2
Dépôt légal : mai 2022

À Werner Reich,
mon ami d'Auschwitz

C'est en nous
Que se passe
Tout ce qui se passe
Dans le monde où nous vivons.

C'est en nous
Que cesse
Tout ce qui cesse
Dans ce que nous voyons.

Fernando PESSOA

Cette œuvre de fiction est inspirée de faits réels.

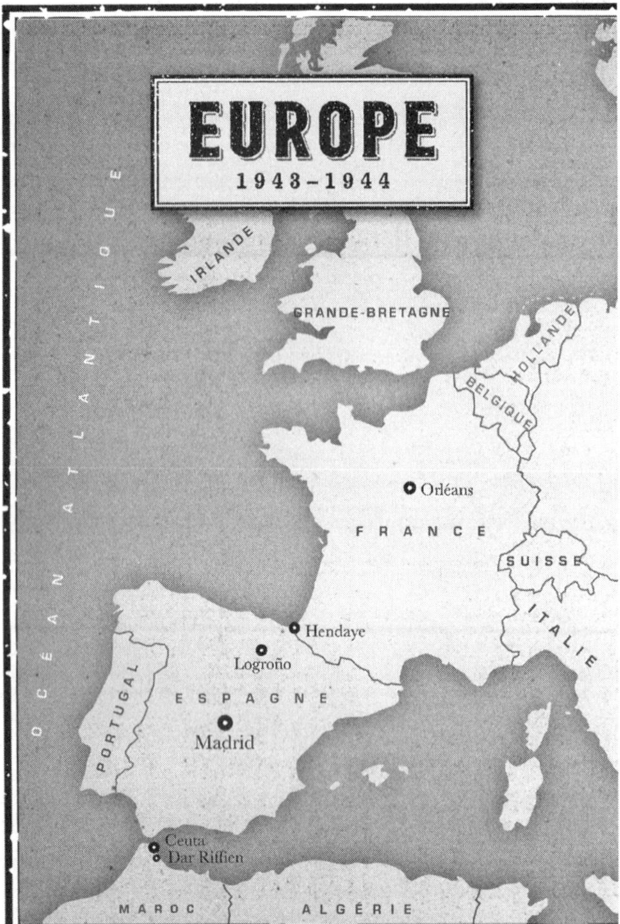
EUROPE
1943-1944
OCÉAN ATLANTIQUE
IRLANDE
GRANDE-BRETAGNE
HOLLANDE
BELGIQUE
Orléans
FRANCE
SUISSE
ITALIE
Hendaye
Logroño
ESPAGNE
PORTUGAL
Madrid
Ceuta
Dar Riffien
MAROC
ALGÉRIE

NORVÈGE
FINLANDE
SUÈDE
DANEMARK
Léningrad
Pouchkine
LETTONIE
LITUANIE
UNION SOVIÉTIQUE
ALLEMAGNE
POLOGNE
Hof
Theresienstadt
Prague
Katowice
Auschwitz
TCHÉCOSLOVAQUIE
COMPLEXE
D'AUSCHWITZ
LA VISTULE
KATOWICE
CRACOVIE
LA SOLA
Auschwitz II
(Birkenau)
BREZEZINKA
VILLE D'AUSCHWITZ
DWORY
LA VISTULE
CRACOVIE
Auschwitz I
(Stammlager)
Auschwitz III
(Monowitz)
PRAGUE/VIENNE
LA SOLA
N
0
1
km
TURQUIE

PROLOGUE

Le bruit cadencé des bottes sur le goudron donnait l'impression que la mer était arrivée à Prague. Et quelle mer ! Les pas faisaient penser à des vagues, insistantes et furieuses, se brisant sur des rochers. Herbert Levin avait décidé de ne pas regarder. Il refusait d'accorder de l'importance à ce qui se passait dehors, n'acceptant pas la tournure que prenait l'histoire. Il voulait se persuader que, s'il ne voyait rien, le monde demeurerait tel qu'il avait toujours été, car ce en quoi il se transformait n'augurait rien de bon. Mais la réalité ne se pliait pas à ses désirs.

À contrecœur, il s'approcha de la fenêtre et, du deuxième étage, jeta un coup d'œil dans la rue avec le dépit d'un spectateur contrarié. En bas, ignorant les flocons de neige qui mouchetaient l'air, les soldats avançaient en formation. Un rectangle parfait, sept hommes d'un côté à l'autre de la rue et vingt dans le sens de la longueur, un espace, un autre rectangle de soldats, un autre espace, encore un rectangle. Les jambes tendues comme s'ils n'avaient pas de genoux, levées, baissées, avec le rythme compassé d'un métronome, levées, baissées, les mouvements synchronisés, bottes levées, bottes baissées, la neige qui ne cessait de tomber, blanchissant tout. Neige blanche et cœurs noirs. Casques d'acier, baïonnettes au bout des fusils, reflets sur le métal, arme dans le dos. Seules remuaient les jambes et les bottes, levées, baissées, levées, baissées ; ce n'étaient pas des hommes mais des machines, rectangle après rectangle, des automates en mouvement. Ils n'avaient que faire de l'élégance, seuls importaient l'efficacité, la majesté, l'ordre. La force.

C'était donc ça, la fameuse *Wehrmacht*. Tels étaient donc les soldats qui avaient occupé l'Autriche et les Sudètes l'année précédente. En ce moment, ils marchaient sur les lambeaux de la terre des Tchèques. L'armée qui terrorisait l'Europe, et tenait l'Angleterre en respect, apparaissait enfin pour mettre ses menaces à exécution et écraser le seul État démocratique de la région. Ce qui effraya Levin, c'est que ces soldats, qui se présentaient comme l'avenir de l'humanité, n'étaient pas des hommes ; ils se prétendaient de la race supérieure, mais ils ressemblaient aux robots de Karel Čapek, l'écrivain tchèque, mort juste à temps pour ne pas assister aux obsèques de sa patrie.

— Bertie, appela Gerda qui s'était enfermée dans la salle de couture pour ne pas avoir à regarder. Sois prudent.

Il ne répondit pas. Il observait les soldats, hypnotisé ; on aurait dit qu'il refusait de croire ce qu'il voyait. En bas, le défilé n'en finissait pas ; après une formation, il en venait une autre et encore une autre. C'était comme ça depuis une heure. Toute l'Allemagne semblait défiler devant l'appartement juste pour lui montrer, à lui et à sa famille, l'immense pouvoir dont disposait Hitler.

— Ze veux pa'pa !

— Bertie, aide-moi avec Peter !

— Pa'pa ! Pete' veut zou-er ballon !

Un drap rouge, avec un cercle blanc et la croix gammée au milieu, fut hissé sur le bâtiment d'en face et les soldats, comme un seul homme, saluèrent en tendant le bras droit, sans jamais s'arrêter de marcher. Ils paradaient le bras tendu, les jambes allongées comme les bras, bottes levées, bottes baissées, les talons frappant l'asphalte toujours au même rythme. Ils grondaient à l'unisson comme si c'étaient les talons qui marquaient la cadence, les talons et non les soldats.

Il sentit quelque chose s'accrocher à sa jambe gauche et, sortant d'une espèce de transe, il tressaillit et regarda à ses pieds.

C'était Peter, la mine débonnaire des bambins de quatre ans, qui tirait sur son pantalon.

— Pa'pa, viens zou-er ballon…

Il caressa distraitement les boucles de ses cheveux.

— Pas maintenant, Peter. Papa est occupé, il ne peut pas jouer au ballon.

— Ze veux zou-er ballon !

Il jeta un coup d'œil en direction de la porte de la cuisine, cherchant de l'aide.

— Ivanka !

La bonne tchèque vint à la porte, en tablier, un couteau dans une main et dans l'autre une pomme de terre à moitié épluchée.

— Oui, monsieur Levin ?

— Pourriez-vous raconter une histoire à Peter ?

— Euh… oui, monsieur Levin.

— Voyons, Bertie, Ivanka ne peut pas s'occuper du petit, lança Gerda depuis la salle de couture. Elle cuisine !

Le tablier, le couteau et la pomme de terre confirmaient ce que la maîtresse de maison venait de dire.

Il se tourna vers son fils.

— Tu veux un biscuit ?

Peter ouvrit de grands yeux.

— Ze veux !

— Ivanka, emmenez le petit à la cuisine et donnez-lui un biscuit.

La bonne prit l'enfant par la main et l'emmena. À nouveau tranquille, Levin retourna à la fenêtre. La foule s'agitait sur les trottoirs et envahissait les balcons. Il y avait de plus en plus de gens et de drapeaux allemands. De nombreuses personnes, réagissant aux bras tendus des soldats, les saluèrent : *Heil Hitler ! Heil Hitler !* Prague semblait accueillir la Wehrmacht les bras grands ouverts. *Sieg Heil ! Sieg Heil !* On aurait dit une armée de libérateurs. Était-il possible que les Tchèques soient contents ? Non, c'était impossible. Depuis que la crise avec l'Allemagne avait éclaté l'année précédente, l'anxiété et la consternation étaient générales. Cette foule ne pouvait être composée que d'Allemands de Tchécoslovaquie, de ceux qui aspiraient tant à rejoindre le Reich.

Le regard rivé sur l'armée qui entrait dans la ville, Levin n'en revenait pas de la rapidité avec laquelle tant de changements radicaux s'étaient produits. En 1933, il vivait encore en Allemagne. Après l'arrivée d'Hitler au pouvoir, il avait été licencié de la Bourse de Berlin et s'était installé à Prague. Mais les Allemands ne s'étaient pas arrêtés là. L'année précédant les accords de Munich, ils avaient commencé à démembrer le pays des Tchèques et des Slovaques et, à présent, ils parachevaient le travail. Ils avaient franchi la frontière la veille, et la radio de Prague avait passé la journée à diffuser, toutes les demi-heures, des appels au calme. Les Tchèques avaient gardé leur calme ; ils l'avaient tellement gardé qu'ils voyaient maintenant les soldats allemands entrer triomphalement dans Prague. Tant de calme pour en arriver là. L'Autriche, les Sudètes, la Bohême et la Moravie avaient été conquis en moins d'un an sans que cette armée ne tire un seul coup de feu. C'était du beau travail.

— Bertie ! appela Gerda. Écoute les nouvelles !

Après les incessants appels au calme de la veille, la TSF avait passé la matinée du 16 mars 1939 à diffuser de la musique classique, certainement des requiem pour le pays qui venait de s'éteindre. Mais apparemment, le défunt gesticulait encore car il y avait du nouveau. Ou alors, c'était l'oraison funèbre. Abandonnant la fenêtre, Levin se hâta vers la salle de couture, où sa femme préparait les costumes pour les spectacles de magie. Gerda terminait la robe dorée de la princesse Karnac, un numéro spectaculaire qu'il préparait pour la rentrée. Il s'assit près d'elle, à côté d'un énorme poste de radio d'où jaillissait la voix d'un speaker tchèque. Le couple, qui n'avait commencé à apprendre la langue que lorsqu'il s'était installé dans le pays, devait se concentrer pour comprendre ce qu'il disait.

— … après que le président Hácha a signé à Berlin un document demandant à l'armée allemande de mettre entre les mains du Führer le destin du peuple et du pays tchèques, déclara le présentateur sur le ton monocorde de quelqu'un qui ne veut pas prendre parti, le chancelier Hitler est sur le point d'annoncer la transformation de notre pays en un protectorat de l'Allemagne, le protectorat de Bohême-Moravie. À Londres, le Premier Ministre britannique, Neville Chamberlain, a réagi en soulignant qu'il n'y avait pas eu d'agression allemande, dans la mesure où l'invasion avait eu l'aval de la Tchécoslovaquie. Toutefois, M. Chamberlain a fait observer que, pour la première fois, l'Allemagne occupe le territoire d'une population qui n'est pas germanique. Plusieurs députés britanniques ont demandé au gouvernement de M. Chamberlain s'il entendait poursuivre sa politique d'apaisement face aux nouvelles exigences de l'Allemagne à l'égard de la Pologne, déclarant qu'à la lumière de ces événements, la minorité allemande de Dantzig pourrait être tentée de suivre l'exemple des Allemands des Sudètes et…

Les Levin écoutaient les nouvelles et les commentaires sur les ramifications géopolitiques des événements, mais ce qui les préoccupait vraiment, c'étaient les implications des événements en question sur leur vie. Étant juifs, ils connaissaient l'idéologie du Parti national socialiste. C'était d'ailleurs pour cette raison qu'ils avaient quitté Berlin et s'étaient installés dans le seul pays démocratique d'Europe centrale. Et à présent, les mêmes les avaient suivis jusqu'ici. Ils essayaient de se convaincre que les persécutions contre les Juifs n'auraient lieu qu'en Allemagne ; dans les autres pays, ils ne connaîtraient pas le même sort car les nazis ne voulaient se débarrasser d'eux qu'en Allemagne. Que leur importait qu'il y ait des Juifs en Tchécoslovaquie ou dans d'autres pays ?

Tout allait sûrement bien se passer.

Première partie

LE GRAND MAGICIEN

Je suis le Magicien et l'Exorciste.
Je suis l'axe de la roue,
et le cube dans le cercle.

Aleister CROWLEY, *Le Livre de la loi*

I

Après avoir coiffé son fils avec un peigne mouillé, Levin lui enfila son manteau et regarda l'horloge ; il était 10 h 30. Il avait passé deux heures au Hokus-Pokus, la boutique de magie qu'il avait ouverte quelques années plus tôt, mais les chalands avaient été rares ce jour-là. Tout ça à cause de la guerre. Cela faisait plusieurs mois déjà que les Allemands étaient entrés dans Prague, et ils étaient de nouveau sur le pied de guerre. Cette fois, la cible était la Pologne, envahie deux jours plus tôt. Désireux d'avoir plus d'informations, il avait emmené son fils en promenade, ce qui lui permettrait d'aller aux nouvelles.

— Où on va, papa ?

— Tu veux aller au royaume des trains ?

L'enfant écarquilla les yeux, comme si on lui promettait une friandise.

— Ze veux, ze veux !

Levin sourit. Rien de mieux à Prague, pour amuser les enfants, que le grand parc à thème de la ville. Il boutonna le manteau de son fils et le prit dans ses bras. En se dirigeant vers la sortie, il passa devant la cuisine et y jeta un coup d'œil. Sa femme, en tablier, s'activait pour préparer le déjeuner.

— On va faire un petit tour, annonça-t-il. On revient tout de suite, d'accord ?

— Soyez prudents.

Bien que ce fût encore le mois de septembre, une brise fraîche soufflait dans le quartier de Holešovice. Tenant son fils par la main, il se dirigea vers le Veletržní mais se rappela que les autorités venaient d'interdire aux Juifs de circuler dans cette rue. Il valait mieux emprunter la Šimá ková, bien plus discrète. Sauf erreur, il pouvait encore la prendre. Il devait surtout faire attention en traversant car, du jour au lendemain, les Allemands avaient changé le sens de circulation et les véhicules arrivaient à présent de l'autre côté ; désormais, on circulait à droite, et non plus à gauche.

Lorsqu'ils tournèrent vers Šimá ková, ils passèrent devant une pâtisserie dont la vitrine regorgeait de gâteaux ; ce n'étaient que *trdelník*, *medovník*, *koláč* et autres délices, et ils savaient qu'à l'intérieur il y avait encore des strudels et des crêpes *pala inky*.

— Ze veux un gâ'teau !

Levin regarda le panonceau devant la porte, sur lequel on pouvait lire *Juden verboten*. L'entrée était interdite aux Juifs. C'était encore une nouveauté due aux forces de « protection ». Alors comme ça, on ne pouvait plus entrer dans les pâtisseries ? En réalité, les premières initiatives contre les Juifs avaient été prises avant que les Allemands n'envahissent le pays. En pleine crise, le gouvernement démocratique d'Edvard Beneš avait démissionné ; il avait été remplacé par un exécutif autoritaire qui avait instauré la censure et écarté les Juifs de la fonction publique et des emplois de médecins dans les hôpitaux. De nouvelles mesures étaient apparues deux jours après l'entrée des Allemands dans Prague, lorsque le gouvernement tchèque, déjà sous la tutelle des nazis, avait limité l'activité des avocats et des gestionnaires juifs. On aurait pu penser que de telles initiatives auraient été accueillies favorablement par Konstantin von Neurath, nommé par le Reich pour représenter le pouvoir allemand en Bohême-Moravie, mais il n'en fut rien. Jugeant le gouvernement tchèque trop mou, le Reichsprotektor assuma directement le pouvoir législatif et approuva une série de textes inspirés des lois racistes de Nuremberg. Désormais, les Aryens ne pouvaient plus travailler chez des Juifs, ce qui priva les Levin de leur Ivanka. Cette mesure, ainsi que l'interdiction des mariages ou des relations amoureuses entre Juifs et Aryens, faisait partie de la nouvelle législation raciale imposée par le Reichsprotektor. Et de nouvelles lois ne cessaient d'être promulguées. La dernière en date interdisait aux médecins juifs de soigner des patients aryens. Et maintenant, on ne pouvait même plus acheter un simple gâteau dans une pâtisserie.

— Pas maintenant, Peter, dit-il.

Le petit se renfrogna.

— Ze veux un gâteaaaaau !

— Écoute, papa va passer par l'Unionka et il t'achètera un gâteau. D'accord ?

Sa proposition n'était pas entièrement désintéressée. Le café Union, que les Praguois appelaient Unionka, était l'un des lieux où les nouvelles circulaient le plus à Prague. Certes, on n'y trouvait plus les journaux occidentaux, l'une des caractéristiques du café, mais on pouvait néanmoins s'y informer grâce à la presse allemande ou aux émissions de radio, notamment la BBC, écoutée en douce. Depuis le début, la promenade jusqu'au royaume des trains n'avait été qu'un prétexte pour aller s'informer au café.

Ils traversèrent la Moldau et pénétrèrent dans la vieille ville. Lorsqu'il s'était installé à Prague, en 1933, Levin avait commencé par fréquenter les cafés allemands, en particulier l'Arco, où allait souvent Franz Kafka, et le Continental, où les clients étaient majoritairement germanophones. Il s'y rendait car il avait la nostalgie de Berlin. Cependant, la détérioration de la situation politique en Allemagne y avait gâté l'ambiance. Une grande partie de la clientèle lui paraissait excessivement enthousiasmée par les succès d'Hitler. Sa patience s'épuisa lorsqu'un client, un Allemand des Sudètes, s'était assis à sa table et avait qualifié le Führer de « messie ».

— Comment, mais vous ne voyez donc pas qu'il a le don mystique de deviner l'avenir ? demanda l'homme. On nous a interdit de nous réarmer, sinon la France nous envahirait car c'était une violation du traité de Versailles, et c'en serait fini de l'Allemagne. Eh bien, grâce au Führer on s'est réarmés et rien ne s'est passé. Ensuite, on nous a dit qu'on ne pouvait pas réoccuper la Rhénanie car si on le faisait, les conséquences seraient les mêmes et cette fois ce serait la fin du monde. Le Führer a fait la sourde oreille, il a occupé la Rhénanie et rien ne s'est passé. Après, on nous a dit qu'on ne pouvait pas nous unir à l'Autriche parce que alors là, ce serait vraiment, mais vraiment, la catastrophe, les puissances occidentales et l'Italie nous attaqueraient et ce serait une hécatombe, l'enfer sur terre. Eh bien, le Führer a fait l'Anschluss et… rien. Et tout ça, sans tirer un seul coup de feu. À présent, on nous dit que les exigences sur les Sudètes sont de la folie, que les puissances occidentales ne permettront jamais leur rattachement à l'Allemagne et qu'elles viendront au secours de la Tchécoslovaquie, que ce sera la guerre et je ne sais quoi encore. Eh bien, vous verrez que le Führer parviendra une fois de plus à ses fins. Le diable d'homme est prédestiné. Vous l'avez déjà vu en train de faire un discours ?

— Je n'ai jamais eu ce plaisir.

— *Ach*, moi oui. J'en ai eu la chair de poule. *Herr* Hitler est l'émissaire de la divine providence, l'instrument d'un pouvoir supérieur. Un messie ! Les dieux s'expriment par sa bouche. Avec le Führer à la barre, l'Allemagne retrouvera tout son éclat, et notre peuple recouvrera son statut de race divine, guidant l'humanité vers un niveau d'évolution supérieur.

Levin se rappela avoir déjà entendu ces réflexions à Berlin, lors de la montée des nazis, et comprit qu'il ne pouvait plus les supporter. Raison pour laquelle il s'était mis à fréquenter les établissements tchèques. Ses cafés devinrent le Nárkav, le Montmartre et le Slavia, ce dernier se targuant d'avoir eu Albert Einstein et Thomas Mann comme clients. Son préféré restait l'Unionka, à cause des journaux.

Un nuage de fumée les accueillit lorsqu'ils pénétrèrent dans l'Unionka, aux tables duquel il était arrivé à Karel Čapek de rédiger son journal. Malgré une décadence évidente, l'endroit conservait une sorte d'élégance surannée, encore accentuée par *The Way You Look Tonight*, la chanson de Billie Holiday qui sortait du gramophone. Un serveur chauve, de petite taille, sautillait d'une table à l'autre avec son plateau, apportant du café et de la bière aux joueurs d'échecs, ou ramassant les verres et les pourboires d'intellectuels dilettantes qui lisaient la presse et analysaient « la situation ». On ne trouvait plus *Le Figaro* ni *The Times* à l'Unionka, mais on pouvait toujours se plonger dans un *Zeitung* venu d'Allemagne, relatant les dernières prouesses du Führer, et un tas de revues sur les sciences occultes, comme *Der Zenit*, et d'autres publications consacrées à l'astrologie, la parapsychologie, le spiritisme, la chiromancie, la nécromancie, la géomancie, la cartomancie, la tarologie, la radiesthésie, la graphologie, la télépathie, l'agriculture biodynamique, les médecines alternatives, la thérapie magnétique, le végétarisme, et autres disciplines des *Grenzwissenschaften*, ces « sciences marginales » très en vogue dans l'État nazi, où certains de ces titres tiraient à plus de 100 000 exemplaires. Leur influence était si grande en Allemagne que Levin avait déjà entendu dire que certaines sociétés avaient remercié des directeurs parce qu'un graphologue avait eu des réserves au sujet de leur écriture.

Le père et le fils prirent place à une table, dans une arrière-salle, et le serveur dégarni arriva aussitôt.

— Monsieur Levin, s'exclama l'employé en le reconnaissant, l'air visiblement préoccupé. Cela faisait un moment que l'on ne vous avait vu…

— Maintenant je suis père, Patera, dit l'illusionniste en caressant les cheveux bouclés de Peter. Je ne peux plus faire la bringue comme auparavant. – D'un geste ample, il désigna le café. – Alors, et l'Unionka ? Comment vont les affaires ?

— Mal, monsieur Levin. Très mal. Il est question de fermer. Nous fondions beaucoup d'espoirs sur la campagne de M. Čapek pour sauver l'établissement, car il n'est pas facile de dire non à notre plus grand écrivain, n'est-ce pas ? Mais, hélas, il est mort, peut-être d'ailleurs pour ne pas assister au trépas de notre mère patrie. Et à présent, on a nos… euh… protecteurs, avec leur liste d'interdictions, et…

— En effet, Patera, ça devient difficile. – Il toussota. – Vous avez entendu la dernière au sujet de notre cher président ? – Il s'agissait évidemment d'Emil Hácha, le vieux chef d'État tchèque qui avait signé la reddition imposée par Hitler. – Lorsqu'il est allé à Berlin, les nazis l'ont emmené dîner dans un restaurant.

Ils ont pris place à table et Göring lui a présenté le menu. Le vieil homme a regardé le papier et demandé : où dois-je signer ?

Le serveur accueillit la blague avec un sourire embarrassé ; ils se trouvaient dans un lieu public.

— Faites attention à ce que vous dites, monsieur Levin…

— Vous avez raison, Patera. – Il désigna Peter. – Pouvez-vous m'apporter un café et un gâteau pour mon fils, qui est un sacré gourmand ? Peut-être un *medovník*. – Il se tourna vers les journaux. – Qu'avez-vous à me proposer ?

La question dissimulait une certaine appréhension. Les Juifs n'étant pas autorisés à acheter les publications allemandes, il était indispensable que Levin puisse lire les journaux disponibles dans les cafés pour continuer à s'informer. À cette demande, cependant, le serveur demeura immobile, le dévisageant l'air gêné.

— Je… regrette énormément, monsieur Levin. Mais je crains que ce ne soit pas possible.

— Non, mais je sais bien que l'Unionka ne reçoit plus de journaux occidentaux. Ne vous en faites pas, je me contenterai de ce que vous avez.

Patera ne bougea pas.

— Ce n'est pas ça, monsieur Levin, dit-il, embarrassé. Mais, il y a cette nouvelle loi qui… limite les clients des cafés et… vous le comprenez, on ne peut pas contrarier les Allemands.

Levin tourna son regard vers la porte de l'Unionka et vit le panonceau, qu'il n'avait pas remarqué en entrant.

Juden verboten.

Comment cela avait-il pu lui échapper ? Il se leva, prit son enfant dans les bras et se prépara à sortir. Le serveur était réellement embarrassé.

— Je suis vraiment désolé, monsieur Levin. – Il baissa la voix. – C'est absurde, ça n'a aucun sens, mais nous devons faire attention. Si nos protecteurs entraient, et il y en a parfois qui viennent à l'Unionka vérifier que les règles sont respectées, vous auriez de graves problèmes. Vous… et nous aussi.

— Je comprends, Patera. Ne vous en faites pas.

Le visage du Tchèque s'anima.

— Vous êtes au courant, n'est-ce pas ?

— À propos de la Pologne ?

Patera se pencha, comme s'il partageait un secret.

— Chamberlain vient juste de s'exprimer. L'Angleterre et la France ont déclaré la guerre à l'Allemagne.

— Vraiment ?

Il eut envie de sauter de joie, mais il était suffisamment sage pour ne pas le faire publiquement.

— Vous voulez que je vous dise, monsieur Levin ? Un de ces jours, nos protecteurs vont avoir besoin de protection.

— Que Dieu vous entende, Patera, répondit-il en se dirigeant vers la porte. Que Dieu vous entende.

— Ça ne rigole plus à présent, dit le serveur. Finies les conquêtes faciles. Les Allemands n'ont plus affaire à de petits pays auxquels ils peuvent imposer ce qu'ils veulent, mais à l'Angleterre et à la France. C'est une autre paire de manches. J'ai hâte de voir nos protecteurs lorsqu'ils auront pris une bonne raclée. Ils rentreront chez eux, la queue entre les jambes. Vous savez quoi ? Nous ne sommes pas dans un *Protektorat*, mais dans un *protentokrat*.

Le client rit du jeu de mots ; Patera avait employé le mot tchèque *protentokrat*, qui signifiait « pour le moment ». À présent, les Allemands allaient voir ce qu'ils allaient voir…

II

Un vent chaud soufflait au ras du sol, soulevant un nuage de sable qui glissait sur la terre rougeâtre comme un tapis diffus. Il agitait violemment les dunes, dont chaque grain de sable se transformait en fouet ; on aurait dit une tornade qui flagellait les hommes et les animaux, comme si elle les punissait d'oser traverser le désert sans payer le tribut au *haboob*, le terrible ouragan dont l'ire capricieuse se déchaînait, tel un dieu jaloux, pour leur rappeler que c'était lui le maître du Sahara, lui et personne d'autre.

Les deux hommes, enveloppés dans leur large cape et brutalement secoués par le vent, se tassèrent sur leurs chevaux et ajustèrent leur *shemagh* afin que le traditionnel foulard noir et blanc qui leur couvrait la tête protégeât aussi leurs yeux. Le *haboob* souffla plus fort encore. Le sable, déchaîné, les cinglait avec une violence redoublée. Puis, soudainement, comme s'il était épuisé, il s'adoucit. Sentant la pause momentanée, le cavalier de tête souleva légèrement son *shemagh* et jeta un coup d'œil. À travers la nuée jaunâtre, il discerna la silhouette qui émergeait du sable.

— Juanito, lança-t-il, tourné vers l'arrière. Dar Riffien.

La sentinelle abandonna à regret sa cahute et, contrariée de devoir sortir de son abri par un temps aussi rude, s'approcha des deux inconnus, fusil en joue ; d'après leurs vêtements, c'étaient des cavaliers berbères.

— Papiers ?

Courbés sur leurs montures, les nouveaux venus lui tendirent leurs papiers que le vent essayait d'emporter. La sentinelle s'en saisit avec fermeté, pour éviter qu'ils ne s'envolent, et se rassura. Les documents indiquaient qu'il ne s'agissait pas de Berbères mais de camarades.

— *Bueno*, dit la sentinelle, pressée de retourner dans sa cahute. Présentez-vous au gradé.

Les deux légionnaires descendirent de cheval, leur cape toujours secouée par le vent violent du désert, et passèrent le portail d'entrée en tirant leurs chevaux. Un écriteau accroché en haut du portail indiquait « *Legión Extranjera* », et sur une arche figurait la devise de l'unité : « *Legionarios a luchar, legionarios a morir*[1] ». Mais ni l'un ni l'autre n'était pour l'heure disposé à *luchar* et moins encore à *morir*. Ils voulaient juste se reposer.

Après s'être présentés au gradé de quart, ils furent conduits au bureau du commandant de la caserne, le colonel Vázquez. Dans l'antichambre du bureau, l'aide de camp vérifia leurs documents et les invita à attendre dans la pièce à côté. Au bout d'une demi-heure, ils entendirent un rugissement dans le bureau. L'aide de camp vint aussitôt les chercher.

— Entrez, ordonna-t-il. Le commandant peut vous recevoir maintenant.

Les légionnaires entrèrent dans le bureau et se mirent au garde-à-vous en attendant les ordres. Assis derrière

1. « Légionnaire au combat, légionnaire à la mort. »

un énorme bureau, un moustachu aux tempes grisonnantes consultait des papiers. Le silence se prolongea, à peine rompu par le bruit des pages qui se tournaient et le doux vrombissement d'un ventilateur. Au mur étaient accrochés un portrait du Caudillo, le général Francisco Franco, et un drapeau espagnol à côté de celui de la Légion étrangère. Le mobilier était en bois sombre et le bureau du commandant était méticuleusement rangé. Par la fenêtre, on apercevait les eaux bleu clair de la Méditerranée.

Le colonel Vázquez détacha enfin les yeux des documents de mutation et les dévisagea.

— Lequel est Juan ?

— À vos ordres, mon colonel, se présenta le légionnaire espagnol. Juan Escoso. Mais tout le monde m'appelle Juanito.

— Ici, vous êtes à la Légion, *hombre*, grommela le colonel. Pas dans un camp de scouts. Ici, pour avoir un nom, il faut avoir une histoire. Qu'as-tu fait pour croire que tu as le droit de choisir ton nom, *maricón* ?

— La guerre, mon commandant. – De la main, il indiqua la photo du général Franco. – J'ai combattu avec le Caudillo contre les rouges dès la première heure.

La référence au généralissime calma le colonel Vázquez.

— *Bueno, bueno.* – Il se tourna vers le second homme. – Et toi ? – Il regarda le document. – Francisco Latino, c'est ça ? Et tu veux qu'on t'appelle Paco, je suppose.

— Francisco, corrigea l'intéressé. Le seul qui m'appelle Paco, mon commandant, c'est Juanito. Et je n'aime pas ça. S'il n'était pas mon ami, je l'aurais déjà tué à coups de pied.

Surpris par l'accent, le colonel examina le document.

— *Coño !* s'exclama-t-il. Tu es portugais ?

— Affirmatif, mon commandant.

— Et tu as aussi combattu pendant la guerre civile ?

— Dès la première heure, mon commandant. J'ai fait toute la campagne avec Juanito, du Maroc à la frontière française. J'ai juste raté la campagne de Madrid parce que j'ai été blessé à Badajoz.

— Si nous n'avons pas pris la capitale plus tôt, mon commandant, c'est parce que Paco était au lit avec une infirmière, intervint Juanito en éclatant de rire. *Ay, madre mia !* Vous auriez dû le voir au combat, mon commandant. Un vrai *toro* !

— Lorsque je suis revenu, on m'a muté au 7e et on a fait la campagne de Catalogne, ajouta le Portugais. À la fin de la guerre, après avoir vaincu les rouges, on est allés avec notre drapeau à Larache.

Le commandant examina plus attentivement les documents qui confirmaient ce qu'il venait d'entendre.

— *Muy bien*, acquiesça-t-il, visiblement impressionné par les états de service des deux nouveaux. Je vois que j'ai affaire à des vétérans. – Il les dévisagea à nouveau. – Et pourquoi avez-vous voulu venir par ici ? Larache ne vous plaisait pas ?

Larache était le siège du Tercer Tercio, le 3e corps de la Légion étrangère, qui faisait partie de la 7e Bandera.

— Larache est un endroit sympathique, mon commandant, rétorqua Juanito. C'était la 7e Bandera qui nous déplaisait.

— Et pourquoi ? Les *muchachas* de la 7e seraient-elles moustachues, par hasard ?

Le colonel Vázquez rit de sa propre blague, obligeant les deux légionnaires à faire de même.

— Le problème, ce ne sont pas les femmes, mon commandant, expliqua Juanito. Nous avons commencé à servir la Légion à la 4e Bandera et on avait envie d'y retourner.

— *Bueno, bueno*, acquiesça le colonel Vázquez. Je ne nie pas que votre expérience pourrait nous être utile. On ne sait jamais, on peut être appelés à servir à nouveau l'Espagne, n'est-ce pas ?

Juanito approuva.

— Voyez ce qui se passe en Europe, mon commandant. Les Allemands sont entrés en France. Il se peut que le Caudillo nous appelle.

L'officier se frisait la moustache, l'air pensif.

— C'est possible, c'est possible.

— Le problème, c'est cette alliance entre les Allemands et les rouges. J'espère qu'après tout ce qui s'est passé en Espagne, on n'aura pas à s'allier aussi aux rouges. Ce serait *una vergüenza* !

Le commandant de la 4e Bandera ne fit aucun commentaire au sujet de l'embarrassant Pacte germano-soviétique. L'expérience des deux hommes l'intéressait, mais un officier, *a fortiori* le commandant, ne parlait pas politique avec des subordonnés. Il regarda vers la porte et éleva la voix.

— Lieutenant Moncada !

La porte s'ouvrit sur l'aide de camp.

— Vous avez appelé, mon commandant ?

Le colonel prit le stylo et signa les formulaires de présentation, officialisant l'entrée des deux légionnaires dans l'unité.

— Montrez-leur la caserne et leurs quartiers, ordonna-t-il. – Puis il rendit les documents à ses nouvelles recrues. – Bienvenue à la 4e Bandera !

Le commandant ayant décidé de ne pas traiter les deux légionnaires comme des vauriens mais comme les vétérans qu'ils étaient vraiment, Juanito fut promu au grade de sergent et Francisco à celui de caporal-chef, et ils furent chargés de diriger une section de la

12e compagnie, leur ancienne compagnie de mitrailleurs. Celle-ci comptait deux Portugais qui avaient fui la justice de leur pays, mais Francisco ne leur prêta guère attention. Les liens qui l'attachaient à Juanito, forgés dans les combats de la guerre civile espagnole, se révélèrent plus forts que les affinités nationales.

À la fin de leur première journée à Dar Riffien, ils s'assirent dans un coin du bar avec vue sur la Méditerranée, en sirotant un verre de *pacharán*. Avec la fin de la guerre civile, sept *banderas* de la Légion étrangère avaient été supprimées, ce qui ne laissait pas d'inquiéter les légionnaires.

— Dis donc, Juanito, murmura Francisco. Tu penses qu'on va entrer en guerre ?

— *Bueno*, il ne fait aucun doute que le *señor* Hitler nous veut. Et j'ai déjà entendu des officiers dire que oui. Après tout, les Allemands nous ont aidés à vaincre les rouges, non ? Comment pourrions-nous refuser de les aider ?

Le Portugais mit son verre de *pacharán* devant ses yeux et contempla le liquide orangé.

— Si nous devons entrer en guerre, pourquoi coupent-ils dans la Légion ?

— Y a pas d'argent, *hombre*. Sans cette guerre, ils en finiraient avec la Légion. Ils ne l'ont pas fait parce qu'ils ne savent pas ce qui va se passer. Nous pouvons encore être très utiles.

— La guerre a sauvé nos emplois ?

Juanito rit.

— Je crois bien que oui, *caray*.

Francisco leva son verre de *pacharán* bien haut.

— Une guerre bénie !

— Tu peux le dire, *hombre*, rétorqua l'Espagnol, en levant lui aussi son verre de liqueur. *Salud !*

Ils vidèrent leur verre d'un trait et demandèrent la même chose au tavernier.

— Et l'Espagne ? voulut savoir Francisco. Elle va vraiment la faire ?

— *Ay, hombre !* Laisse tomber ! Bois plutôt ton *pacharán* et...

— Non, dis-moi, insista le Portugais. L'Espagne va la faire, oui ou non ?

Juanito souffla.

— C'est ce qu'espère l'armée. J'ai déjà entendu des officiers dire que nous avons une dette envers les Allemands et je ne sais quoi encore... – Il désigna Francisco. – Si on n'y entre pas maintenant, eh bien tu pourras blâmer ton Oliveira.

— Oliveira ?

— Salazar, *hombre* ! On dit que c'est lui qui serait en train de convaincre le généralissime de ne pas s'allier avec le *señor* Hitler. – Il contracta le nez, faisant une grimace. – Le pire, c'est que le Caudillo l'écoute.

— Tout ce qui m'intéresse, c'est de savoir si j'ai toujours un boulot, ronchonna le Portugais. Le reste, c'est du vent.

Ils se turent. Les yeux toujours rivés sur le bleu de la mer, Francisco méditait sur ce qu'il venait d'entendre. Que ferait-il si l'unité était dissoute ? Il avait toujours la possibilité de retourner au Portugal, bien sûr. Le problème, c'était le crime qu'il avait commis quelques années auparavant à Castelo de Paiva, lorsqu'il avait tué le métayer Tino. C'était pour ça qu'il avait fui en Espagne et s'était engagé dans la Légion. Tout était probablement oublié, mais il ne voulait pas prendre ce risque. Pas encore.

Il prit une profonde inspiration, essayant de se détendre. Juanito avait raison. Inutile de s'inquiéter de l'avenir ; il y avait trop d'impondérables. Il était dans la 4e Bandera, un verre de *pacharán* à la main, la Méditerranée s'étendait sous ses yeux, la guerre faisait rage en Europe et il avait un travail. Pourquoi s'en faire ? Il leva son verre et regarda son ami avec un sourire malicieux.

— *No pacharán !*

La vie à Dar Riffien s'écoulait dans une sorte de torpeur. Les deux hommes, unis par un passé commun, forgé par l'expérience de la guerre civile espagnole, menaient une existence presque à l'écart des autres légionnaires. Exception faite de Juanito, Francisco n'avait de contacts réguliers qu'avec les deux Portugais de l'unité, et avec Rolf, un légionnaire allemand qui se vantait d'avoir rencontré le leader nazi Heinrich Himmler à l'époque où il était dans les Freikorps. Les histoires de Rolf le fascinaient, mais ses capacités limitées en espagnol étaient un problème. Alors, usant de son penchant naturel pour les langues, il se mit à apprendre l'allemand avec lui pendant son temps libre.

Le Portugais acquit rapidement la réputation d'être un gradé dur, aimant les insultes et à la discipline brutale. Il n'admettait aucune faille, qu'il punissait à coups de poing ou de crosse, et il lui arrivait fréquemment d'ordonner aux légionnaires fautifs de nettoyer les latrines ou de faire des marches forcées. Dans certains cas, il mettait les hommes à l'isolement ou les envoyait dans le redoutable peloton disciplinaire, une unité où ils devaient faire des travaux très durs, avec la moitié de leur ration quotidienne. Personne ne jouait avec le caporal-chef Francisco Latino, *El Toro* de la guerre civile.

Dans la caserne de Dar Riffien, la réputation de Francisco fut établie dès la première semaine.

Un légionnaire chilien, particulièrement réputé pour sa brutalité, refusa de se faire servir dans le réfectoire, affirmant que la nourriture n'était bonne que pour les chiens. L'officier de quart, un lieutenant, l'informa que le repas serait servi, mais qu'il n'était pas obligé de manger s'il ne le voulait pas. La ration fut servie dans l'assiette du légionnaire qui la jeta sur l'officier, souillant son uniforme. Francisco, qui avait assisté à la scène et compris qu'elle impliquait un homme de sa section, se leva aussitôt.

— Mon lieutenant, vous permettez ?

Encore surpris, le lieutenant secouait maladroitement le riz répandu sur ses vêtements.

— Faites ce que vous devez faire.

Francisco dévisagea le Chilien. C'était un homme grand et grossier. On disait qu'il avait violé et assassiné une fille et que c'était pour ça qu'il avait fui la justice de son pays et s'était engagé dans la Légion.

— Tu as entendu le lieutenant ?

Le légionnaire chilien croisa les bras, dans une pose de défi frisant la rébellion.

— On ne donnerait même pas cette nourriture à des chiens.

— Tu préfères le caviar ?

L'homme ébaucha un sourire édenté et particulièrement désobligeant.

— *Porque no ?*

— D'abord, rappelle-moi la devise de la Légion.

Devant le silence du soldat, Francisco se retourna et fit face à Juanito comme s'il lui posait la question.

— *Cumplirá su deber, obedecerá hasta morir.*

Le Portugais se tourna vers le Chilien.

— Il obéira jusqu'à la mort, répéta-t-il. Telle est la devise du légionnaire. Le lieutenant t'a donné un ordre et qu'as-tu fait ? Tu as obéi ?

— C'est dégueulasse.

Sans prévenir, d'un geste rapide, Francisco donna un coup de poing dans le ventre du légionnaire. Surpris et suffoquant, le Chilien se pencha machinalement en avant, le caporal-chef en profita pour lui envoyer un violent coup de genou au visage. L'homme tomba en arrière et se recroquevilla par terre, en position fœtale, se tenant le visage, saignant du nez, son sang maculant le sol. Le Portugais le saisit par les cheveux et le releva.

— Comment tu le trouves, le caviar ?

Le visage recouvert de sang, le légionnaire ouvrit les yeux.

— *Ca... Cabrón !*

Francisco lui assena de violents coups de pied entre les jambes et le Chilien hurla à nouveau de douleur avant de retomber par terre, en se repliant sur lui-même. Le caporal-chef fit un signe aux deux légionnaires les plus proches.

— Emmenez ce pourri au mitard. Au pain et à l'eau jusqu'à demain.

Presque effrayés, les deux hommes sortirent le Chilien de la cantine pendant qu'un légionnaire essuyait le sang sur le sol.

— Gardez une part de la nourriture que ce crétin a refusée, ordonna Francisco au cuistot. Demain, quand il sortira et viendra déjeuner, vous la lui redonnerez. S'il la refuse encore, il ne mangera rien tant qu'il ne l'aura pas avalée, même si elle est pourrie. Compris ?

— *Sí, señor.*

Après avoir salué le lieutenant, le Portugais retourna tranquillement à la table où Juanito l'attendait.

— Tu crois que le *tío* va vraiment manger le riz ?

Prenant sa fourchette, Francisco la plongea dans son assiette.

— Il trouvera que c'est aussi bon que du caviar.

III

Après avoir indiqué au crayon les mesures prises avec le mètre ruban, Levin posa la règle sur la planche et traça une ligne reliant les points qu'il avait dessinés. Puis il plaça la planche dans un instrument mécanique et prit la scie. Il posa les dents de l'instrument à l'endroit où débutait le trait de crayon et commença à scier.

— Maître !

Il tourna la tête ; c'était Ondrej qui venait d'entrer dans l'atelier avec un exemplaire du *Lidové noviny*.

— Oui ?

— Vous avez entendu les rumeurs ? Nos chers protecteurs vont lancer une autre petite invasion.

— Je sais. – Il désigna la première page du journal. – Ils sont entrés en Yougoslavie.

— Beaucoup plus grand.

L'illusionniste rit.

— Alors, ça ne peut être que l'Amérique…

Son assistant s'approcha de lui, une lueur dans les yeux.

— La Russie.

— La Russie ? Où diable as-tu entendu pareille absurdité ?

— Tout à l'heure, je suis passé à l'Unionka et on en parlait. Tout le monde dans Prague est au courant.

— Ce n'est pas possible, Ondrej. Tant qu'ils n'auront pas réglé leur compte aux Anglais, les Allemands ne vont pas ouvrir un front avec la Russie. Ils ne sont pas fous.

— Je sais que c'est incroyable, maître, mais les Tchèques qui travaillent dans l'administration disent que le Reichsprotektor prévient qu'il va y avoir une grande invasion. L'Institut de cartographie militaire de Prague imprime des cartes de la Russie à toute vapeur.

Levin devint rêveur.

— Est-ce possible ? se demanda-t-il. La Russie ? – Il secoua la tête. – Non, ce serait trop beau ! Les nazis ne vont pas commettre une telle erreur.

Le garçon soupira, déçu. Le maître ne pouvait qu'avoir raison. Les rumeurs à l'Unionka n'étaient précisément que cela, des rumeurs.

La première pièce était déjà entièrement sciée et Levin contempla le travail. Ce serait un grand numéro. Sa passion pour la magie était née quand il avait six ans ; ses parents l'avaient emmené au cirque Busch où il avait vu le grand Houdini s'échapper de la chambre de torture aquatique. Il avait été tellement fasciné par ce tour qu'à son treizième anniversaire, pour sa bar-mitsva, son père l'avait emmené au Maskelynes Theatre of Mystery à Londres. Il y avait vu le magicien Selbit découper une femme en deux, et sa fascination s'était transformée en passion. Il avait fait carrière comme courtier à la Bourse de Berlin, mais lorsqu'il perdit son emploi, il décida de vivre de sa passion.

Il était devenu magicien.

— Bertie, tu ne devineras jamais qui est dans le magasin !

Gerda regardait par la porte de l'atelier, et avait l'air excitée.

— Houdini ?

La question fut posée sur un ton enjoué, car le travail de menuiserie se déroulait bien et le dispositif pour le nouveau numéro semblait prometteur.

— Frabato.

L'illusionniste, qui s'apprêtait à tracer de nouvelles marques sur le bois, s'arrêta net et regarda sa femme.

— Tu plaisantes…

— Je te le jure ! Il est dans la boutique. Qu'est-ce que je fais ?

Levin ôta sa blouse à la hâte et alla chercher des vêtements dans le placard.

— Dis-lui… Dis-lui que j'arrive.

Dès que sa femme eut disparu, l'illusionniste enfila son meilleur costume, un tweed brunâtre. Ce n'était pas tous les jours qu'une personnalité de l'occultisme aussi importante que Frabato entrait dans la boutique. Frabato était un magicien renommé en Allemagne et en Tchécoslovaquie. Franz Bardon de son vrai nom, il s'était fait une réputation d'expert de la Kabbale, de l'hermétisme et de la magie évocatrice, la magie qui n'était pas un art mais de la science, celle de l'occulte. Bref, un *magus*, un mage.

Lorsque Levin apparut au comptoir, finissant de serrer sa cravate, le visiteur examinait des jeux de cartes dans la vitrine.

— Magus, salua Levin. Quel plaisir de vous accueillir dans mon humble boutique !

— Tout le plaisir est pour moi, cher Nivelli, dit Frabato en lui serrant la main. Je passais par là et, quand j'ai vu la vitrine, je n'ai pas pu résister au plaisir de vous féliciter. On m'a beaucoup parlé de vos spectacles.

— Merci, magus. Ça tournait plutôt bien… jusqu'à ce que la politique vienne tout ruiner.

— Vous êtes italien et l'Italie est l'amie du Reich, je suppose donc que vous n'avez pas de souci à vous faire…

Levin sourit ; son nom de scène suscitait des malentendus.

— Prenez Nivelli et inversez les lettres, suggéra-t-il. La première lettre devient la dernière, la deuxième l'avant-dernière, et ainsi de suite. Vous connaîtrez ainsi ma véritable identité.

Le visiteur fit l'exercice mentalement.

— Illevin ?

— Levin. Le « i » ne sert qu'à donner un air italien.

Frabato le regarda, surpris.

— Levin ? Alors vous êtes…

— Un Juif allemand d'origine séfarade portugaise. J'espère que cela ne vous dérange pas.

— Non, pas du tout. Je ne suis pas nazi, mon cher.

— Je suis heureux de l'apprendre. Vous prendrez bien un café ?

Le mage regarda sa montre.

— Eh bien… je dois bientôt prendre le train. Vous savez, ça fait un certain temps que je n'ai pas rendu visite à ma famille et…

— Juste un petit café.

Frabato se décida.

— Et pourquoi pas ?

En temps normal, Levin aurait emmené son visiteur à l'Unionka ou dans un autre café à la mode, mais avec les interdictions successives qui restreignaient les mouvements des Juifs, ses choix étaient limités.

Il finit par l'entraîner dans son atelier, se disant que les coulisses de son métier l'intéresseraient. Il ne se trompait pas. L'attention de Frabato fut aussitôt attirée par l'affiche d'un des spectacles du Grand Nivelli accrochée au mur, montrant le magicien enveloppé dans une cape qui lui donnait un air de Raspoutine. L'affiche tira un soupir au visiteur.

— Ah, l'inconnu, le secret, l'occulte ! La mystique me fascine. Vous aussi ?

— Je ne suis qu'un simple illusionniste, précisa Levin. Je n'ai pas l'envergure d'un Aleister Crowley, que j'ai d'ailleurs connu personnellement.

Le visiteur ouvrit la bouche, presque incrédule. Aleister Crowley était le magus des magus, un géant de l'occultisme, la grande autorité en matière de phénomènes paranormaux.

— Vous avez connu Crowley ?

Levin ne put réprimer un sourire. Le nom du grand magus ne laissait personne indifférent dans le milieu de la magie. Fondateur de la secte Thelema et auteur d'une vaste œuvre ésotérique, le mystique anglais avait appartenu à l'Ordre hermétique de l'Aube dorée avant de devenir le chef de la section britannique de l'Ordo Templi Orientis, un ordre occultiste basé en Allemagne.

— Il m'a été présenté dans une brasserie à Berlin, dit-il. Je n'oublierai jamais ses yeux perçants et hypnotiques.

— Vous savez qu'il a des relations avec le démon ?

L'hôte rit.

— J'avoue que je n'ai rien remarqué. Il m'a semblé plutôt simple et sympathique.

— Mais Crowley prétend être la personne la plus perverse du monde, insista Frabato.

— Personnellement, il ne m'a rien fait de mal.

— Et sa magie sexuelle ? voulut-il savoir. Avez-vous parlé des rites sexuels magiques qui l'ont rendu célèbre ?

— Hélas non. – Levin fit un effort de mémoire. – Si je me souviens bien, Crowley venait de passer des vacances à Lisbonne, où il avait été accueilli par un poète ésotérique portugais nommé Fernando Pessoa, ou quelque chose comme ça. Lorsque nous nous sommes rencontrés, la première chose qu'il m'a dite au sujet des nazis était qu'il ne comprenait pas leur haine des Juifs. Selon lui, les seules personnes en Allemagne au-dessus de la bestialité, de la brutalité, de la cruauté et de la servilité, c'étaient nous, les Juifs.

— Ah bon…

L'allusion sembla avoir heurté l'orgueil germanique du magus et Levin réalisa qu'il avait commis un impair.

— Ses idées sur la science et l'occultisme sont fascinantes, s'empressa-t-il d'ajouter pour éviter un sujet quelque peu dangereux. Crowley m'a dit qu'il avait rencontré Einstein et Schrödinger ; il était enthousiasmé par les récentes découvertes en physique quantique et leur impact sur la magie et les sciences occultes. Surtout l'intrication quantique, c'est-à-dire, comme vous le savez, le fait que chaque particule est associée aux autres particules de l'univers. Crowley pense que l'intrication prouve que dans le cosmos tout est lié. En d'autres termes, la science confirme l'idée de la magie selon laquelle l'univers est organique et tout est associé à tout. Je me souviens qu'il a insisté sur le fait que la magie ne concerne pas le surnaturel, mais le naturel que nous ne connaissons pas.

— Crowley a absolument raison ! s'exclama le magus, tout excité. La nouvelle physique reprend la vision magique du monde. Ce que nous voyons n'est rien d'autre qu'une création des instruments d'observation développés par l'esprit humain, et par conséquent l'univers est une création de l'esprit. C'est exactement ce que la physique quantique est en train de démontrer. La magie est la science qui traite des lois de la nature encore inconnues. Des choses telles que la gravité, la force électrique ou les neutrons, par exemple, n'existent pas par elles-mêmes, indépendamment de tout le reste, mais en contexte. Elles font partie d'un tout, elles jouent un rôle dans le grand agencement des choses, même si le sens ultime de cet agencement demeure caché. Tel est le rôle de l'ésotérisme. Déterminer ce qui existe, c'est la tâche de la science ; celle du mystique est de déterminer pourquoi cela existe. En ce sens, et comme le démontre la nouvelle physique d'Einstein et de Schrödinger, la conscience ne peut être séparée du cosmos. Si elle est apparue, c'est parce qu'elle fait partie du cosmos et qu'elle y joue un rôle. C'est ce qui rend le mysticisme si important.

La conversation s'interrompit lorsque Gerda apparut avec du café, ou plutôt un substitut que les Tchèques appelaient *cikorka*. Le vrai café avait disparu des magasins.

— Vous savez qu'il m'a parlé d'Hitler ? lança Levin. Il l'a qualifié de maître en magie noire.

— Magie noire ? s'étonna le magus. Crowley a dit cela à propos du Führer ?

— Ni plus, ni moins. Un maître en magie noire. Il m'a dit qu'il fallait faire attention avec lui.

Frabato prit la tasse et, livide, avala presque tout le café d'une seule gorgée.

— *Mein Gott !*

Levin savait que la magie noire ne consistait pas seulement à dominer des forces paranormales potentiellement néfastes, mais qu'il s'agissait plutôt d'une forme de magie rituelle conçue pour dominer les autres, et créer et imposer un monde à l'image des magiciens qui y recouraient. La réaction de Frabato indiquait qu'il en savait un peu plus sur le sujet.

— Vous vous sentez bien, magus ?

— Oui, oui, rétorqua le visiteur en frissonnant. Racontez-moi tout. Que vous a dit Crowley sur le Führer ?

— Il m'a dit qu'il avait consulté le *Yi Jing* pour comprendre l'avenir du régime nazi. Savez-vous quelle réponse il a obtenue ? L'hexagramme 28.

— Le Dà Guò ?

— Oui.

Les yeux dans le vide, comme s'il fouillait dans sa mémoire, Frabato s'efforça de mobiliser ce qu'il savait de cet hexagramme du Yi Jing.

— Le Dà Guò est une sorte d'avertissement, dit-il en se frottant le menton pensivement. Il signifie littéralement « grand excès ». L'expression est interprétée comme un point de rupture. La situation est incontrôlable et la catastrophe imminente. Tel est le message du Dà Guò.

— Ce que Crowley m'a révélé m'a incité à étudier de plus près les mages dont s'inspiraient les nazis. J'ai commencé à lire Helena Blavatsky.

— Ah, *La Doctrine secrète* ! Une grande œuvre !

La célèbre magus russo-américaine Helena Petrovna Blavatsky avait créé un salon de l'occultisme à New York, où, au lieu des traditionnelles séances de spiritisme caractérisées par la communication avec l'au-delà et les « apparitions » d'ectoplasmes, elle avait inventé la figure du gourou et discutait des énigmes de l'Orient mystérieux. C'est ainsi qu'elle fonda le mouvement théosophique et publia un livre, *Isis dévoilée*, une diatribe contre le matérialisme qui lui aurait été dictée par un sage hindou. C'est là qu'elle fut introduite à la Grande Fraternité blanche, une entité supérieure avec laquelle l'auteure prétendait être en contact télépathique. Puis Blavatsky partit pour l'Inde, où elle écrivit *La Doctrine secrète*, un ouvrage en deux volumes sur l'origine et le destin de l'humanité, publié en 1888 avec un svastika bouddhiste sur la couverture. Mélange de pseudo-sagesse tibétaine et d'évolutionnisme, *La Doctrine secrète* établissait que les êtres humains descendaient de sept races originelles, dont la première était des essences spirituelles et la troisième des lémuriens, qui étaient tombés en disgrâce parce qu'ils s'étaient mêlés à des êtres inférieurs. La quatrième race était celle des Atlantes, une race de géants spirituellement très avancés qui avaient fait de grandes inventions et construit des temples et des pyramides gigantesques. Lorsque l'Atlantide disparut dans un cataclysme, les survivants fuirent dans l'Himalaya. Ils se réfugièrent dans le royaume perdu de Shambhala, où ils transmirent leur sagesse aux Aryens, une race qui aurait ensuite émigré vers le nord de l'Europe. Ce livre eut un énorme impact en Occident, en particulier en Allemagne et en Autriche, où il fut reçu presque comme un ouvrage scientifique et inspira une série d'imitations.

— Je n'ai pas seulement lu Helena Blavatsky, souligna Levin. J'ai tout absorbé sur Rudolf Steiner, Guido von List, Lanz von Liebenfels et la société Thulé, ainsi que tout cet ésotérisme sur l'Atlantide, les Aryens, l'Armanem, la ligue des Armanem, l'Ordre germanique et je ne sais quoi encore. – Il frissonna. – Brrr… C'est ténébreux.

— Est-ce pour cela que vous avez quitté l'Allemagne ?

— Après cette conversation avec Crowley, j'ai très vite perçu la tournure que les choses allaient prendre dans le pays. De grands excès seraient commis et l'Allemagne allait courir au désastre. Mon expulsion de la Bourse de Berlin m'a confirmé que l'avenir des Juifs ne serait pas brillant. C'est pour ça que je suis venu à Prague. Je pensais m'être débarrassé de cette engeance mais… la revoilà.

— Pourquoi Prague ?

— Ma femme y avait de la famille. Et puis, n'oubliez pas qu'avec le Golem, Méphistophélès, Kafka et tout le reste, cette ville est l'une des plus mystiques d'Europe. Quel meilleur endroit pour un magicien ? – Levin sirota un peu de café. – À propos de mysticisme, il y a quelque chose qui m'intrigue chez les nazis. Bien qu'ils aient embrassé l'occultisme, ils semblent avoir déclaré la guerre à l'ésotérisme…

Frabato répondit en faisant un geste ambigu de la main droite.

— Oui et non. Il est vrai qu'en Allemagne, les nazis ont pris des mesures contre les chiromanciens, les astrologues et les médiums, mais ils ne s'en prennent qu'à ceux qui peuvent les menacer. Officiellement, ils ne s'opposent qu'aux charlatans et à ceux qui se servent de l'astrologie pour exploiter la crédulité des gens à des fins commerciales. Cependant, les nazis reconnaissent l'existence de l'occultisme scientifique. La parapsychologie, la télépathie, la radiesthésie et la cosmobiologie… ils considèrent tous ces domaines comme scientifiques.

L'illusionniste fit une grimace.

— La cosmobiologie ?

— C'est le nouveau nom de l'astrologie en Allemagne, ils l'appellent aussi astrologie scientifique, expliqua le magus. Himmler lui-même a déjà admis que l'astrologie a un fondement scientifique, même s'il affirme qu'elle doit être expurgée du fatalisme juif. Le Reichsführer-SS estime que la cosmobiologie lie les forces cosmiques aux processus raciaux et biologiques.

— Et la rumeur selon laquelle Hitler serait un maître en magie noire ? demanda Levin. J'ai remarqué que vous paraissiez gêné quand je l'ai évoquée.

Frabato baissa la voix et, bien qu'ils fussent seuls, il regarda autour de lui avant de répondre.

— En effet, *Herr* Hitler est un mystique. Il se peut qu'il ait été choisi par les forces occultes comme une sorte de messie, pour ainsi dire. Un homme avec une mission transcendantale.

— Allons, allons…

— Sérieusement. Ne voyez-vous pas que le Führer est un chaman ? C'est d'ailleurs un admirateur de Schertel.

Il parlait si doucement que Levin dut se pencher pour l'entendre.

— Qui ?

— Ernst Schertel, le parapsychologue. Souvenez-vous, c'est lui qui a découvert que l'âme humaine est la somme de toutes les énergies de la planète et que ce sont les illusions du monde sensoriel qui nous empêchent d'utiliser nos pouvoirs magiques. Schertel a compris que la magie est enfermée en nous et il semblerait qu'Hitler essaie de libérer cette énergie. C'est pourquoi je pense que c'est vraiment une personne éclairée ou quelqu'un qui a accès à la magie noire. Il suffit de le voir parler.

— Pour être honnête, n'étaient les graves conséquences de ce qu'il dit et fait, je le trouverais comique, rétorqua Levin. L'homme est ridicule. Ridicule. On dirait Charlot avec sa moustache grotesque. Je ne sais pas comment un tel crétin peut fasciner tant de monde.

— Il est prédestiné, c'est un homme désigné par le destin qui va sauver l'Allemagne et la conduire à la victoire de la lumière sur l'obscurité. Regardez la façon dont il s'exprime. On a l'impression qu'il est en transe, que c'est un médium et que l'esprit de l'Allemagne se manifeste par sa voix. Le Führer est la bouche des dieux, l'instrument de la volonté divine, un voyant guidé par une force surnaturelle, un homme transcendant. Il maîtrise le pouvoir magique du Verbe, c'est un magus qui accomplit un enchantement, un héraut du salut. Ce n'est pas un politicien, c'est un prophète. Un prophète ! Le grand prêtre de la nation ! Nul n'exprime comme lui l'âme de l'Allemagne. Il est la voix qui vient de la nuit des temps, la voix qui nous apporte Wotan, qui nous apporte Thor ! Ses discours sont de la sorcellerie de masse, un poème gothique transformé en acte politique. Avez-vous vu comment les gens réagissent quand il monte sur l'estrade ?

— Pff ! Ils deviennent tous hystériques.

— Magie noire, mon cher ! Magie noire.

— Oui, mais dans la magie noire il y a toujours un prix à payer, rappela Levin, décidant d'adopter le discours ésotérique de son interlocuteur. Lorsqu'on conclut un pacte avec le diable, au début, on peut obtenir ce qu'on a demandé, mais tôt ou tard, le diable finit par présenter l'addition. Quand ce jour viendra, ce ne sera pas beau à voir. Relisez Goethe et l'histoire du docteur Faust.

— Il est vrai que ce n'est pas impunément que quelqu'un accède à la magie noire, reconnut le magus. Mais le fait est qu'Hitler semble posséder des pouvoirs surnaturels. Avec son intense regard hypnotique, à la Crowley, le diable d'homme voit des choses que personne d'autre ne voit. N'a-t-il pas vu juste au sujet du réarmement de l'Allemagne, de l'occupation de la

Rhénanie, de l'Anschluss de l'Autriche et à présent de l'invasion de la Tchécoslovaquie ? C'est de la clairvoyance. Saviez-vous qu'il reçoit véritablement des signes de forces occultes ?

— N'exagérez pas.

— Un de mes amis, un mystique très réputé qui est l'astrologue personnel du Reichsführer-SS, m'a dit que dans…

— Heinrich Himmler a son astrologue personnel ?

— Bien sûr. N'oubliez pas que le Reichsführer-SS est profondément imprégné de mysticisme. Non seulement Himmler est un fervent adepte de l'astrologie, mais il étudie l'herboristerie, l'homéopathie, le mesmérisme et la naturopathie. En outre, il croit aux dieux nordiques, Wotan et Thor, et aux loups-garous. Le Reichsführer-SS est allé jusqu'à créer l'*Hexen-Sonderauftrages*, l'unité SS chargée d'étudier la sorcellerie germanique.

— Un de ces jours, il finira par enfourcher un balai, vous verrez…

— Je disais donc que l'astrologue du Reichsführer-SS m'a raconté que, dans la nuit du 24 août 1939, le lendemain de la signature du pacte de non-agression avec la Russie, Hitler a réuni au Nid d'Aigle, à Berchtesgaden, son cercle le plus proche. À un moment, une aurore boréale s'est formée et tous baignaient dans une lumière rougeâtre. Pour le Führer, cela signifiait que cette fois il y aurait vraiment la guerre, contrairement à ce qui s'était passé avec la Rhénanie, l'Autriche et la Tchécoslovaquie, et que c'était le signe que l'attaque contre la Pologne était une décision irréversible. Une semaine plus tard, la Wehrmacht est entrée en Pologne et la guerre a éclaté.

L'illusionniste juif regarda Frabato, essayant de lire dans ses pensées. Il était parfaitement conscient d'avoir affaire à un mystique, et n'ignorait pas que le magus croyait fermement qu'il existait des forces surnaturelles dans l'univers et que les humains étaient dotés de pouvoirs magiques. D'ailleurs, ce genre de croyance semblait généralisée parmi les Allemands, surtout les nazis. Son interlocuteur étant d'origine ethnique allemande, il était inévitable qu'il envisage sérieusement la possibilité que le leader national-socialiste puisse accéder à ce pouvoir occulte.

Levin, quant à lui, n'était sûr de rien et doutait de tout. Il savait que dans son art d'illusionniste, l'artifice était apparent. La disparition d'un âne sur une scène peut sembler le fruit d'arts magiques, mais en réalité ce n'est rien de plus qu'un simple tour. La magie est dans les yeux du spectateur, pas dans les pouvoirs paranormaux du magicien. Un peu comme la TSF. De la radio sortent des voix humaines avec des informations et de la musique ; on dirait de la magie. Cependant, lorsque l'on ouvre le poste de TSF, on ne voit que des fils électriques. La magie n'est qu'illusion. Son essence réside dans la présentation de l'effet et la dissimulation de la cause, et tout l'art du magicien dépend de sa capacité à faire coïncider effet et cause. La magie est de la prose revêtue des atours de la poésie.

Cependant, il admettait la possibilité qu'il existât des choses au-delà de la compréhension humaine, car l'univers était étrange et contenait certainement une infinité de mystères. Son âme de magicien l'amenait à croire que, au-delà de l'illusion qu'était son art, il y avait de la vraie magie quelque part, dans l'incompréhensible nature. C'est pourquoi la préoccupation de son invité l'avait inquiété. Frabato et Crowley auraient-ils des raisons valables de croire qu'Hitler était un maître mystique ?

— Si Hitler maîtrise la magie noire, comment accède-t-il aux forces occultes ?

Frabato reprit sa tasse.

— Avez-vous déjà entendu parler de l'Ahnenerbe ?

Le terme *Ahnenerbe*, qui voulait dire « héritage ancestral », parut familier à Levin.

— N'est-ce pas l'institut d'archéologie de la SS ?

— L'Ahnenerbe a été créée par le Reichsführer-SS pour étudier l'histoire du peuple aryen et découvrir des moyens mystiques de le porter à la suprématie. S'inspirant de groupes ésotériques comme la société Thulé, de divers magus tels Guido von List, Lanz von Liebenfels, Karl Maria Wiligut et *Madame* Blavatsky, du mouvement théosophique et de théories comme la *Welteislehre*, la théorie de la cosmogonie glaciaire, Himmler et Hitler croient que nous, les Germaniques, nous descendons des survivants de l'Atlantide. *Madame* Blavatsky a été la première partisane de la Welteislehre, la théorie de Hans Hörbiger selon laquelle il y aurait eu, dans le passé, six lunes gelées qui, en tombant sur la Terre, auraient détruit l'Atlantide et provoqué l'ère glaciaire. Aujourd'hui, on appelle Aryens les Atlantes qui ont survécu à cette catastrophe. Étant en relation magique avec le cosmos, le destin des Aryens est de porter l'humanité à un niveau plus élevé et de créer l'homme-dieu. L'origine de ce peuple serait donc l'Atlantide, que d'autres mystiques appellent l'Ultima Thulé.

— Je sais déjà tout cela. N'oubliez pas qu'à cause de Crowley, je me suis mis à lire les mystiques qui ont inspiré les nazis.

— Ils ont des idées passionnantes, vous ne trouvez pas ?

La croyance superstitieuse de nombreux Allemands, y compris Frabato, ne manquait pas de surprendre

Levin. Ils avaient besoin d'explications simples à des problèmes complexes, et l'ésotérisme les leur fournissait.

— Passionnantes ? s'exclama-t-il, scandalisé. Ce sont de graves sottises ! Prenez la théosophie de Blavatsky. Cette dame a prêché aux quatre vents qu'elle était en communication télépathique avec les Mahatmas invisibles de la Grande Fraternité blanche, quoi que cela puisse être, et que la civilisation perdue de l'Atlantide, cette Thulé mythologique, avait une perfection raciale et spirituelle d'origine divine et je ne sais quoi d'autre, mais lorsqu'il fallut présenter des preuves… plus rien.

— Oh, des preuves, des preuves… Il est des vérités qui sont par-delà les preuves, mon cher.

— Je ne le nie pas, mais cela aurait mérité des démonstrations plus convaincantes que de supposées conversations télépathiques avec cette soi-disant Grande Fraternité blanche, dont personne n'a jamais entendu parler, auxquelles s'ajoutent quelques idioties de plus sur Thulé. Cette histoire de Thulé est juste bonne pour les illuminés !

— Plaisantez, plaisantez…

— J'aimerais bien plaisanter, mais quand je vois les aberrations de la théosophie, ça me donne la chair de poule. Sans oublier les inanités de l'anthroposophie de Rudolf Steiner. Les Aryens, descendants des Atlantes, posséderaient l'étincelle divine, tandis que les races à la peau sombre seraient d'origine démoniaque et, par le métissage, détruiraient ce qu'il y a de divin chez les Aryens. Mais où diable est-il allé chercher tout ça ? Où sont les preuves ?

— Je vous ai déjà dit que certaines vérités sont au-delà des preuves. N'oubliez pas qu'il y a de la science dans l'occultisme, même si la science traditionnelle ne veut pas l'admettre. Les scientifiques traditionnels sont trop réactionnaires pour comprendre la révolution scientifique que représente l'ésotérisme pour l'humanité, mais le fait est que les sciences occultes ouvrent de nouvelles voies.

Levin soupira.

— Si vous voulez, mais quand Steiner dit que les mariages entre Aryens et personnes de races sombres sont en conflit avec l'évolution bien comprise de l'humanité, et qu'il est donc nécessaire de séparer les Aryens de ces races perverses pour permettre aux humains d'atteindre un niveau d'évolution plus élevé, eh bien cela donne lieu à l'adoption de lois qui se fondent sur ces idées ésotériques et qui affectent la vie des gens, non seulement en Allemagne mais aussi ici, en Tchécoslovaquie… ou protectorat de Bohême-Moravie, comme on l'appelle maintenant. Pour édicter de telles lois, il faut avoir une confiance absolue dans les idées sur lesquelles elles reposent. On ne peut pas mener toute une politique basée sur des délires mystiques sans le moindre fondement empirique.

— Vous voulez une démonstration empirique ? Eh bien, regardez-nous, regardez nos sociétés avancées, nos arts et nos sciences, notre technologie et notre philosophie, nos découvertes et notre mode de vie sophistiqué, et considérez ensuite les peuples non aryens et voyez comme ils sont retardés. Regardez les Noirs qui vivent comme des sauvages dans des huttes en Afrique, les Indiens qui se promènent nus dans les forêts d'Amérique, les Asiatiques colonisés par les Blancs. Regardez et comparez. Nous construisons une civilisation tandis qu'ils en sont encore à chasser avec des arcs et des flèches, incapables de créer quoi que ce soit, vivant presque comme des animaux ou des parasites qui profitent de nos inventions et de nos découvertes.

— Et qu'en est-il de la civilisation égyptienne, qui a construit les pyramides ? Et de l'arabe ? Et de la chinoise ? Et les Mayas et les Aztèques ? Ne me dites pas que ces civilisations étaient toutes aryennes…

— Ce sont des Aryens qui ont créé ces civilisations. Vous ne le savez peut-être pas, mais quand l'Atlantide a été détruite, ses survivants, les Aryens originels, se sont répandus dans les régions froides et les montagnes gelées, comme l'Himalaya et les Andes. Cela signifie que ces civilisations descendent également de la civilisation de l'Atlantide. N'oubliez pas que *Madame* Blavatsky a découvert que c'est grâce à la sagesse aryenne des Tibétains que les Chinois et les Indiens ont pu évoluer.

Levin ne put s'empêcher de rire ; la superstition de nombre d'Allemands semblait sans limite.

— Vous y croyez vraiment ?

Le magus eut l'air embarrassé.

— Eh bien… c'est ce qu'on dit.

— On ne saurait avaler les sornettes qu'un fou quelconque débite simplement parce qu'il le fait avec un air séraphique, protesta l'illusionniste. *A fortiori* quand ces bêtises ont de réelles conséquences pour la vie des gens. À cet égard, l'ariosophie de ces idiots de Guido von List et Lanz von Liebenfels, qui soutiennent que les anciens Aryens étaient des *Gottmenschen*, des hommes-dieux, et avaient des pouvoirs surnaturels et je ne sais quoi d'autre, c'est encore pire que la théosophie et l'anthroposophie. Où Von List est-il allé chercher l'idée que les adorateurs de Wotan, ces Aryens qu'il a appelés les Armanem, ont vu leur civilisation s'effondrer parce qu'ils se mélangeaient à des non-Aryens ? Sur quoi se base-t-il pour dire qu'il est possible de faire revivre les Armanem par le biais de la procréation sélective ?

Comment Von Liebenfels en est-il arrivé à proposer l'interdiction des mariages interraciaux et l'élimination des races inférieures, des handicapés ou des arriérés mentaux, et des Juifs, au motif que cela permettrait de rallumer l'étincelle divine des Aryens ? Et surtout, comment expliquer que des dirigeants croient dur comme fer à de telles inepties et font adopter les lois de Nuremberg, en vertu desquelles des pans entiers de la population sont persécutés ? J'ai dû quitter l'Allemagne à cause de ces idées, voyez-vous. Où sont les preuves de leur véracité ?

Toutes ces questions rhétoriques et l'irritation croissante de Levin, dont la vie avait été affectée par ces croyances, suscitèrent un instant de silence chez Frabato.

— Himmler a créé l'Ahnenerbe précisément pour prouver ces théories, finit-il par dire. N'oubliez pas que le Führer était un lecteur d'*Ostara*. C'est pour trouver des preuves des découvertes qui y sont présentées que l'Ahnenerbe a organisé des expéditions aux quatre coins du monde.

Tous deux savaient qu'*Ostara*, une publication sous-titrée *Magazine des hommes blonds et virils*, était la revue ésotérique de Von Liebenfels, qui publiait des articles sur le pouvoir mystique du svastika, l'importance de la pureté du sang nordique et la nécessité d'éliminer les races inférieures pour empêcher le métissage et ainsi recouvrer le caractère divin des *Gottmenschen* nordiques. Le tirage du magazine atteignait parfois cent mille exemplaires et les textes que Von Liebenfels y publiait présentaient un monde divisé entre le bien et le mal, la lumière et les ténèbres, les blonds et les bruns, les Blancs supérieurs et les sous-hommes sombres, les Aryens divins et les non-Aryens démoniaques, les héros et les crapules.

— *Ostara* n'a présenté aucune découverte sérieuse, seulement des fantasmes.

— Je ne partage pas votre avis. L'une des expéditions effectuées il y a deux ans par l'Ahnenerbe est partie d'Inde, a traversé l'Himalaya et est arrivée au Tibet, où se trouve Shambhala, la mythique ville atlante.

En réalité, c'étaient les Tibétains qui avaient les premiers mentionné l'existence du Shambhala, un royaume de l'Himalaya censé se trouver au milieu de forêts de santal et d'étangs de lotus blancs, avec un palais d'or et d'argent au centre duquel se dressait le mandala de Bouddha. Les rois du Shambhala étaient connus comme les seigneurs de la caste et les bouddhistes croyaient que les panchen-lamas étaient leurs réincarnations. Le mythe de Shambhala était arrivé en Occident principalement grâce à Helena Blavatsky. Les occultistes, y compris les nazis, étaient obsédés par son emplacement.

Le Juif regarda son interlocuteur avec un sarcasme à peine voilé.

— Et on a découvert ce fameux Shambhala ?

— C'est bien possible. – Sans remarquer l'ironie dans le ton de la question, Frabato esquissa une expression énigmatique, comme si le sujet était entouré d'un grand mystère. – Ils veulent garder l'information secrète.

— Secrète ? Pourquoi ?

— Pour… Pour… Est-ce que je sais ! C'est un secret d'État ou quelque chose comme ça. Les prêtres du Shambhala étaient les premiers Atlantes, donc des Aryens d'origine divine, il se peut qu'ils disposent de pouvoirs surnaturels que le Reich ne veut pas révéler à l'ennemi. Quoi qu'il en soit, il existe de nombreuses explications pour que rien ne soit dit à propos du Shambhala.

— Si ça se trouve, ils n'ont rien dit parce qu'ils n'ont rien trouvé. Il est difficile de trouver un royaume qui n'existe pas.

— *Ach*, vous êtes un sceptique, s'exclama Frabato exaspéré. Mais je sais que l'expédition a découvert que les Tibétains utilisent effectivement des svastikas. Contrairement à la croix ou au cercle qui, parce qu'ils ont des formes géométriques élémentaires, sont apparus simultanément à différents endroits, le svastika a un dessin si particulier que sa découverte dans différents lieux du globe révèle une origine commune. Lorsqu'ils se sont présentés devant le dirigeant tibétain Réting Rinpoché, par exemple, les archéologues d'Ahnenerbe ont noté que son trône était orné d'un svastika. Ils en ont également trouvé dans des temples bouddhistes. D'ailleurs, ils ont apporté en Allemagne une ancienne statue de Bouddha, sculptée dans une météorite vieille de quinze mille ans avec un svastika gravé sur le ventre. Selon vous, à qui les bouddhistes ont-ils emprunté le svastika ? Aux Aryens qui avaient fui l'Atlantide pour le Tibet après l'effondrement des lunes gelées, bien sûr ! Les explorateurs de l'Ahnenerbe ont même confirmé que Siddhārtha Gautama, le Bouddha, était d'origine aryenne, car il n'a pas été engendré par des Indiens autochtones mais par une race royale aryenne d'origine atlante.

Levin leva les yeux au ciel ; pas de doute, chacun croyait en ce qu'il avait envie de croire.

— Sur quelle base ces génies sont-ils arrivés à une si brillante conclusion ?

— Sur la base des théories de *Madame* Blavatsky et *Herr* Hörbiger et des découvertes faites lors de l'expédition, je suppose. Notez que certains membres de l'équipe avaient pris des cours de géomancie spécialement pour ce voyage au Tibet. Les explorateurs de l'Ahnenerbe ont apporté avec eux des histoires de l'ancienne épopée tibétaine du roi Gesar, des dessins de dieux tibétains, des copies de calendriers et de graphiques astrologiques tibétains, des informations sur les lieux sacrés de l'ancienne religion chamanique du Tibet et même les rites magiques des Tibétains.

— Et à quoi sert ce folklore ?

— À détecter les nombreuses similitudes entre la culture tibétaine et le paganisme germanique, voyons ! – Il prit à nouveau un ton mystérieux. – Vous pensez que ces similitudes sont une coïncidence ? Pas du tout ! Elles prouvent que les Aryens sont allés au Tibet et descendent vraiment des Atlantes ! Les archéologues de l'Ahnenerbe se sont rendu compte que les lamas tibétains avaient accès à un monde mystique magique et connaissaient des secrets ésotériques proto-germaniques, comme la lecture dans les pensées, à laquelle les SS veulent aussi parvenir. Les enseignements des Aryens de l'Atlantide sont d'ailleurs préservés dans les textes sacrés bouddhistes et même dans les textes hindous. Il suffit de voir les similitudes entre le canon pāli bouddhique et les Vedas et la *Bhagavad-Gita* hindous d'une part, et la mythologie nordique de l'autre. Tout cela prouve amplement que la race aryenne n'a pas évolué à partir des primates, comme le prétend ce retardé mental de Darwin qui, lui, est un vrai macaque, mais descend directement des cieux et a peuplé l'Atlantide.

L'expression sur le visage de Levin devint presque moqueuse.

— Ils ont découvert tout ça lors d'une simple visite au Tibet ?

— Je vois, mon ami, que vous ne croyez pas aux sciences marginales, rétorqua Frabato agacé. Vous avez tort. Sachez que l'Ahnenerbe a également envoyé des expéditions dans les Andes et en Islande et en bien d'autres lieux pour chercher à confirmer la doctrine de la glace éternelle. – Il plissa les yeux, afin de souligner l'importance de ce qu'il s'apprêtait à révéler. – D'autres expéditions encore plus extraordinaires ont été organisées.

Il fit une pause, comme s'il hésitait à en parler, ce qui piqua la curiosité de Levin. Qu'allait-il encore lui révéler ?

— Telles que… ?

Frabato se pencha en arrière et tourna son regard vers une menorah juive qui décorait l'atelier.

— La Kabbale juive, dit le magus. La Kabbale contient la clé des plus grands secrets de l'univers, notamment celui de la communication avec le divin par le biais de canaux spécifiques. L'Arche d'Alliance, par exemple. Que savez-vous, mon ami, sur l'Arche d'Alliance ?

Le changement de sujet sembla déconcerter Levin.

— Eh bien, tout ce que nous savons à ce propos est écrit dans la Bible, rappela-t-il. Dans l'Exode, Dieu a ordonné que les tables de la Loi soient gardées dans l'Arche qui, selon le livre des Rois, a été déposée dans le temple de Salomon. Cependant, lorsque les Babyloniens détruisirent le Temple, l'Arche aurait été perdue.

— Diriez-vous qu'il s'agit d'un puissant artefact ?

— Comment pourrait-il en être autrement ? Le livre de Josué révèle que l'Arche contient la puissance divine. D'ailleurs, c'est précisément ce pouvoir qui a détruit les murs de Jéricho. Celui qui domine l'Arche domine le monde.

Frabato demeura silencieux quelques secondes, très raide, les yeux fixés sur son interlocuteur.

— Et si je vous révélais que l'Ahnenerbe est en ce moment même à la recherche de l'Arche d'Alliance ?

La question prit Levin par surprise.

— Pardon ?

— Je ne connais pas encore les détails, mais j'ai été informé que le Reichsführer-SS a envoyé des archéologues de l'Ahnenerbe rechercher l'Arche et l'apporter au Reich. Himmler est convaincu que le pouvoir de l'Arche sera décisif pour révéler les plus grands mystères de l'univers et assurer la suprématie de la race aryenne.

— Mais cela n'a aucun sens. L'Arche est un artefact mythique, nous ne savons même pas si elle a jamais existé. Même s'il y avait une Arche dans le premier temple, il est évident qu'elle ne renfermait aucun pouvoir divin. C'était juste un symbole, un peu comme les crucifix dans les églises chrétiennes. Mais même si elle recelait un tel pouvoir divin, comme le dit Josué, il convient de ne pas oublier que l'Arche symbolise l'alliance entre Dieu et les Juifs. Les Juifs, non les Aryens. Pourquoi les nazis la chercheraient-ils ?

— Pour se l'approprier.

Levin secoua la tête.

— Ces types sont fous à lier.

— Et voilà, mon ami, que vous dédaignez ces découvertes…

— Je les dédaigne précisément parce que je suis un magicien, et que je sais que derrière chaque tour, il y a un truc. La magie est illusion, c'est pour ça qu'on parle d'illusionnisme.

— Votre magie n'est peut-être qu'un simple truc, c'est vous qui savez, mais cela n'empêche pas la vraie magie d'exister, celle qui accède aux pouvoirs ésotériques et surnaturels et les domine, déclara Frabato. C'est pour cela que l'Ahnenerbe parcourt la planète à la recherche d'artefacts. Les SS, et à travers eux les nazis, tentent de pénétrer le monde de l'hermétique et de contrôler le pouvoir de l'occulte. Il n'y a pas que l'Arche d'Alliance. Ils recherchent également d'autres artefacts dotés d'un fort pouvoir mystique qui leur permette de manipuler les forces surnaturelles et de les utiliser à leur avantage. – Il prit à nouveau un air mystérieux. – Le Saint-Graal, par exemple.

L'illusionniste, qui pensait, visiblement à tort, que les grandes surprises étaient finies, ouvrit la bouche, sidéré.

— Quoi ?

— L'Ahnenerbe est à la recherche du Saint-Graal, le calice dans lequel le Christ a bu du vin lors de la Cène et qui a ensuite servi à recueillir des gouttes de son sang sur la croix. Certains archéologues SS sont convaincus que l'Église catholique a exterminé en Europe les derniers représentants aryens de l'Atlantide, les accusant d'hérésie et de sorcellerie, et que les enseignements de ces Atlantes ont été préservés par les moines tibétains, mais aussi par les Templiers, qui auraient trouvé le Graal parmi les ruines du temple de Salomon, et découvert qu'il est le fidèle dépositaire des enseignements atlantes. Le Saint-Graal a des pouvoirs magiques que l'Allemagne pourrait utiliser dans sa lutte contre les ténèbres. D'où l'importance de cette recherche de l'Ahnenerbe.

Levin secoua la tête, déconcerté.

— Mais qu'allez-vous chercher ? demanda-t-il. Comment le calice de Jésus peut-il être lié aux Aryens de l'Atlantide ? Quel est le rapport entre les deux ?

— N'oubliez pas que Jésus était aryen.

— Aryen ? Jésus ? Mais tout le monde sait que Jésus était juif ! Laissez-moi vous rappeler que dans le

Nouveau Testament, il est présenté comme un rabbin. Il s'appelait Yehoshua et était connu par le diminutif Yeshu. Jésus est né juif, a vécu juif et est mort juif.

— Vous vous trompez, mon cher, corrigea le magus. Jésus était aryen. Il était blond et avait les yeux bleus. L'Ahnenerbe a déjà établi que Jésus avait des ancêtres germaniques, plus précisément les Aryens de l'Atlantide qui, comme vous le savez, avaient une origine divine. C'est pourquoi on a appelé Jésus le fils de Dieu. Le Führer lui-même a fait observer que Jésus était probablement un renégat d'une tribu aryenne perdue. Sa véritable mission a été déformée par les Juifs de l'époque, à commencer par saint Paul.

L'illusionniste ne savait pas ce qui le surprenait le plus, la croyance des nazis en ces théories extravagantes, ou la constatation que même des occultistes qui n'étaient pas nazis, comme Frabato, semblaient les accepter sans aucun esprit critique, comme s'ils avaient besoin de croire tout ce qui leur était présenté sous l'apparence du mystère transcendant.

— Bon, bon, d'accord, rétorqua-t-il, ne voulant pas se lancer dans une polémique. Quelles autres recherches ces brillants esprits SS mènent-ils ?

Frabato réalisa qu'il avait affaire à un sceptique qui ne serait jamais convaincu. Il était inutile de perdre plus de temps. Consultant sa montre, il se leva brusquement.

— Écoutez, je dois prendre mon train.

Ils se serrèrent la main et, aussi vite qu'il était apparu, le magicien se volatilisa par la porte de l'atelier qui donnait sur la boutique. De toute évidence, la conversation ne lui avait pas plu.

IV

Les légionnaires étaient réunis pour le petit déjeuner en cette chaude matinée de juin 1941. Tout à coup, Rolf fit irruption dans la cantine en criant que la radio allemande venait d'annoncer que l'Allemagne « *joder Russland* ». Après une certaine confusion quant à la signification de ces mots, on alluma la TSF et tous purent entendre la grande nouvelle. L'Allemagne avait envahi l'Union soviétique.

Au quatrième jour de l'offensive, alors que tout le monde était rassemblé autour du poste de TSF, le bulletin d'informations s'ouvrit sur l'annonce de la chute de Brest-Litovsk.

— Personne ne les arrête, observa Juanito. *Hombre*, les Allemands vont…

Le sergent fut interrompu par un chœur de protestations.

— Chut !

Personne ne voulait en perdre une miette. Les Allemands avançaient en Union soviétique et l'Armée rouge s'effondrait face au rouleau compresseur de la Wehrmacht. À la fin du journal, un brouhaha agita le mess.

— Nous devons aider les Allemands ! s'exclama avec emphase le lieutenant Moncada, entouré de légionnaires. Ils nous ont aidés à défaire les rouges pendant la guerre civile, et nous avons une dette de sang envers eux. Il est temps de la payer. L'honneur l'exige !

— Qu'en pense l'armée, mon lieutenant ?

— Elle pense ce que nous pensons tous, voyons ! Vous n'avez pas lu ce qu'a écrit Yagüe ? Vous n'avez pas entendu ce qu'a dit Asensio ? Pour nos généraux, il faut impérativement aider l'Allemagne dans cette grande croisade de la civilisation contre la barbarie !

Les mots de l'aide de camp du commandant déclenchèrent un chahut parmi les légionnaires. L'entrée de l'Espagne dans la guerre assurait l'avenir de la Légion étrangère.

— Pardon, mon lieutenant, intervint un légionnaire anglais. À votre avis, que va faire l'Angleterre ?

Le lieutenant Moncada comprit qu'il devait être diplomate. La Légion accueillait des hommes de différentes nationalités et certains pourraient être offensés.

— Puisqu'il s'agit de sauver la civilisation occidentale, qui sait si l'Angleterre ne se joindra pas à nous ?

L'idée sembla séduire tout le monde.

— Et l'Espagne, mon lieutenant ? demanda Juanito. Que gagnera-t-elle avec ça ?

— L'honneur, *hombre*.

— L'honneur, ça ne remplit pas le ventre, mon lieutenant.

L'aide de camp du commandant le regarda avec un sourire malicieux.

— Et les *muchachas* de la casbah d'Alger ?

Juanito ouvrit la bouche, comprenant où l'officier voulait en venir.

— *Joder !* s'exclama-t-il. Vous pensez qu'il est possible que l'Espagne récupère… l'Algérie ?

Le lieutenant Moncada fit un vague geste de la main.

— La France s'est rendue. Si nous nous allions aux Allemands, qu'est-ce qui nous empêche de mettre la main sur le butin ? La gloire sourit aux vainqueurs.

— *Madre mia !* s'écria un Espagnol, rêvant déjà d'un nouvel empire. On va récupérer l'Algérie !

Un autre se pencha vers le lieutenant.

— Et Gibraltar ?

La question était pertinente, car Dar Riffien était proche du rocher qui contrôlait l'accès à la Méditerranée, et la présence britannique constituait une atteinte permanente à la fierté de l'Espagne. Le lieutenant était sur le point de répondre mais, tournant les yeux vers le légionnaire anglais, il se retint à temps.

— C'est… C'est une question qui sera réglée en temps voulu.

En d'autres termes, tout le monde sut lire entre les lignes, Gibraltar était une cible.

— *Y Portugal ?* demanda un autre Espagnol, porté par l'enthousiasme. *Coño !* Pourquoi ne pas en profiter et s'emparer aussi du Portugal ?

Le regard du lieutenant Moncada se tourna cette fois vers Francisco et les deux autres Portugais de l'unité.

— Tout cela s'arrangera au moment opportun, dit-il prudemment. Ce qui importe, c'est d'aider l'Allemagne dans la croisade contre la barbarie asiatique.

Les trois Portugais se regardèrent, troublés. Ainsi, leur pays faisait également partie de l'équation espagnole.

Une file de jeunes s'étendait sur plus de cinquante mètres sur la Calle Real et se prolongeait sur la Plaza de Azcárate, en plein cœur de Ceuta. Francisco aimait se promener dans ces *calles*, non seulement pour se détendre, mais aussi pour apprécier les *guapas* qui flânaient en se déhanchant. De plus, les armes de la ville, exactement identiques à celles du drapeau portugais, lui rappelaient le pays. La première fois qu'il était entré à Ceuta, quelques années auparavant, on lui avait expliqué que cette forteresse avait fait partie pendant des siècles de l'empire portugais et que le blason était un héritage de cette époque. Cet après-midi-là, cependant, quand il se rendit sur la *plaza* en compagnie de son inséparable Juanito pour faire une pause, ce fut le rassemblement de jeunes hommes qui attira son attention.

— *Chaval, qué pasa ?* demanda Juanito à l'un d'eux. C'est El Gordo ?

Le garçon parut intimidé par l'uniforme de légionnaire de celui qui l'interrogeait ; personne en Espagne n'ignorait la férocité de ces hommes, ni leur rôle dans la récente guerre civile.

— *Qué nada, señor*, répondit-il avec respect. C'est le recrutement pour la *división española de voluntarios*. Nous sommes ici pour nous engager, *señor*.

— Vous engager pour quoi ? voulut-il savoir. Pour aller voir les filles ?

— Pour la Russie, *señor*.

Juanito regarda à nouveau la longue file et fit un geste admiratif.

— *Coño !* jura-t-il, faisant semblant d'être choqué. Ils préfèrent les beautés russes aux nôtres ?

Les jeunes se forcèrent à sourire, mal à l'aise avec cet humour trivial. Nombre d'entre eux portaient l'uniforme bleu de la Phalange, leur visage était empreint d'une expression rêveuse, comme si la divine providence les avait choisis, et ils ne comprenaient pas comment une mission aussi sacrée pouvait susciter les railleries de combattants tels que les légionnaires.

— Nous devons sauver la civilisation, *señor*, déclara le volontaire avec l'intensité des idéalistes. Il faut faire face à la barbarie. Si nous n'aidons pas les Allemands, qui le fera ? Il faut payer la *deuda de sangre*.

— Sauver la civilisation ? *Hombre*, tu ne fais pas les choses à moitié !

— Venez avec nous, *señor*. Ce serait un honneur de se battre aux côtés des hommes de la Légion. Pourquoi vous ne vous engagez pas aussi ?

Secouant la tête, Juanito rejoignit Francisco et tous deux reprirent leur marche, remontant la Calle Real d'un pas léger en direction de la Calle Peligros, où se trouvait l'un des bordels de Ceuta, véritable destination de leur promenade.

— Parce que je ne suis pas un imbécile.

V

Les lampes s'éteignirent tout à coup et la salle plongea dans une complète obscurité. Le brouhaha distrait de la foule s'atténua, puis cessa. Une musique orientale, mélodieuse, au rythme indolent et répétitif, presque hypnotique, rompit agréablement le silence. Un puissant projecteur éclaira la scène et dévoila un personnage enveloppé dans une cape ; on aurait dit un fantôme. Le Grand Nivelli.

De chaleureux applaudissements retentirent. Quand l'ovation diminua et que le silence revint, le magicien se débarrassa de sa cape et apparut en smoking noir, gants blancs aux mains et un haut-de-forme noir sur la tête.

— Le septième jour de chaque septième mois à Allahabad, Agra et Delhi, le grand prêtre des temples de l'amour élève une jeune fille en l'air, annonça une voix caverneuse avec l'autorité d'un gardien des grands secrets de l'Orient mystérieux. C'est alors que les amants dont l'amour n'est pas partagé par leurs aimées, recherchant les secrets mystiques afin de les ensorceler et de leur insuffler leur amour pour elles, se rassemblent dans ces temples dont la mémoire se perd dans la nuit des temps et sollicitent la bénédiction des grands prêtres. On compte, parmi les ensorcelées, des femmes du peuple mais aussi des femmes de la noblesse, des femmes de tous milieux car l'amour ignore les classes, des femmes anonymes, des femmes célèbres, des femmes comme… Son Altesse, la princesse Karnac.

Une harpe résonna, comme si sa mélodie était elle-même un sortilège, et le foyer lumineux s'élargit, révélant sur la scène une femme en robe lamée d'argent, un foulard de soie écarlate recouvrant ses cheveux d'ébène. Le public redoubla d'applaudissements.

— Votre Altesse, princesse Karnac, dame d'Allahabad, êtes-vous prête pour le sortilège de l'amour ?

— Je le suis.

La voix de la femme était douce, presque un souffle, comme il sied à une princesse venue de l'Orient exotique. D'un geste majestueux, le Grand Nivelli indiqua une natte posée à ses pieds et la princesse Karnac, avec des gestes langoureux et hiératiques, s'allongea dessus. La mélodie devint plus lente, plus profonde, plus hypnotique, annonçant le début du sortilège.

— Détendez-vous, princesse, murmura-t-il lentement, de sa voix lénifiante. Dormez, princesse. – Il laissa la musique l'envelopper, comme un narcotique. – Rêvez, princesse…

Les spectateurs, gardant un silence absolu, retenaient leur respiration, leurs cœurs battant au rythme langoureux de la harpe. Une fois la princesse Karnac endormie et hypnotisée, le magicien s'agenouilla devant elle, sur le tapis, et fit glisser ses mains gantées au-dessus de son corps.

— *Surakabaia, surakabaia*, entonna-t-il, énonçant la formule de l'antique sortilège. Que Kāmadeva, le dieu de l'amour, ou sa réincarnation en Pradyumna, fils de Krishna, t'élève, te porte jusqu'au ciel et fasse grandir en toi la passion pour celui qui t'aime. – Ses mains ondulèrent à nouveau sur elle. – *Surakabaia, surakabaia…*

Soudain, le corps étendu de la princesse Karnac se souleva et lentement, sans saccade, commença à s'élever dans l'air. Les extrémités de son corps ondulaient, ses cheveux pendaient.

Un murmure d'excitation parcourut l'assistance.

— Silence, je vous prie, demanda le Grand Nivelli sur un ton paisible. C'est le moment le plus délicat du sortilège. Le moindre son peut briser le charme et faire tomber Son Altesse la princesse Karnac.

On entendit des « chut ! » et les spectateurs redevinrent silencieux. Le magicien ne les voyait pas, l'unique éclairage de la pièce était concentré sur lui, mais il était impossible de ne pas ressentir la vibration qui parcourait la salle. Le Grand Nivelli se leva lentement, accompagnant l'ascension, et passa une fois de plus les mains sur le corps de la princesse Karnac, comme s'il la hissait.

— *Surakabaia, surakabaia*, entonna-t-il à nouveau. Élevez-vous, altesse. Montez au royaume des cieux. Ouvrez-vous à l'amour et laissez-le vous envelopper. *Surakabaia, surakabaia*.

La princesse Karnac, toujours endormie, s'arrêta et demeura en suspension. Le magicien tira de l'ombre un grand cerceau qu'il fit glisser lentement le long de son corps, démontrant ainsi qu'il flottait bien puisque rien, ni au-dessus ni au-dessous, ne le soutenait. Il effectua un second passage, confirmant la première démonstration. Ayant rempli sa fonction, le cerceau disparut. Le corps demeurait étiré en l'air.

— Écoutez-moi, écoutez-moi, dit le Grand Nivelli, s'adressant aux spectateurs plongés dans l'ombre, comme s'il voulait les atteindre avec sa magie. Que chacun de vous m'écoute. Je vous apporte le charme de l'amour que les grands prêtres ont découvert dans l'Inde lointaine. Que cet amour vous touche aussi, comme il vient de toucher sous vos yeux Son Altesse la princesse Karnac. *Surakabaia, surakabaia.*

Le corps commença alors à descendre, lentement, les extrémités de la robe lamée flottant toujours, ainsi que les cheveux, jusqu'à ce que finalement la princesse touche le sol et se pose sur la natte d'où elle s'était élevée. Le magicien s'agenouilla de nouveau. Il posa sa main sur le visage de la princesse Karnac et claqua des doigts.

— Réveillez-vous du sommeil hypnotique.

Avec un léger frisson, la princesse ouvrit les yeux et le regarda, surprise. S'appuyant sur les coudes, elle se leva et, tendant la tête, l'embrassa sur les lèvres, comme si le sortilège l'avait fait tomber amoureuse du sorcier. Le Grand Nivelli lui prit la main et l'aida à se relever. Puis il se tourna à nouveau vers le public.

— Mesdames et messieurs, vous venez d'assister à la lévitation de la princesse Karnac.

Les lumières s'allumèrent dans la salle et, d'un bond, les spectateurs se levèrent et firent une ovation au magicien et à la princesse, qui les saluèrent d'une révérence. Après un long moment d'applaudissements enthousiastes, tous deux se redressèrent et regardèrent enfin la foule. Alors, et alors seulement, ils virent les gens qui emplissaient la salle, et parmi eux un très grand nombre portait des uniformes, des uniformes sinistres avec des insignes de tête de mort sur les cols.

Lorsqu'il entra dans sa loge, Levin se débarrassa de son haut-de-forme et s'affaissa sur la chaise, encore tremblant de nervosité. Il ferma les yeux et commença à se masser les tempes du bout des doigts. Entendant un bruit derrière lui, il tourna la tête ; c'était sa femme, portant encore la robe lamée de la princesse Karnac, qui venait de s'allonger sur le canapé, se remettant également des émotions du spectacle.

— La coupe est pleine, Bertie, gémit Gerda. Je ne sais pas si demain je pourrai remonter sur scène.

— Nous n'avons pas d'autre choix, rétorqua Levin d'un ton résigné. C'est notre vie.

— Mais tu as vu le public ? C'était plein d'Allemands !

— Nous aussi nous sommes Allemands…

— Des militaires allemands, corrigea-t-elle. En uniforme, avec des têtes de mort dessus. Tu sais qui ils sont, n'est-ce pas ?

Levin le savait, bien sûr.

— Il faut nous y habituer, déclara-t-il. Le pays est un protectorat allemand et l'occupant est partout. C'est normal qu'ils fréquentent les salles de spectacle. Il n'y a pas d'échappatoire. Voyons le bon côté des choses, ils achètent des billets, remplissent la salle, contribuent à faire de notre spectacle un succès.

Sa femme, cependant, ne désarma pas.

— La salle était remplie d'uniformes avec des têtes de mort, Bertie ! Des uniformes avec des têtes de mort !

C'était un fait.

— Plus le temps passera et plus ces uniformes seront nombreux, prédit Levin. N'oublie pas que le Reichsprotektor a été remplacé par le numéro deux de la SS et a ainsi transformé le protectorat en un État SS.

Levin faisait allusion au fait que Von Neurath venait d'être évincé du poste de Reichsprotektor par la nomination d'un adjoint, l'Obergruppenführer Reinhard Heydrich, le bras droit du Reichsführer-SS Heinrich Himmler. Cela signifiait que c'étaient désormais les SS qui dirigeaient le protectorat de Bohême-Moravie. Certes, c'était déjà plus ou moins le cas auparavant, mais, d'après ce qui se disait à Prague, Von Neurath, la Wehrmacht et l'Abwehr parvenaient quand même à endiguer certains des excès des SS. L'arrivée d'Heydrich signifiait que cette digue avait disparu.

— Mais ce type est… est un boucher.

Qui à Prague l'ignorait ? Le jour même où il avait pris ses fonctions, le nouveau Reichsprotektor *de facto* avait décrété la loi martiale et créé des tribunaux d'exception pour juger de manière expéditive tous ceux qui étaient accusés d'avoir porté atteinte à la sécurité politique et économique du protectorat. Le Premier ministre tchèque, Alois Eliáš, avait été arrêté ce même jour et condamné à mort, peine entre-temps commuée en sursis, sous réserve de la docilité du gouvernement tchèque. Nombre d'opposants déjà détenus, pour la plupart des officiers des forces armées et des intellectuels, avaient été immédiatement exécutés. En outre, quatre mille personnes s'étaient également retrouvées dans les cachots de la Gestapo et de la SS. Il semblait clair que le plan d'Heydrich était de priver les Tchèques de leurs élites, afin de désorganiser la population et d'en faire un peuple obéissant.

Couvrant son visage avec ses mains, Gerda se mit à pleurer doucement ; elle était au bord de la crise de nerfs. Son mari comprit qu'à l'avenir, il pourrait difficilement compter sur elle pour jouer le rôle de la princesse Karnac. Il valait peut-être mieux en parler au propriétaire du Bio Konvikt, afin qu'il déniche une jeune Tchèque, de préférence une beauté blonde aux traits aryens, qui plairait à la clientèle allemande. Certes, il perdrait la touche orientale, mais il pourrait peut-être adapter le texte et en faire une Aryenne du Tibet ou une autre princesse quelconque susceptible de séduire les nazis.

— Je n'aurais jamais imaginé dire cela, mais c'était mieux sous le Reichsprotektor précédent, murmura

Gerda. Comparé à ce nouveau type, Von Neurath passerait même pour un *mensch*. – Dans le jargon yiddish, *mensch* désignait un type bien. – Tu crois que ça va s'améliorer ?

— Les personnes qui ont du pouvoir sont prêtes à tout pour satisfaire leurs ambitions personnelles, rétorqua Levin. L'invasion de la Russie a créé de nouvelles opportunités de carrière.

— Qu'est-ce que la Russie a à voir avec ça ?

— Dans la vie, tout est lié, ma chérie. Les Allemands ont envahi la Russie pour avoir des terres où envoyer leurs populations. Pour ceux qui sont au sommet, cela ouvre des horizons. Pour quelle raison ce Heydrich serait-il éternellement le numéro deux de la SS alors qu'il peut devenir le numéro un en Ukraine, par exemple ? Il veut monter dans la hiérarchie et pour ça il doit démontrer son efficacité dans le protectorat. S'il y parvient...

Il se tut en entendant la porte de la loge s'ouvrir. Ondrej jeta un œil par l'embrasure avec un air apeuré.

— Vous savez qui était dans la salle ?

— Les SS, répondit Levin, se levant pour ôter enfin son smoking d'illusionniste. Impossible de ne pas les remarquer.

— Vous l'avez vu dans la loge centrale ?

— Vu qui ?

— Le Reichsprotektor, maître.

Levin tressaillit.

— Von Neurath était là ?

— Le nouveau Reichsprotektor. Le nouveau.

L'illusionniste se figea.

— Heydrich ?

— Oui.

— Ici ?

— Oui, maître. Il a assisté au spectacle depuis la loge centrale. Vous ne l'avez pas vu ?

Gerda écarquilla les yeux, horrifiée.

— Mon Dieu !

— Non, je ne l'ai pas vu, déclara Levin, incrédule. Vous êtes sûr que c'était bien lui ?

Ondrej acquiesça.

— Le Reichsprotektor veut vous voir, maître. Il a demandé que vous alliez le rejoindre dans sa loge.

— Quoi ?

— Heydrich veut vous parler.

Le magicien échangea un regard paniqué avec sa femme. Celui que l'on surnommait le « Boucher de Prague » se vantait d'avoir l'œil pour repérer les Juifs. Il est vrai que Levin avait le teint clair et les yeux bleus, ce qui ne permettait pas de le distinguer des autres Européens, et que Gerda, bien que brune, pouvait facilement passer pour une Indienne, surtout dans le contexte de la lévitation de la princesse Karnac. Le problème, c'était ce qu'il avait lu quelques années auparavant dans les textes proto-nazis qui soutenaient que les différentes races dégageaient des odeurs différentes, ce qui avait conduit certains nazis, comme Julius Streicher, à affirmer que quelqu'un qui a « un bon odorat peut toujours flairer le Juif ». Une absurdité, bien sûr, mais il y avait tellement de personnes en Allemagne qui y croyaient que lui-même se demandait si ce n'était pas vrai. C'est pourquoi il envisagea la possibilité d'inventer une excuse ; il prétendrait qu'il était souffrant ou quelque chose de ce genre, mais il finit par comprendre que cela pourrait être pire. Les SS étaient des hommes susceptibles et méfiants. Une excuse, quelle qu'elle soit, éveillerait forcément les soupçons.

Prenant une profonde inspiration, Levin se rendit à l'évidence. Il n'avait d'autre choix que d'aller voir le Boucher.

VI

Après avoir ordonné aux hommes de cesser de tirer, Francisco s'avança afin d'apprécier les effets du feu nourri. Les tirs avaient coupé le pantin en deux, le torse et la tête reposaient sur le sol. Il se retourna et fit un signe d'approbation.

— En plein dans le mille !

Il retourna au point d'observation pour poursuivre l'exercice avec les Hotchkiss. Alors qu'il se préparait à donner un nouvel ordre de tir, il entendit la voix de Juanito.

— Tout le monde au carrousel, ordonna le sergent en s'approchant du champ de tir. Le commandant va faire une communication.

Le Portugais fronça les sourcils. Quelle communication ne pouvait pas attendre la fin de la journée ?

— Section, cria-t-il avec autorité. Au carrousel !

Après avoir rangé les mitrailleuses et sans perdre de temps, le groupe de huit hommes se dirigea vers la caserne derrière le sergent et le caporal-chef. Une fois arrivés, les légionnaires se mirent en rang et attendirent le commandant. C'était au printemps 1942, une brise chaude soufflait sur les visages en sueur.

— Attention !

Sur l'ordre de Juanito, les légionnaires se mirent au garde-à-vous. Le commandant du 4e Bandera scruta du regard les membres de la section, comme pour inspecter leur tenue, et se planta devant eux.

— *Caballeros legionarios*, commença par dire le colonel Vázquez. Il y a des gens qui disent qu'avant votre arrivée, vous étiez… je ne sais quoi, mais tout sauf des hommes. Certains d'entre vous étaient des meurtriers, d'autres des voleurs. – Il éleva la voix, exalté. – Mais ici, depuis que vous êtes ici, vous êtes des hommes ! Qui êtes-vous ? Les compagnons de la mort ! Les chevaliers de la Légion ! – Il s'arrêta un instant, le visage rougi, laissant ses mots résonner. – Vous êtes l'élite de l'élite, les plus braves parmi les braves, des hommes qui ne connaissent pas la peur. – Il fit une pause spectaculaire. – N'est-ce pas ?

La réponse vint en chœur.

— Oui, mon commandant !

— Je vous ai fait venir car l'Espagne a besoin de vous. Nous menons à nouveau une croisade contre le communisme. Mais cette fois, nous ne combattons pas les laquais espagnols des *rojos*, les rouges, ces *tontos* trompés par d'autres, plus malicieux, venus de l'étranger. Non, cette fois, *caballeros legionarios*, nous allons combattre les rouges les plus rouges qui soient, les chiens qui ont lancé en Espagne la semence du mensonge, les véritables responsables de la guerre dans laquelle notre pays s'est abîmé, les coupables du chaos et de la misère dans lesquels se trouve la nation. – Il prit une profonde inspiration. – *Los Rusos*. – Nouvelle pause. – N'est-ce pas ?

— Oui, mon commandant !

— Le moment est venu de leur rendre la monnaie de leur pièce. Les Russes nous ont apporté la guerre, eh bien nous leur apporterons la guerre. Œil pour œil, dent pour dent. Le temps de la vengeance est venu. – Il leva un bras et cria. – *Rusia es culpable !*

— *Rusia es culpable !* reprirent les légionnaires en chœur, scandant le slogan du moment. *Rusia es culpable !*

— *Caballeros legionarios*, l'Espagne a besoin de vous. – Il regarda les hommes au garde-à-vous devant lui. – Y aurait-il d'aventure parmi vous un *maricón* qui n'ait pas de *cojones* pour s'engager dans la Division bleue et combattre les rouges ?

Le colonel Vázquez se tut pendant un long moment, attendant la réponse. Personne ne dit mot. Participant à la revue, Francisco se sentait troublé. La Division bleue ? Il savait qu'il s'agissait du nouveau nom de la force de volontaires qui combattait en Russie au côté des Allemands, mais qu'attendait exactement le commandant ? Qu'ils s'engagent dans la Division bleue ? Mais qu'est-ce que la Légion avait à voir avec la Division bleue ? N'était-ce pas plutôt la place de la Phalange ?

— Il n'y a pas de *maricónes* ? insista l'officier. Vous êtes tous des hommes, des vrais ? Vous êtes tous volontaires pour la Division bleue ?

En son for intérieur, Francisco se disait qu'il devrait prendre la parole et annoncer qu'il n'était volontaire pour rien du tout. Il avait combattu pendant la guerre civile espagnole et n'avait aucune envie de remettre ça. Cependant, la façon dont le commandant avait présenté les choses l'empêchait de parler. Nul ne dirait jamais de lui que c'était un *maricón*, encore moins dans la Légion.

— *Muy bien*, s'exclama le colonel Vázquez au bout d'une minute, satisfait du silence. Toutes mes félicitations. – Il leva à nouveau le bras. – *Arriba España !*

— *Arriba !*

— *Arriba la Legión !*

— *Arriba !*

— *Viva la muerteeee !*

— *Vivaaaa !*

Le colonel désigna le bâtiment voisin et, baissant la voix, il conclut comme en aparté :

— Les formulaires pour vous engager sont au secrétariat.

Tirant avec insistance sur sa pipe à kif à la fumée aromatique, Francisco contempla la place à présent déserte où s'était tenue la revue et secoua la tête. Il ne voulait pas croire que dix minutes auparavant il avait accompli l'impensable et s'était enrôlé dans la Division bleue.

— Les enfoirés, murmura-t-il, consterné. Ils m'ont bien eu.

— Ils nous ont bien eus, corrigea Juanito. Le colonel a présenté les choses de telle manière que nous ne pouvions pas nous dérober. – Il fit une moue et imita la voix du colonel Vázquez. – *N'est-ce pas ?*

Le Portugais rit sans en avoir vraiment envie.

— Ce type est futé. Il dit que nous sommes des hommes et ensuite il nous envoie en Russie. – Il renifla et cracha par terre. – Mais pourquoi nous veulent-ils là-bas ? La Division bleue n'est-elle pas pour les phalangistes ?

— Elle l'était, souligna l'Espagnol en se curant les dents. Les *tíos* de la Phalange, ça ne les fait plus bander.

— Mais ce ne sont pas eux qui se sont précipités par milliers dans les centres de recrutement ? Tu ne les as pas vus en train de faire la queue à Ceuta, mourant d'envie de s'enrôler pour défendre la civilisation et autres fadaises ? Ils auraient même accouru en slip, tellement ils étaient enthousiastes…

— Ça, c'était l'année dernière, Paco. À l'époque, ils avaient la gnaque ; tout le monde voulait donner un coup de main aux Allemands et payer la fameuse *deuda de sangre*. – Il enleva le cure-dent de sa bouche et l'examina. – C'est différent maintenant. La gnaque, c'est fini. Avec l'arrivée des mutilés de Russie et l'entrée en guerre de l'Amérique, ce n'est plus la même chanson. L'idée de combattre les rouges, c'est très joli, ça montre qu'on est des hommes, des vrais et je ne sais quoi encore, mais à présent…

Francisco aspira une autre bouffée de kif et regarda la place déserte ; un vent léger tourbillonnait comme une toupie, soulevant un petit nuage de poussière.

— En fin de compte, l'Espagne est entrée en guerre ?

— Bien sûr que non.

— Mais alors, que fait la Division bleue en Russie ?

— La Division bleue n'est pas une unité des forces armées espagnoles, *hombre*. C'est une force de volontaires phalangistes.

— Mais moi je ne suis pas un phalangiste…

— *Bueno*, nous sommes des volontaires.

— Des volontaires forcés, tu veux dire. Mais tu n'as pas répondu à ma question. Si la Division bleue est composée de phalangistes, pourquoi devons-nous aller en Russie ?

— Parce que les phalangistes ne veulent plus y aller !

— Alors c'est bien ce que je dis, bordel ! Nous sommes une unité de l'armée espagnole en guerre.

— Techniquement non.

— Techniquement ? Tu déconnes ou quoi ?

— En pratique, tu as raison. On peut assimiler la Division bleue à une unité de l'armée espagnole engagée dans la guerre aux côtés des Allemands. Mais en théorie, elle demeure une unité des phalangistes.

Le visage de Francisco se crispa.

— C'est quoi ces conneries ? Décidez-vous ! Ou nous sommes en guerre ou nous ne le sommes pas.

— *Coño !* C'est à cause des Britanniques et des Américains. Nous devons sauver les apparences, pour qu'ils ne se fâchent pas avec nous. N'oublie pas qu'ils sont en guerre avec les Allemands.

Le Portugais rit.

— Mais c'est quoi ces foutaises ? Alors comme ça, l'Espagne veut combattre aux côtés de l'Allemagne mais elle a peur de heurter les Anglais et les Américains ? C'est n'importe quoi !

L'Espagnol gigota sur le banc, mal à l'aise.

— Ouais, c'est un peu bizarre, cette…

— Un peu ? C'est très bizarre ! – Il insista sur le *très*. – C'est comme si on avait voulu se battre pour le général Franco dans la guerre civile et qu'on ait eu peur d'offenser les communistes ! Si l'Espagne a l'intention d'entrer en guerre, qu'elle le fasse et qu'elle en assume les conséquences, bon sang !

— Tu ne comprends pas, Paco. Si nous entrons en guerre, les Anglais et les Américains vont nous imposer un blocus naval et ça bloquera nos approvisionnements en céréales et en carburant, sans lesquels le pays ne peut pas survivre.

— Alors l'Espagne ne devrait pas entrer en guerre.

— Et elle ne l'a pas fait.

— Mais alors, que fait la Division bleue en Russie ?

— Ce sont des volontaires, je te l'ai déjà dit.

Le caporal-chef plissa les yeux d'ennui, comme s'il avait renoncé à comprendre, ou plutôt parce qu'il avait trop bien compris.

— Quand les emmerdes arrivent, c'est la Légion qui trinque !

VII

En passant devant les hommes en uniforme vert-de-gris et pantalon de cavalier, tous grands, chaussés de bottes reluisantes montant jusqu'aux genoux et dont les casquettes étaient ornées d'énormes têtes de mort, le magicien se sentit horriblement intimidé. Il ne pouvait se permettre de laisser transparaître sa peur. L'être importait peu, seul comptait le paraître ; c'était comme ça dans l'illusionnisme et c'était comme ça aussi dans la vie. C'est pourquoi il avait remis son haut-de-forme sur la tête et se dirigeait vers la loge centrale non pas comme Levin, le Juif qui avait travaillé à la Bourse de Berlin et qui faisait de l'illusionnisme, mais comme le Grand Nivelli, le magicien, le gardien des plus profonds secrets ésotériques de l'Orient lointain et mystique qui fascinait tant les Allemands.

Les officiers SS qui se tenaient dans le hall du premier étage buvaient en riant aux éclats. Certains sourirent quand le magicien passa à côté d'eux, le félicitant pour le spectacle, apparemment sans remarquer qu'il sentait le Juif, et le Grand Nivelli leur répondit par un sourire confiant et même énigmatique. Les hommes d'Himmler voulaient du mystère, il allait leur en donner.

— … le plan est de germaniser la moitié de la population tchèque, disait en allemand une voix flûtée provenant de l'intérieur de la loge centrale. L'autre moitié, celle de sang inférieur, sera envoyée à l'est. Quant aux Juifs, il n'y a pas de place pour eux dans le protectorat. Nous utiliserons Theresienstadt pour…

Un officier lui indiqua la porte de la loge et le magicien, sans la moindre hésitation, entra comme s'il était maître et seigneur du monde. Deux dames et trois officiers SS bavardaient ; tout le monde fumait et buvait. Quand ils le virent, les conversations cessèrent et l'un des officiers, de dos, justement celui qui parlait, se retourna et posa sur lui un regard perçant.

Heydrich.

— *Ach*, notre magicien !

Le Grand Nivelli ôta son haut-de-forme et son gant et tendit le bras droit, comme on était désormais tenu de le faire.

— *Heil Hitler !*

Le chef nazi le dévisagea de la tête aux pieds.

— Quelle classe, en effet, dit-il de sa voix étrangement aiguë. Votre spectacle a de la tenue.

— Merci, *Herr* Reichsprotektor, dit le magicien en s'inclinant légèrement, les pieds toujours joints comme sur scène. Je suis honoré que Votre Excellence apprécie mon art.

L'Obergruppenführer était un homme d'une taille anormalement grande, maigre, très blond, le front haut, de petits yeux bleus remuant sans cesse, et le nez crochu comme le bec d'un oiseau. Il se tourna vers l'une des femmes dans la loge.

— Ma femme, dit-il en la présentant. Lina, tu voulais poser une question à notre magicien, n'est-ce pas ?

Prenant une pose aristocratique, ou du moins se voulant telle, l'Allemande souffla de la fumée et tendit une main gantée au nouveau venu pour qu'il la baise, ce que le Grand Nivelli fit sans hésiter.

— Ravie de vous rencontrer, *Herr* Nivelli, dit-elle. J'ai demandé à mon mari de vous faire venir car j'aimerais savoir si ce que vous avez dit au début, sur les temples de l'amour en Inde, est vraiment vrai. Ces enchantements existent-ils vraiment ?

— Madame, votre question m'embarrasse, répondit-il en faisant un geste de la main. En tant que maître de l'ésotérisme et seigneur des arts occultes, je détiens de nombreux et profonds secrets au sujet desquels je suis tenu à la plus grande discrétion. Certaines choses ne sont accessibles qu'aux initiés et, bien que cela me coûte, les puissances supérieures m'interdisent de parler de tels mystères, sous peine d'attirer sur moi, et sur quiconque avec qui j'aurais le malheur de partager ces énigmes, la plus terrible des malédictions.

— Comme c'est galant, dit en riant Lina Heydrich. Vous ne me dites rien pour me protéger ?

— C'est cela, madame.

La femme tapota le bras du Reichsprotektor.

— Ne vous inquiétez pas pour moi, monsieur le magicien. Mon mari est l'homme le plus puissant de Bohême-Moravie et bientôt il atteindra des sommets encore plus élevés. Il me protégera.

— Votre mari est effectivement extrêmement puissant, madame, mais seulement pour ce qui concerne les choses terrestres. Croyez-moi quand je vous dis qu'il existe dans le cosmos, dans des sphères qui dépassent notre entendement, d'autres cercles, des forces invisibles que nous ne pouvons nous permettre de provoquer, de terribles pouvoirs qui agissent dans l'ombre et nous manipulent comme des marionnettes. Ils entendent et savent tout, et tout faux pas serait payé d'une malédiction éternelle.

— C'est vrai, c'est vrai, acquiesça Heydrich avec un sourire condescendant. Écoute ce que notre magicien te dit, Lina. Il sait de quoi il parle. Il y a des secrets qui ne peuvent être révélés.

— Mais je ne veux pas savoir comment il a hypnotisé et soulevé dans les airs la princesse indienne, argumenta-t-elle. Ce sont là des arts occultes que nous respectons et craignons tous, des connaissances aryennes du bouddhisme et de l'hindouisme qui se matérialisent à travers les pouvoirs paranormaux du svastika. Ce que je veux savoir, monsieur le magicien, c'est si de tels temples de l'amour existent vraiment et si leurs prêtres ont vraiment des sortilèges pour faire en sorte que les gens tombent amoureux. Qu'avez-vous découvert lors de vos voyages en Orient ?

Le Grand Nivelli savait qu'il ne pouvait pas mentir, mais il n'était pas souhaitable non plus de briser l'illusion qu'il avait créée pendant le spectacle ; ce n'était clairement pas ce que ces gens voulaient entendre. Le chemin était étroit et il devait répondre avec intelligence, tissant, par l'habileté du verbe, la magie de l'illusion.

— L'Inde recèle de multiples secrets, madame, murmura-t-il. Je comprends votre curiosité, naturelle chez les êtres délicats et sensibles aux problèmes de cœur comme le sont les dames, mais je dois vous avertir, madame, que la connaissance de certains mystères peut éveiller des forces puissantes et incontrôlables, des pouvoirs qui nous serviraient bien mieux s'ils demeuraient en sommeil. Laissons les choses terrestres aux puissances terrestres et les mystères de l'esprit aux arcanes de l'au-delà.

Les épaules de la femme du Reichsprotektor s'affaissèrent imperceptiblement lorsqu'elle réalisa qu'elle ne saurait jamais si lesdits temples de l'amour et le fascinant sortilège de la passion existaient vraiment, mais ce fut alors Heydrich lui-même qui sembla s'intéresser à la question.

— En vous entendant, je ne peux m'empêcher de remarquer que vous en savez plus qu'il n'y paraît. Aurais-je tort de vous tenir pour un magus de l'occulte ?

Toujours avec un air de mystère, comme si la représentation sur scène n'était pas encore terminée, le magicien s'inclina.

— Je suis à votre service, *Herr* Reichsprotektor.

Il ne confirma ni ne nia rien, laissant planer le doute, mais visiblement, pour Heydrich, la réponse était positive.

— *Ach*, excellent ! Vous savez, ce domaine intéresse beaucoup notre Führer et surtout le Reichsführer-SS. – Il plissa les yeux, ce qui lui donna une expression troublante et ambiguë. – Vous ne le savez peut-être pas, mais avant que je ne vienne à Prague, et à cause de l'absurde fuite en Grande-Bretagne de cet idiot de Rudolf Hess qui a cru aux conseils stupides d'astrologues qui n'étaient que des charlatans, le Führer, très déçu par l'astrologie, m'a chargé d'une action contre les doctrines et les sciences occultes. Dans le cadre de l'*Aktion Hess*, j'ai fait arrêter des centaines d'occultistes et saisir des milliers de publications.

Sentant soudain la chaleur l'envahir, le Grand Nivelli accusa le coup. Il venait de comprendre que la récente offensive du Reich contre l'occultisme qui n'était pas favorable au nazisme avait été confiée à Reinhard Heydrich.

— Euh… J'espère… que…

Le voyant bégayer, le Reichsprotektor perçut la crainte du magus.

— *Ach*, ne vous inquiétez pas, dit-il en riant. Je ne vais pas vous faire arrêter. La campagne est terminée et presque tous les occultistes détenus ont été libérés. Le Reichsführer-SS m'a donné des instructions claires pour distinguer le charlatanisme de l'occultisme scientifique, et j'ai dit à mes collaborateurs de ne pas importuner les occultistes qui font des recherches sur les forces cosmiques en recourant à des méthodes scientifiques. – Il s'inclina devant son interlocuteur. – C'est votre cas, naturellement.

La ligne de partage entre l'illusionnisme et la magie devenait encore plus ténue, et le Grand Nivelli sentit qu'il foulait un terrain sans doute un peu trop marécageux. Tout faux pas pouvant mal finir, il se trouvait face à un dilemme. Devait-il assumer ouvertement le caractère illusionniste de son travail, comme cela était d'ailleurs implicite dans tout le spectacle, ou valait-il mieux s'en tenir à l'attitude ambiguë qu'il avait suivie jusque-là, au motif qu'il serait préférable de dire aux SS ce qu'ils voulaient entendre ? D'ailleurs, que voulaient-ils entendre ? Que l'enchanteur qui avait fait léviter la princesse Karnac était un magus qui maîtrisait les pouvoirs surnaturels des Atlantes arrivés au Tibet après l'effondrement des lunes gelées, ou qu'il n'était qu'un simple illusionniste qui faisait des tours pour gagner sa vie ?

— Je peux vous assurer, *Herr* Reichsprotektor, que je n'ai pas parlé avec *Herr* Hess avant son fameux vol.

Heydrich éclata de rire.

— *Ach*, j'aime votre sens de l'humour. Je dois reconnaître que la lévitation de la princesse indienne m'a également beaucoup impressionné. Ce numéro est une illustration particulièrement heureuse de la nature divine des Aryens. Qui sait si la lévitation n'est pas un secret atlante, préservé par les Aryens de l'Inde ?

— La lévitation est un secret divin, *Herr* Reichsprotektor.

— Vous êtes certainement au courant des études scientifiques qui prouvent la relation aryenne entre les Allemands et ces peuples d'Asie, je présume.

Le Grand Nivelli réalisa que c'était un test. Non seulement l'importance accordée par les Allemands à cette supercherie ne cessait de l'étonner, mais il était aussi étrange de voir ces gens, si jaloux de leur supériorité raciale, insister sur les liens qui les unissaient à des peuples comme les Tibétains, les Indiens, les Japonais, les Perses et même les Indiens des Andes. Le magicien savait qu'il y avait une tension en Allemagne entre les *Germanentum*, les mystiques qui défendaient le caractère exclusif de la supériorité allemande, et les *Ariertum*, des occultistes qui étendaient ce statut à d'autres peuples considérés comme Aryens. Certes, ces deux courants n'étaient qu'une variation de la même croyance en la supériorité de la race proto-germanique, mais les Ariertum transcendaient la germanité restreinte et étaient plus inclusifs. Chose surprenante, c'est dans cette mouvance que s'inscrivait la pensée ésotérique et raciale dominante des nazis, y compris celle d'Hitler et Himmler.

— Certainement, *Herr* Reichsprotektor, répondit-il avec l'assurance d'un prêtre de l'occulte. Il suffit de comparer le *Mahabharata* hindou avec le *Nibelungenlied* nordique, et l'ancienne civilisation indienne avec la civilisation germanique préchrétienne pour se rendre compte que la *Bhagavad-Gita* reflète les idées indo-germaniques de l'héroïsme.

À ces mots, Heydrich posa ses mains sur ses hanches anormalement larges, ce qui lui donnait une allure féminine un peu sinistre, et se mit à réciter de son étrange voix grinçante.

— « Je suis le Temps tout-puissant, destructeur de toutes choses, et je suis venu pour tuer ces hommes. Même si tu ne luttes pas, tous ces guerriers devant toi mourront. »

Tous ceux qui se trouvaient dans la loge, y compris le magicien, applaudirent.

— Bravo ! Bravo !

Le Reichsprotektor s'inclina.

— Comme vous pouvez le voir, le Reichsführer-SS n'est pas le seul à connaître la *Gita* par cœur, dit-il en riant. Je connais moi aussi deux ou trois petites choses.

— La similitude entre les visions hindoue et allemande sur le rôle purificateur de la violence est stupéfiante, s'exclama l'un des officiers SS présents. Ça ne peut pas être une coïncidence ! C'est une preuve de plus que ces deux peuples partagent une origine aryenne !

— Sans aucun doute, approuva Heydrich. Cela se voit dans tout le symbolisme germanique, bouddhiste et hindou, n'est-ce pas, magus ?

Le Grand Nivelli hocha la tête, se remémorant ses lectures mystiques si chères aux nazis.

— Le svastika, *Herr* Reichsprotektor, rappela-t-il en désignant la croix gammée cousue sur l'uniforme de son interlocuteur. Les Aryens l'utilisent en Allemagne, mais il en est de même pour les Aryens au Tibet, en Inde et au Japon. Existe-t-il un meilleur exemple de symbole qui unit l'aryanisme germanique à l'aryanisme hindou-bouddhiste, et prouve leur origine commune ?

— Vous avez raison, magus, approuva le nouveau chef suprême de la Bohême-Moravie. Ce n'est pas par hasard que le Reichsführer-SS a toujours des exemplaires des Vedas, de la *Bhagavad-Gita* et des sermons du Bouddha à portée de main, ainsi que des Eddas germaniques. Combien de fois l'ai-je vu lire ces textes sacrés entre deux réunions, et souligner les étranges points communs entre hindouisme et nazisme ?

— C'est probablement en raison de la conversation entre Krishna et Arjuna à Kurukshetra, avança le magicien pour montrer l'étendue de sa connaissance sur un sujet qui passionnait tant les nazis. L'intérêt de cette conversation reproduite dans la *Bhagavad-Gita* est qu'Arjuna a remis en question le recours à la guerre et à la violence, et que Krishna lui a répondu que ce serait en réalité un péché de ne pas combattre car cela violerait les devoirs du *dharma*. *Herr* Himmler a peut-être été impressionné par ce dialogue.

— Vous avez d'excellentes lectures, magus, s'exclama Heydrich. Mais le plus important est l'histoire commune des Aryens. L'autre jour, le Reichsführer-SS m'a dit que la race nordique n'était pas le résultat d'un processus d'évolution, mais qu'elle était descendue directement des cieux pour s'installer à Thulé, l'Atlantide. Il semble que cela est scientifiquement établi, ce qui montre le caractère divin des Aryens. Il n'est pire aveugle que celui qui ne veut pas voir. C'est la catastrophe qui a détruit l'Atlantide qui a contraint les Aryens à se répandre en Europe, en Amérique et en Asie, notamment au Tibet, en Inde et au Pérou, où ils ont fondé des civilisations avancées. Les Aryano-Atlantes qui ont créé l'hindouisme indien, en particulier les Brahmanes à la peau claire, ont défendu la pureté de la race en instituant les castes et en interdisant les mélanges avec les inférieurs, tels que les Intouchables. Pour leur part, les Aryano-Atlantes qui ont fondé l'empire perse de Zoroastre ont exalté la lutte d'Ormuzd contre Ahriman, de la lumière contre les ténèbres, jusqu'à la victoire finale du Soleil, dont le symbole est… – Il se tourna vers le magicien. – Quel est le symbole du Soleil, magus ?

— Euh… le svastika ?

— Le svastika, confirma Heydrich exalté, la voix vibrante. Le svastika est le symbole aryen universel de la victoire de la lumière sur les ténèbres, d'Ormuzd sur Ahriman, des Brahmanes sur les Intouchables, des Aryens sur les Sémites, des surhommes venus du ciel sur les sous-hommes, ces terriens qui descendent du singe, des clairs sur les sombres, de la race supérieure sur les races inférieures, de l'étincelle divine sur les ténèbres démoniaques, de l'âme sur la chair, de l'esprit sur la matière, du bien sur le mal. – Il demeura un moment silencieux, puis, quand il recommença à parler, il chuchota presque. – Malheureusement, les Aryens ont commis la terrible erreur de se mélanger à des races inférieures, et ce en raison de l'influence néfaste des idées judéo-chrétiennes. Bien sûr, l'étincelle divine s'éteignait à chaque nouvelle génération, et ces civilisations ont fini par décliner. Comment pouvait-il en être autrement ?

— *Ach !* s'exclama l'un des officiers SS. Nous ne pouvons pas permettre qu'une telle tragédie se reproduise à nouveau, Obergruppenführer ! Ce serait un désastre pour l'humanité ! Nous devons défendre la lumière et combattre les ténèbres ! L'étincelle divine des Aryens ne saurait être éteinte par les monstres sémites ! Il faut sauver l'humanité !

— Rassurez-vous, mon cher Karl, dit Heydrich. Le Reich sera à la hauteur d'une si noble mission. C'est pour cela que la SS existe, n'est-ce pas ? Nous sommes ici pour défendre la race et, avec elle, l'avenir de l'humanité. N'oubliez pas qu'il y avait chez les Aryens hindous la caste des guerriers Kshatriya, lesquels obéissaient aux traditions légendaires de la

Bhagavad-Gita et du *Mahabharata*, et tuaient au nom d'un bien supérieur. Tout comme eux, nous avons nous aussi une caste de guerriers qui obéit aux traditions légendaires de l'Edda et du *Nibelungenlied* et tue au nom d'un bien supérieur. La SS. Nous ne laisserons pas s'éteindre l'étincelle divine des êtres humains, et nous saurons la protéger des ténèbres dans lesquelles le monde entier ne manquerait pas de plonger si cette folie qu'est le métissage se poursuivait. Nous ferons tout, absolument tout, pour l'empêcher. Nous n'hésiterons pas à accomplir des actes terribles, voire indicibles, à commettre le mal au nom d'un bien supérieur, car tels sont les devoirs de notre karma. Lorsque cette guerre s'achèvera, messieurs, je vous jure solennellement que nous aurons éradiqué les races sous-humaines démoniaques, et que l'humanité sera sauvée. Sauvée ! Les ténèbres se dissiperont et la lumière brillera comme jamais auparavant.

Dans une ferveur religieuse, les Allemands qui écoutaient Heydrich répondirent à ce serment en tendant le bras droit, faisant le salut romain.

— *Heil Hitler !*

Heydrich se retourna vers son visiteur.

— Nous avons besoin de vous, magus.

— Je suis à votre service, *Herr* Reichsprotektor.

— Le Reichsführer-SS a déjà donné des ordres pour que l'usine Škoda qui se trouve ici, dans le protectorat, produise des armes secrètes magiques, y compris des systèmes antigravité, des armes guidées et des rayons mortels qui anéantissent l'aviation ennemie, comme le marteau de Thor. Mais je veux que, sous ma direction, le protectorat contribue davantage à la victoire finale. En vous entendant parler, je me suis dit que vos connaissances mystiques pouvaient être très utiles à l'humanité. Vous l'ignorez peut-être, mais nous, les SS, nous faisons également des recherches sur les sciences marginales.

— J'en ai entendu parler, *Herr* Reichsprotektor. La mission a été confiée à l'Ahnenerbe, n'est-ce pas ?

L'Obergruppenführer saisit sa casquette de SS, posée sur la chaise, et lui montra l'un des deux symboles cousus à l'avant. Entre la visière et l'aigle impériale surmontant le svastika, il y avait un grand crâne sur trois os croisés, un peu comme sur les drapeaux de pirates.

— Savez-vous ce que c'est ?

Le magicien posa un regard inquiet sur la casquette du SS ; pour lui, ce symbole avait toujours représenté la violence.

— Un… Une tête de mort.

Heydrich sembla déçu.

— Bien sûr, le *Totenkopfring* est une tête de mort, dit-il. Même un enfant sait ça. Mais quelle est sa signification ?

Le magicien répondit d'une voix timide, comme s'il craignait de faire face à une menace voilée.

— La mort ?

— Le Führer aime beaucoup citer les propos d'Ernst Schertel dans son livre *Magie*, rétorqua le Reichsprotektor, se concentrant pour réciter les paroles en question. « Celui qui ne porte pas en lui les graines démoniaques ne donnera jamais naissance à un monde nouveau. » – Il désigna encore le symbole sur la casquette. – En ce sens, ce crâne est bien évidemment un symbole de mort. Les SS doivent tuer l'ancien pour donner naissance au nouveau. Nous le savons tous. De plus, la tête de mort nous rappelle que nous devons toujours être prêts pour le jour où notre heure viendra. Mais lorsque je vous demande la signification du Totenkopfring, j'essaie d'évoquer quelque chose de plus transcendant. – Il reposa la casquette sur la chaise. – Vous saviez que c'est un magus qui a dessiné la tête de mort SS ?

Le regard du magicien revint sur le Totenkopfring, mais cette fois avec curiosité.

— Vraiment ?

— Vous avez certainement entendu parler du voyant Wiligut.

Bien sûr, il avait déjà entendu parler de Karl Maria Wiligut. C'était l'un des occultistes qui avaient le plus influencé l'idéologie nazie. Il était surtout admiré par Himmler en raison de ses théories aryosophiques et de ses livres sur l'Armanem. Le Grand Nivelli avait lu Wiligut après que Crowley l'eut mis en garde au sujet d'Hitler à Berlin. Il savait que Wiligut prétendait être le dernier d'une longue lignée de magus germaniques, les Wiligoten d'Asa-Uana Ulligotis, ou un charabia du même genre, dont les ancêtres remontaient aux temps préhistoriques. Wiligut prétendait que, parmi ses ancêtres, figuraient Arminius, le chef de la tribu germanique qui avait vaincu trois légions romaines, et le dieu nordique Thor lui-même. L'occultiste allemand affirmait avoir des pouvoirs psychiques qui lui permettaient de se remémorer les expériences de sa tribu sur trois cent mille ans, remontant à une époque où, selon lui, trois soleils brillaient dans le ciel et la Terre était peuplée de géants, de nains et d'autres êtres mythiques. Il soutenait aussi que le yoga libérait les énergies cosmiques liées à des corps astraux tels que le « soleil noir », une autre bizarrerie, et il était l'auteur de la théorie selon laquelle l'Église catholique avait déformé la vraie mission raciale du Jésus aryen. Bref, un halluciné. Apparemment, le Reichsführer-SS avait avalé ces sornettes.

— Est-ce le magus Wiligut qui a dessiné la tête de mort de la SS ?

Heydrich regarda sa casquette avec un air attendri.

— Il a dessiné la tête de mort et conçu les insignes, et même certains rituels de notre glorieuse force, confirma-t-il. Le Reichsführer-SS le tenait en si haute estime qu'il l'a nommé chef du département d'histoire ancienne du Bureau pour la race et le peuplement jusqu'à... jusqu'à... enfin, jusqu'à ce qu'il cesse de l'être.

L'hésitation du Reichsprotektor était compréhensible. Wiligut avait dû être démis de ses fonctions au sein de la SS après avoir été interné dans une institution pour malades mentaux, ce que n'ignorait pas le Grand Nivelli mais qu'il jugea plus sage de taire.

— En effet, il y a longtemps que je n'avais pas entendu parler du grand magus.

— L'important, ce n'est pas Wiligut, déclara l'Obergruppenführer. Ce qui compte vraiment, c'est de saisir pour quelle raison il a choisi le Totenkopfring comme symbole de la SS. Vous la connaissez, magus ?

Le Grand Nivelli avait lu Wiligut huit ans plus tôt, il devait faire appel à sa mémoire.

— Certaines têtes de mort étaient produites par les artisans de l'Atlantide, dit-il, répétant le pensum ésotérique qu'il avait étudié en 1933. Si je ne me trompe pas, Wiligut a découvert qu'elles avaient des propriétés magiques pouvant rendre immensément puissant celui qui les maîtriserait.

Une lueur de satisfaction brilla dans les yeux bleus d'Heydrich ; le magus qui se tenait devant lui avait visiblement une connaissance approfondie de l'œuvre qui avait tant influencé le Reichsführer-SS et toute la mythologie qui sous-tendait l'organisation d'Himmler.

— *Ach*, il n'y a aucun doute, s'exclama-t-il, vos connaissances gnostiques sont remarquables. Et vous pourriez nous être très utile. Dites-moi, magus, n'aimeriez-vous pas faire partie de l'Ahnenerbe ?

La proposition était si inattendue que le magicien parut décontenancé.

— Moi ? À l'Ahnenerbe ?

— Oui, bien sûr.

— Mais… je ne suis même pas archéologue.

— Vous seriez affecté à la section de l'occultisme, s'entendit-il répondre. L'Ahnenerbe mène actuellement une série de projets, comme l'étude des cercles atlantes germaniques, des triangles de l'esprit et du pentagramme aryen. Nous poursuivons des recherches sur les rites magiques aryens de la Carélie et la capacité du marteau de Thor à maîtriser la foudre. Certaines de ces études ont déjà donné des résultats tangibles. Par exemple, nos scientifiques ont étudié les énergies géomantiques souterraines, et ils ont constaté que l'Allemagne et l'Autriche occupent le centre d'un vaste réseau géomantique de repères utilisés par les anciennes civilisations indo-aryennes pour le transport souterrain d'énormes quantités d'énergie. Incroyable, non ?

Le Grand Nivelli ouvrit la bouche, fasciné… par une telle accumulation d'inepties.

— C'est… C'est extraordinaire.

— Malheureusement, les charlatans abondent dans cette branche de la science. C'est pourquoi vous pourriez nous être utile. Bien sûr, il faudrait vous inscrire à la SS, mais ça… – L'ombre d'un doute se dessina alors sur le visage du Reichsprotektor, comme s'il venait de se rappeler quelque chose d'élémentaire. – Vous n'avez pas d'ancêtres juifs, n'est-ce pas ?

— Euh… je…, balbutia le Grand Nivelli pris par surprise, avant de réagir et de retrouver de la fermeté dans la voix. Bien sûr que… que…

L'hésitation du magus conduisit Heydrich à considérer plus attentivement les circonstances de la présence du magicien à Prague. D'après son accent, Heydrich avait déduit que le Grand Nivelli était originaire de Berlin, mais il ne voyait pas pour quelle raison celui-ci avait quitté l'Allemagne, à moins d'avoir des motifs impérieux… Heydrich avait compris.

— *Ach so*, dit-il en durcissant sa voix. Je vois. – Il inspecta son smoking. – Où est l'étoile à six branches que les Juifs sont tenus de porter depuis le 1er septembre ?

— J'ai… J'ai reçu une autorisation spéciale pour ne pas l'utiliser pendant le spectacle, *Herr* Reichsprotektor.

Haletant presque d'irritation, Heydrich se tourna vers la porte de la loge.

— Klein ?

Un SS apparut aussitôt à l'entrée de la loge centrale.

— À vos ordres, Obergruppenführer.

— Sortez-moi ça d'ici.

La rupture fut brutale. Avec l'air vexé de celui qui avait failli se faire avoir, Heydrich tourna le dos au magicien. Tremblant et la tête basse, intimidé et effrayé, celui-ci suivit l'Oberscharführer Klein et retourna en coulisse. Il n'était plus alors le Grand Nivelli qui fascinait Prague, mais simplement l'illusionniste juif, Herbert Levin.

VIII

Ils partirent par un froid matin de septembre, la gare de Logroño bondée de gens criant « *Arriba España !* » et « *Muera Rusia !* », tandis que d'autres chantaient l'hymne de la Phalange, avec ses couplets sur « la nouvelle chemise que tu brodas de rouge hier… ».

À Hendaye, la frontière française, ils rencontrèrent les premiers soldats allemands, des hommes en uniformes vert-de-gris, vêtus de grands pardessus, les uns avec des fusils, d'autres avec des pistolets mitrailleurs, portant tous un casque, et ils traversèrent la France dans un climat de tension. Ici et là, des badauds criaient des insultes et faisaient des gestes obscènes, certains allant même jusqu'à caillasser les wagons. À Orléans, ils découvrirent un grand panneau apposé au sommet d'un immeuble sur lequel on pouvait lire : « *Tontos españoles, vais muchos y volvéis pocos.* » (« Crétins d'Espagnols, beaucoup partent, peu reviennent. ») Certainement l'œuvre de communistes espagnols qui s'étaient réfugiés là après la guerre civile.

L'atmosphère ne se détendit qu'après qu'ils furent entrés en Allemagne. Les regards fermés cédèrent la place à des visages accueillants. De nombreuses personnes leur faisaient signe au passage du train, des fanfares jouaient dans les gares et les sourires étaient sur tous les visages. De jeunes femmes blondes les attendaient dans certaines gares pour leur offrir des fleurs et des chocolats. Lorsqu'ils arrivèrent à Hof, leur destination, une ville regroupant plusieurs camps d'instruction à moins de cent kilomètres de Berlin, les Espagnols reçurent des uniformes allemands identiques à ceux de la Wehrmacht, à l'exception d'un petit drapeau espagnol apposé sur leur casque.

Les classes prirent fin au début du mois d'octobre, sur le carrousel de la caserne. Impeccablement vêtus, avec tout l'équipement de la Wehrmacht, les hommes se rassemblèrent pour la cérémonie de prestation de serment. Deux officiers descendirent de l'estrade et se plantèrent devant un micro ; le colonel Fajardo, que tous connaissaient, et un Allemand qu'ils n'avaient jamais vu. Un silence absolu se fit. L'Allemand s'approcha du micro et parla dans sa langue. Lorsqu'il eut fini, ce fut au tour du colonel Fajardo.

— Jurez-vous devant Dieu et sur votre honneur d'Espagnols une obéissance absolue au chef de l'armée allemande, Adolf Hitler, dans la lutte contre le communisme ?

Mille voix répondirent en chœur, l'écho résonnant sur tout le carrousel.

— Oui, je jure !

— Et jurez-vous de vous battre comme de valeureux soldats, prêts à donner votre vie à tout moment pour vous acquitter de ce serment ?

Tous jurèrent, sauf Francisco qui, comme toujours dans ces occasions, demeura silencieux. S'il n'avait pas juré obéissance à l'Espagne lors de la prestation de serment du légionnaire huit ans plus tôt, il n'allait pas le faire pour l'Allemagne. Francisco était un nationaliste, mais pas un nationaliste espagnol, c'était un nationaliste portugais. Certes, il combattait pour l'Espagne, mais il le faisait parce que les circonstances l'avaient contraint à se réfugier dans la Légion. Ce n'était pas parce qu'il servait sous les couleurs espagnoles qu'il allait jurer à haute voix fidélité à des étrangers.

Ils partirent pour le front le lendemain matin, dans un train de marchandises adapté au transport de troupes. À partir de Vilnius, ils voyagèrent uniquement de nuit ; pendant la journée, les wagons stationnaient sous les arbres, sur une voie abandonnée. Un jour à l'aube, après des heures et des heures de voyage dans l'obscurité, le soleil révéla un nouveau territoire.

— La Russie, annonça-t-on. Nous sommes en Russie !

Le silence se prolongea pendant toute la première heure. Les soldats regardaient le paysage qui défilait sous leurs yeux, à la recherche de stigmates de la guerre qu'ils avaient suivie à la radio et dans les journaux. On voyait de vastes espaces abandonnés, des arbres sans feuilles, quelques fermes, des villages avec des bâtiments carbonisés, des prisonniers travaillant le long des routes, des charrettes, des cratères déchirant le sol et, ici et là, des blessures ouvertes par la tempête dévastatrice qui un jour s'était abattue sur la région.

Plus le train avançait, plus le paysage se répétait. Les conversations reprirent, d'abord à voix basse, mais assez vite des phalangistes plus enthousiastes commencèrent à crier à plusieurs reprises « *Rusia es culpable !* » et à chanter *Cara al sol*. L'ambiance changea du tout au tout, avec un avant-goût de victoire. La Division bleue venait d'arriver en Russie et la guerre était déjà gagnée.

Quand, cette nuit-là, les bruits de la guerre se firent entendre, les hommes se turent. Ce fut d'abord le bourdonnement des avions qui survolaient les lignes, probablement ceux de la Luftwaffe. Puis leur parvint le grondement sinistre d'un orage lointain que les anciens combattants reconnurent ; c'était l'artillerie en action.

À l'aube du quatrième jour, déjà très près du rugissement continu, le train s'arrêta en plein champ. Un officier sauta d'un wagon.

— Sortez tous ! En formation par compagnies !

Les hommes sautèrent des wagons et s'alignèrent dans le champ. Sur leur droite, le grondement des explosions était intense et tous tournèrent leurs regards inquiets vers cet inconnu. Des guêpes sifflaient au-dessus de leurs têtes et plongeaient avec un bourdonnement funeste sur un immense ensemble de maisons ; c'étaient des Stukas qui bombardaient une ville. De l'agglomération lointaine s'élevaient plusieurs colonnes de fumée noire, et la terre tremblait sous le grondement incessant des explosions à répétition.

— *Mira, mira*, dit Juanito en tirant Francisco par la manche de son manteau. Tu sais ce que c'est ?

Il avait parlé à voix basse, presque respectueusement, pointant le doigt en direction des maisons qui s'étendaient au loin et de la fumée qui montait dans le ciel ; on aurait dit de profondes entailles dans la terre, mais c'étaient en réalité les blessures infligées par l'armée à la ville assiégée.

— Léningrad.

IX

Il ne faisait aucun doute que, malgré sa sinistre réputation, le bâtiment était magnifique. La façade baroque trahissait une œuvre ancienne, vieille déjà de plusieurs siècles. Chaque fois qu'il passait par là, Levin était tenté de frapper à la porte et de demander à jeter un coup d'œil, si grande était sa curiosité de voir les peintures sur les murs qui, selon la rumeur, étaient d'origine alchimique. Il n'en avait jamais eu le courage, et l'avait moins encore à présent qu'il portait l'étoile jaune de David cousue sur la poitrine, la mention *Jude* écrite en noir.

— Ici l'école ?

Son fils observait également le bâtiment.

— Non, Peter. Pendant un certain temps tu n'iras pas à l'école.

— Pou'quoi ?

— Parce que… les vacances cette année vont être très longues. – D'un geste, il désigna la place Charles, où ils se trouvaient. – Ne t'en fais pas, on en profitera pour faire nos promenades.

Comment lui expliquer que le Reichsprotektor avait interdit aux enfants juifs d'aller à l'école ?

— Ze veux aller l'école…

Pour distraire son fils, il désigna le bâtiment.

— Tu vois cette maison ? demanda-t-il. C'est un refuge de magiciens.

L'information intéressa Peter, qui connaissait bien le sujet. Le petit regarda vers les fenêtres, comme s'il cherchait un sorcier.

— Comme papa ?

— Je parle de vrais magiciens, dit-il, plissant les sourcils pour insister sur le mystère. De ceux qui font vraiment de la magie, tu comprends ? Des sorcières et des sorciers, des elfes et des choses comme ça. – Il fit un geste de la main, comme s'il jetait un éclair dans la rue. – Abracadabra ! Hocus pocus, *surakabaia, surakabaia* !

Le petit s'accrocha à sa jambe.

Levin sourit et désigna les deux mots gravés sur la grande porte ovale de la maison.

— Peux-tu lire ce qui est écrit là ?

Empêché d'aller à l'école, son fils fréquentait une annexe de la Synagogue vieille-nouvelle, en plein quartier juif. Les cours avaient été organisés par Alfred Hirsch, l'un des responsables du Maccabi Hatzair, une organisation de jeunesse liée à la Fédération sioniste ; c'est là que Peter avait appris à lire. Le problème, c'était que Fredy, comme Alfred était affectueusement appelé dans la communauté, avait quitté Prague et que son remplaçant, le rabbin Landau, n'avait pas les mêmes dons pédagogiques.

— Fa… Faustu Du.

— *Faustův Dům*, corrigea le père. La maison de Faust. Tu sais qui était le docteur Faust ?

— Un mazicien ?

— Un grand magicien. On dit que dans cette maison, il y a de nombreuses années, on faisait des expériences d'alchimie. Le plus important de ces alchimistes était ce fameux docteur Faust, qui s'est consacré à la magie noire et qui a conclu un pacte avec un homme appelé Méphistophélès. Le docteur Faust a accepté de vendre son âme en échange de plaisirs matériels. Le problème, c'est que Méphistophélès était le diable.

Peter regarda la maison avec horreur.

— Le diable est venu ici ?

— C'est ce qu'on dit. – Il désigna le toit. – Lorsque le moment de se faire payer ses services maléfiques arriva, le diable emporta le docteur Faust par un trou dans le toit de la maison, un trou qui y est toujours apparemment. Il paraît que c'est une histoire vraie et que le docteur Faust a vraiment existé. Ce serait un certain Georgius Sabellicus, alias Faustus Junior, un étudiant en magie surnaturelle qui, d'après ce qu'on dit, pratiquait la magie noire. L'histoire a été racontée pour la première fois il y a quatre cents ans, et Goethe en a fait une pièce de théâtre.

— Celui des elfes ?

Le garçon connaissait l'écrivain allemand, son nom était parfois mentionné à la maison quand on parlait de littérature et de poésie. À vrai dire, Levin nourrissait des sentiments ambivalents envers Goethe. Il le reconnaissait comme le géant des lettres qu'il était, le plus grand écrivain que l'Allemagne eût jamais produit, et il était fasciné par l'usage que le grand auteur romantique faisait de personnages surnaturels inspirés du folklore germanique, comme le vampire de *La Fiancée de Corinthe* ou le souverain des fées dans *Le Roi des aulnes*. Mais il n'oubliait pas que Goethe était un nationaliste allemand qui, avec Friedrich Schelling, avait lancé un mouvement littéraire visant à glorifier les héros mythologiques germaniques, auquel avaient participé les frères Grimm et Richard Wagner, et qui avait contribué à créer le creuset culturel qui avait nourri la psyché du pays et des nazis. Schelling avait émis l'idée que la spiritualité distinguait les races supérieures, comme les Allemands, des inférieures, une dichotomie très visible dans les œuvres de Grimm et de Wagner, où les super-héros germaniques combattaient des magiciens pervers, des êtres difformes, des Juifs malfaisants et des démons manipulateurs. Dans *L'Anneau du Nibelung*, Wagner imagine que le héros Siegfried et les dieux Wotan et Loge affrontent la race obscure des monstrueux Nibelungen ; c'était sur ces idées que reposait toute la mythologie des groupes ésotériques qui influençaient le national-socialisme. Si bon nombre d'Allemands croyaient que les Aryens représentaient le bien et les Juifs le mal, et que ceux-ci devaient être éliminés pour le bien de l'humanité, c'était aussi à ces écrivains célèbres qu'on le devait. Ce n'était pas par hasard qu'Hitler faisait l'éloge de ces légendes. Peut-être par inadvertance dans certains cas, les récits de Goethe, Schelling, Grimm et Wagner avaient jeté les bases de la pensée *völkisch* allemande.

— Papa…

— Humm ?

— Z'entends soldats.

Sortant de ses pensées, Levin se retourna et vit deux camions de la Wehrmacht, stationnés sur la place Charles, d'où descendaient des soldats. Les hommes couraient, fusil à la main, et prenaient position en divers endroits de la place, comme pour se préparer au combat. Effrayé, l'illusionniste prit son fils et s'éclipsa.

Il y avait des soldats partout et Levin devait à tout prix les éviter ; il savait qu'en raison des étoiles à six branches que lui et son fils portaient sur la poitrine, ils risquaient fort d'être arrêtés, harcelés et même détenus. Il s'engagea dans une ruelle étroite et discrète, mais tomba sur deux hommes de la Wehrmacht, qui heureusement leur tournaient le dos.

— Laissons-les avancer et ensuite on continue, d'accord ?

Peter avait peur et, bien qu'il n'en comprît pas la raison, il savait que les soldats étaient une menace.

— Ze veux aller maison, papa…

— On y va, reste tranquille.

Même s'ils n'habitaient pas très loin, il n'allait pas être facile pour eux de rentrer. L'année précédente, ils avaient dû troquer le vaste appartement de Holešovice pour une chambre mansardée dans un immeuble près de la place Kozí, en plein ghetto. Tout cela à cause d'une nouvelle loi qui empêchait les propriétaires d'appartements de renouveler les baux des locataires juifs. Une fois expulsés, les Juifs ne pouvaient se loger que dans des zones réservées à la communauté hébraïque, comme le ghetto, dans la vieille ville de Prague. La famille Levin pouvait s'estimer heureuse d'avoir trouvé la mansarde, car nombreux étaient ceux qui n'avaient aucun toit.

— Ça y est, ils sont partis, dit Levin. Dépêchons-nous.

Prenant son fils par la main, il s'engagea dans la ruelle et contourna ainsi les artères principales, déjà pleines de soldats. Il ignorait ce qui se passait, mais ça devait être grave. Ils réussirent à progresser grâce au raccourci, mais en arrivant près du ghetto, ils aperçurent un détachement de Waffen-SS qui venait d'une rue perpendiculaire et, n'ayant pas d'autre choix, ils ouvrirent la première porte qu'ils trouvèrent. Plusieurs personnes étaient au comptoir, d'autres assises à des tables, toutes avaient un air pensif et parlaient doucement.

— Hé, les Juifs ne sont pas autorisés !

Debout derrière le comptoir, l'homme qui avait parlé montrait du doigt l'inévitable panneau *Juden verboten* accroché à la porte.

— Oui, oui… J'en ai pour une minute.

— Vous n'avez pas entendu ? insista le Tchèque, indiquant à plusieurs reprises la sortie. Vous ne pouvez pas rester ici ! Dehors !

— Laissez-les, Damek, dit une femme à côté de lui. Vous ne voyez pas ce qui se passe dehors ? Il y a des soldats partout.

— C'est précisément pour ça. S'ils entrent ici et voient des Juifs, on est foutus.

La femme quitta le comptoir et, se séchant les mains au grand tablier jaune qu'elle portait, vint à la porte. Elle regarda la rue et fit signe aux nouveaux venus d'attendre.

— Patientez juste une minute, dit-elle. Quand ils seront passés, je vous le dirai.

— Je vous remercie.

— Qu'ils se dépêchent, lança l'homme au comptoir, nerveux et impatient. Je ne veux pas de problèmes avec les Allemands, tu m'entends ? Je n'ai rien contre les Juifs, mais ils doivent partir.

Tous les clients les regardèrent, pendant quelques instants seulement. Puis ils reprirent leurs conversations, toujours en chuchotant, sur un ton de conspirateurs, et finirent par ignorer le Juif et son fils. Quelque chose d'anormal se passait. La femme se tenait toujours à la porte, gardant un œil sur les SS qui passaient dans la rue. Inquiet, Levin s'approcha d'elle.

— Qu'est-ce qui se passe ?

La femme le regarda, surprise.

— Vous ne savez pas ?

— J'ai vu qu'il y avait des soldats partout et…

— C'est Heydrich. On a essayé de le tuer.

L'illusionniste pensait avoir mal entendu.

— Comment ?

— C'est ce qu'on dit. Il y a eu du grabuge vers Holešovice et le Reichsprotektor a été touché.

— Mais… qui est-ce… qui… ?

— La radio ne diffuse que de la musique, dit-elle. Mais deux clients, qui revenaient de l'hôpital de Bulovka, nous ont dit que pendant qu'ils attendaient leur rendez-vous, Heydrich est arrivé aux urgences.

— Ils l'ont vu ?

— Non, mais peu de temps après, les SS sont arrivés et ont fait sortir tout le monde de l'hôpital. Le bâtiment a été évacué. Ça montre que la rumeur est peut-être vraie. Un autre client a dit qu'il avait entendu des détonations en passant à Holešovice. Il y a plein de rumeurs qui circulent. On n'est sûr de rien, mais il suffit de voir les Allemands pour se rendre compte qu'il s'est passé quelque chose.

Levin était choqué. Un attentat contre le représentant du Führer dans le protectorat aurait des conséquences incalculables. Des représailles semblaient inévitables. Les personnes appréhendées seraient probablement fusillées, sans même être suspectes. Leur exécution servirait d'exemple pour l'ensemble de la population. Si l'année précédente, à la suite de la mort de deux simples douaniers allemands à Domažlice, les SS avaient envoyé une centaine de personnes dans un camp de concentration en Allemagne, qu'allaient-ils faire après l'attaque contre le représentant personnel du Führer ?

— Mon Dieu ! murmura Levin, livide. Et maintenant ?

— Nous devons nous préparer au pire. – La femme désigna l'étoile qu'il portait sur sa poitrine. – À votre place, je rentrerais rapidement chez moi. Nous allons fermer le café sans tarder, on ne sait jamais.

Levin aurait pu se réjouir de ce qui venait d'arriver à Heydrich, qui avait fait arrêter ou exécuter des milliers de Tchèques depuis son entrée en fonction à Prague et qui était aussi intervenu personnellement pour lui rendre la vie difficile depuis leur rencontre au Bio Konvikt. Depuis ce spectacle, l'année précédente, le Reichsprotektor avait ordonné au théâtre de ne plus autoriser les Juifs à présenter des « charlataneries » aux Aryens. Les gérants de la salle avaient été contraints de renoncer aux services du Grand Nivelli, et Levin avait ainsi été privé de sa principale source de revenus. Il avait également été obligé de placer un panneau à Hokus-Pokus avertissant que sa boutique de magie était un établissement juif. Après avoir perdu sa clientèle, il dut fermer boutique.

Surtout, il devait supporter les mesures de plus en plus contraignantes prises par Heydrich à l'encontre de la communauté juive. Depuis que le Reichsprotektor était en poste, les interdictions et obligations n'avaient cessé de se multiplier. Une nouvelle règle apparaissait chaque semaine. Les Juifs ne pouvaient pas se rendre place Venceslas ou dans le secteur du Château, ils n'étaient autorisés à acheter de la nourriture dans les magasins qu'entre 15 heures et 17 heures, mais il leur était interdit de se procurer des fruits, des légumes, du poisson, du vin, de l'ail et du tabac. Ils ne pouvaient pas non plus entrer dans les musées et les expositions, il ne leur était pas permis d'emprunter les transports en commun du samedi 15 heures jusqu'au lundi, ils ne pouvaient pas utiliser les blanchisseries, ni acheter des chapeaux ou des instruments de musique, les téléphones publics leur étaient interdits et, après les journaux allemands, ils ne pouvaient plus non plus se procurer les journaux tchèques… Bref, la seule limite à cette liste arbitraire était l'imagination.

Plus grave encore, bien plus grave, peu de temps après que Levin eut rencontré Heydrich à Bio Konvikt, les Juifs commencèrent à être déportés à Terezín, une ville que les Allemands appelaient Theresienstadt et qui avait été transformée en ghetto. Depuis, des Juifs étaient régulièrement envoyés de Bohême et de Moravie vers cette nouvelle destination. Les Levin savaient que, tôt ou tard, leur tour viendrait aussi. Dans ces conditions, comment l'illusionniste pourrait-il ne pas se réjouir de l'attentat ?

Tout simplement car ce n'était pas seulement sa propre sécurité qui était en jeu, mais aussi celle de son épouse et de son fils. Il ne voyait pas comment les protéger. Quelqu'un avait attaqué le chef suprême des forces d'occupation et un tel acte ne serait pas sans conséquences. La vengeance était inévitable et elle promettait d'être terrible. Ils ne seraient en sécurité nulle part, et il savait que le pire endroit où se trouver à ce moment-là était la rue. Les Allemands semblaient encore déconcertés, mais bientôt leur furie destructrice allait se déchaîner. Lorsque cela arriverait, personne ne les arrêterait.

— Selon vous, qui l'a attaqué ?

La Tchèque haussa les épaules.

— Est-ce que je sais, monsieur ? C'était peut-être des communistes ou des étudiants, ou les démocrates de Beneš. Ou les Juifs. Tout est possible. Ce qui est certain, c'est que c'est nous, le peuple, qui allons payer.

L'idée que des Juifs aient pu attaquer Heydrich épouvanta Levin. Il n'avait pas encore envisagé cette hypothèse, mais elle était parfaitement plausible. Si elle venait à se confirmer, le châtiment serait terrible pour la communauté. Terrible.

— Ça y est, dit soudain la femme en ouvrant la porte. Vous pouvez y aller. Que Dieu vous protège, vous et nous tous aussi.

Sans un mot, Levin prit son fils dans les bras et sortit dans la ruelle en courant.

Au bout d'une demi-heure passée à arpenter le centre de Prague, en zigzaguant pour éviter les multiples patrouilles qui circulaient en ville, ils arrivèrent finalement jusqu'au ghetto. Alors qu'ils n'étaient plus qu'à un pâté de maisons du bâtiment où ils vivaient, une voix les arrêta.

— *Halt !*

Terrifié, Levin fut tenté de détaler en courant vers chez lui ; c'était tout près, mais il se contint. Il portait Peter dans les bras, et n'avait aucune chance. Livide et tremblant, le cœur battant la chamade, il regarda l'homme qui lui avait ordonné de s'arrêter. Un soldat de la Wehrmacht. En fait, ils étaient deux, un caporal et un simple soldat.

— *Papiere !* ordonna le caporal.

Il aurait préféré avoir affaire à des policiers tchèques, au moins avec eux on pouvait discuter, mais des soldats de l'armée allemande, c'était toujours mieux que des SS. Il posa son fils par terre et sortit la *Kennkarte*, le document que les autorités d'occupation avaient délivré au chef de chaque famille après le recensement de l'ensemble de la population de Bohême et de Moravie. L'Allemand saisit la Kennkarte, et la première chose qu'il remarqua fut le *J* imprimé sur la couverture.

— *Ach ! Jude !*

Ces Allemands étaient-ils là en embuscade pour appréhender le premier malheureux venu et en faire un exemple ?

— Sepp, tu as vu qui c'est ?

Le soldat qui avait parlé tirait le bras du caporal qui vérifiait le document.

— Quoi ?

— Ce type est le magicien, insista le soldat. Celui qui a fait léviter l'Indienne, tu te souviens ? On l'a vu l'année dernière.

Le dénommé Sepp qui, à en juger par son diminutif et son accent, était certainement bavarois, regarda Levin plus attentivement.

— *Ach so !*

— Hé, monsieur le magicien ! l'interpella le soldat. Faites-moi voler.

Comment répondre à une telle demande, lancée par un garçon de vingt et quelques années tenant un fusil à la main et ayant le pouvoir de vie et de mort sur lui et son fils ?

— J'espère que vous avez apprécié le spectacle, déclara Levin, se forçant à sourire pour feindre la confiance. Si vous avez aimé la lévitation de la princesse Karnac, je suis sûr que vous seriez impressionné par un autre numéro qui a beaucoup de succès dans mes spectacles : l'âne qui disparaît. Vous imaginez ce que c'est d'amener un âne sur scène et de le faire disparaître devant le public ?

— Faites-moi voler ! insista le soldat. Allez, monsieur le magicien. Je veux voler comme la fille.

— Tais-toi, crétin ! le sermonna le caporal. Tu ne vois pas que c'est de la magie ? Il ne fait voler personne, ça ne se fait pas comme ça. Il y a un truc.

— Pas du tout. Les magiciens peuvent réellement faire des choses surnaturelles. L'autre jour, j'ai lu dans *Der Zenit* qu'au Tibet, il y a des lamas aryens d'origine atlante qui réussissent à faire lever une personne en l'air et…

— Tais-toi ! coupa Sepp, qui examinait toujours le document. Ton insondable bêtise, ça c'est surnaturel !

— *Ach !* Tu remets ça !

Après s'être assuré que la photo sur le document correspondait au visage de l'homme en face de lui, Sepp rendit la Kennkarte à Levin et lui fit signe de s'en aller.

— Si vous voulez un bon conseil, faites comme votre âne et disparaissez de la rue au plus vite.

Un sourire de façade dissimulant l'angoisse qui l'étouffait, Levin rangea le document, prit son fils et courut vers la place Kozí et le grenier où Gerda les attendait, morte de peur.

Tout le reste de la journée fut compliqué. Gerda était au bord de la crise de nerfs, et Peter le sentait bien. Après les deux heures terribles passées dans les rues de Prague, Levin devait tenter de le distraire.

— Et si on chantait un peu ? proposa-t-il. Que veux-tu entendre ?

Les yeux de Peter s'illuminèrent. S'il y avait une chose que le petit garçon aimait, c'était bien la musique.

— Celle que ze compends pas.

Sachant très bien de quelle chanson il parlait, le père s'éclaircit la voix.

Era en un bodre de mar
Ke yo empesi a amar
Una ninya kon ojos pretos
Sin puederme deklarar

Eya m'izo muncho sufrir
Noche 'ntera sin durmir

I yo yorando en la kama
Sin puederme deskuvrir[1].

Lorsque Levin s'arrêta, Peter applaudit et Gerda aussi. C'était incroyable de voir à quel point la musique pouvait réconforter dans les moments difficiles.

— Quoi tu disais, papa ?

Levin rit ; son fils posait toujours la même question quand il l'entendait chanter *Amores en el mar*.

— C'était ce que ma mère me chantait quand j'étais petit.

— Est-ce que g'and-mère est mazic ?

— Non, grand-mère n'était pas magicienne. Elle savait chanter en ladino. Sa mère lui avait appris cette chanson lorsqu'ils vivaient à Amsterdam, et puis grand-mère me l'a apprise à Berlin quand j'étais petit. Maintenant, c'est moi qui vais te l'enseigner ici, à Prague. Tu veux l'apprendre ?

— Ze veux.

— Très bien. Maintenant, sois attentif. Ça commence comme ça : *Era en un bodre de mar*.

— *E'a u bod'e de ma'*.

Cette façon maladroite de parler n'aidait pas, mais il n'allait pas abandonner. Même avec son langage d'enfant, Peter apprendrait par cœur toutes les paroles comme lui-même l'avait fait avec l'aide de sa mère

---

1. C'était au bord de la mer
que j'ai commencé à aimer
une fille aux yeux noirs
sans pouvoir me déclarer.

Elle m'a fait beaucoup souffrir
toute la nuit sans dormir
et moi pleurant dans mon lit
sans pouvoir me déclarer.

et celle-ci de la sienne. Cette tradition de la synagogue portugaise d'Amsterdam, où sa mère avait été éduquée, devait être poursuivie, quoi qu'il arrive. Quiconque oubliait ses traditions oubliait son identité et, dans le fond, c'étaient ces traditions qui faisaient d'eux des Juifs.

— Encore une fois, dit-il. *Era en un…*

Un coup sur la porte les fit taire. Il échangea un regard inquiet avec Gerda avant de prendre son courage à deux mains et de se lever. Il tourna le verrou et ouvrit. Sur la dernière marche de l'escalier se tenait M. Redlich, le responsable du bâtiment.

— Désolé de vous déranger, monsieur Levin, dit le voisin. Le rabbin m'a envoyé vous informer que l'état d'urgence et le couvre-feu ont été décrétés. Sur ordre du Gruppenführer Frank, il est interdit de sortir.

— Mais ça fait des années qu'on ne peut pas sortir à partir de 20 heures, monsieur Redlich.

— Aujourd'hui, l'interdiction est valable toute la journée.

— Je vous remercie, monsieur Redlich. Y a-t-il d'autres nouvelles ?

— Malheureusement, on sait peu de choses, lui répondit-il. Les Allemands ont bloqué les entrées et les sorties de la ville. Routes, chemin de fer… tout est à l'arrêt. Une récompense de dix millions de couronnes a été promise à quiconque fournira des indices sur les auteurs de l'attentat. Quiconque les aura aidés ou… ou les cache sera exécuté. L'intéressé et toute sa famille.

L'illusionniste ouvrit la porte en grand, dévoilant l'intérieur du grenier où ils vivaient. Gerda et Peter étaient assis sur le lit.

— Comme vous pouvez le voir, il n'y a que ma famille, monsieur Redlich. Personne d'autre.

Le voisin rougit.

— Je ne fais que transmettre l'information.

— Bien sûr, répondit Levin. Et Heydrich, monsieur Redlich ?

— Il a été admis à Bulovka, mais c'est tout ce qu'on peut dire. Les SS ont investi l'hôpital et ne laissent personne s'approcher de sa chambre. Il paraît que des médecins sont venus d'Allemagne pour l'opérer, mais ce n'est peut-être qu'une rumeur. Ce qui est sûr, c'est qu'un Reichsprotektor intérimaire a été nommé, un général, ce qui signifie que les blessures d'Heydrich sont suffisamment graves pour l'empêcher d'exercer ses fonctions pendant un certain temps.

— Comment a-t-il été blessé ?

— On dit que c'est une explosion. Il passait près du pont Troja et quelqu'un a lancé une bombe sur la voiture. C'est ce qu'on raconte. Si c'étaient des communistes ou… ou quelqu'un d'autre, je ne sais pas.

Pour quelqu'un qui n'avait d'autres nouvelles à donner que l'imposition de l'état d'urgence et du couvre-feu, le voisin se révélait être une véritable mine d'informations.

— N'y a-t-il pas un poste de TSF dans le bâtiment ?

M. Redlich baissa les yeux comme s'il voulait cacher quelque chose. Il était évident qu'il écoutait la radio clandestinement. Malgré l'interdiction, de nombreuses personnes achetaient au marché noir des postes à ondes courtes pour mille six cents couronnes et écoutaient les nouvelles en cachette, utilisant parfois des écouteurs pour que les voisins n'entendent pas. Tout le pays avait pris cette habitude et les rues se vidaient aux alentours de 18 h 30, lorsque débutait le bulletin d'informations en tchèque sur la BBC.

— Allons, allons, monsieur Levin. Vous savez très bien qu'il est interdit aux Juifs d'avoir la TSF.

Les seules informations que l'on a sont celles que nous rapportent les autres.

— Bien sûr, bien sûr, acquiesça Levin, faisant semblant de le croire. Alors, s'il y a d'autres nouvelles, vous m'en ferez part, d'accord ?

— Bien sûr. Espérons que tout se passera bien et qu'il n'y aura pas de problèmes.

Il se retourna et descendit les escaliers.

— Bonne soirée, monsieur Levin.

Quand le voisin eut disparu, le magicien ferma la porte et regarda sa femme, l'air préoccupé. Ni l'un ni l'autre n'avait plus la moindre illusion.

X

Un grésillement métallique, signe que le haut-parleur venait d'être branché, incita les soldats de la Division bleue à lever la tête des tranchées et des bunkers. Il n'y avait personne qui ne reconnût ce son ; il était déjà devenu une routine matinale sur le front de Léningrad.

— Et voilà ! dit Francisco, arrêtant de nettoyer son MP 40 pour scruter le secteur ennemi. C'est l'heure des disques à la demande…

Comme une réponse, une voix familière sortit du haut-parleur.

— Bonjour, les Espagnols. En l'honneur de la glorieuse bataille de Stalingrad, véritable cimetière allemand, ce matin nous allons vous faire découvrir la chanson préférée de Staline.

Aussitôt, des accords retentirent et un enregistrement de *Kalinka*, chanté par un chœur russe, se fit entendre.

Kalinka, kalinka, kalinka moya !
V sadu yagoda malinka, malinka moya !
Hej ! Kalinka, kalinka, kalinka moya !
V sadu yagoda malinka, malinka mo…

Irrité, le soldat Morlán ouvrit le feu sur les lignes russes, étouffant la chanson sous les rafales successives de sa mitrailleuse.

— Cessez le feu ! cria le capitaine Ulzurrum. Cessez le feu !

Morlán arrêta de tirer.

— C'est encore toi, Morlán ?

— *Sí, mi capitán.*

— *Coño !* Combien de fois dois-je te dire de ne pas répondre à ces provocations ?

— *Sí, mi capitán.*

Dans les tranchées, les hommes sourirent ; ils connaissaient cet échange presque par cœur ; il se répétait chaque fois que le haut-parleur russe commençait à débiter ses rengaines.

— Si tu désobéis encore, je te fais la peau !

— *Sí, mi capitán.*

Rien de tout cela, ni la musique, ni la voix ennemie en espagnol, ni l'altercation entre le capitaine Ulzurrum et le soldat Morlán, n'était nouveau pour les soldats de la Division bleue. Depuis que la 2e compagnie du 250e bataillon de la réserve mobile s'était installée sur le flanc gauche du secteur de Krasny Bor, un village au sud de Léningrad, les Russes n'avaient cessé leurs provocations. Les Espagnols, en particulier le soldat Morlán, répondaient par des coups de feu, au désespoir des officiers, soucieux de préserver les précieuses munitions et de ne pas signaler leur position. Mais les provocations étaient plus fortes que les nerfs de Morlán, un phalangiste invétéré qui ne supportait pas la propagande communiste. L'ennemi avait orienté les haut-parleurs vers les assiégeants et diffusait régulièrement un bulletin d'informations, tantôt en allemand, tantôt en espagnol. Les Russes donnaient des nouvelles défaitistes sur les difficultés de l'arrière-garde allemande et les déconvenues dans d'autres secteurs du front, en particulier à Stalingrad, où la Wehrmacht et l'Armée rouge se livraient alors un combat à mort.

Quelquefois, cependant, les Russes préféraient diffuser de la musique très fort. Ils passaient des chansons mexicaines, comme *Allá en el rancho grande* et *Vuela, vuela, palomita*, ainsi que du folklore russe. Il était indéniable que cela animait les lignes et conférait une ambiance de *fiesta* surréaliste à la zone du front. Ce matin-là, le choix des Russes s'était porté sur *Kalinka*, au son de laquelle, assis dans sa tranchée à côté de Juanito, Francisco se remit à nettoyer le MP 40.

— Qu'en penses-tu ? demanda le Portugais. Ce type du haut-parleur, c'est vraiment un Espagnol ou un Russe qui parle bien l'espagnol ?

— Il est espagnol, lui répondit sans hésiter son ami, fumant une cigarette qu'il avait roulée quelques minutes auparavant. Tu n'entends pas sa façon de parler ?

— De quelle région ?

Le sergent souffla une bouffée.

— Andalousie.

— Je ne remarque aucun accent.

— Les C et les Z sont différents. Et il avale les D. L'autre jour, quand il a commencé à se foutre de nous et de la tambouille qu'on nous sert, au lieu de dire *pescado*, il a dit *pesca'o*.

— Les Andalous parlent comme ça ?

Juanito prit une autre bouffée.

— Même pour parler, ils sont paresseux.

Le Portugais se tut, se concentrant à nouveau sur son MP 40, le Maschinenpistole 40 dont la Wehrmacht avait équipé les hommes de la Division bleue. Qu'est-ce qu'il aimerait l'utiliser lors d'une attaque, ou mieux encore au cours d'une grande offensive qui le ferait sortir de ce trou ! Mais depuis qu'il était arrivé là avec ses camarades, en octobre 1942, ils s'étaient bornés à tenir le terrain. En réalité, les forces allemandes avaient cessé de progresser en Russie et elles étaient à présent sur la défensive. Non seulement Léningrad n'était pas tombée, mais une partie importante de la Wehrmacht s'était enlisée plus au sud, dans le bourbier urbain de Stalingrad, ville de la Volga au nom symbolique, qui s'était révélée être l'épicentre inattendu d'un bras de fer entre les deux parties.

La situation de Stalingrad n'avait apparemment rien à voir avec celle de Léningrad, mais le secteur de Krasny Bor, où Francisco et la Division bleue se trouvaient, avait rapidement subi les conséquences de ce brusque revirement, les Allemands et les Espagnols assurant leurs positions pour contrer toute tentative soviétique de briser le siège. La vie des soldats ibériques s'était muée en une routine défensive tourmentée. Le 250e bataillon était retranché sur un plateau enneigé, à l'endroit où la rivière Ijora traversait la banlieue industrielle de Kolpino, et attendait de nouveaux ordres.

À gauche de Kolpino, une route, presque parallèle à la Neva, reliait Léningrad à Moscou, et la Division bleue avait pour mission d'empêcher l'ennemi d'emprunter cet axe. Les hommes passaient leurs journées à travailler, creusant des trous, renforçant les tranchées, améliorant les bunkers, tendant des bâches, en somme à préparer indéfiniment la bataille qui ne venait jamais. L'attente se prolongeait, accentuant un malaise qui se répandait de plus en plus chez les soldats. La solitude.

Du vieux samovar jaillit un liquide noir et aromatique qui réchauffa rapidement la tasse de Francisco. Les Allemands appelaient « café » le breuvage qui remplissait la tasse, mais le Portugais, qui connaissait les cafés du Brésil, d'Angola et du Timor, avait juste envie de jeter cette mixture au visage des fournisseurs de la Wehrmacht.

— Quelle tristesse, marmonna-t-il, regardant sa tasse avec consternation. Comment les Fritz osent-ils appeler café ce jus de chaussettes ?

— C'est de l'*ersatz* de café. Un succédané fait avec des glands.

— Du café de merde, oui.

Juanito n'avait pas l'air moins désolé mais, contrairement à lui, l'Espagnol était plus patient. Résigné, le Portugais but une gorgée. Il n'avait pas le choix. L'*ersatz* allemand avait au moins l'avantage d'être chaud, ce qui, compte tenu du climat, le rendait précieux. Les bombardements permanents des Russes sur les lignes, la nuit, empêchaient les hommes de dormir plus de trois heures d'affilée, ce qui contribuait à plomber le moral de la Division bleue. Sans café, même imbuvable, ils n'auraient pas pu rester éveillés.

Après avoir mis discrètement un petit sachet d'*ersatz* de café dans sa poche, car il aurait peut-être besoin de s'en faire une bouilloire dans les tranchées, Francisco fit signe à son ami et tourna les talons.

En sortant de la tente, ils furent bousculés par un soldat qui, arrivant en courant, renversa les tasses et répandit le liquide noir et chaud sur le sol.

— Attention ! protesta Francisco. Mon café est foutu, espèce d'abruti !

Ils regardèrent le soldat et réalisèrent qu'il s'agissait du sergent Gómez, un autre légionnaire de Dar Riffien.

— *Hombres*, je vous cherchais ! dit le nouveau venu, en se relevant et en secouant son uniforme. Désolé pour le café, mais êtes-vous prêts à entrer en action ?

— *Coño !* On va attaquer les Russes ?

— Pas les soldats, mon gars. Les poupées, les poupées russes !

— Quelles poupées russes ?

Gómez se pencha vers Juanito, le regard plein de sous-entendus.

— Rolf a parlé à un gars de la Wehrmacht, et il m'a dit qu'il y a des nanas dans le coin. Il paraît même qu'elles se mettent à genoux pour te jouer de la flûte. – Il consulta le papier qu'il avait à la main. – Ce sont les sœurs Tsuko… euh… Tsukanova.

Juanito haussa un sourcil.

— Les sœurs Coñokova ?

Sans comprendre le jeu de mots, Gómez relut son papier.

— Tsukanova.

— Quand tu dis les sœurs… tu veux dire des bonnes sœurs ?

— Les sœurs dont je parle ne disent pas la messe. Mais on pourrait quand même leur rendre visite pour célébrer l'eucharistie, non ?

Francisco et Juanito échangèrent un regard.

— Et elles sont bonnes au moins ?

Le sergent Gómez haussa les épaules.

— Est-ce que je sais ! rétorqua-t-il avec un soupçon d'impatience. Vu l'état dans lequel je suis, tout est bon ! Je crois bien que je pourrais même me taper une petite vieille en pensant que c'est Mae West !

Ils éclatèrent de rire, tous les hommes de la Division bleue étaient dans le même état. Les gaudrioles se poursuivaient, mais ce fut le Portugais qui mit fin à la conversation. Donnant une tape dans le dos de ses copains, Francisco les poussa en avant.

— Allons voir les sœurs Coñokova, les gars !

XI

Les cris dans la rue attirèrent les Levin à la fenêtre du grenier. Un camion de la Wehrmacht s'était arrêté sur la place et les soldats formèrent rapidement un cordon pour isoler le bâtiment en face. De la fenêtre, ils virent un officier frapper à la porte ; lorsqu'elle s'ouvrit, les Allemands écartèrent sans ménagement le Juif qui leur avait ouvert et entrèrent.

— Mon Dieu ! murmura Gerda. Que se passe-t-il ?

Son mari n'en savait pas plus qu'elle. Une vingtaine de soldats et d'officiers pénétrèrent dans l'immeuble, tandis que quelques hommes restèrent sur le trottoir pour encercler le bâtiment. Incapable de se contenir et rongé par la nervosité, Levin quitta l'appartement et descendit l'escalier. Il ne s'arrêta qu'au rez-de-chaussée, devant le logement du gardien.

Dès que la sonnette retentit, la porte s'entrouvrit, bloquée par une chaîne en fer, et M. Redlich regarda, apeuré.

— Vous savez ce qui se passe dans la rue ?

— Heydrich est mort.

La réponse fusa, sèchement, comme si elle se suffisait à elle-même, et l'illusionniste fut paralysé pendant un instant, la respiration suspendue.

— Vous… Vous en êtes sûr ?

— Ils l'ont dit à la TSF, expliqua M. Redlich, ne prenant même plus la peine de feindre qu'il n'écoutait pas les émissions clandestinement. Il paraît qu'ils vont emmener le corps au château de Hradčany.

Levin couvrit sa bouche avec la main.

— Mon Dieu ! Et maintenant ?

— Et maintenant... que Dieu nous protège. Les Allemands sont furieux. Ils recherchent ceux qui ont tué Heydrich et choisissent des bâtiments au hasard.

— Vont-ils aussi venir ici ?

Le gardien fit un geste vers le haut.

— Dieu seul sait ce que ces gens vont faire, lui répondit-il, la chaîne bloquant toujours la porte. Si j'étais vous, je retournerais chez moi pour m'assurer que tout est en ordre. Si vous avez un objet interdit, un journal par exemple ou toute autre chose interdite par nos protecteurs, cachez-le bien ou débarrassez-vous-en. Maintenant que les transferts vers Theresienstadt ont commencé et qu'Heydrich est mort, le moindre prétexte sera bon pour que les Allemands nous punissent.

C'était un bon conseil. Aussi Levin retourna-t-il précipitamment au grenier et, après avoir annoncé la nouvelle à sa femme, il passa en revue tout ce qui, dans le logement, était susceptible de violer l'une des multiples interdictions ; en fait, les mesures adoptées étaient si nombreuses qu'il devait consulter des listes répertoriant les interdictions. Il récupéra ainsi dans le placard les exemplaires qu'il avait conservés du *Jüdisches Nachrichtenblatt – Židovské Listy*, l'hebdomadaire en allemand et en tchèque publié par la communauté juive et le mouvement sioniste. Les mauvaises langues disaient que l'Office central pour l'émigration juive à Prague, l'organisme d'Adolf Eichmann, était aussi propriétaire du journal, mais cela ne fut jamais confirmé.

À toutes fins utiles, le *Jüdisches Nachrichtenblatt – Židovské Listy* publiait tous les règlements, lois, instructions, interdictions, obligations et autres textes pertinents adoptés par le gouvernement tchèque ou le Reichsprotektor relatifs à la communauté juive. Aussi, après avoir tout lu, Levin et sa femme vérifièrent si tout était en conformité chez eux. Ils ne trouvèrent qu'une seule irrégularité : quelques noix achetées au marché noir et conservées en cas de besoin. Les Juifs n'étaient pas autorisés à acheter des noix depuis le 17 octobre 1941. Personne ne comprenait pourquoi les Allemands craignaient tant que les Juifs mangent des noix, mais il y avait tellement de choses qui leur paraissaient absurdes à cette époque qu'ils ne cherchaient même plus à comprendre. Les noix devaient disparaître.

— Peter, tu as faim ?

Il donna les noix à son fils qui les mangea lentement, afin de les faire durer. Celles-là, au moins, les Allemands ne les auraient pas. Une fois l'inspection terminée, il retourna à la fenêtre. Le bâtiment en face était toujours bouclé et il n'y avait pas moyen de comprendre ce qui se passait à l'intérieur. Ne disposant apparemment d'aucun indice sur les auteurs de l'attentat, les Allemands procédaient à des fouilles au hasard. Pour se distraire, Levin décida de relire le journal qu'il avait trouvé dans le placard, le seul que les Juifs étaient autorisés à lire. Il prit un exemplaire d'octobre de l'année précédente, publié quelques semaines après l'arrivée d'Heydrich, et le feuilleta. Un article lançait un appel au don de vêtements. « Nous avons surtout besoin de vêtements chauds, de chaussures solides, de gants et de pardessus », pouvait-on lire.

Cela concernait les Juifs emmenés à Theresienstadt. De nombreux déportés, réduits à la misère après avoir perdu leur emploi en 1939, avaient besoin de vêtements qui les aideraient à endurer les conditions du nouveau ghetto.

Il tourna la page et consulta les petites annonces. Certaines personnes offraient leurs services pour effectuer de menus travaux. Nettoyer le sol et les vitres, réparer des meubles, raccommoder des vêtements. Levin savait que beaucoup étaient des professionnels qualifiés, des médecins et des avocats sans emploi depuis deux ou trois ans qui vivaient de petits travaux. Heureusement, il avait pu faire des spectacles pendant longtemps, ce qui lui avait permis de constituer une petite réserve d'argent. Mais celle-ci allait bientôt se tarir, et il se retrouverait dans la même situation. L'annonce suivante le fit rire.

— Qu'est-ce qu'il y a ? demanda sa femme, étonnée de l'entendre rire malgré la situation. Qu'as-tu lu ?

Levin lui montra la page.

— Regarde cette annonce, dit-il. – Il commença à lire. – « Universitaire de vingt-sept ans recherche femme séduisante, bien de sa personne, à des fins de conversation. »

Gerda secoua la tête en signe de désapprobation.

— Les hommes sont tous les mêmes…

Alors qu'il revenait du quartier de Branik, où il était allé chez un antiquaire vendre la vieille montre à gousset héritée de son père, il tomba sur un groupe à l'Ascherman, l'un des rares restaurants que les Juifs étaient encore autorisés à fréquenter. Cela faisait six jours qu'Heydrich était mort et il savait que chaque fois qu'il y avait un attroupement, quelque chose se passait. En entrant dans le restaurant, il entendit une voix s'élever parmi les clients. C'étaient les nouvelles, à la TSF.

— ... exécutés par les forces de protection, disait le présentateur en tchèque. Outre les deux cents traîtres fusillés, les soldats et la police ont transféré les femmes dans des camps de concentration. Certains enfants seront adoptés pour être germanisés, tandis que les autres accompagneront leurs mères. Le village de Lidice a été complètement détruit, la police ayant établi de manière irréfutable que ses habitants étaient impliqués dans le crime odieux perpétré contre le Reichsprotektor. Tel est le châtiment réservé aux auteurs d'activités criminelles qui ne conduisent qu'au malheur et à la souffrance du peuple tchèque. Le Reichsprotektor intérimaire a annoncé...

Levin craignait de comprendre ce qu'il venait d'entendre.

— Qu'est-il arrivé ?

— Vous n'avez pas entendu ? demanda l'homme à côté de lui, la voix tendue. Les Allemands ont rasé un village à la suite de la mort d'Heydrich. Les garçons et les hommes ont été tués et les femmes et les enfants déportés.

L'intensification des représailles était attendue depuis la mort de l'ancien Reichsprotektor. Mais il était étonnant voire déconcertant de constater que rien n'était fait en catimini. Les forces d'occupation annonçaient publiquement les fusillades afin que tout le monde soit au courant. Leur intention était d'intimider la population et de la soumettre par la terreur. Seulement, en procédant ainsi, les nouvelles parvenaient à l'étranger, données par les Allemands eux-mêmes, ce qui risquait de se retourner contre eux. Pour Levin, il était inquiétant et symptomatique qu'ils ne se préoccupent même plus de leur réputation.

Non seulement ils commettaient des crimes monstrueux mais, visiblement, ils ne se souciaient pas que le monde les considère comme des criminels. Ils s'en moquaient. Comment arrêter ces gens-là ?

— Vous pensez qu'ils vont en rester là ?

— Bien sûr que non, rétorqua l'homme. – Il fit un geste en direction de la TSF. – Vous n'avez pas entendu les nouvelles ? Ils ont dit que Lidice n'était qu'un début. Le Reichsprotektor par intérim a annoncé que des mesures drastiques seraient prises si les assassins d'Heydrich n'étaient pas livrés avant le 18.

Levin fit le calcul ; on était le 10 juin, il restait une semaine.

— Qu'est-ce qu'ils vont faire après ?

L'homme secoua la tête, avec une expression lugubre.

— Il n'y a rien d'officiel, dit-il. Mais le bruit court qu'un Tchèque sur dix sera fusillé.

— Un sur dix ?!

L'homme soupira.

— Que Dieu nous protège de nos protecteurs.

Le bruit lointain de détonations réveilla Levin. Il leva la tête et, somnolent, regarda par la fenêtre. Le soleil n'était pas encore levé, bien qu'une lueur bleue dans le ciel annonçât l'aube. Il regarda sa montre ; il était 6 h 20.

— Qu'est-il arrivé ?

Gerda était encore à moitié endormie.

— Chut, souffla-t-il. Dors.

Sa femme se retourna sur le côté. L'illusionniste se leva et alla à la fenêtre pour regarder la ville. Depuis le grenier, la vue était splendide, il pouvait voir les toits de Prague et les clochers des églises. Quelques lumières s'allumaient çà et là, signe que le bruit avait réveillé d'autres personnes, mais les détonations avaient cessé. En d'autres circonstances, il ne se serait pas inquiété, mais pas ce jour-là. C'était le 18 juin, le jour où expirait le délai pour livrer les assassins d'Heydrich, et aucun signe d'eux. La tension était à son comble.

— Quelque chose est arrivé ?

Il se retourna et vit Gerda droite sur le lit.

— Dors.

— Qu'est-ce qui se passe ?

Gerda était complètement réveillée.

— J'ai entendu des bruits étranges et je suis venu voir.

— Quels bruits ?

— Je ne sais pas, des détonations… Ce n'est sans doute rien.

Sa femme se leva et s'approcha de lui. Elle regarda par la fenêtre, tentant de deviner ce qui n'allait pas à l'extérieur. Plusieurs appartements étaient éclairés et on distinguait des personnes penchées aux fenêtres. Le reste semblait normal.

— Qu'est-ce qui…

Un éclair au loin la fit taire immédiatement. Deux secondes plus tard, ils entendirent une détonation.

— Qu'est-ce que c'est ?

— On dirait une explosion.

L'éclat avait brillé à proximité du clocher d'une église.

— La place Charles, c'est par là-bas, n'est-ce pas ?

C'était la place où, quelques semaines auparavant, le jour de l'attentat contre Heydrich, Levin avait montré la maison de Faust à son fils.

— C'est la cathédrale ! s'exclama-t-il, les yeux fixés sur le clocher. C'est la cathédrale Saints-Cyrille-et-Méthode !

C'était une église orthodoxe située dans une rue jouxtant la place Charles. Ils passèrent une heure à la fenêtre, essayant de deviner ce qui se passait.

Quand le jour se leva, Levin descendit au rez-de-chaussée ; le gardien de l'immeuble devait certainement savoir ce qui s'était passé. En arrivant dans le hall, il rencontra plusieurs voisins qui conversaient, de l'inquiétude dans leur voix.

— Ce sont les hommes qui ont tué Heydrich, déclara l'un d'eux, qui vivait au premier étage. La Gestapo les a localisés dans la cathédrale Saints-Cyrille-et-Méthode.

Il dit cela avec un mélange de soulagement, de tristesse et de joie, sentiments partagés par tous et vraisemblablement par l'ensemble de la population ; soulagement parce que la menace d'exécuter 10 % de la population tchèque ne serait pas appliquée, tristesse car nul ne pouvait s'empêcher d'admirer les hommes qui avaient massacré le Boucher de Prague, joie parce que quelqu'un osait enfin affronter les forces d'occupation.

— Comment le savez-vous ?

— C'est à la radio, dit-il. Depuis l'aube, la Gestapo et les SS essaient de les capturer, mais apparemment les gars se sont retranchés dans la crypte et ils leur donnent du fil à retordre. Des SS ont même été blessés.

L'information ranima Levin, comme elle avait ranimé tous les autres.

— Waouh ! sourit-il. La Gestapo et les SS, avec tous leurs hommes et leur efficacité germanique, n'arrivent pas à capturer une poignée de malheureux. En fin de compte, la soi-disant race supérieure n'est pas si supérieure que ça…

— Supérieure ! Vous voulez rire ! Ils chient comme tout le monde, ils pètent comme tout le monde et ils meurent comme tout le monde.

— Heydrich peut en témoigner !

— Ça fait près de six heures qu'ils ont commencé, observa un autre voisin. Apparemment, les Allemands sont arrivés à l'église à l'aube et, depuis, ils n'ont pas beaucoup avancé. Chaque fois que les gros bras de la SS essaient d'entrer, ils se prennent des prunes et ressortent la queue entre les jambes.

— Ce crétin de Frank doit être fou de rage.

— Et la BBC ? Que dit la BBC ?

— L'émission n'est qu'à 18 h 30. Mais hier, ils n'ont cessé de parler de Lidice. C'étaient de beaux discours, les Américains et les Britanniques ont même promis de traîner les nazis en justice quand la guerre sera finie.

La porte de l'appartement du gardien s'ouvrit tout à coup et M. Redlich apparut. Apparemment, c'était lui qui écoutait les informations sur son poste clandestin et les communiquait aux voisins rassemblés dans le hall. Il y eut un silence.

— C'est fini, dit-il d'une voix neutre. On vient d'annoncer que les SS ont pris le contrôle de l'église. Ils n'en ont pas pris un seul vivant.

Tous demeurèrent silencieux pendant un long moment. Ils savaient que ce dénouement était inévitable mais ils espéraient que la résistance durerait plus longtemps, car plus elle serait longue, plus ce serait embarrassant pour les Allemands. Un des voisins, un Juif orthodoxe fin connaisseur de la Torah et respectueux de la Halacha, du sabbat et de toutes les règles et prières, sortit un talit qu'il était allé chercher on ne savait trop où, se couvrit la tête et commença à réciter le Kaddish, la prière juive de dévotion au Seigneur prononcée en l'honneur des morts.

— Que le nom du Très-Haut soit exalté et sanctifié,
Dans le monde qu'il a créé selon sa volonté.
Que son règne soit proclamé de nos jours
Et du vivant de la maison d'Israël
Dans un temps prochain. Amen.

Tous ceux qui se trouvaient dans le hall, y compris Levin, répétèrent : « Amen ».

XII

La cabane en bois avait un rez-de-chaussée et un étage, avec des fenêtres sur le toit de chaume. Au milieu s'élevait une cheminée d'où sortait un fil blanchâtre de fumée ; on aurait dit une écurie transformée en datcha. Derrière s'étendait la forêt de Sablino.

— On y est, annonça le sergent Gómez. Rolf m'a dit que la maison était au bout du sentier, à l'entrée du bois. J'ai l'impression qu'on est arrivés.

Ils s'approchèrent avec prudence, car bien qu'ils fussent au sud de Krasny Bor, un secteur tenu par les Allemands, ils ne savaient jamais sur qui ils pouvaient tomber. Alors qu'ils se préparaient à frapper à la porte, ils virent apparaître une fille, petite et rondouillarde, des cheveux blonds rassemblés en queue de cheval derrière la nuque. Elle avait dans les bras une bassine de vêtements mouillés, qu'elle venait apparemment de laver. La Russe se figea, alerte et inquiète face à des soldats en uniforme allemand, et leur jeta un regard craintif.

— *Guten Morgen.*

Elle les salua en allemand, sur un ton prudent et réservé. En réponse, les trois hommes de la Division bleue soulevèrent leurs casques et sourirent, s'efforçant de lui montrer que leurs intentions étaient amicales.

— *Ich will Mädchen*, dit le sergent Gómez dans un mauvais allemand. *Verstehen ?*

En l'entendant dire qu'il voulait des filles, la jeune Russe sembla se détendre.

— *Ach so*, acquiesça-t-elle. – Elle les désigna. – *Deutsch ?*

— *Nyet*, répondit l'Espagnol dans un russe hésitant. *Spanski.*

— *Portugalski*, s'empressa de préciser Francisco. *Ja portugalski.*

Cette fois, ce fut Gómez qui la désigna.

— *Du bist Tsukanova ?*

La fille sourit.

— Olga Tsukanova, se présenta-t-elle, en leur faisant signe de la suivre. *Kommt ihr.*

Elle ouvrit la porte et, avec le doigt, demanda aux soldats d'enlever leurs chaussures. Les hommes obéirent et la suivirent, en chaussettes. L'intérieur de la datcha avait l'air confortable, bien qu'obscur. Ils arrivèrent dans une pièce chauffée par une cheminée. Le sol sombre était couvert de tapis et les murs étaient faits de rondins de bois horizontaux. Les tables, tout comme les chaises, étaient également en bois et recouvertes de pièces de dentelle blanche aux motifs élaborés.

Elle désigna les chaises.

— *Setzt.*

Les soldats s'assirent, posèrent leurs casques sur le sol et la virent se diriger vers un couloir.

— Margarita ! appela Olga en disparaissant dans la maison. Margarita ! *Gde te ?*

Les trois hommes entendirent une voix féminine répondre à quelque distance et une conversation en russe s'engagea quelque part dans la datcha.

— Qu'est-ce qu'elle nous a dit ? demanda malicieusement Juanito. Sexe ?

— Hein ?

— Oui, *coño* ! Elle nous a dit sexe.

— Mais non, crétin, s'esclaffa Francisco. *Setzt.* Asseyez-vous.

Ils rirent du quiproquo, mais Gómez leur fit signe de se taire et désigna le couloir où Olga avait disparu et d'où venaient sa voix et celle de la dénommée Margarita. Ils essayèrent de comprendre ce qu'elles disaient, mais les murs étouffaient les voix. Cherchant la chaleur du soleil matinal, Francisco s'appuya contre la fenêtre et, du coin de l'œil, nota du mouvement à l'extérieur. Il ressentit un grondement sourd dans la poitrine. Une jeune fille vêtue de blanc, avec une grande tresse blonde tombant sur son épaule droite, était assise sur une pierre, devant un paisible ruisseau, et semblait chantonner tout en se faisant une deuxième tresse. Le Portugais demeura un long moment à l'observer. Il n'avait jamais vu une fille aussi belle. On aurait dit un ange. Peut-être était-ce à cause de ses cheveux blonds ou de ses gestes tellement langoureux et délicats. Il ne pouvait pas la quitter des yeux. Il la fixait, étranger au monde et à tout le reste, et il fallut un coup d'épaule de Juanito pour le faire revenir à la réalité.

— *Hombre*, elles arrivent.

Ils entendirent des pas et Olga réapparut accompagnée d'une autre fille. Celle-ci avait des cheveux bruns, de larges hanches et des seins opulents, des lèvres épaisses et des yeux marron. Elle était aussi plus grande et quelque peu négligée.

— *Das ist meine schwester Margarita*, annonça Olga dans un allemand qu'elle avait évidemment pratiqué avec les soldats de la Wehrmacht. Voici ma sœur Margarita.

Toutes deux se plantèrent devant eux, comme si elles se montraient pour qu'ils choisissent. Bien que sœurs, elles étaient très différentes, l'une petite et blonde, l'autre grande et brune. Toujours en allemand, Olga passa aux questions pratiques.

— C'est trois reichsmarks pour une heure.

— C'est cher, se plaignit Francisco, qui parlait bien allemand grâce aux leçons de Rolf à Dar Riffien. Nous sommes mal payés et…

— Vous pouvez payer en nature, proposa-t-elle. Lait, viande, œufs…

Les deux Espagnols se frottèrent les mains.

— Arrête de marchander, *caray*. Allons-y !

Voyant que les clients acceptaient le prix, Olga fit un signe vers elle-même et vers sa sœur.

— Nous sommes deux et vous trois…

Du pouce, Francisco désigna la blonde qui était dehors.

— Et celle-là ?

— Elle ne fait pas ça, précisa rapidement Olga. Seulement nous deux.

— Je paie cinq reichsmarks pour elle.

— Tu n'as pas entendu ce que je t'ai dit ? La fille dehors ne fait pas ça, pas même pour mille reichsmarks.

— Mais pourquoi ?

— Parce que, c'est comme ça. C'est notre petite sœur et on ne veut pas la mêler à ces choses-là. Pas elle.

Le ton était péremptoire et le Portugais n'insista pas. Les deux sœurs dévisageaient les trois soldats, attendant une décision.

— Alors ? demanda Margarita. Qui commence ?

Francisco fit un geste désobligeant.

— Allez-y.

Il n'eut pas besoin de le dire deux fois. Juanito et Gómez se levèrent d'un bond et, ricanant d'excitation, ils suivirent les deux sœurs dans le couloir, chacun accroché à la sienne, en chemin vers le paradis que toutes deux leur promettaient.

La jeune fille assise sur la pierre avait fini de faire sa deuxième tresse ; elle se penchait pour voir son image qui se reflétait dans les eaux claires du ruisseau, tout en fredonnant une mélodie traditionnelle.

Rastsvetali iabloni i grushi
Poplyli tumany nad rekoj.
Vykhodila na bereg Katyusha,
Na vysokij bereg na…

— Quelle belle chanson ?

Sursautant, la jeune fille se retourna, les yeux écarquillés, et regarda l'inconnu avec une expression apeurée.

— *Moy Bog !*

Francisco s'immobilisa pour ne pas l'effrayer davantage et l'interrogea d'une voix douce.

— *Sprechen Sie Deutsch ?*

Elle se leva, sur ses gardes, ne sachant pas si elle devait fuir ou rester ; malgré l'uniforme allemand et sa carrure, l'homme ne semblait pas menaçant.

— *Jawohl*, répondit-elle, lui donnant une chance. Je parle un peu allemand.

— Je suis désolé de vous avoir fait peur, dit le Portugais, toujours immobile pour ne pas l'alarmer. Je vous ai entendue chanter et je n'ai pas pu résister. Quelle est cette chanson ?

La jeune fille ébaucha un sourire.

— *Katyusha.*

— C'est votre nom ?

Elle rougit.

— Non, non. C'est le nom de la chanson. *Katyusha*. Elle est très populaire partout en Russie. Vous ne l'avez jamais entendue ?

— Si, je l'ai déjà entendue. De quoi parle-t-elle ?

— D'une jeune fille nommée Katerina.., c'est-à-dire Katyusha, c'est une façon de dire Katerina. Elle est amoureuse et se promène sur le bord d'une rivière en fredonnant une chanson qui parle de son bien-aimé et de ses lettres. C'est très joli.

Le Portugais tourna le regard vers le ruisseau.

— Une rivière, une jeune fille qui chante… Ne me dites pas que Katyusha c'est vous et que vous êtes amoureuse.

La rougeur sur son visage lumineux s'accentua.

— J'ai mes rêves, bien sûr, mais… non, non, ce n'est pas moi. Je ne m'appelle pas Katyusha. C'est juste une jolie chanson, rien de plus.

— Une jolie chanson chantée par une belle jeune fille. C'est rare. – Il se pencha en avant. – Si vous ne vous appelez pas Katyusha, quel est votre nom ?

La jeune Russe lança un regard furtif vers la maison, comme si la question était indiscrète et qu'elle n'était pas sûre qu'il fût sage de se livrer ainsi à un étranger, qui plus est un soldat.

— Je… pense qu'il vaut mieux que je m'en aille.

Elle ramassa un panier qui était par terre et, à la hâte, fit demi-tour pour se diriger vers l'arrière de la datcha.

— Attendez !

La jeune fille continua à marcher d'un pas rapide.

— Je dois y aller.

Avant qu'elle ne s'échappe, Francisco mit la main dans sa poche, cherchant quelque chose qu'il pourrait lui offrir, et il sentit un petit sachet sous ses doigts. L'*ersatz* de café. Il le sortit de sa poche et le montra.

— Aimez-vous le café ?

La jeune fille hésita ; bien sûr qu'elle aimait le café, même le faux, surtout qu'elle en manquait.

— Mes sœurs m'ont dit de ne rien accepter des soldats.

Elle parlait comme si elle ne demandait qu'à se laisser convaincre.

— Je ne leur dirai rien.

Elle hésitait encore.

— Et… que voulez-vous en échange ?

— Rien, répondit-il. Je vous ai vue chanter, c'était merveilleux et je suis venu ici. Je vous offre du café pour vous remercier de ce moment. – Il agita le sachet du bout des doigts. – Prenez-le.

À petits pas hésitants, consciente qu'elle désobéissait à ses sœurs et craignant de commettre une erreur, elle s'approcha de lui et, d'un geste furtif, prit le café et recula aussitôt de deux pas rapides, comme pour se préparer à courir. Il demeura immobile.

— *Vielen Dank.*

— Attendez.

— Je dois y aller.

Francisco s'approcha du ruisseau et ramassa une fleur blanche que l'eau fraîche caressait.

— Prenez ça, dit-il. C'est pour vous souvenir de moi.

La jeune fille s'approcha de nouveau et prit la fleur qu'il lui tendait, cette fois sans crainte, et la respira. Puis elle se dirigea d'un pas rapide vers l'arrière de la maison.

— Attendez !

Sans s'arrêter, elle se retourna.

— Qu'y a-t-il ?

— Vous ne m'avez pas dit votre nom.

La fille eut un rire juvénile.

— Tanya, déclara-t-elle. Tanusha.

Elle dit cela comme si elle chantait, ou du moins Francisco en eut l'impression, car jamais le nom d'une jeune fille ne lui avait semblé aussi mélodieux. Tanusha. Il demeura figé sur place, avec cette vision et le diminutif devenu une note de musique, et il la regarda disparaître derrière la datcha.

Il resta seul, s'abandonnant à l'émotion que la jeune Russe avait suscitée en lui. D'elle, il ne restait que le parfum d'une sensation. Il soupira, revenant à la réalité. Il regarda les fenêtres de la maison puis sa montre. L'heure achetée par ses amis s'épuisait et ils n'allaient pas tarder à apparaître. Il se dirigea vers la maisonnette d'un pas méditatif, se répétant mentalement la conversation qu'il venait d'avoir avec la jeune fille, passant en revue ses manières, la façon dont elle l'avait regardé, les mots qu'elle avait employés, la manière dont elle les avait dits, ses sourires et ses rougissements, et se demanda s'il pouvait avoir une toute petite chance. Il secoua la tête. Bien sûr que non. Comment s'attendre à ce qu'une telle créature lui prête la moindre attention ? Il devait être réaliste. Il n'était pas Ramón Novarro, l'idole des films américains.

Il entra dans la datcha, découragé, mais se ressaisissant aussitôt. N'était-il pas un légionnaire, après tout ? Depuis quand un légionnaire s'avouait-il vaincu avant même le début de la bataille ? Il retrouva sa fierté d'homme de la Légion. Il pouvait mourir, mais il n'avait pas le droit d'abandonner. Et qu'avait-il à perdre ? Le pire qui pouvait lui arriver était de s'entendre dire « non », comme cela lui était arrivé maintes fois avec tant d'autres femmes. Certes, aucune d'entre elles ne l'avait jamais autant ému. Et ça n'était pas seulement sa beauté, c'était sa voix, sa délicatesse, la façon dont elle l'avait regardé et lui avait souri.

Elle l'avait certainement fait sans arrière-pensée, mais jamais une femme aussi belle ne l'avait regardé ni ne lui avait souri ainsi. Elle, elle l'avait fait.

— *Hombre*, quel pied !

La voix de Juanito le tira de ses pensées. Il leva la tête et le vit s'approcher en finissant de boutonner son pantalon.

— Tu as fini ?

— C'est elle qui m'a épuisé ! *Que mujer !* Cette Margarita est la plus grosse cochonne au nord de l'Oural ! Ses seins ont la taille de la Monumental de Madrid. – Du pouce, il indiqua le couloir. – C'est ton tour. Elle t'attend. Elle est encore mieux que Carmen, la chaudasse de la Calle de las Lobas. Quand tu lui suceras les nichons, tu verras, tu en redemanderas…

Une heure plus tôt à peine, Francisco était tellement excité qu'il se serait certainement précipité sur Margarita. Quel corps-à-corps fabuleux ç'aurait été ! Mais plus maintenant.

— Demain.

Juanito écarquilla les yeux.

— T'es fou ? La fille t'attend, Paco !

— Allons-nous-en.

Son ami restait cloué sur place, n'en croyant pas ses oreilles.

— Que se passe-t-il, *hombre* ? Tu ne te sens pas bien ?

Impatient, pensant encore à Tanusha et incapable de donner une explication à son ami ou à lui-même, Francisco ouvrit la porte et sortit.

XIII

La Synagogue vieille-nouvelle de Prague se remplit à nouveau ce samedi-là. Tout au long de l'année 1942, des dizaines de milliers de Juifs avaient été déportés à Theresienstadt, Łód et vers d'autres localités dont les autorités d'occupation n'avaient pas révélé les noms. Il ne devrait plus en rester beaucoup dans la ville.

— C'est long…, s'impatienta Peter, secouant les jambes sur la chaise. Quand est-ce que ça commence ?

— Bientôt.

Arrivés suffisamment tôt, les Levin père et fils purent trouver des sièges au troisième rang, tandis que Gerda s'installa dans la zone réservée aux femmes, juste à côté. Le sanctuaire du XIIIe siècle était le centre de l'activité religieuse des Juifs de la ville et la plus vieille synagogue d'Europe encore en activité. Levin regarda Peter. Âgé de sept ans, son fils ne parlait plus comme un bébé. Le moment était venu de lui révéler les mystères de Prague.

— Tu vois le siège numéro un ? demanda son père en montrant une chaise avec l'étoile à six branches sculptée dans le bois. Il est réservé au rabbin Loew. Si quelqu'un s'y assoit, il mourra dans l'année. C'est ce qu'on dit. Seul le rabbin Loew peut s'y asseoir.

Peter fronça les sourcils ; il avait fréquenté cette synagogue, où il avait suivi les cours d'Alfred Hirsch, et ne se souvenait pas d'avoir rencontré un rabbin nommé Loew.

— C'est qui ?

— Le rabbin Loew est l'un des rabbins les plus célèbres qui ait jamais existé. On l'appelle le Maharal de Prague. Il a vécu il y a quatre cents ans et, comme il était kabbaliste, on dit qu'il avait des pouvoirs magiques.

— Comme toi, papa ?

— Oh, il était plus magicien que moi, souligna Levin avec l'air mystérieux qu'il prenait dans ses spectacles. Le rabbin Loew était l'enchanteur suprême, le seigneur de la Kabbale. – D'un ample geste, il indiqua l'intérieur du temple. – D'après la légende, cette synagogue a été construite par des anges avec les pierres mêmes du temple de Salomon, mais celles-ci devaient être rendues quand le temple serait reconstruit.

Après avoir promené ses yeux sur les murs du bâtiment, imaginant les pierres transportées dans les cieux de Jérusalem à Prague, Peter regarda de nouveau la chaise vide.

— Et le rabbin ? Quels tours faisait-il ?

Levin indiqua une petite porte dans la genizah, devant des escaliers en fer.

— Tu vois cette porte ? C'est là que se cache le Golem.

Il prononça *Golem* avec un air ténébreux et le garçon, pour qui le terme était familier, se recroquevilla sur son siège.

— Le monstre ?

— Bertie, fais attention, lança Gerda du secteur des femmes. Tu fais peur au petit…

Absorbé dans son récit, Levin ignora la réprimande ; il était brièvement redevenu le Grand Nivelli.

— Le rabbin Loew est allé au bord de la rivière Moldova où il a ramassé de l'argile qu'il a pétrie pour former une figure presque humaine. – Il écarquilla les yeux. – Un homoncule. – Il pointa le doigt vers la chaise réservée au rabbin Loew. – Il l'a amené ici et, en utilisant une formule kabbalistique secrète de la langue hébraïque capable d'activer des pouvoirs magiques, il a introduit dans sa bouche le nom de Dieu et lui a donné vie. C'est ainsi qu'est né le Golem.

— Quel est le nom de Dieu ?

Le père faillit rire.

— Là, tu m'as eu, rétorqua-t-il. Je n'en ai pas la moindre idée. Mais le rabbin a écrit ce nom sur un parchemin et l'a introduit dans la bouche du Golem. C'est comme ça qu'il lui a donné vie.

— Pourquoi a-t-il fait ça ?

— Pour créer un homoncule qui protégerait les Juifs. Déjà à cette époque, il y avait des *goyim* qui nous voulaient du mal.

— Mais le Golem n'était pas un monstre lui aussi ?

— Un monstre conçu pour protéger les Juifs, tu comprends ? Avec le Golem, malheur à celui qui nous chercherait noise ! Pauvre de lui ! Personne n'osait embêter les Juifs, car sinon le Golem venait et… waouh !

— Alors pourquoi il ne nous protège pas maintenant ?

— Parce qu'un jour, le rabbin Loew a oublié d'enlever le parchemin de la bouche du Golem, qui est devenu incontrôlable. Il a commencé à blesser des gens. Même le rabbin n'arrivait plus à le maîtriser. Pour résoudre le problème, le rabbin l'a attiré dans cette synagogue et a réussi à lui arracher le parchemin de la bouche. Le Golem s'est décomposé.

— Oh.

Levin désigna à nouveau la petite porte devant l'escalier en fer.

— Tous les morceaux du Golem ont été conservés dans ce débarras et on dit qu'ils y sont toujours.

Les yeux de Peter s'attardèrent sur la porte, comme s'il s'attendait à ce qu'elle s'ouvrît et que le fantastique homoncule d'argile en sortît.

— Pourquoi on ne le fait pas revivre ?

Encore une bonne question.

— Personne ne sait quel est le nom de Dieu que le rabbin Loew a utilisé. On dit que c'était peut-être *Shem*, un nom ineffable du Créateur, mais c'est juste une théorie. Dieu a de nombreux noms, comme tu le sais. Le secret kabbalistique de la création du Golem est mort avec le rabbin Loew.

— On devrait le recréer, insista l'enfant. Le Golem viendrait et frapperait les Allemands et tout serait réglé.

— Ce n'est qu'une légende, rappela son père. Mais il paraît que les Allemands ont peur de détruire la synagogue, parce que ça pourrait faire réapparaître le Golem. Quoi qu'il en soit, Peter, les arts occultes ne règlent pas les choses. C'est une façon simpliste de penser. Tu sais, ma magie exige beaucoup de science, et ce ne sont pas des tours de magie qui régleront nos problèmes. Le véritable Golem des Juifs est notre art, notre ingéniosité, notre intelligence. Ce que nous avons, c'est…

À ce moment-là, le rabbin Landau entra dans la pièce, enveloppé dans son talit, et les conversations cessèrent. La cérémonie du sabbat allait commencer, comme chaque samedi depuis des temps immémoriaux.

Le retour à la maison fut pénible, non pas à cause du trajet, car la ville était belle et tout semblait plus ou moins normal, les tramways circulaient et il y avait des gens dans les cafés, mais en raison des nouvelles qui avaient circulé à la fin de la cérémonie. Des visages connus qui, le samedi précédent, étaient encore à la synagogue, n'étaient pas là cette fois-ci. En sortant, lorsque les Levin cherchèrent à savoir où ils étaient, on leur dit qu'ils avaient été déportés quelques jours plus tôt. Ils s'en doutaient, mais le choc fut rude. La communauté juive de Prague diminuait de jour en jour et bientôt il n'y aurait plus personne.

— Quand viendra notre tour ?

La question de Gerda fut accueillie avec un haussement d'épaules par son mari.

— Demain. Après-demain. Le mois prochain. – Il soupira avec fatalisme. – Je ne sais pas quand ce sera, mais nous devons être prêts.

Sa femme marchait avec un air désolé.

— Quel dommage que nous n'ayons pas émigré…

— Ce n'est pas faute d'avoir essayé, rappela Levin. Amérique, Mexique, République dominicaine, Honduras, Brésil, Perse… Nous avons tout tenté.

— Et le Portugal, Bertie ? insista-t-elle, toujours préoccupée. Pourquoi n'essaies-tu pas à nouveau de parler au consul ? Cette fois, il y aurait peut-être une solution.

— Ils n'accueillent que des Juifs qui peuvent prouver leurs origines portugaises.

— Mais ta mère est d'origine portugaise.

— Oui, mais comment le prouver ? Les documents sont à Amsterdam et le consul m'a de toute façon dit que les Allemands n'avaient même pas autorisé les Juifs hollandais d'origine portugaise à partir au

Portugal. Et pourtant beaucoup ne sont qu'à moitié, voire un quart, juifs. Donc, oublions cette possibilité. – De la main, il indiqua les toits de Prague. – Et même si les Portugais nous accordaient des visas, comment partirions-nous ? N'oublie pas qu'ils ne nous laissent voyager qu'avec quatre dollars et dix marks. Personne ne traverse l'Europe avec si peu d'argent. Et puis les visas de transit par la Suisse ont expiré et la route de Gênes et de Trieste a été fermée.

— Il y a des vols pour Madrid.

C'était vrai. On pouvait acheter à Prague un billet pour Madrid sur la Lufthansa ou Ala Littoria.

— À deux cent soixante-dix marks le billet ? Nous n'avons pas une telle somme, Gerda. Et nous aurions besoin de visas pour l'Espagne, ce que nous ne pouvons pas obtenir.

Ils étaient pris au piège.

Les Levin rentrèrent chez eux dans une atmosphère lugubre. Ils franchirent la porte d'entrée et montèrent les escaliers comme s'ils portaient tout le poids de la nation juive sur leurs épaules. L'immeuble lui-même avait l'air vide. De nombreux enfants avaient déjà été déportés, laissant derrière eux l'impression désagréable que le bâtiment était mort.

— Vous avez remarqué que les Lowenthal n'y étaient pas non plus ? demanda Gerda en arrivant sur le palier de leur mansarde, brisant un mutisme prolongé. Ni eux, ni les Kinsky, ni…

Elle se tut, les noms lui restant dans la gorge.

— Allons, allons, murmura son mari en sortant la clé de sa poche. Nous ne pouvons rien faire, les choses sont ce qu'elles sont.

Il mit la clé dans la serrure et ouvrit la porte. Ils remarquèrent aussitôt la feuille rose sur le plancher, introduite par la fente sous la porte. Ils se figèrent.

Ils savaient ce que c'était, ils savaient qu'un jour leur tour viendrait, et ils savaient que cela finirait par arriver car il ne restait plus tant de Juifs que ça dans la ville, mais malgré cela ils ne parvenaient pas à y croire. Et pourtant, la preuve était là sur le sol, froide et cruelle.

Ils demeurèrent plantés sur le pas de la porte pendant une longue minute, les yeux fixés sur le papier, sans oser bouger. On aurait dit qu'ils s'attendaient à ce que la maudite feuille disparaisse comme par enchantement ; *surakabaia, surakabaia*, elle était là et l'instant d'après elle n'y était plus. Mais l'illusionnisme n'était rien de plus qu'un artifice ; ni le Golem n'apparaissait grâce aux tours de magie, ni la princesse Karnac ne lévitait grâce aux pouvoirs surnaturels du Grand Nivelli. De même, la feuille rose n'allait pas disparaître d'un instant à l'autre ; on l'avait glissée sous la porte, et il n'y avait ni magie ni prestidigitation qui modifiât la réalité qu'elle représentait.

S'armant de courage, Levin finit par se baisser, lentement, comme s'il voulait tout retarder le plus possible, mais ses doigts finirent bien par atteindre le papier. Il le ramassa et lut les mots dactylographiés en caractères bureaucratiques et impersonnels, leur ordonnant de se présenter à 8 heures du matin au palais des expositions de Holešovice « en vue de déménager à Theresienstadt ».

Leur tour était venu.

Deuxième partie

LA LOI DES FORTS

La compassion est le vice des rois,
La marque des misérables et des faibles.
Voici la loi des forts,
C'est notre loi et la joie du monde.

Aleister CROWLEY, *Le Livre de la loi*

I

— Paco, on va voir les Coñokova ?

Ce fut un lundi que Juanito fit la proposition à son ami. À vrai dire, Francisco s'y attendait, car c'était leur jour de repos et la visite aux sœurs Tsukanova était devenue un rite hebdomadaire. Le Portugais prit le petit paquet qu'il avait déjà préparé et regarda son ami.

— Allons-y.

— Dis donc, chaque fois qu'on va chez les Coñokova, je te vois avec ce paquet. Qu'est-ce que c'est ?

— Ça ne te regarde pas. Tu viens ou pas ?

Comprenant que son ami ne lui dirait rien, car il le connaissait depuis de nombreuses années et n'avait jamais rencontré soldat plus têtu dans les rangs de la Légion étrangère, le sergent espagnol n'insista pas. Il se leva et désigna un autre homme assis à côté d'eux.

— Ça te dérange si Pepe vient aussi ?

Francisco haussa les épaules avec indifférence et les soldats quittèrent le casernement pour se diriger vers le sud par un sentier qui menait à la forêt de Sablino. Tous les lundis, sans faute, ils profitaient de leur jour de repos pour aller chez les Tsukanova, soit juste tous les deux, soit en compagnie de Gómez ou d'un autre camarade de Dar Riffien, espagnol ou portugais. Malgré leurs visites fréquentes, Francisco n'avait jamais voulu suivre Olga ou Margarita dans la chambre, ce qui lui avait valu les quolibets de ses camarades et même des allusions quant à sa virilité.

Rien de tout cela ne l'atteignait. Tout ce qu'il voulait, c'était voir Tanusha, mais il n'avait guère eu de chance jusqu'à présent. Il ne l'avait croisée qu'à deux reprises, et chaque fois brièvement. Bien que souriante et gentille, la Russe lui filait entre les doigts. Il commençait à désespérer. Son rêve n'était qu'une chimère. Qu'il le veuille ou non, une princesse comme elle ne ferait jamais attention à un vaurien de son genre. Une fois, il avait interrogé Olga sur sa petite sœur, mais elle lui avait simplement répété de « la laisser tranquille ».

Cette visite ce jour-là, peut-être la dixième depuis qu'il y était allé la première fois, se passait comme les précédentes. Après avoir attendu près d'une demi-heure que les sœurs expédient des clients de la Wehrmacht, Juanito s'enferma dans une chambre avec Olga, et Pepe retrouva Margarita, tandis que Francisco resta à la fenêtre, regardant dehors dans l'espoir d'apercevoir l'insaisissable Tanusha. Il commençait à se dire qu'une fois de plus il ne la verrait pas et qu'il devait se rendre à l'évidence. La jeune fille n'était pas pour lui et, quel qu'en fût le coût, il devait se résigner. Certaines batailles étaient perdues d'avance et ne valaient pas la peine d'être engagées. Le premier général venu savait cela, pourquoi ne l'acceptait-il pas ? Le but n'était pas de lutter, mais de gagner ; s'il ne pouvait pas gagner, à quoi bon lutter ? Il devait se conformer à la réalité et s'accommoder de relations tarifées. Après tout, ce n'était pas si terrible que ça. Pour trois reichsmarks, il pouvait se payer une heure de torrides ébats avec Olga ou Margarita, sans conséquences ni tourments. C'était bien mieux que le néant qui était le sien.

Francisco était plongé dans ces pensées quand il vit Tanusha apparaître dans la cour. Il sursauta sur sa chaise et passa un long moment à la regarder, indécis. Devait-il ouvrir la fenêtre et l'appeler ? Ou valait-il mieux aller la voir ? L'hésitation était une étrange forme de peur. Et si la jeune fille le renvoyait à nouveau avec un simple sourire ? Supporterait-il une nouvelle humiliation ? Accepterait-il son indifférence absolue ? Francisco passait ses journées à penser à Tanusha, et il était évident qu'elle ne lui consacrait pas une seule seconde de son temps. Il était venu là avec le désir de la revoir, son cœur était rempli d'espoir et sa tête débordait de beaux projets et de belles phrases méditées tout au long de la semaine, et en fin de compte, maintenant que Tanusha était apparue, il ne savait que faire, redoutant sa réaction, craignant jusqu'à la rencontre, apeuré parce que la jeune fille ne ressentait manifestement rien pour lui. Il n'y avait aucun intérêt à poursuivre cette mascarade, il ne pensait pas être capable de résister à un refus de plus.

Surgies de nulle part, deux silhouettes grises apparurent à ce moment dans le potager de la datcha et se précipitèrent sur elle. Empoignée et traînée par les deux soldats, Tanusha poussa un cri terrifié.

— *Pomogi mne !*

Sortant de sa torpeur, Francisco fit un bond et se précipita en courant hors de la maison ; nul besoin de connaître le russe pour comprendre qu'elle avait appelé au secours. En arrivant dans le jardin, il entendit un bruissement de branches et aperçut un sentier qui serpentait vers la forêt de Sablino ; c'était certainement par là que les soldats l'avaient emmenée. Il suivit son instinct et les aperçut, au milieu des arbustes, l'un la tenant par la tête et la bâillonnant avec les mains, l'autre la soulevant par la taille ; ils l'emmenaient dans un endroit plus discret.

— Lâchez-la !

Francisco avait crié en portugais, pensant que les soldats espagnols le comprendraient. En l'entendant, les inconnus s'arrêtèrent.

— *Raus !* aboya l'un d'eux, lui ordonnant de s'éloigner. *Raus !*

Des Allemands. Ils ne la laisseraient pas tant qu'ils n'auraient pas obtenu ce qu'ils étaient venus chercher. Conscient qu'il ne devait pas leur laisser le temps de réagir, le Portugais fonça sur eux et les renversa littéralement. Heurtés de plein fouet, les Allemands roulèrent par terre avec leur proie. Ayant l'avantage de la surprise, Francisco se jeta sur le plus costaud, probablement le plus dangereux, et lui assena des coups de pied dans la tête. Puis il se tourna vers l'autre, qui entre-temps s'était relevé, et lui décocha un coup de pied entre les jambes. Le soldat poussa un hurlement de douleur et, les mains sur le ventre, se pencha en avant, juste assez pour que le Portugais le frappe de toutes ses forces au visage, le projetant en arrière. Prêt à remettre ça, Francisco pivota et regarda les deux hommes de la Wehrmacht, l'un, puis l'autre, sur ses gardes. Tous deux étaient étendus sur l'herbe, à moitié inconscients, le visage couvert de sang.

C'est alors que le Portugais entendit un sanglot. Il se retourna et vit Tanusha assise par terre, terrifiée, le visage maculé de boue et de larmes. Elle pleurait en silence, comme si elle avait peur de réveiller ses agresseurs. Francisco s'approcha d'elle et caressa ses cheveux blonds ébouriffés, où s'étaient accrochés des brins d'herbe et des feuilles sèches.

— *Alles gut ?* demanda-t-il. Ça va ?

Elle renifla et hocha la tête.

— *Ja.*

La prenant dans ses bras, il la souleva.

— *Komm*, lui souffla-t-il à l'oreille. Allons à la maison.

En tremblant, Tanusha s'accrocha au cou de Francisco et se laissa emmener. Le Portugais s'approcha des Allemands, encore à terre, il leur arracha la plaque d'identification qu'ils portaient autour du cou et les frappa à nouveau pour s'assurer qu'ils ne reviendraient pas les déranger.

À l'entrée de la datcha, Francisco ouvrit la porte d'un coup de pied. Tout était calme ; personne n'avait remarqué ce qui s'était passé. Il emmena Tanusha dans le salon, la seule pièce qu'il connaissait vraiment, et la posa délicatement sur le divan.

— Tu veux boire quelque chose de chaud ? murmura-t-il. – Il fouilla dans sa poche et en sortit un sachet qu'il avait apporté au cas où l'occasion se présenterait à nouveau. – J'ai du café.

La jeune fille sourit timidement et fit oui de la tête ; c'était comme si l'histoire bouclait la boucle, revenant au premier *ersatz* de café qu'il lui avait offert quelques mois plus tôt. Encore tremblante, Tanusha désigna la pièce à côté. C'était la cuisine. Le soldat y entra, mit de l'eau à chauffer dans un vieux samovar et y déposa le café. Puis il ajouta du sucre, qu'il avait également apporté, remplit deux tasses et retourna au salon. Tanusha était plantée devant la fenêtre, regardant le jardin avec anxiété.

— Ne t'inquiète pas, lui dit-il. Ils ont eu leur compte.

— J'ai peur, murmura-t-elle, sans quitter le jardin des yeux. Et s'ils venaient se venger ?

— Après la raclée qu'ils ont prise ?

— Mais ça peut arriver…

Francisco sortit de la poche de sa chemise les deux chaînes métalliques qu'il avait arrachées.

— Quand ils se relèveront, ils iront directement à l'infirmerie, expliqua-t-il. Je doute qu'ils aient envie de revenir ici. – Il montra les chaînes métalliques. – J'ai pris leurs plaques et je parlerai à un soldat allemand que je connais pour qu'ils soient punis. Ils ne t'embêteront plus.

L'assurance avec laquelle Francisco avait parlé parut la rassurer. La jeune fille retourna sur le canapé et prit la tasse qu'il lui tendait.

— *Tchort !* s'exclama-t-elle, surprise, en avalant une gorgée. C'est sucré.

— Tu aimes ?

— Où as-tu trouvé le sucre ?

— C'est un de mes secrets.

Elle ferma un instant les yeux pour savourer le nectar.

— Humm… c'est délicieux, murmura-t-elle. Tu n'imagines pas depuis combien de temps je n'ai pas bu de café sucré.

Encouragé, Francisco prit le colis qu'il apportait chaque fois qu'il venait à la datcha et il le lui tendit.

— J'ai un cadeau pour toi.

Elle prit le paquet. Bien que ses sœurs lui eussent donné l'ordre de ne rien accepter des soldats, elle ne pouvait pas refuser. Avec des gestes prudents, elle déchira le papier journal avec lequel le cadeau était emballé.

En découvrant le contenu, exultant de joie, elle ne put se retenir et serra Francisco dans ses bras, murmurant des remerciements en russe.

— *Spassiba bolchoi.*

C'était une tablette de chocolat.

Depuis ce jour-là, Francisco et Tanusha se retrouvaient tous les lundis, Juanito et lui rendaient visite aux sœurs Tsukanova. L'idée de voir sa petite sœur en conversation avec un soldat n'était pas tout à fait du goût d'Olga, toujours attachée à protéger Tanusha, mais après tout ce qui s'était passé, il lui était difficile de dire non. Francisco avait conquis le droit de l'approcher.

Conscient qu'il escomptait une récompense très élevée, trop élevée pour un homme comme lui, il procéda avec prudence. Il ne força jamais rien et, sur les conseils de Morlán, le fringant phalangiste de Valladolid qui, en matière de cœur féminin, était parmi les plus expérimentés de l'unité, il misa sur son unique atout.

— *Mira,* toutes les filles ont besoin de quelqu'un qui les protège, elles et leur future progéniture, expliqua Morlán. Et plus encore en temps de guerre, quand tout est dangereux et qu'on ne sait jamais ce qui peut arriver. Tu n'auras alors qu'à lui montrer qu'avec toi à ses côtés, personne n'osera la toucher. *Entiendes ?* Quand elle aura compris, elle se mettra à genoux pour te… – Il hésita, se rappelant les sentiments que le caporal-chef éprouvait pour la jeune fille, et se reprit. – Enfin, pour… pour t'implorer.

Le Portugais suivit ce conseil à la lettre. Après avoir consulté Rolf pour connaître la procédure d'engagement d'une action disciplinaire, il remit au commandement allemand les plaques des deux agresseurs et signa une plainte officielle contre eux. L'affaire servirait d'exemple pour ceux qui songeraient à faire pareil et montrerait qu'il fallait traiter les Tsukanova avec respect, car quelqu'un veillait sur elles. L'officier de la Wehrmacht qui reçut la plainte essaya de dissuader

Francisco en lui expliquant que « ces choses-là sont normales en temps de guerre, ça fait longtemps que les hommes sont loin de leur famille et il faut parfois comprendre certains actes… ». Voyant que le Portugais était intraitable, il menaça de l'accuser d'agression, l'un des soldats allemands ayant pratiquement perdu la vue d'un œil. Rien n'ébranla le Portugais, qui n'oublia pas d'informer Tanusha de toutes ses démarches. Elle réalisa ainsi qu'il n'hésiterait pas à faire le nécessaire, et même à affronter toute la Wehrmacht, pour la protéger.

Francisco et Tanusha étaient de plus en plus proches, mais rien n'avançait vraiment non plus… Le soldat commença à réaliser que la sécurité physique qu'il assurait à la jeune fille était certes très importante, mais elle ne suffisait pas. Il fallait quelque chose de plus.

II

Le tramway s'immobilisa à l'arrêt Veletržní Palác et les Levin attendirent que les portes s'ouvrent pour descendre avec leurs sacs et leurs valises. En même temps qu'eux, une dizaine d'autres personnes sortirent, également avec leurs bagages et une étoile à six branches sur la poitrine. De la fenêtre de leur mansarde, les Levin avaient tant de fois vu des familles juives dans cette situation que cela paraissait étrange, et en même temps naturel, que ce fût leur tour à présent. Une fois sur le trottoir, ils regardèrent autour d'eux, reconnaissant le quartier où, des années auparavant, ils avaient vécu.

— C'est par ici.

Levin en tête, ils commencèrent à marcher vers le palais des expositions, traînant sacs et valises qui pesaient bien les cinquante kilos par personne que les Allemands les avaient autorisés à emporter. Il n'était guère facile de transporter un tel poids, d'autant que Peter ne pouvait pas prendre sa part. Ils passèrent devant le tailleur et la pharmacie qu'ils avaient fréquentés quand ils vivaient dans ce quartier, ainsi que devant le kiosque. Ils s'arrêtèrent un moment pour lire les premières pages des journaux, qui détaillaient les difficultés que la Wehrmacht rencontrait à Stalingrad.

— Les choses vont finir par s'arranger…

Le Výstaviště était un bâtiment en bois, grand et sombre, situé dans le centre des expositions de la ville. Les Allemands lui avaient donné le nom pompeux de *Messepalast*, palais des expositions. L'accès était gardé par la police tchèque et une énorme pagaille y régnait lorsque les Levin arrivèrent. Il y avait des gens partout et le désordre semblait généralisé ; des enfants pleuraient, des personnes âgées étaient allongées par terre, des adultes semblaient perdus, des sacs, des valises et des dames-jeannes étaient éparpillés partout ; on aurait dit un campement. Le seul endroit où l'ordre semblait régner était le grand hall, une zone identifiée comme le département des transports du JKG, le Jüdische Kultusgemeinde, où plusieurs files d'attente étaient constituées.

— Faites la queue ! cria aux nouveaux arrivants un homme avec une étoile de David sur la poitrine et un bandeau blanc autour du bras portant les lettres « JKG ». Dans la queue ! Tous ceux qui arrivent doivent faire la queue !

Les Levin prirent place dans la file que l'homme leur indiquait et attendirent. Il devait y avoir une trentaine de personnes avant eux.

— Il y a un Allemand là-bas, déclara Gerda. À la table. Levin se mit sur la pointe des pieds pour essayer de voir par-dessus les têtes et l'aperçut, la tête de mort cousue sur le col de son uniforme ; c'était bien un SS. À ce moment précis, l'Allemand fit un pas en avant.

— Quiconque est pris avec des objets de valeur cachés sera immédiatement fusillé, annonça-t-il comme un camelot dans une foire. Bijoux, or, argent… tout doit être déclaré.

Le brouhaha dans le grand hall se dissipa comme par magie, mais dès qu'il eut fini son annonce, les murmures recommencèrent, d'abord étouffés, puis s'amplifiant jusqu'à devenir à nouveau un vrai vacarme.

— Maman, dit Peter en tirant sur le bras de sa mère. On n'a rien caché, n'est-ce pas ?

Les parents échangèrent un regard entendu.

— Bien sûr que non…

Or ils avaient bien apporté des espèces, et cousu des colliers d'or et d'argent dans l'ourlet de leurs manteaux. Ils savaient que c'était risqué, l'avertissement du SS ne devait pas être une menace en l'air, mais ils avaient emporté quelques économies avec eux pour parer à toute éventualité. Quand bien même ils ne pensaient aller que jusqu'à Theresienstadt, ça restait un saut dans l'inconnu. Il était hors de question qu'ils se lancent dans une telle aventure sans aucun recours.

Au bout d'une demi-heure, ils arrivèrent à la table. Un SS surveillait les opérations, mais l'homme qui parlait, un chauve avec des lunettes et un crayon derrière l'oreille, était juif.

— La convocation ?

Levin lui tendit le papier rose qu'il lut. Après les avoir regardés tous les trois par-dessus ses lunettes, il se lécha l'index et saisit un énorme volume posé sur la table qu'il se mit à feuilleter. Il passa cinq minutes à parcourir les listes de noms, se léchant le doigt chaque fois qu'il tournait la page. Il s'arrêta sur une, saisit le crayon qu'il avait derrière l'oreille et traça un trait sur trois lignes. Ensuite, il ramassa un carnet de tickets blancs numérotés et arracha trois tickets. Tout en vérifiant le texte de la convocation sur le papier rose, il griffonna en petits caractères les noms des membres de la famille Levin. Puis il saisit un cachet et tamponna les tickets qu'il remit à Levin sans un mot. Les tickets étaient numérotés.

— Excusez-moi, monsieur, lui demanda Gerda. À quoi correspondent ces chiffres ?

— Ce sont vos sièges dans les wagons, rétorqua l'homme, regardant déjà les personnes suivantes. Vous êtes tous dans le même transport, le Cc.

Elle ne comprit pas bien la réponse, mais réalisa au regard et au ton de l'employé que celui-ci n'avait pas que ça à faire et qu'ils ne pouvaient pas rester là. Aussi, elle s'éloigna avec son mari et son fils.

— Qu'est-ce que c'est, Cc ?

— Les premiers convois vers Theresienstadt, en décembre 1941, étaient les A, expliqua Levin. Les B ont suivi, puis les C, et ainsi de suite jusqu'à la lettre Z. Ayant fait tout l'alphabet, à la fin de l'année dernière ils ont recommencé avec le A. Mais pour ne pas semer la confusion dans les registres, ils ont opté pour la désignation Aa. Puis ce fut Bb, et maintenant Cc. Je suppose que le prochain est Dd.

Gerda fit mentalement un rapide calcul.

— Si nous sommes Cc, cela signifie-t-il que nous sommes le… le… le vingt-neuvième transport ?

Vingt-neuf convois entre Prague et Theresienstadt, ce n'était pas rien. Ils ne savaient pas combien de personnes transportait chaque train, mais en supposant raisonnablement qu'il y en avait un millier environ, cela signifiait que presque trente mille personnes au moins avaient déjà été déportées.

— Mon Dieu, ça doit être bondé !

Levin attendit seul dans les files d'attente suivantes, la présence de toute la famille n'étant pas essentielle. Il fut forcé de remettre à d'autres employés juifs les carnets de rationnement et les clés de leur logement, et de signer une déclaration selon laquelle il cédait « volontairement » tous ses biens au fonds d'émigration.

— Quiconque est pris avec des biens cachés sera immédiatement fusillé, répétait régulièrement le SS, toujours sur le même ton monocorde. Bijoux, or, argent… tout doit être déclaré.

Quand Levin retourna vers les siens, il les trouva abattus, en train de manger dans un bol en étain distribué par des bénévoles. Dans le bol, une demi-pomme de terre flottait dans un liquide brunâtre ; ça avait l'air d'une soupe, mais il ne pouvait pas l'affirmer. Heureusement, la veille, Gerda avait préparé quantités de biscuits et de fritures pour le voyage. Elle les avait cuisinés pour qu'ils puissent se conserver, mais il était clair qu'ils ne dureraient pas bien longtemps.

Après avoir mangé, ils s'installèrent dans un coin. Désœuvré, Levin fouilla dans sa poche et en sortit l'enveloppe qu'ils avaient reçue deux jours auparavant. C'était une lettre que Frabato lui avait fait remettre par une connaissance et dans laquelle le mage germano-tchèque se disait préoccupé par l'effet de l'hiver russe sur les troupes allemandes combattant à Stalingrad. Il déplia la lettre et relut le passage en question.

« … et notre Führer, se fiant aux prévisions de l'institut météorologique de l'Ahnenerbe, a pensé qu'il était inutile d'équiper nos soldats en Russie de manière à ce qu'ils puissent affronter un hiver rigoureux. Cette prévision, comme vous vous en doutez, cher ami, a été faite sur la base de la doctrine de la glace éternelle, en laquelle le Führer et le Reichsführer-SS ont une grande confiance. Comme vous le savez, tous deux sont intimement convaincus que nous, les Allemands, descendants des Atlantes et ayant grandi dans le monde glaciaire, sommes physiquement bien mieux préparés pour affronter le froid que les sous-hommes slaves. À la lumière de ce que nous savons des conditions glaciaires sur le front de l'Est, je me demande si ce n'est pas une erreur d'avoir *accordé du crédit à la doctrine de la glace éternelle, surtout parce que... »*

Il leva les yeux et considéra ce passage. Était-il possible que les croyances des nazis influencent même leurs décisions sur le plan militaire ? Il ne manquerait plus qu'on lui dise que la date de l'invasion avait été arrêtée par l'astrologue d'Himmler ! Il avait du mal à croire à une telle naïveté, mais il ne faisait aucun doute que les soldats allemands étaient partis en Russie sans bon équipement pour l'hiver. Plus important, Frabato lui disait clairement que c'étaient les croyances invraisemblables d'Hitler et Himmler dans la Welteislehre qui avaient conduit à tout ça !

Le mysticisme finirait par faire le malheur des nazis…

III

La neige tombait en flocons duveteux, recouvrant les tranchées d'un vaste manteau blanc, déchiré çà et là par les taches sombres que faisaient les rochers. Sans le froid et le vent qui soufflait en rafales, la vision aurait pu être belle. Francisco ajusta le col de son pardessus autour du cou pour mieux se protéger et changea de position avant de se détendre et de se livrer à l'activité qui lui procurait le plus de plaisir ces derniers temps. Rêvasser. Imaginer la reddition de Tanusha.

Mais ce jour-là, il était préoccupé. C'était déjà la mi-décembre 1942, et dans une semaine, ce serait Noël. Qu'allait-il pouvoir lui offrir ? Il y avait l'inévitable café, bien sûr, ainsi que la viande, les pommes de terre, le lait et surtout le chocolat qu'il avait réussi à mettre de côté, en économisant sur ses maigres rations de combat au point qu'il lui était arrivé d'avoir très faim. Seulement, c'étaient déjà ses cadeaux habituels et, pour Noël, il lui fallait quelque chose de différent, quelque chose d'original, quelque chose qui la surprenne. Et une telle chose, il savait pertinemment qu'il ne la trouverait pas à Krasny Bor.

S'il avait été à Dar Riffien, il aurait fait un saut à Ceuta où les bibelots susceptibles de plaire à une femme, des parfums aux bracelets, ne manquaient pas. Mais en Russie, en pleine guerre et durant le siège impitoyable de Léningrad, alors que l'on manquait de tout et que la misère et la faim sévissaient partout, une telle chose n'était pas possible. Le problème demeurait. Qu'offrir à Tanusha pour Noël ?

Il sentit un mouvement derrière lui et se retourna.

— *Hombre*, l'Aguinaldo est arrivé !

C'était Juanito qui était de retour après être allé chercher du café chaud au *puesto de mando*.

— Qui est-ce ?

Son ami rit.

— Tu ne connais pas l'Aguinaldo espagnol ?

L'expression lui évoqua vaguement la tauromachie.

— Tu sais, je ne me suis jamais intéressé à la corrida…

Le nouvel éclat de rire de Juanito lui indiqua qu'il était encore tombé à côté.

— *Ay*, Paco ! Tu es impayable !

— Alors, c'est qui l'Aguinaldo ?

Le sergent s'installa dans la tranchée et lui tendit la tasse de café qu'il lui avait apportée. Puis il se mit à l'aise et étendit les pieds, sa position de repos préférée, se préparant pour achever ici sa tournée dans les lignes. Il sirota son café, essayant de se réchauffer, et sourit.

— C'est notre cadeau de Noël !

Lorsqu'ils achevèrent leur tour, ils se rendirent directement à l'entrepôt de l'unité, à l'arrière-garde, pour récupérer le fameux Aguinaldo, qui venait d'arriver d'Espagne.

Ils donnèrent leurs noms au gradé de service qui alla leur chercher deux gros paquets.

— *Feliz Navidad !*

Ils revinrent à leur baraquement et, à l'abri des regards indiscrets, ouvrirent les paquets. C'était une caisse remplie de divers produits. Découvrant le contenu, et après avoir lu la carte de vœux qui accompagnait le paquet, Francisco comprit que le célèbre Aguinaldo espagnol n'était rien d'autre qu'un panier garni de Noël, composé par la section féminine de la Division bleue à Madrid. Le paquet qui lui était destiné comprenait une bouteille de xérès, une boîte de mazapán de Tolède, des barres sucrées de turrón d'Alicante, de la confiture, des raisins secs, du miel, du tabac, de l'eau de Cologne, des gants en laine et une écharpe. De courtes notes, écrites en lettres féminines arrondies, accompagnaient certains cadeaux. Il prit l'une d'elles, celle de la bouteille de xérès.

— Regarde-moi cette délurée.

Juanito croquait déjà dans le turrón d'Alicante.

— Qu'est-ce que la fille t'a écrit ?

Le Portugais relut la note à voix haute et dans son meilleur castillan.

— « Si tu veux une jolie marraine de guerre, écris-moi. »

— Une jolie marraine ? dit son ami intéressé et jetant un coup d'œil sur le papier. Il y a sa photo ?

— T'aimerais bien, hein !

Francisco prit une autre note, celle qui accompagnait la boîte de mazapán de Tolède, et la lut également à haute voix.

— « Ne mange pas tout d'un coup, ce n'est pas bien. »

Ils rirent.

— Ce doit être la mère de la jolie marraine.

Le Portugais prit une troisième note, un papier rose qui était à l'intérieur du gant de laine.

— Écoute ce que dit cette petite sainte-nitouche : « Porte-les toujours pour ne pas avoir froid. »

— Comme c'est attentionné ! persifla son ami. Mais si elle était vraiment gentille, elle viendrait ici en personne pour me réchauffer les parties, *caray* ! Ça serait le pied !

Tandis que Juanito continuait à savourer les cadeaux qu'il avait reçus, Francisco rangea tout dans la caisse, qu'il recouvrit du papier d'emballage. Puis il souleva une latte du plancher et déposa le paquet dans un trou. Bouche bée, l'Espagnol le regardait.

— Qu'est-ce que tu fais, Paco ?

Après avoir rebouché le trou avec la latte, rendant ainsi la cachette invisible, le Portugais se redressa et, époussetant ses mains, regarda Juanito d'un air moqueur.

— Ne mange pas tout d'un coup, ce n'est pas bien.

En fait, Francisco ne consomma pas « tout », ni « d'un coup », ni même un peu. Il garda tout pour le début de 1943 et la datcha des Tsukanova. Le Noël orthodoxe était célébré le 7 janvier, aussi ce jour-là, après avoir terminé sa tournée des lignes, le Portugais prit le paquet emballé et le porta à la maison de la forêt de Sablino. En entrant dans la datcha le paquet sous le bras, il regarda les sœurs comme s'il était le Père Noël.

— Joyeux Noël !

Son cadeau fit sensation. Ni Olga, ni Margarita n'avaient le moindre doute sur la véritable destinataire du généreux présent, et ce fut donc à Tanusha qu'échut l'Aguinaldo. La jeune femme n'en croyait pas ses yeux en découvrant le contenu. De sa vie, et même avant la guerre, elle n'avait jamais eu autant de douceurs devant elle. Dans la Russie communiste, on ne trouvait de tels mets que dans les Beriozka, les boutiques où l'on payait en devises étrangères, presque exclusivement fréquentées par des membres du parti communiste, c'est pourquoi un panier comme celui-ci ne pouvait être qu'un véritable cadeau du ciel.

— *Moy bog !* murmura Tanusha, qui n'était pas encore revenue de sa surprise. C'est… C'est… C'est merveilleux !

Elle tomba dans les bras de Francisco et, comme il l'avait espéré depuis si longtemps, elle lui couvrit le visage de baisers. Certes, c'étaient des baisers innocents, d'une enfant sautant de joie lorsqu'elle reçoit un cadeau, mais c'était bien la première fois qu'elle l'embrassait. Et puisqu'elle n'était plus une enfant, elle était certainement consciente du pas qu'elle venait de franchir.

En ce jour de Noël, Tanusha reçut donc la confiture, le mazapán de Tolède et le turrón d'Alicante, ainsi que l'eau de Cologne, la bouteille de xérès, les raisins secs et même quelques chocolats de la ration de combat. Prudent, le Portugais avait décidé de garder quelques friandises, qu'il offrit à sa dulcinée au cours des semaines suivantes. La première semaine après Noël, il lui apporta le miel, puis ce furent la pâte de coing et l'écharpe. Enfin, il lui offrit les gants en laine « pour ne pas avoir froid ». Et chaque fois qu'il arrivait ou lorsqu'il partait, la jeune fille lui donnait deux baisers.

Par un après-midi glacial, le 1er février 1943, alors qu'il revenait de la maison de la forêt de Sablino où il avait apporté les gants de laine, Francisco fit un saut au baraquement pour prendre son MP 40 et des munitions ; cette semaine-là, il était de garde la nuit, et il devait rejoindre son poste. Ne voyant pas Juanito, avec qui il partageait toujours la même garde, il supposa que son ami était déjà dans sa tranchée et se dirigea vers son secteur du front.

Un air en espagnol jaillit des haut-parleurs du côté russe.

¡Arriba parias de la Tierra!
¡En pie famélica legión!
Atruena la razón en marcha:
Es el fin de la opresión.
Del pasado hay que[1]*...*

L'Internationale

Le grondement furieux et soudain des rafales de mitrailleuses couvrit la mélodie de l'hymne communiste et les salves se prolongèrent, ininterrompues et assourdissantes, jusqu'à la fin du chant. Le Portugais trouva tout cela étrange. Notamment parce que cela se passait peu avant le crépuscule. Presque tous les jours, les haut-parleurs russes diffusaient de la propagande tapageuse, mais rarement à cette heure-ci ; cela se produisait généralement le matin, au moment du déjeuner ou en début d'après-midi, quand davantage d'hommes occupaient les lignes. Pour quelle raison les Russes attaquaient-ils si tard ? Et puis, et c'était tout aussi étrange, les positions espagnoles répondirent à la provocation sans que les officiers leur ordonnent de suspendre le feu.

Il entra dans les lignes et, passant à côté du nid de mitrailleuse de Morlán, il remarqua que le canon

---

1. Debout ! les damnés de la terre !
Debout ! les forçats de la faim !
La raison tonne en son cratère,
C'est l'éruption de la fin.
Du passé faisons table rase...
L'Internationale.

de sa bruyante MG 34 fumait. De toute évidence, il faisait partie de ceux qui avaient ouvert le feu pendant *L'Internationale*.

— Alors, Morlán ? lança-t-il, espiègle. Cette fois, le capitaine Ulzurrum ne t'a pas puni ?

Le soldat phalangiste lui fit un doigt d'honneur.

— Va te faire foutre, *cabrón* !

Dans des circonstances normales, Francisco n'aurait pas laissé passer sa réponse. Mais Tanusha venait de l'embrasser pour lui dire au revoir et Morlán l'avait aidé à conquérir la jeune Russe, il décida donc de laisser tomber. Il s'était d'ailleurs adouci avec le temps. Il poursuivit son chemin, presque amusé, écoutant une nouvelle chanson patriotique russe diffusée sur les haut-parleurs, quelque part au-delà du no man's land, et il arpenta les lignes du pas léger des hommes amoureux.

Il traversa la tranchée HKL, la principale tranchée de combat, jusqu'au bunker. Juanito était accroupi dans sa position habituelle, cigarette au bec, les yeux fixés sur les positions ennemies. Fredonnant joyeusement le Fado da Saudade, le Portugais posa son MP 40 à côté du parapet.

— Alors ? demanda-t-il, jovial. Les Russes veulent danser aujourd'hui, hein ?

L'Espagnol marmonna quelque chose entre ses dents ; c'était incompréhensible, mais ça n'avait pas l'air très sympathique.

— Vous êtes tous mal lunés aujourd'hui, lâcha Francisco toujours de bonne humeur. Qu'est-ce qui se passe ? – Il pointa le doigt vers son compagnon. – Ne me dis pas que tu étais avec Margarita et que tu n'as pas réussi à la redresser…

Après avoir lâché des tombereaux d'obscénités, Juanito cracha par terre et grommela à nouveau entre ses dents.

— Tu n'as pas entendu la nouvelle ?

— Qu'est-il arrivé ?

L'air enjoué qu'il avait en arrivant avait disparu.

— Stalingrad.

Francisco comprit aussitôt. Il était très souvent question de la grande ville sur la Volga ; depuis plusieurs mois, les bulletins d'informations crachés par les haut-parleurs soviétiques ou diffusés par la radio allemande en parlaient sans cesse. La Wehrmacht avait lancé quelques semaines plus tôt une offensive pour tenter de sauver les forces allemandes encerclées au centre de la ville, mais apparemment l'opération avait échoué et les Russes avaient répondu en lançant une contre-attaque.

— Ne me dis pas que…

Avec une expression lugubre, son ami secoua la tête affirmativement.

— La radio allemande diffuse de la musique classique et regarde les rouges, ils jubilent comme des *Zarramacos*.

Il était inutile d'en dire davantage. Nul n'ignorait que les Allemands avaient accordé une importance disproportionnée à cette ville, simplement parce qu'elle portait le nom du dirigeant soviétique, et ils avaient donc tout mis en œuvre pour la conquérir. Mais si la Wehrmacht était incapable de s'en emparer, que fallait-il en conclure quant à sa véritable puissance ? Jetant un coup d'œil à travers le parapet de la tranchée, Francisco scruta avec des yeux nouveaux les positions ennemies comme pour essayer de les jauger. Il ne distingua rien de notable, juste une brume blanche qui brouillait tout, mais il n'était pas nécessaire de voir quoi que ce soit pour prédire l'avenir. Un tel événement pouvait tout faire basculer. Jusqu'à présent, les Allemands semblaient invincibles ;

ils conquéraient tout sur leur passage. Mais maintenant, il était impossible de ne pas s'apercevoir de leurs faiblesses. Si les Russes semblaient tout à coup des géants, les Allemands étaient devenus des nains.

Y compris ici, à Léningrad.

— Je te parie que nous sommes les prochains !

IV

Se serrant davantage contre sa femme, à la fois pour la réchauffer et se réchauffer lui-même, Levin bougea son bras engourdi et essaya de changer de position sur le sol dur.

— Debout ! Levez-vous ! cria quelqu'un. Tout le monde debout ! Allez…

Il ouvrit les yeux et, ivre de sommeil, aperçut plusieurs policiers tchèques et des soldats de la Waffen-SS qui passaient, fusils en bandoulière et matraques à la main. Les hommes marchaient parmi les gens blottis dans le hall du palais des expositions, rudoyant certains, bousculant d'autres.

— Tous debout ! Allez, levez-vous !

Les gens commencèrent à se lever, somnolents et les membres endoloris après la deuxième nuit passée dans l'inconfort de ce bâtiment. Ils étaient là depuis trois jours, se nourrissaient de soupes infectes, une puanteur immonde se dégageait des toilettes ; ils se sentaient épuisés et ne comprenaient pas la raison d'une telle attente.

— Qu'est-ce que ces gens ont dans la tête ? murmura Gerda en ajustant les vêtements de son fils. Si c'était pour passer tous ces jours ici, pourquoi ne nous ont-ils pas laissés attendre à la maison ?

Ayant déjà réalisé que rien n'avait de sens, Levin acceptait les choses telles qu'elles venaient. À quoi bon s'en faire si on ne pouvait pas les éviter ? Comme Peter semblait presque dormir debout, il le prit dans ses bras et, laissant sa femme surveiller les valises, il se mit dans la queue pour le petit déjeuner, les tickets pour les repas à la main. Tout comme la veille, le premier repas de la journée était un liquide blanchâtre que nul ne parvenait à identifier, mais qu'ils avalèrent, assis à côté des bagages.

— Grand-père ? cria une voix féminine. Grand-père ?!

Ils virent une jeune fille secouer un homme allongé par terre. Un brouhaha s'ensuivit. Des membres de la famille arrivèrent, puis les femmes commencèrent à pleurer et quelqu'un plaça un foulard sur le visage du vieil homme qui ne s'était pas réveillé. Ce n'était pas la première fois qu'ils assistaient à ce genre de scène. Durant les deux jours précédents, trois autres vieillards étaient morts dans le hall. Ils étaient déjà malades avant de venir, mais les arrêtés d'expulsion ne souffraient pas d'exception.

Les Levin firent un saut aux toilettes ; une nécessité, malgré l'urine et des excréments qui jonchaient le sol. Les toilettes étant bouchées, les gens se soulageaient à l'entrée du local. Ils avaient été très mal à l'aise de découvrir ça le premier jour ; mais ils commençaient déjà à se comporter comme si c'était normal.

Les SS revinrent une heure plus tard.

— Tout le monde dans le hall ! ordonna l'un d'eux. Allez, tout le monde dans le hall.

Les gens commencèrent à former à nouveau des files au centre du pavillon. Un officier se planta devant la foule, les jambes écartées, les bras derrière le dos, la toisant d'un regard impérial ; il était plus âgé et gradé que les autres, et dégageait une certaine autorité.

— Aujourd'hui, une nouvelle vie commence pour vous, annonça l'homme avec un accent saxon, chacun de ses mots résonnant dans le hall. Vous allez dans un endroit où vous ne serez pas persécutés. Vous allez à Theresienstadt.

Il se tut pour observer les visages qui le fixaient, les murs du pavillon renvoyant l'écho de sa voix.

... stadt... stadt...

— À Theresienstadt, vous rejoindrez les milliers de membres de votre race qui y vivent en toute sécurité. Quand vous y arriverez, on vous donnera du travail et vous aurez ainsi l'occasion de devenir des membres productifs du Reich. Votre avenir commence aujourd'hui. – Il tendit le bras droit. – *Heil Hitler !*

L'officier tourna les talons et quitta le vaste hall d'un pas rapide. Le bruit de ses bottes résonnait sur le sol, contrastant avec le silence absolu de tous ceux qui occupaient le palais des expositions. À ce moment-là, plusieurs soldats SS et des policiers tchèques entourèrent la foule et, resserrant le cercle, indiquèrent la porte de sortie.

La longue file s'allongeait jusqu'au bâtiment gris de la gare de Praha-Bubny. Les journaux dans les kiosques titraient sur l'héroïsme des troupes allemandes qui s'étaient rendues à Stalingrad.

Contrairement à ce qu'on pouvait attendre, les Allemands avaient ouvertement assumé leur défaite et abordaient le sujet dans les journaux et à la radio. Des dizaines de milliers de soldats allemands s'étaient rendus et Berlin avait reconnu cette reddition. Sa première défaite majeure. Malgré la franchise inattendue de la propagande allemande, Stalingrad était présentée par les nazis comme un cas isolé, un revers sans conséquences, car la *Endsieg*, la victoire finale, était certaine. Peut-être l'était-elle, peut-être pas. L'important était que la machine de guerre allemande avait été arrêtée. Même si cela ne servait à rien d'autre, Stalingrad avait prouvé que la Wehrmacht n'était pas invincible. Lorsqu'on avait été battu une fois, on pouvait bien l'être encore. De plus, les Américains commençaient à arriver en force, les Britanniques avaient vaincu les Allemands à El Alamein et, au cours du mois précédent, Berlin avait été bombardée deux nuits consécutives. Il fallait juste tenir un peu plus longtemps…

Les trains étaient sur les voies, des wagons noirs, portières ouvertes, les locomotives exhalant leur vapeur comme des monstres, la gueule grande ouverte. Ils arrivèrent sur le quai et s'arrêtèrent au signal d'un SS. Les déportés occupaient tout l'espace, serrés les uns contre les autres derrière un cordon de militaires allemands et tchèques. De nombreux Juifs étaient déjà montés dans les voitures, tandis que les autres attendaient leur tour.

— De 801 à 850, dans cette voiture !

Les cinquante personnes avec les tickets correspondants montèrent dans le wagon indiqué. Levin inspecta les trois tickets de la famille. Ils seraient les suivants. Le SS avança vers une autre voiture et se tourna de nouveau vers la foule.

— De 851 à 900, dans cette voiture !

Les Levin se dirigèrent vers la voiture qui leur avait été attribuée, gravirent les deux marches métalliques, les bras chargés de valises et de sacs qui heurtaient les parois, et occupèrent deux places ; Peter était assis sur les genoux de son père, les valises et les sacs placés sous les sièges ou empilés à côté de Gerda. Le wagon fut rapidement bondé. Les SS fermèrent les portières ;

par les fenêtres, les Levin virent les autres déportés se diriger vers les voitures restantes. Au bout d'une heure, toutes les portières furent fermées. Deux SS coururent le long du quai pour s'assurer que tout était en ordre et, lorsqu'ils atteignirent le bout du convoi, ils se retournèrent et firent un signe avec les bras.

Après une courte pause, un coup de sifflet retentit et les voitures tressaillirent. Levin regarda les murs gris de la gare ; pendant un instant, il eut l'impression que le bâtiment bougeait et que le train restait à l'arrêt, mais l'impression fut brève car, très vite, une secousse confirma que c'était bien le train qui avançait. Le convoi Cc avança d'abord lentement, comme si la locomotive était fatiguée, puis il prit de la vitesse, s'emballant presque. En quittant Prague, il fonçait déjà, débridé, vers Theresienstadt.

V

Tous surent que quelque chose d'anormal se préparait quand un soldat venu en patrouille leur dit avoir vu des camions derrière les lignes ennemies. Francisco n'y prêta guère attention, il était bien trop occupé à penser à Tanusha. Mais le lendemain matin, dans le bunker, lorsqu'il consulta le registre d'informations de la compagnie, il tomba sur deux phrases en espagnol qui l'intriguèrent :

De 13 heures à 15 h 30, de nombreux camions ont circulé entre Léningrad et Kolpino. En général, plus de mouvements de personnel dans le secteur de Kolpino que les jours précédents.

Le caporal-chef s'interrogea sur la signification de ces bribes d'information, sans contexte. Circulation de camions ? Plus de mouvements de personnel ? Que pouvaient bien manigancer les Russes ? Perturbé, c'était la deuxième fois en moins de vingt-quatre heures qu'il prenait connaissance de telles informations éparses et concordantes, et il décida de se renseigner. Après avoir revêtu son pardessus, ajusté le bandeau thermique autour de la bouche, des oreilles et du cou, mis le bonnet sur sa tête et enfilé des gants de laine épais, il prit un périscope, suspendit son MP 40 en bandoulière et quitta le bunker, prêt à affronter l'hiver russe. Il faisait – 30 °C.

Il descendit jusqu'à la HKL, la tranchée principale de combat, marchant d'un pas rapide pour se réchauffer. À peine avait-il parcouru une vingtaine de mètres qu'il glissa sur une plaque de verglas et faillit tomber. Il parvint à garder l'équilibre et resta immobile pendant un moment pour examiner le sol. Redoublant de prudence, il tapa dessus avec les *pañenkas* qu'il portait aux pieds et constata que la boue avait gelé. D'un pas prudent, il parcourut la tranchée jusqu'à l'extrémité est des positions espagnoles, face à Kolpino.

Après avoir déterminé le meilleur point d'observation, il s'installa dans la neige, souleva le périscope au-dessus du parapet et regarda par la lunette. De l'autre côté, tout semblait calme. Il tourna le périscope à gauche et à droite, se concentrant sur l'arrière des lignes ennemies. On voyait des camions qui passaient. Il décolla son œil de la lunette et frotta la bande élastique qui lui couvrait le menton. Que signifiait tout cela ? Il rangea le périscope et se leva, remontant la HKL jusqu'au poste le plus proche.

Assise dans la neige, la sentinelle fumait avec l'insouciance caractéristique des soldats espagnols.

— Alors, p'tit con ? grogna le Portugais, un souffle de vapeur sortant de sa bouche couverte. C'est comme ça qu'on surveille l'ennemi ?

Reconnaissant le caporal-chef tant redouté, la sentinelle se mit au garde-à-vous.

— Je me reposais juste un moment, mon caporal, s'excusa le soldat espagnol. – Il saisit son fusil et observa les positions russes. – J'ai passé la matinée les yeux rivés sur les *rojos*.

— Et qu'as-tu vu ?

— Ah, mon caporal, il y a un mouvement infernal. *Madre mia !* Depuis deux jours, les camions n'arrêtent pas leur va-et-vient.

— Beaucoup de camions ?

— Énormément, mon caporal. Et des trains.

— Aussi ?

— Oui, mon caporal. Rien que ce matin, j'en ai compté trois qui arrivaient et quatre qui partaient.

— Dans quelle direction ?

— Ils semblaient aller vers Léningrad et en venir.

Francisco considéra un instant cette information.

— Et quoi d'autre ?

— *Bueno*… euh… seulement les camions et les trains, mon caporal.

— Tu n'as rien vu d'autre ?

— Non, mon caporal, affirma la sentinelle. – Il hésita. – C'est-à-dire, il y a eu aussi les types des mines.

Le Portugais plissa les sourcils.

— Quels types des mines ?

— J'ai vu des *rojos* vêtus de camouflages blancs qui portaient des mines.

Il avait l'air incrédule.

— Ils sont en train de rajouter des mines dans ce secteur ?

— Non, mon caporal. Ils les enlèvent.

— Quoi ?

La sentinelle passa la main sous son casque et se gratta la tête, certainement à cause des poux qui empoisonnaient les tranchées.

— Les *rojos* déminent le secteur.

Après avoir commenté avec Juanito et Gómez ce qu'il avait découvert, Francisco, avec les deux sergents, décida de parler au capitaine Ulzurrum.

Ils se rendirent au *puesto de mando*, le bunker principal de leur secteur, et se plantèrent à l'entrée. Le commandant de la 2e compagnie examinait une énorme carte dépliée sur la table et ils durent frapper légèrement à la porte pour attirer son attention.

— Vous permettez, capitaine ?

Le capitaine Ulzurrum leur fit signe d'approcher.

— *Entonces ?* leur lança-t-il. *Qué pasa ?*

Chauffé par un poêle et tapissé de planches de pin, le bureau était étonnamment confortable. Ils demeurèrent au garde-à-vous devant l'officier, les MP 40 en bandoulière, jusqu'à ce que le plus ancien des trois, le sergent Gómez, soit autorisé à parler. L'Espagnol exposa les informations recueillies par Francisco et l'officier l'écouta attentivement. Lorsque le sergent eut terminé, le commandant de la compagnie porta une cigarette à ses lèvres et se pencha sur la flamme de la lampe à pétrole pour l'allumer. Il prit une profonde inspiration et exhala un nuage grisâtre.

— Toutes les patrouilles ont observé une augmentation significative des mouvements derrière les lignes ennemies, dit-il. Et pas seulement dans cette compagnie, c'est la même chose pour toutes les autres. Les régiments 262 et 269 ont signalé des mouvements similaires face à leurs positions. – Il tira sur sa cigarette. – Nous pouvons en conclure que les *rojos* vont attaquer.

Le capitaine Ulzurrum s'adossa à son siège et se tourna vers la carte, comme s'il attendait qu'ils partent. Réalisant cela, les trois hommes hésitèrent, déconcertés, et saluèrent l'officier qui les ignora. Avant de partir, cependant, Juanito ne put résister et lui posa la question qu'ils se posaient tous.

— Mon capitaine, quand cette attaque aura-t-elle lieu ?

Le commandant de la compagnie garda les yeux rivés sur la carte, comme s'il n'avait pas entendu. Juanito n'insista pas. Si son supérieur ne voulait pas répondre, c'est qu'il devait avoir ses raisons. Il salua à nouveau et quitta ce coin douillet pour plonger dans les – 30 °C de l'enfer blanc de ce mois de février. Cependant, alors qu'ils s'éloignaient, les hommes entendirent le capitaine Ulzurrum lancer :

— Bientôt.

Deux jours seulement après la chute de Stalingrad, les camions ne cessaient de circuler derrière Kolpino. Francisco n'eut plus de doutes sur la signification de ces mouvements. Le 9 février, les hommes de la Division bleue entendirent durant tout l'après-midi l'activité intense sur les lignes ennemies, les cris et les ordres, les coups de marteau, les treuils métalliques et le ronronnement incessant des camions. Le bruit était si fort et si proche qu'on avait l'impression que les Soviétiques circulaient déjà sur les lignes espagnoles.

— Les *rojos* ont l'air vraiment occupés, commenta Juanito en observant le mouvement chez l'ennemi. Ils préparent une fiesta, on dirait.

— C'est vrai, acquiesça Francisco. On va avoir droit à un de ces bals…

À la tombée de la nuit, les premières lumières du spectacle apparurent. Les Soviétiques lancèrent des fusées qui diffusaient une lumière rouge à cent cinquante mètres de hauteur, puis descendaient lentement, avant de s'éteindre en touchant le sol. Certaines tombèrent le long de la tranchée HKL, d'autres près des divers *puestos de mando*, d'autres encore sur des bunkers.

— Mais qu'est-ce que c'est que ce bordel ? jura Juanito en voyant une des fusées atterrir à côté de la tranchée.

— T'es vraiment pas futé ! marmonna Francisco. Tu n'as pas encore compris, espèce d'idiot ? Ce sont des repères.

— Des repères, pour quoi faire ?

— Pour l'artillerie. Ils ont lancé les fusées sur les points qu'ils veulent raser afin que les artilleurs sachent où viser. – Il prit le MP 40 et en caressa le métal. – Elle va en avoir, du boulot, ma louloute !

Le capitaine Ulzurrum convoqua dans son bunker les hommes de la 2e compagnie, à l'exception des sentinelles. Quand ils entrèrent, Francisco et Juanito trouvèrent le capitaine Miranda, le commandant du 250e bataillon, entouré de nombreux soldats. Après qu'Ulzurrum se fut assuré que tout le monde était présent, Miranda regarda les soldats.

— J'ai un message du général de notre division, annonça-t-il. Le 250e bataillon s'est comporté de manière exemplaire face à l'ennemi, luttant vaillamment et faisant preuve d'un courage qui fait honneur à l'armée espagnole. – Il tenta d'attraper le regard de tous ses hommes. – Je suis sûr qu'aucun de vous n'ignore que les *rojos* se préparent à lancer une attaque sur ce secteur. – Il releva un peu la tête et plissa la lèvre inférieure, à la manière de Mussolini. – Ce n'est pas par hasard. Nous occupons la route Léningrad-Moscou et ils doivent absolument la reprendre pour approvisionner la ville et faire passer leurs unités mécanisées. Mais ce n'est pas non plus par hasard que nos alliés nous ont confié la mission de bloquer cette route. Les Allemands savent quels hommes ils ont positionnés ici, ils savent de quoi sont capables nos soldats, ils savent que personne ne passera par ici. – Il sortit un papier de sa poche. – Voici une déclaration d'Adolf Hitler à propos de nos forces.

Après avoir déplié la feuille, le capitaine Miranda s'éclaircit la voix et lut à haute voix les paroles attribuées au Führer.

— « Les Espagnols sont une bande de va-nu-pieds, commença-t-il. Pour eux, le fusil est un instrument qui ne doit jamais, sous aucun prétexte, être nettoyé. Les sentinelles ne sont qu'un pur concept. Elles n'occupent pas leur poste et, lorsqu'elles le font, c'est pour dormir. Quand les Russes attaquent, c'est la population locale qui les réveille. »

Un brouhaha parcourut les soldats du bataillon ; d'une certaine façon, ils se reconnaissaient dans cette description, mais il était désagréable de l'entendre dans la bouche d'un chef étranger. Le capitaine leva la main pour les faire taire et continua à lire les mots attribués à Hitler.

— « Mais les Espagnols n'ont jamais cédé un pouce de terrain. Nul n'est plus courageux qu'eux. Ils ne sont pas du genre à se défiler. Ils se jouent de la mort. Je sais, en tout cas, que nos hommes sont toujours satisfaits quand leurs voisins de secteur sont des Espagnols. »

Le capitaine Miranda leva la tête et rangea le papier, la lecture était terminée ; à ce moment-là, les hommes de l'unité levèrent leurs armes et lancèrent en chœur :

— *Arriba Españaaa !*

Seuls les Portugais, y compris Francisco, ne joignirent pas leurs voix à la clameur ; il était hors de question d'acclamer un pays étranger. Le commandant du 250e bataillon refit sa mimique caractéristique avec le menton.

— C'est pour ça que, les yeux dans les yeux, je vous dis à présent : l'ennemi ne sait pas ce qui l'attend. – Il poussa un cri. – « *Los rojos no pasarán !* »

Les soldats reprirent en chœur.

— *No pasaráaaan !*

Certains souriaient. Ce cri avait été le mot d'ordre des républicains pendant la guerre civile, un serment que les rouges espagnols n'avaient pas tenu puisque les nationalistes étaient passés, mais si c'était la Division bleue qui hurlait, alors c'était différent. On pouvait être sûr qu'ils ne passeraient pas. Le capitaine Miranda leva la main en l'air et, tremblant d'exaltation, hurla à nouveau.

— *Arriba España !*

— *Arribaaaaaaa !*

Il se retourna et sortit.

Face à l'imminence de l'attaque russe, les jours de congé furent annulés. La décision ne plut à aucun membre de la Division bleue, mais nul n'était plus mécontent que Francisco. Il savait parfaitement que les Russes fondraient sur la Division bleue avec une force dévastatrice. Il n'y aurait pas de trêve, ce serait un combat sauvage, une lutte à mort. Dans ces conditions, il était hors de question qu'il n'aille pas dans la forêt de Sablino voir Tanusha. Il voulait l'aider même si c'était la dernière fois, mais comment faire ? Après avoir soumis le problème à Juanito, son ami inventa une excuse et lui obtint un laissez-passer de trois heures.

— Ne sois pas en retard, tu entends ? On fusille les déserteurs.

Il faisait un froid de canard, le thermomètre était descendu sous les – 20 °C et, une demi-heure plus tard, après être passé à son baraquement pour y récupérer le sac spécialement préparé pour l'occasion, il pénétra, transi et soulagé, dans la datcha des Tsukanova. Surprise de le voir un autre jour que le lundi, Tanusha l'accueillit avec les deux bises rituelles sur les joues.

Elle fut bien plus étonnée lorsque le Portugais ouvrit le sac qu'il avait apporté et en sortit de la viande, du lait, des pommes de terre, du miel et du chocolat, qu'il étala sur la table de la cuisine, comme s'il revenait du marché.

— *Tchort !* s'exclama-t-elle avec un éclat de rire incrédule. C'est à nouveau Noël en Espagne ?

Excitée et incapable de contenir sa joie, elle appela ses sœurs en sautant. Celles-ci vinrent à la cuisine et, stupéfaites, s'approchèrent de la table pour examiner de plus près le contenu du panier.

— Je vais grossir avec tout ça, se plaignit en riant Margarita, l'aînée des trois, qui dévorait déjà les victuailles des yeux. Quelle horreur ! Je vais devenir aussi grosse qu'une baleine !

— Pauvres clients ! rit Olga. Tu vas les étouffer avec tes seins !

Margarita se tourna vers le Portugais.

— Et qu'est-ce qui se passe avec les soldats ? demanda-t-elle. Ils sont fâchés avec nous ? Aucun n'est venu depuis quelques jours. On dirait qu'on a la gale.

— Les jours de congé ont été annulés, expliqua Francisco. Personne ne peut abandonner les lignes.

— Ça alors ! Et pourquoi ?

— Parce que les Russ… euh… enfin, parce que les communistes se préparent à nous attaquer. Il va y avoir une grande bataille et nous devons être sur nos lignes pour parer à toute éventualité. Moi-même je n'ai réussi à venir vous voir que grâce à une autorisation spéciale. Dans quelques minutes je dois y retourner.

Un silence pesant s'installa dans la cuisine. Les trois sœurs le regardèrent, bouche bée. Une grande bataille se préparait ? Bien qu'elles n'eussent aucun doute sur la nature de la guerre, la nouvelle les mit toutes les trois mal à l'aise, en particulier la cadette.

— Tu veux dire que… que quelque chose peut t'arriver ?

D'un geste, le Portugais montra les victuailles sur la table et se força à sourire, essayant de dédramatiser.

— C'est pour cette raison que je vous ai apporté ça.

Il vit une larme couler sur le visage de Tanusha ; c'était la première fois qu'une femme pleurait pour lui. Voyant l'émotion de sa sœur, Olga fut la première à réagir.

— Euh… j'ai quelque chose à te montrer, dit-elle en donnant un coup de coude à Margarita. Viens.

Toutes deux quittèrent la cuisine, pour leur laisser un peu d'intimité. Tanusha et Francisco restèrent seuls. Elle le dévisageait intensément avec ses grands yeux bleus et brillants. Une deuxième larme jaillit au coin de sa paupière, son menton rond tremblait d'émotion. Elle ouvrit la bouche pour dire quelque chose, mais rien ne sortit. Alors elle se retourna et quitta la cuisine en courant pour disparaître au fond de la datcha.

Le Portugais ne savait pas quoi faire. Les femmes n'étaient vraiment pas sa spécialité ; tout lui semblait compliqué et imprévisible. Il espérait qu'il se passerait quelque chose, qu'elle ferait demi-tour, que les sœurs apparaîtraient. Mais rien.

— Tanusha ? appela-t-il timidement. Tanusha, où es-tu ?

Il entendit une porte claquer et hésita. Il devait faire quelque chose. Il prit le couloir, déterminé à la retrouver, mais il ne connaissait pas cette partie de la maison. Une porte ouverte donnait sur une pièce éclairée où se trouvaient Olga et Margarita.

— Tanusha ?

Les deux sœurs se regardèrent, ne sachant pas si elles devaient s'en mêler. Consciente qu'elle avait sans doute reporté la conversation qu'elle devait avoir avec lui depuis trop longtemps, Olga croisa les bras, prête à tirer les choses au clair.

— Que sais-tu de nous ?

— Pardon ?

— C'est une question très simple. Que sais-tu de nous ?

— Eh bien… je sais que vous recevez des hommes et…

Olga l'interrompit d'un claquement impatient de la langue.

— Je parle de notre vie, de notre passé. Qu'est-ce que tu sais de nous ?

Francisco afficha une expression d'incompréhension. La question était subite, il réalisa qu'il ne savait rien d'elles, et qu'il ne savait pas non plus comment interpréter ces paroles. Morlán l'avait averti que parfois les femmes disaient une chose alors qu'en fait elles voulaient en dire une autre. Était-ce le cas ?

— Rien, admit-il. Nous avons parlé de beaucoup de choses, bien sûr, mais jamais du passé.

— Et pour de bonnes raisons, déclara la plus âgée des Tsukanova. Notre père est mort quand Tanusha avait dix ans. Les communistes l'ont accusé d'être un grand propriétaire terrien, un koulak, juste parce qu'on avait trois chèvres et qu'on cultivait un potager, et ils l'ont envoyé dans un camp de concentration. Nous ne l'avons plus jamais revu. On nous a dit qu'il avait été fusillé parce que c'était un ennemi de classe et qu'il exploitait le prolétariat. Nous nous sommes retrouvées sans personne pour nous protéger. Maman est allée travailler, elle a attrapé une pneumonie et en est morte trois ans plus tard. Nous avons dû, Margarita et moi, prendre soin de notre petite sœur. Mais après est venue la… la…

Elle fit un geste vague vers la fenêtre, comme si elle était lasse, et Margarita dut achever la phrase.

— La guerre.

— L'Armée rouge est passée par là et trois soldats ont trouvé Tanusha alors qu'elle faisait la lessive au lac de Sablino et… enfin, ils ont fait ce que les soldats font aux femmes. – Elle soupira. – Être belle est parfois une malédiction. Tu n'imagines pas dans quel état elle était lorsqu'elle est revenue à la maison.

Le Portugais baissa la tête ; c'était trop dur à entendre.

— Je comprends.

— Non, tu ne comprends pas, coupa Olga d'un ton presque accusateur. Tu es un homme et pour vous les femmes ne sont qu'un jouet, un divertissement. – Elle secoua la tête. – Notre vie était déjà difficile, mais depuis que cette fichue guerre a commencé, c'est l'enfer. L'Armée rouge est partie, c'est vrai, mais après sont arrivés les Allemands et ensuite vous. Nous vivons au milieu du chaos, de la faim, de la misère. Nous avons dû commencer à recevoir des soldats à la maison. C'est dégradant, je sais, mais que pouvions-nous faire ? Mourir de faim ? – Elle fit un geste en direction du couloir. – Nous avons essayé de la protéger, Dieu seul sait les sacrifices que nous avons dû faire pour lui épargner tout ça, mais il y a des choses qui sont hors de notre portée. Nous sommes des femmes et nous n'avons pas la force des hommes.

— Je suis ici, non ?

Elle soupira.

— L'es-tu vraiment ? demanda-t-elle sur un ton plus conciliant. Tu l'as protégée, c'est vrai. Tu l'as aidée, elle, et tu nous as aidées aussi, beaucoup aidées même. Nous t'en sommes reconnaissantes. Le problème, c'est que Tanusha a commencé à penser que tu serais là pour toujours, tu comprends ? Elle dépend de toi à présent. Nous avons continué à jouer notre rôle, à lui expliquer qu'on ne peut pas faire confiance aux hommes, car ils vont et viennent et veulent juste se servir de nous, mais dans sa tête, avec tes chocolats et tes cadeaux, sans parler de la leçon que tu as donnée aux Allemands qui l'ont agressée, tu as fini par incarner la figure du père qu'elle n'a pas eu. Tanusha s'est imaginé que tu ne la quitterais jamais. On a eu beau lui dire que tu étais un homme comme les autres, que tu ne faisais que passer, que tu partirais de la même manière que tu étais venu, que tu voulais juste profiter d'elle et que lorsqu'elle t'aurait donné ce que tu désires vraiment, tu disparaîtrais comme disparaissent tous les autres… Malgré toutes nos tentatives pour lui faire voir la réalité, elle s'est accrochée à cette illusion, à ce mensonge, et elle ne nous a pas crues. Elle te prend pour un ange protecteur et s'est imaginé que dorénavant tout serait différent. Plus personne ne la menacerait, plus jamais elle n'aurait faim, elle serait toujours en sécurité. Et aujourd'hui… aujourd'hui tu es venu la voir avec toutes ces gourmandises et tu lui as fait comprendre que c'était la dernière fois que vous vous voyiez. Et elle…

— Ce n'est pas ma faute si les communistes sont…

— Je ne dis pas que tu es coupable, je dis juste que telle est la réalité. Tanusha n'a plus de père depuis l'âge de dix ans, elle a été sauvagement violée par un groupe de soldats et maintenant elle s'est convaincue que tu serais toujours là pour la protéger. En fin de compte, ça ne sera pas le cas et elle sera à nouveau livrée à son sort, car, quoi qu'on fasse, Margarita et moi ne sommes pas assez fortes pour la défendre. L'illusion a disparu. Comment pensais-tu qu'une fille comme elle réagirait ?

Il y eut un long silence dans la pièce. Francisco savait qu'il y avait beaucoup de vrai dans ce qu'il avait entendu, mais pas tout. Elles avaient raison pour les autres hommes, elles auraient même pu avoir raison pour lui dans d'autres circonstances, mais pas cette fois. Il voulait le leur dire, mais il ne trouvait pas les mots. Il n'avait qu'une seule certitude : il voulait sincèrement la protéger. Même si ses pouvoirs avaient effectivement des limites, celles imposées par la Division bleue, par la guerre et par les circonstances. C'était indéniable et il n'y avait rien à faire.

Il regarda sa montre.

— Je ne peux pas rester longtemps, dit-il. Où est-elle ?

— Tu ferais mieux de t'en aller.

Francisco éleva la voix.

— Où est-elle ?

Olga et lui se tenaient face à face, et Margarita dut intervenir. Elle tira le Portugais par le bras et lui montra le couloir.

— Là-haut.

Au bout du couloir, il y avait des escaliers. Une fois en haut, Francisco remarqua une porte fermée ; il supposa que c'était sa chambre. Il tapota doucement le bois avec les doigts.

— Tanusha, tu es là ?

Pas de réponse. Il se pencha et colla son oreille contre la porte. Il entendit un gémissement étouffé ; elle devait pleurer en silence, le visage enfoui dans les draps ou dans un oreiller.

— Tanusha, ouvre la porte ! ordonna-t-il d'une voix autoritaire. Ouvre la porte immédiatement !

La jeune fille n'ouvrit pas. Au moins, elle avait du caractère, pensa-t-il. Rares étaient les personnes qui lui désobéissaient quand il prenait son ton militaire, Tanusha était l'une d'elles.

— Tanusha ! Ouvre immédiatement !

Constatant que sa voix de commandement ne fonctionnait pas, il adopta une version plus douce.

— S'il te plaît, Tanusha. Je suis inquiet pour toi. Ouvre la porte, il faut qu'on parle, d'accord ? Ouvre, s'il te plaît.

Toujours rien. Il regarda à nouveau sa montre et réalisa que le temps avait filé. Dans une demi-heure, il devait se présenter à son poste, sous peine d'être déclaré déserteur. Les déserteurs étaient sommairement fusillés. Il ne voulait pas partir, mais il n'avait plus le choix.

— Il est tard, Tanusha. Je dois y retourner. Si tu n'ouvres pas maintenant, on ne se reverra peut-être plus. Ce n'est pas ce que tu veux, n'est-ce pas ?

Rien.

— Il se peut que je revienne, il se peut que je ne revienne pas. Je ne sais pas ce qui va arriver, ça ne dépend pas de moi. Mais j'aimerais te voir. Ouvre la porte, s'il te plaît.

La porte demeura fermée. Après avoir attendu quelques secondes de plus, les toutes dernières, Francisco comprit qu'elle n'ouvrirait pas.

— Au revoir, Tanusha.

Il posa sa paume sur la porte, comme s'il la caressait. Puis il se retourna et commença à descendre lentement, les marches en bois grinçant sous son poids, encore avec le secret espoir qu'elle céderait et qu'elle surgirait pour lui dire au revoir. Mais cela ne se produisit pas. La porte resta fermée et Francisco quitta la datcha avec le sentiment terrible qu'il n'y retournerait plus jamais.

VI

Cela faisait un quart d'heure que le train avait ralenti. Le voyage avait été ponctué de plusieurs arrêts dans des gares, des petites stations et même en rase campagne pour laisser passer d'autres convois. Ainsi, le voyage avait duré onze heures. Les portières étant restées fermées en permanence, l'air à l'intérieur de la voiture des Levin était devenu vicié et une puanteur indéfinie se dégageait des corps. Chaque fois qu'un SS passait, les passagers devaient ôter leur couvre-chef. Une fois, l'un d'eux s'arrêta devant un homme portant des lunettes rondes.

— Quel est ton nom ?

— Milán Weinmann.

Inopinément, l'Allemand lui donna deux gifles.

— Quoi ?!

— Pardon… Milán Israël Weinmann.

Conformément à la loi, les hommes juifs devaient ajouter « Israël » à leur patronyme, et les femmes « Sara ». Mais la correction ne contenta pas le SS, qui le gifla à nouveau.

— Ton nom est Porc Juif Israël Weinmann ! Tu as compris ?

— Oui, monsieur. Je m'appelle Porc Juif Israël Weinmann.

Satisfait, le SS s'éloigna dans un silence général. Peter s'était serré contre son père. Tous les passagers gardaient la tête basse, et c'est ainsi, le train avançant lentement, qu'ils entrèrent dans la petite gare.

Les écriteaux fixés aux poteaux le long du quai indiquaient Bohušovice-Bauschowitz. Après un long crissement des freins, le train s'immobilisa dans une secousse, exhalant un dernier soupir. Les Waffen-SS couraient d'un bout à l'autre du quai, sous le regard passif des gendarmes tchèques. Des ordres étaient criés en allemand. Soudain, les portes du wagon des Levin s'ouvrirent et un SS sauta à l'intérieur.

— *Raus ! Raus !* cria le soldat en gesticulant. Tout le monde dehors ! On se dépêche ! Dehors ! Prenez toutes vos affaires ! *Raus !*

Impatients de sortir, les passagers se levèrent et prirent leurs affaires. Le nez collé à la fenêtre, Peter examinait la gare. Il n'y avait que deux voies. À l'horizon se découpaient de lointaines montagnes que le crépuscule naissant estompait.

— Bohu… Bohušovice, balbutia-t-il en déchiffrant les écriteaux sur le quai. Nous ne devions pas aller à Theresienstadt ?

À l'instar des autres déportés, ses parents rassemblaient leurs effets. Levin se pencha par la fenêtre et, jetant un regard sur les murs jaunes et orange pâle de la gare, il indiqua les noms allemands qui avaient été récemment inscrits en haut de la façade.

Theresienstadt-Bauschowitz.

— Bohušovice est la gare de Theresienstadt, expliqua-t-il. Viens, sortons.

Effrayés, épuisés, affamés et le corps endolori après toutes ces heures assis sur les sièges en bois des wagons, les passagers affluèrent sur le quai, presque heureux de pouvoir enfin marcher après une journée de voyage.

— En rang par quatre ! commanda un SS. Allez, en rang par quatre.

Malgré l'étroitesse du quai, les déportés commencèrent à se mettre en rang par quatre.

— *Schnell, schnell*, ordonna le soldat allemand. Vite, vite. Allez, on se dépêche !

C'était plus facile à dire qu'à faire. Les déportés, parmi lesquels un grand nombre de vieillards et d'enfants, avec toutes leurs valises et leurs sacs, étaient contraints de progresser lentement le long du quai sous peine de se bousculer. Ils avancèrent ainsi, à pas lents, jusqu'au bout du quai, puis empruntèrent un chemin boueux, escortés par des SS allemands et des gendarmes tchèques. Il faisait froid, près de – 5 °C. La nuit était déjà tombée et le chemin était éclairé par des lampadaires à la lumière jaunâtre.

— À l'aide !

Levin se retourna et vit un couple de personnes âgées en difficulté ; l'homme était tombé et la femme n'avait pas assez de force pour le soulever. L'illusionniste alla les aider et réalisa qu'ils ne pourraient pas transporter tous leurs bagages ; ceux-ci pesaient une cinquantaine de kilos, il était impossible de porter un tel poids. Il prit la valise la plus lourde tandis que Gerda, qui était déjà chargée, en prit une autre et Peter un sac de plus.

— *Schnell ! Schnell !*

Ils virent un SS donner un coup de crosse à un vieillard qui était tombé dans la boue quelques mètres plus loin. Plusieurs jeunes, déjà chargés de leurs valises et d'enfants en pleurs, vinrent aider la victime à se relever et prirent également ses bagages.

La longue file serpenta pendant une heure sur le long chemin boueux ; on ne pouvait plus parler d'une seule file mais plutôt de groupes plus ou moins distants car, les SS ayant disparu, la procession s'était désintégrée sous l'œil plus tolérant des gendarmes tchèques. C'est alors que, les muscles endoloris par sa lourde charge, Levin vit de hauts murs et s'arrêta pour les contempler.

— Theresienstadt.

Quand, à la fin de 1941, les Allemands avaient commencé à envoyer les Juifs à Theresienstadt, le magicien s'était renseigné. Terezín, comme l'appelaient les Tchèques, était une petite ville fortifiée de l'Empire austro-hongrois à laquelle on avait donné le nom de la mère de l'empereur Joseph II, Marie-Thérèse. Les murailles avaient été conçues pour abriter onze bâtiments militaires destinés à une garnison, et c'était là qu'ils allaient tous.

— *Schnell ! Schnell !*

Quand il vit un SS avec son fusil prêt à lui donner des coups de crosse, Levin saisit aussitôt ses sacs et, pliant littéralement sous le poids, il se remit à marcher, ce qui incita son groupe à faire de même.

La longue file passa sur un pont au-dessus du fossé entourant les murailles, qui faisait partie d'un système défensif datant du XVIIIe siècle ; les Levin entrèrent dans le périmètre de Theresienstadt. À l'intérieur de la forteresse, des gardes leur montrèrent le chemin ; ils avaient l'étoile de David sur la poitrine, un bandeau jaune au bras et un bonnet noir sur la tête.

— Par là, dit l'un d'eux, désignant le bâtiment vers lequel la file se dirigeait. C'est là que vous allez passer la nuit.

— Qui êtes-vous ?

— *Ghettowache*, répondit le garde. La police du ghetto.

Ainsi, le ghetto de Theresienstadt disposait d'une police juive. Levin fut stupéfait de l'apprendre, d'autant qu'il s'était rendu compte que les SS et les gendarmes tchèques restaient au second plan. Les Juifs eux-mêmes étaient donc la seule autorité au sein de la forteresse ? Semblable aux autres édifices, celui vers lequel ils furent conduits était une bâtisse solide de grandes dimensions, qui faisait penser à une vaste académie militaire. Plusieurs membres de la Ghettowache les attendaient dans le hall.

— Bienvenue à Hohenelber Kaserne ! dit l'un d'eux, petit et mince, en les accueillant. Je suis Václav. Aujourd'hui, vous allez passer la nuit ici et demain on vous emmènera à Schleuse pour vous inscrire ; on vous remettra les cartes de repas, on vous attribuera un logement et on vous donnera un travail.

— Papa, j'ai faim, se plaignit Peter en le tirant par le bras. Quand est-ce qu'on mange ?

Levin regarda Václav pour lui soumettre la question.

— Malheureusement, la nourriture n'est pas abondante ici, déclara le policier juif, embarrassé. Mais on vous servira du café.

— Tiens, mon fils, dit Gerda. Il me reste quelques biscuits.

Alors qu'ils entraient dans la Hohenelber Kaserne, Václav s'approcha de Levin.

— Et Stalingrad ? demanda-t-il à voix basse. C'est vrai que les Russes ont mis une raclée aux Allemands ?

L'illusionniste fut surpris par la question, l'événement s'étant produit quelques jours plus tôt.

— Oui, c'est vrai.

Václav leva son poing en l'air.

— Je le savais ! hurla-t-il presque. Et… beaucoup d'Allemands sont morts ?

— Je crois que oui. Des centaines de milliers se sont rendus et la BBC a parlé de plus de cinq cent mille victimes allemandes. Une hécatombe. Mais j'ignore si c'est vrai ou si c'est de la propagande.

Les yeux du policier brillaient.

— Dieu est grand !

— Vous ne le saviez pas ?

— On en parlait, mais ici il y a beaucoup de rumeurs et on n'est jamais sûr de rien. Parfois, des gendarmes tchèques passent le portail et oublient, par hasard, les pages de certains journaux. – Il avait prononcé les mots « par hasard » avec ironie. – Les gendarmes sont les seuls qui nous aident. On leur donne de l'argent et ils nous apportent des colis ou laissent des morceaux de journal avec les dernières nouvelles de la guerre. C'est ainsi que nous avons appris pour Stalingrad. Mais nos meilleures sources sont les nouveaux déportés. Vous, en l'occurrence. Avec les convois arrivent toujours des nouvelles fraîches. – Il baissa de nouveau la voix. – C'est vrai qu'il y a déjà des émeutes en Allemagne ?

— Des émeutes ? s'étonna son interlocuteur. Je n'en ai jamais entendu parler.

Un air de désillusion se dessina sur le visage de Václav.

— Pas même à la BBC ?

— Non, rien. – La question intéressait Levin, qui naturellement aurait vivement souhaité que l'information fût vraie. – Pourquoi ? Qui vous a dit ça ?

Le policier haussa les épaules.

— Oh, ce sont des nouvelles de l'agence JPP.

— L'agence… quoi ?

— JPP, répéta-t-il. *Jedna paní povídala.*

Bien qu'il ne parlât pas couramment le tchèque, Levin savait que cela signifiait « une femme a dit ».

— Qu'est-ce que c'est que ça ?

— Ce sont des histoires de vieilles femmes. Nous appelons JPP les rumeurs optimistes qui circulent dans le ghetto. Lorsqu'il y a une bonne nouvelle, elle s'accompagne généralement de l'expression « une femme m'a dit ceci », ou « une femme m'a dit cela ». Une autre expression très courante est *latrínky*, les nouvelles absolument confirmées inventées dans les latrines.

L'expression et l'ironie arrachèrent un sourire aux nouveaux venus, mais il s'évanouit rapidement lorsqu'ils atteignirent le milieu du couloir et que Václav désigna une pièce.

— C'est là que vous passerez la nuit.

Ils restèrent bouche bée en découvrant l'intérieur. Plusieurs familles, une cinquantaine de personnes en tout, s'entassaient déjà dans la pièce.

— Mais… nous ne pouvons pas rentrer là-dedans.

Expérimenté, le policier juif examina le lieu et aperçut deux matelas sous les bagages des familles qui occupaient la pièce. Il ordonna aux gens autour de dégager les matelas et fit signe aux Levin de s'installer.

— Ils restent ici cette nuit, dit-il. Utilisez vos sacs et vos valises comme dossiers. – Il désigna le couloir. – Le café est dans la pièce à côté. – Du bout des doigts, il tapota son bonnet noir, en signe de salut. – Bonne soirée.

Lorsqu'on leur confirma que le dîner se limitait effectivement à un simple café, les Levin affichèrent leur désarroi.

— Je vois que nous n'allons pas grossir…

— Il y a pire, rétorqua Václav en se retournant avant de partir. Bien pire, croyez-moi.

— Qu'est-ce qui peut être pire ?

Alors qu'il avait déjà passé la porte de la chambre et allait disparaître dans le couloir, l'homme leur répondit.

— Les *Osttransporte*.

Les Levin se regardèrent, ne comprenant pas l'expression. Transports vers l'est ? Qu'entendait-il par là ?

VII

Les premiers rayons de lumière strièrent le ciel qui prit une teinte violette. La lueur annonçant l'aube se détacha à droite des lignes, découpant les arbres et les ruines à l'horizon ; on aurait dit le scintillement lointain d'un feu endormi. La clarté froide et limpide de l'aurore se répandit doucement sur les champs maculés ; c'était une lumière sereine, qui faisait luire la neige de teintes rosées. Le vent semblait endormi, seule une douce brise caressait la neige, et la nature s'éveillait dans le calme.

Francisco regarda le thermomètre recouvert de glace.

— Tu as vu ça ? demanda-t-il en le montrant à Juanito. – 40 °C. 40 !

— Il fait froid.

— Froid ? Mais c'est… C'est… le putain de pôle Nord, bordel !

Le sergent espagnol détourna les yeux du thermomètre et consulta sa montre, qu'il tenait dans son gant épais. Elle indiquait 6 h 30 du matin.

— Fausse alerte, dit-il en regardant les lignes soviétiques. Ce n'est pas aujourd'hui que les *rojos* vont venir nous rendre visite, *caray*. Ils ne doivent pas avoir envie de nous…

Ce fut alors que l'éruption commença. Il y eut d'abord mille sifflements sinistres, à l'unisson, dans le firmament. Puis la terre sembla exploser. Un bruit terrifiant et brutal fit vibrer l'air et le sol se déforma. Des panaches de terre et de feu s'élevèrent un peu partout. Les hommes, les arbres, les pierres, la boue, la glace, les bâtiments éclataient dans les airs. Les explosions se faisaient entendre d'un côté et de l'autre, leur éclat était si intense qu'il aveuglait. Plusieurs soleils éclataient avec un bruit assourdissant sur les lignes et creusaient la HKL.

— En arrière ! cria Francisco, essayant de se faire entendre malgré les détonations. Tout le monde en arrière !

Juanito le regarda l'air interrogateur et lui répondit, mais aucun son ne sortit de sa bouche ; on aurait dit un poisson. Les détonations résonnaient comme des milliers de marteaux frappant du métal en même temps, un fracas abominable qui empêchait d'entendre quoi que ce soit hormis le rugissement des canons et le ronflement hystérique des orgues de Staline, les terribles lance-roquettes de l'Armée rouge.

Faisant signe à son ami et aux dix hommes effrayés de son peloton de le suivre, Francisco zigzagua à travers les tranchées de communication, courbé, le MP 40 en bandoulière, en direction de l'arrière. Il passa devant le nid de mitrailleuses et força Morlán à sortir de là avec sa MG 34, qu'il aida à charger, et une caisse avec des ceintures de munitions. Des mottes de terre et des morceaux de glace lui fouettaient le dos et l'air vibrait, mais il ignora les effets des explosions et continua en courant.

Quelques minutes plus tard, éloigné des premières lignes, il s'adossa à un pin et se laissa tomber, répandant les ceintures de munitions sur la neige sale.

— *Coño*, qu'est-ce que tu fais ? demanda Juanito, essoufflé, en arrivant près de lui. Tu abandonnes les lignes ?

— C'est une retraite tactique.

L'Espagnol s'assit à côté du Portugais et se mit à rire, tandis que les hommes du peloton arrivaient aussi, hors d'haleine, d'énormes nuages de vapeur s'échappant de leurs visages oppressés.

— Une retraite tactique, dis-tu ? – Il éclata de rire à nouveau. – Je n'aurais jamais imaginé que je verrais *El Toro*, le mitrailleur qui a nettoyé la défense de la Puerta de la Trinidad et semé la terreur parmi les *rojos* d'Espagne, fuir comme un lapin.

Francisco tourna la tête vers les premières lignes et observa les explosions successives qui détruisaient les lignes de la Division bleue.

— Tu es vraiment idiot, grogna-t-il. Je ne sais pas comment on a pu te donner un grade au-dessus du mien.

— *Bueno*, je suis espagnol et pas toi.

— C'est la seule explication.

— Ça n'enlève rien au fait que nous nous sommes enfuis.

— Parle pour toi, espèce de tapette de merde. – Le Portugais désigna les explosions qui balayaient les lignes espagnoles. – Regarde-moi ça.

Juanito contempla le spectacle qui se déroulait quelques centaines de mètres devant eux.

— Les *rojos* s'acharnent sur nous de toute leur force.

— Tu es un imbécile, ça ne fait aucun doute. Tu ne vois pas que les mecs sont en train de détruire nos positions les plus avancées ? Si nous étions restés là-bas, à l'heure qu'il est on serait de la chair à saucisse. Ils veulent nous faire ce que nous leur avons fait des dizaines de fois pendant la guerre d'Espagne.

Ils nettoient notre première ligne, nous déciment, démoralisent les survivants, et puis ils avancent avec l'infanterie pour finir le travail.

— Tu as raison, réalisa Juanito.

— C'est pour ça que nous sommes venus ici. On va attendre que les bombardements se rapprochent de nos arrières. Quand ça arrivera, leur infanterie va avancer et c'est à ce moment-là qu'on y retournera, tu saisis ?

L'Espagnol lui tapa sur l'épaule.

— Paco, tu es un génie. Un génie !

Les tirs d'artillerie s'allongèrent soudainement. Francisco et Juanito constatèrent alors que les cibles du bombardement avaient changé et que les explosions se produisaient derrière eux. Le Portugais sauta sur ses pieds.

— Ils commencent à bombarder nos arrières. L'infanterie arrive. Allons-y.

Ils firent un signe au reste du peloton et avancèrent en file indienne dans les tranchées pour retourner sur les lignes de front. Quand ils arrivèrent à la HKL, l'endroit était méconnaissable. La tranchée principale avait disparu ; ce n'était plus qu'un amas de terre difforme, un véritable fatras causé par les grenades. À ce moment-là, plusieurs fusées bleues provenant des lignes soviétiques traversèrent le ciel. De l'autre côté, une folle clameur se fit entendre ; des milliers de voix criaient à l'unisson.

— Hurrrrrrraaaaaaahhhh !

Le peloton vit la masse humaine s'élever des lignes ennemies ; l'infanterie de l'Armée rouge se lançait à l'assaut. Juanito chercha une saillie où s'abriter, mais il n'y avait plus de balustrades. Francisco indiqua deux cratères, dix mètres plus loin.

— Allons par là !

Les hommes se jetèrent dans les cratères et tournèrent leurs armes vers la vague humaine. Les MP 40 des gradés et les Mauser des soldats ouvrirent le feu, accompagnés par le tir nourri de la MG 34 de Morlán. Des tirs défensifs éclatèrent sur toute la ligne ; c'étaient les Espagnols et les Portugais qui avaient survécu au bombardement qui sortaient des bunkers et faisaient face à l'ennemi. La première vague de l'Armée rouge fut balayée par le tir de barrage. Les assaillants reculèrent, laissant derrière eux un grand nombre de morts dans la neige, dont le sang rouge vif se répandait sur le blanc glacial, tandis que certains blessés rampaient vers leurs lignes.

Un lieutenant accourut et interpella Juanito.

— Les *rojos* sont en train d'enfoncer nos positions près de la route. Allez-y avec votre peloton.

Le sergent fit signe à ses hommes, qui abandonnèrent les deux cratères et se précipitèrent vers la route. À mesure qu'ils progressaient, ils se rendaient compte que de nombreux soldats de la 2e compagnie avaient survécu au bombardement dévastateur et étaient à leurs postes. Ils ne seraient pas de trop car, à ce moment-là, la seconde avalanche humaine surgit derrière eux ; les Soviétiques revenaient à l'attaque.

— Hurraaaaaaaah !

Quand le peloton de Juanito arriva sur la route, le chaos était total. Les bunkers avaient été éventrés et les tranchées détruites. Des cadavres jonchaient le sol, partout étaient éparpillés des hommes en lambeaux. Les orgues de Staline avaient défoncé la route et les corps avaient la peau craquelée, éclatée par les ondes de choc successives. Une poignée de soldats combattait depuis les cratères, dirigeant un feu nourri sur les lignes ennemies qui ne se trouvaient plus qu'à deux cents mètres à peine de la Division bleue. Mais c'était un canon antichar, qui tirait à découvert depuis la route, qui infligeait le plus de dégâts à l'infanterie soviétique. Le peloton se joignit à la poignée d'hommes réfugiés dans les cratères, dirigés par le sergent Gómez.

— Les *rojos* mettent la pression, les informa Gómez, sans quitter des yeux les positions ennemies. Ça sent le roussi. Je pense qu'il y en a même qui circulent déjà sur nos lignes.

Une nouvelle vague émergea de Kolpino, des milliers d'hommes donnaient à nouveau l'assaut. Le tir de barrage espagnol décima une fois de plus les premières lignes de l'Armée rouge, mais cette fois, les forces ennemies s'adaptèrent, évitant le point où se concentrait la résistance, pour s'infiltrer à travers les ailes non protégées. Alarmé, Francisco vit les Soviétiques atteindre les barbelés des lignes espagnoles et les cisailler. Il fit feu, mais les hommes de l'Armée rouge, plus nombreux que les balles de son MP 40, commençaient à se répandre inexorablement dans les lignes de la Division bleue comme les eaux d'un fleuve. Réalisant que leur position était sur le point d'être débordée, le sergent Gómez sauta hors du cratère avec cinq hommes pour livrer combat, mais ils ne firent pas trois pas avant d'être emportés par le feu ennemi. Un seul homme revint vivant au cratère.

— *Madre mia !* s'écria Juanito, consterné. On a perdu Gómez !

Francisco regarda autour de lui et réalisa que la situation devenait insoutenable. Trois hommes de son peloton avaient déjà été abattus et ils n'étaient plus très nombreux pour défendre la route, une quinzaine tout au plus. Tous tiraient sur les attaquants et lançaient des grenades à main sans discontinuer, dans un effort désespéré pour contenir les flots successifs. Un nombre impressionnant de soldats soviétiques gisaient dans la neige. Les corps formaient un amas informe. Malgré cela, le déferlement ennemi était incessant.

Le canon de la MG 34 de Morlán était brûlant. Alors que le mitrailleur en plongeait la pointe dans la neige pour la refroidir, on entendit plusieurs sifflements de balles et Morlán sauta en l'air, projeté à trois mètres. Francisco le vit allongé sur la neige, la poitrine criblée de balles. Le Portugais saisit la MG 34. Il savait que la mitrailleuse était capable de tirer neuf cents coups par minute et, bien qu'elle fût différente de l'Hotchkiss qu'il avait utilisée pendant la guerre civile espagnole, les principes étaient les mêmes. Après avoir ajusté la ceinture de munitions, il pointa le canon vers les nuées de Soviétiques à moins de quinze mètres de distance et fit feu, répandant la mort parmi l'ennemi et gagnant ainsi quelques précieuses minutes. Dix hommes étaient encore en vie dans le cratère. La position était devenue indéfendable.

— Nous devons décamper d'ici !

Les dix hommes abandonnèrent le cratère et coururent vers l'arrière. Les Soviétiques réapparurent et, ayant localisé les fugitifs, foncèrent sur eux. Francisco, qui fermait la marche, lâchait régulièrement des rafales afin de tenir les poursuivants à distance. Il entendit distinctement les « hurrah ! » derrière lui et les balles qui sifflaient de toutes parts, mais il ne cessait pas de courir et, quand il tirait, c'était toujours en se déplaçant. Soudain, ils croisèrent un groupe de soldats dans la tranchée. Francisco reconnut le capitaine Miranda, commandant du bataillon, pistolet au poing, à la tête de quatre hommes, tous fonçant sur les Soviétiques.

— Ils sont fous, murmura-t-il. Ils vont se faire tuer !

Dix mètres plus loin, le capitaine Miranda et ses hommes furent effectivement fauchés par le feu ennemi, l'un des corps coupé en deux par une mitrailleuse. Le Portugais ne s'arrêta pas pour en voir plus ; il devait sortir de là, la vague ennemie étant devenue irrépressible.

Le groupe atteignit le *Bastión*, une position garnie de bunkers que les Espagnols considéraient imprenable. La confusion était totale. Il y avait des blessés partout et les brancardiers étaient demandés de toute part. Une unique mitrailleuse tenait l'ennemi en respect, mais c'était une résistance bien fragile. En fait, certains secteurs du *Bastión* étaient déjà occupés par l'Armée rouge. L'offensive finale ne tarderait pas. Un très gros capitaine, blessé au bras, criait des ordres que personne n'écoutait.

— Nous devons sortir d'ici, mon capitaine ! lui cria Francisco aussi fort que possible pour se faire entendre. Nous devons nous replier sur Krasny Bor !

— Négatif, répondit l'officier, presque satisfait de voir que quelqu'un faisait attention à lui. On ne peut pas y aller.

— Pourquoi ?

— Les *rojos* ont installé deux mitrailleuses sur le parcours. – Il secoua la tête. – On ne peut pas passer.

— Mais alors, comment allons-nous sortir d'ici, mon capitaine ?

— Il n'y a qu'un seul moyen. – Il désigna le côté gauche. – Emprunter le Cazatanques. Ça mène à un sentier qui nous conduira à la route de Mestelevo.

Francisco connaissait la piste ; ce n'était pas aussi rapide, mais on pouvait contourner la route vers Krasny Bor et ainsi éviter les mitrailleuses russes. Il fit signe aux blessés qui pouvaient marcher de suivre le Cazatanques et envoya certains de ses hommes aider d'autres blessés légers, mais il ignora les cas les plus graves, les jugeant perdus. La colonne prête à partir, il alla voir Juanito qui défendait toujours la position.

— On s'en va !

— Pour aller où ?

— À l'arrière. On va là-bas…

Il ne put terminer sa phrase. Les Soviétiques qui occupaient une partie du *Bastión* lancèrent un nouvel assaut sur la Division bleue. Alors qu'ils avançaient, Francisco lâcha une rafale avec sa MG 34, freinant leur progression.

— Allez, vas-y, dit-il, en désignant la colonne qui suivait le Cazatanques. Dépêche-toi, bon sang !

Juanito s'élança et le caporal-chef le suivit, la MG 34 pointée sur les positions ennemies. Les Soviétiques ouvrirent à nouveau le feu et Francisco, au milieu des balles qui sifflaient, sentit que son ami s'écroulait.

— Juanito ! cria-t-il. Est-ce que ça va, Juanito ?

— *Madre mia…*

Juanito répondit par un gémissement et Francisco se rendit compte qu'il devrait faire vite. Il mitrailla la position soviétique et, soulevant l'Espagnol de la main gauche, il le chargea sur son épaule. Il envoya une nouvelle rafale de sa main droite et, malgré le poids, se dirigea à la hâte vers le Cazatanques, en suivant la file des fugitifs.

— Alors ? demanda-t-il essoufflé à son ami qu'il tenait par l'épaule. Ça va ?

Juanito bougea.

— *Dios mío !* gémit l'Espagnol. Je vais mourir et je ne me suis pas confessé !

Le Portugais faillit éclater de rire.

— Tu es vraiment idiot ! Il n'y a que toi pour faire le cul-bénit à un moment pareil !

L'artillerie soviétique bombardait l'arrière-garde pour essayer d'empêcher que des renforts arrivent vers les positions espagnoles, et le groupe serpenta le long du sentier en direction de la rivière Ijora. Il faisait – 40 °C, mais Francisco transpirait. La seule chose qui lui importait alors était de sortir de là et de trouver de l'aide pour son ami.

Ils arrivèrent au bord de l'Ijora une demi-heure plus tard. La rivière était gelée et le groupe la traversa en silence, traînant les blessés et veillant à ne pas glisser. Les hommes atteignirent l'autre rive et prirent la route pour Mestelevo, le village où se trouvait l'hôpital de campagne le plus proche.

Ils marchèrent pendant une heure sur la route, jusqu'à ce qu'ils entendent un moteur au loin. Une automobile apparut, qui venait dans la direction du groupe. Les hommes indemnes déposèrent les blessés sur le bas-côté de la route et armèrent leurs fusils, prêts à tirer sur la voiture. Le véhicule s'approcha et, à cinq cents mètres environ, ils discernèrent une croix rouge sur la carrosserie blanche ; c'était une ambulance à la recherche de survivants. Elle se gara à côté du groupe et Francisco s'adressa à Juanito.

— Allez. Tu vas directement à l'hôpital.

Le Portugais prit son ami dans ses bras et l'emmena jusqu'à l'ambulance. Un infirmier allemand ouvrit la portière arrière et sortit une civière sur laquelle Francisco déposa Juanito. L'infirmier examina l'Espagnol, lui ouvrit les yeux et prit son pouls. Il regarda le médecin.

— *Ist tot.*

Pensant qu'il avait mal entendu, Francisco regarda le médecin.

— *Problem ?*

— Oui, rétorqua l'Allemand. Ton ami est mort.

Francisco regarda Juanito. Immobile sur la civière, son ami avait l'air endormi, mais un filet de sang sortait d'une narine et son regard était vitreux. Le Portugais s'agenouilla à côté de son vieil ami, lui ferma les yeux avec la main et lui caressa les cheveux en signe d'adieu. Puis il se leva, mit la MG 34 de Morlán sur une épaule et le MP 40 sur l'autre et partit.

VIII

Levin fut réveillé par une piqûre au bras gauche. Instinctivement, il voulut se gratter, mais il arrêta son geste à temps. La pire chose à faire, se souvint-il, était de se gratter avec les ongles ; il risquait de provoquer une infection.

— Bon sang, y en a marre de ces puces ! grogna-t-il. Quand ce martyre va-t-il finir ?

— La ferme ! protesta Willie, l'homme allongé à côté de lui. Gustav, lui, respectait ceux qui dormaient !

L'illusionniste soupira, découragé. Où diable avait-il atterri ? Pourquoi n'était-il pas avec sa famille ? Quel mal avait-il fait pour mériter ça ? Frustré et irrité, il balaya du regard la *Sudeten Kaserne* où il se trouvait. C'était un vaste bâtiment de trois étages à la périphérie de la forteresse de Theresienstadt. Le local, un ancien entrepôt d'uniformes, avait été transformé en dortoirs pour hommes. L'endroit était inhospitalier et nu, le sol en ciment glacial et les fenêtres sans rideaux. La salle, une *Ubikation* dans l'argot du ghetto, était trop exiguë pour accueillir les quarante hommes qui en occupaient les grabats. Malgré le froid, les fenêtres étaient ouvertes, mais cela ne rendait pas l'air plus respirable. Les femmes manquaient cruellement ; elles seules savaient faire d'une bicoque un foyer un peu accueillant. Seuls et livrés à eux-mêmes, les hommes étaient désorientés. Et toujours ces maudites puces ; il y en avait tellement que Levin se demandait si les Allemands ne les avaient pas laissées là volontairement. Il se leva.

— Encore ? continua Willie, quand il le sentit bouger. Vous êtes incroyable !

— Je dois me laver.

— Et vous devez faire tout ce bruit ?

Une série de « chut » se firent entendre dans l'Ubikation ; les autres hommes voulaient dormir. Levin se pencha vers son voisin.

— Écoutez, Willie, murmura-t-il. Je n'ai pas demandé à venir ici. J'aurais donné n'importe quoi pour rester chez moi, à Prague, ou pour être ici avec ma femme et mon fils. Hélas, ça n'est pas le cas. À ce propos, je suis désolé pour votre ami Gustav, mais laissez-moi vous rappeler que ce n'est pas moi qui l'ai envoyé à l'est.

— Taisez-vous.

Il était inutile de poursuivre la discussion, d'autant que le cœur du problème n'était ni lui ni Willie, mais la situation elle-même. D'après ce qu'il avait compris, Willie avait un ami d'enfance à Ostrava, Gustav, qui avait été envoyé à l'est pour faire de la place aux nouveaux déportés qui arrivaient à Theresienstadt. Quand l'illusionniste arriva pour occuper le lit vacant, il avait dû endurer les récriminations de Willie, comme s'il était responsable du sort de son ami.

Il se dirigea vers les latrines, ouvrit le robinet et jeta un peu d'eau froide sur les piqûres de puces. La démangeaison s'arrêta. Soulagé, il retourna à l'Ubikation, où d'autres hommes se levaient, et il s'habilla. Puisqu'il avait été le premier à se réveiller, il serait le premier à prendre l'*ersatz* de café distribué dans le ghetto. Avec de la chance, il trouverait peut-être quelque chose à manger.

Il passa la journée à l'atelier de menuiserie. C'était le métier qui lui avait été attribué le lendemain de son arrivée, car le travail était obligatoire et il n'y avait pas de place pour un illusionniste dans le ghetto. Puisqu'il avait passé des heures dans son atelier de Prague à préparer ses tours pour la scène, quand on lui avait demandé ce qu'il savait faire, la réponse lui vint naturellement. On manquait de charpentiers dans le ghetto, il serait donc charpentier.

À midi, le travail fut interrompu pour le déjeuner. La faim le torturait, mais il savait pertinemment qu'elle ne serait pas atténuée très longtemps. De la marmite qui venait des cuisines, on leur servit, comme tous les jours, une espèce de bouillon fait de poudre et d'eau. Il soupira mais se résigna. Parfois un navet flottait dans le brouet, mais pas ce jour-là. Quand il eut fini, il prit la pomme de terre qui lui avait été donnée et croqua dedans. Il la mangea lentement pour prolonger la sensation, en savourant chaque morceau comme s'il s'agissait d'une friandise.

— Alors, monsieur Levin ? On déjeune ?

Il se retourna et découvrit le visage souriant d'Alfred Hirsch, le jeune homme qui s'occupait des projets pédagogiques dans le ghetto ; il avait été l'instituteur de Peter à Prague et c'était à lui que l'enfant avait été confié à Theresienstadt.

— Bonjour, Fredy. Je profite du plat de résistance, répondit-il avec ironie.

— Et c'est bon ?

— Délicieux ! – Il fit une grimace. – Ils ont exagéré sur le caviar, en cuisine, mais le foie gras m'a l'air parfait.

Ils rirent tous les deux. Dans le ghetto, il ne fallait même pas songer aux œufs, aux fruits ou aux légumes. Quant aux quantités, on servait juste ce qu'il fallait pour que personne ne meure, mais ce qu'ils avaient dans leur assiette ne calmait pas la faim.

— Vous pourriez *schleuser* deux clous ? demanda Hirsch, en venant à l'objet de sa visite. On en a besoin pour accrocher les vêtements et…

Levin se leva et, continuant de mâcher sa pomme de terre, se dirigea vers le placard de l'atelier. Il revint à sa place puis, comme par inadvertance, il laissa tomber les clous par terre et se concentra à nouveau sur le bout de pomme de terre qu'il lui restait. Hirsch se pencha, fit semblant de nettoyer ses chaussures et ramassa subrepticement les clous, qu'il mit dans sa poche en se levant. De l'autre, il sortit un morceau de pain.

— J'ai *schleusé* ça à la cuisine. C'est pour vous.

L'illusionniste regarda le pain ; il avait faim et il aurait pu le dévorer. S'il avait été *schleusé* en cuisine, pourquoi ne pas en profiter ? L'expression, qui signifiait « voler toute chose utile à la survie », venait de *Schleuse*, le bâtiment de Theresienstadt où les autorités allemandes dépossédaient les déportés de leurs biens, alors, quand ceux-ci *schleusaient* des choses dont les Allemands les privaient, ils ne faisaient que leur rendre la monnaie de leur pièce. Ce n'était pas du vol, c'était *Schleusen*.

— Donnez le pain à mon fils, dit-il. Il en a plus besoin que moi, il grandit.

Après avoir pris congé, Hirsch s'en alla avec les clous et le pain, et l'illusionniste, son repas terminé, reprit son travail. Dans quelques heures viendrait le temps fort de la journée.

D'un geste instinctif, Levin jeta un coup d'œil à son poignet et grimaça. Il ne s'était pas encore habitué à l'idée que sa montre avait été saisie par les Allemands. Ces voleurs lui avaient *schleusé* sa vieille Patek Philippe qu'il avait héritée de son père. Impatient, il balaya le ghetto du regard.

— Où diable sont-ils ?

La place était remplie de monde. La plupart de ceux qui s'y trouvaient étaient des *Prominenten*, des Juifs célèbres que les Allemands avaient envoyés à Theresienstadt et qui ne travaillaient pas. L'illusionniste avait entendu dire que les nazis rassemblaient dans ce ghetto les Juifs qu'ils ne pouvaient pas faire disparaître à cause de leur notoriété.

— Ottla ! cria quelqu'un à côté de lui. Ottla !

Il vit une femme s'approcher d'Ottilie, que l'on surnommait Ottla et qui était l'une des sœurs de Franz Kafka. Il l'avait déjà vue à l'infirmerie, où elle travaillait. C'était l'une des déportées du ghetto qui jouissaient d'une certaine notoriété. Il y avait eu d'autres célébrités, bien sûr. Hirsch lui avait dit que les sœurs de Freud étaient aussi passées par là, mais l'année précédente trois d'entre elles avaient fait partie des convois vers l'est et la quatrième était morte lorsque les Levin étaient arrivés. L'une des filles de Herzl, le fondateur du mouvement sioniste, subit le même sort. Leur lien de parenté avec une célébrité ne les avait pas protégées.

On ne pouvait pas en dire autant d'autres Prominenten qu'il voyait là, comme d'anciens ministres des gouvernements de la France, de la Saxe et de la Tchécoslovaquie, des officiers supérieurs de l'armée allemande ou autrichienne, et même la petite-fille du conseiller financier de Bismarck. De même, Gustav Felix Flatow, qui avait fait partie de la délégation allemande aux premiers Jeux olympiques de l'ère moderne, et Elsa Bernstein, la petite-fille du célèbre musicien

Franz Liszt, se trouvaient dans le ghetto. En tant que Prominenten, ces Juifs craignaient moins d'être envoyés vers l'est ; on leur avait même attribué des logements privés, un vrai luxe à Theresienstadt. Tant de privilèges agaçaient les autres déportés.

— Bertie !

— Papa !

Ses Prominenten à lui étaient arrivés. Il ouvrit les bras pour accueillir sa femme et son fils, qui se précipitaient vers lui. C'était, de loin, le meilleur moment de la journée.

— Alors ? demanda-t-il quand ils se serrèrent dans les bras. Comment s'est passée votre journée ?

— Regarde ça, dit Gerda en montrant ses mains pleines d'engelures. La lessive m'attaque les mains.

— Oh ! ma pauvre, Moi qui pensais avoir épousé la duchesse de Berlin, en fin de compte ce n'était que la blanchisseuse de Theresienstadt.

— Idiot !

Gerda avait été affectée à la buanderie. La vie n'était pas facile non plus pour les femmes, dont beaucoup avaient grandi avec des bonnes à la maison du matin au soir, mais fidèles à leur nature pragmatique, elles s'étaient adaptées.

— Nous préparons un spectacle ! annonça Peter qui sautillait pour attirer l'attention de son père. C'est du théâtre !

— Ah oui ? Sur quoi ?

— Fredy nous a demandé de ne le dire à personne. C'est une surprise.

— Ah, je vois, dit-il. Dis-moi, est-ce qu'il t'a donné un morceau de pain aujourd'hui ?

— Oui.

— Et tu l'as mangé ?

— Oui, je l'ai mangé.

Il y avait beaucoup d'animation sur la place, où les familles se rassemblaient. Le meilleur moment à Theresienstadt était bien ce temps entre la fin du travail et le coucher du soleil, heure à laquelle commençait le couvre-feu. Les hommes et les femmes, qui vivaient séparés dans le ghetto, pouvaient alors se retrouver et c'est ainsi que se déroulait leur semblant de vie familiale et sociale.

— Tu as entendu parler du nouveau convoi ?

— Encore un ?

— Apparemment, d'autres personnes vont arriver au ghetto et ils doivent faire de la place, déclara Gerda. Les parents de l'une des filles de la blanchisserie en feront partie. Demain matin, ils prendront un *Osttransport*. La pauvre était inconsolable. Tu sais ce que je pense ? Ces types du conseil des anciens sont… des crapules.

Le conseil des anciens était l'organe juif qui gérait le ghetto.

— Ce n'est pas leur faute.

— Comment peux-tu les défendre, Bertie ? Ce sont eux qui choisissent les personnes qui partent pour l'est.

— C'est vrai, mais ça n'est pas leur faute. Les Allemands leur disent qu'il faut envoyer un convoi d'un millier de personnes à l'est et la seule chose qu'ils peuvent faire, c'est les choisir.

— C'est horrible ! Comment ces collaborateurs peuvent-ils faire une telle chose ?

— Tu préférerais que ce soit les Allemands qui choisissent ? La tâche du conseil des anciens n'est ni facile ni belle, mais quelqu'un doit l'assumer. Note que les enfants sont épargnés. Jusqu'à présent, personne de moins de douze ans n'a encore été envoyé à l'est. Et ça, c'est grâce au conseil des anciens.

Si c'étaient les Allemands qui décidaient, les enfants partiraient aussi.

— C'est ça, défends-les. Mais n'oublie pas ce banquet où chaque invité s'est vu offrir deux kilos de nourriture. Un vrai scandale, avec tous ces gens qui meurent de faim ! Certains jours, il y a cinq cents cadavres à la morgue et ces messieurs se remplissent la panse ! C'est une honte ! Ce n'est pas un hasard si les gamins se promènent en chantant « Mon père est membre du conseil des anciens, *krade rád, krade rád, krade rád…* ».

Levin connaissait la chanson ; *krade rád* signifiait « il aime voler ».

— Edelstein a les mains liées. On a beau dire, il a moins de pouvoir que le moins gradé des SS.

Gerda commença à se tordre les doigts, comme elle le faisait chaque fois qu'elle se sentait nerveuse ; les convois vers l'est étaient une préoccupation constante.

— Pourquoi nous envoient-ils là-bas ?

— Ils ont besoin de place pour ceux qui arrivent. Tu ne vois donc pas qu'on ne tient pas tous ici ?

— Oui, je sais. Mais… pourquoi veulent-ils qu'on aille à l'est ?

— Pour travailler, bien sûr.

Après avoir jeté un coup d'œil à Peter, qui semblait amusé par la foule sur la place, elle se pencha vers son mari et lui murmura à l'oreille :

— Le bruit court qu'on tue des Juifs à l'est…

— C'est absurde ! coupa Levin, presque irrité. Ils ne savent pas quoi inventer !

— Tu te souviens de l'histoire des enfants polonais venus de Białystok et que les Allemands ont mis en quarantaine ici ? Il paraît qu'ils ont paniqué quand on les a emmenés aux douches, et qu'ils se sont mis à crier : « Gaz ! Gaz ! »

Levin se souvenait de ce qu'on lui avait raconté, bien sûr. Plus d'un millier d'enfants étaient arrivés un été et avaient été placés dans un bâtiment clôturé avec du fil de fer barbelé. Les autres Juifs n'avaient pas le droit de leur parler.

— Et alors ?

— Des contacts discrets auraient été établis avec ces enfants. Ils auraient dit que leurs parents avaient été tués, ainsi que tous les Juifs qui sont envoyés à l'est.

— On raconte aussi que les Allemands sont sur le point de se rendre et que Göring négocierait avec les Alliés dans le dos d'Hitler, et je ne sais quoi encore. Il ne faut pas avaler tout ce qu'on rapporte, Gerda. L'agence JPP passe son temps à inventer de vraies fausses nouvelles.

— Tu penses qu'ils ne nous tuent pas ?

— Bien sûr que non. Les nazis peuvent être des enragés, mais ça, c'est impensable. L'Allemagne est un pays civilisé. La patrie de Beethoven, de Goethe, de Kant ! Il y a des limites que même les nazis n'oseraient pas franchir.

Gerda réfléchit à cette réponse et se rasséréna, le poids sur ses épaules était un peu moins lourd.

— Tu as raison, admit-elle. Ces rumeurs sont des âneries.

Peu désireux de poursuivre cette conversation angoissante et qui n'avançait à rien, Levin se tourna vers son fils. Âgé de huit ans, le garçon était autorisé à rester dans le dortoir de sa mère, à la Dresdner Kaserne, comme tous les enfants jusqu'à l'âge de douze ans, mais sur proposition d'Alfred Hirsch il avait été transféré au L417, un immense et magnifique bâtiment également appelé Maison des enfants, ou *Škola*, un mot tchèque signifiant école. C'était là que se tenaient les cours organisés par la communauté et le petit vivait avec des enfants de son âge. Gerda n'y était pas très favorable, mais Hirsch l'avait convaincue en lui disant qu'à l'école, la nourriture était meilleure.

— Et toi, Peter ? Qu'as-tu appris aujourd'hui ?

— Le professeur Kohn nous a donné un cours de mathématiques et le professeur Zwicker un cours d'histoire tchèque. Mercredi, on aura un examen sur les rois Ottokar I et II. Dans l'après-midi, nous avons eu les répétitions pour le théâtre.

— Est-ce que tout est normal dans ta chambre ?

— Quand je me suis réveillé aujourd'hui, j'ai vu que Pavel avait fait pipi au lit.

Cela arrivait fréquemment chez les enfants ; Levin et sa femme le savaient. Les petits souffraient du manque de leurs parents ou de leur vie d'avant, ils ressentaient la nervosité des adultes et cette ombre constante des convois vers l'est.

— Pavel, n'est-ce pas celui qui dort dans ton box ?

— Oui, son lit est sous le mien. Quand je suis descendu, j'ai vu le pipi.

Levin regarda autour de lui et remarqua que la place commençait à se vider. Dans une heure, ce serait le couvre-feu et ils devraient se séparer, chacun dans son bâtiment. Ils passeraient le reste du temps à penser à la rencontre du lendemain, même heure, même endroit. C'était leur raison de vivre, leur seule raison de vivre.

IX

Le ciel chargé de nuages annonçait une nouvelle tempête de neige. Il faisait moins froid, l'hiver touchant à sa fin, mais les journées étaient encore glaciales. Francisco lança de toutes ses forces une pierre sur la rivière Ijora, pour tester la dureté de la glace. Le caillou ricocha sur la surface blanche et dure, et sauta jusqu'à l'autre rive où il s'enfonça dans la neige.

— Merde !

La pierre n'avait pas brisé la glace. Si les Russes attaquaient, ils n'auraient aucun mal à traverser la rivière. Contrarié, il jeta un coup d'œil sur la position qu'il avait fait installer sur le toit de la papeterie, il voulait s'assurer que ses hommes ne dormaient pas pendant leur tour de garde. Constatant que tout le monde était à son poste, il s'installa dans la tranchée et caressa son MP 40 comme si c'était le dernier ami qu'il lui restait. Après que le 250e bataillon eut été décimé un mois auparavant, et en raison de la disparition de nombreux officiers de rang intermédiaire, Francisco avait été promu au grade de sergent. Il avait été intégré au 262e régiment et commandait un peloton sur l'Ijora. Sa promotion le laissait indifférent. Il avait perdu Juanito, son vieux compagnon, et n'avait aucune nouvelle de Tanusha.

Son nouveau poste de commandement se situait dans les tranchées au bord de la rivière, tout près de Kolpino, mais il n'avait aucune envie de donner des ordres à ses hommes. Il ne parvenait pas à libérer son esprit de la bataille à l'issue tragique, se rappelant le moment où Juanito avait été touché et celui où le médecin allemand lui avait annoncé qu'il était mort. Mais le pire, c'était l'angoisse de ne rien savoir du sort de Tanusha. Où pouvait-elle bien être ? Était-elle vivante ? Il n'avait pas non plus de nouvelles de ses sœurs. La bataille de Krasny Bor avait permis aux forces soviétiques d'atteindre la lisière de la forêt de Sablino et d'occuper le secteur où elles vivaient. Il lui était désormais impossible d'aller à la datcha, à présent aux mains de l'ennemi.

Les rumeurs concernant le sort des sœurs Tsukanova se multipliaient. Selon certains, elles avaient été fusillées par leurs compatriotes. Quand l'Armée rouge reprenait un territoire sur la Wehrmacht, lui avait expliqué Rolf, il était fréquent que des civils soviétiques ayant vécu dans le secteur allemand soient exécutés, au motif qu'ils avaient collaboré avec l'ennemi et trahi leur pays. La rumeur était donc crédible. Mais quelques jours auparavant, quelqu'un avait dit que les sœurs avaient été envoyées dans un bordel de l'Armée rouge, et un soldat espagnol, citant des Russes qui s'étaient réfugiés dans le secteur allemand, avait affirmé que Tanusha était devenue la maîtresse d'un colonel soviétique.

L'espoir faisait vivre et Francisco s'y accrochait. Tant qu'il n'y avait aucune certitude, tout était possible. Les rumeurs le tourmentaient, certes, mais ne l'empêchaient pas d'espérer. Il croyait, il voulait croire, il *devait* croire qu'elle avait pu, d'une façon ou d'une autre, échapper à la vengeance de l'Armée rouge. Pas plus tard que la veille, il avait eu l'idée de payer des paysans russes pour qu'ils traversent les lignes et aillent à Sablino savoir ce qu'étaient devenues les sœurs Tsukanova.

— Excusez-moi, sergent.

C'était Pepe qui interrompait ses pensées.

— Qu'est-ce que tu veux ?

— Une personne demande à vous voir au poste de sentinelle.

— Qui ?

Pepe hésita et baissa la voix.

— Si j'étais vous, j'irais voir, sergent.

La réponse intrigua Francisco. Après avoir donné des ordres à son adjoint pour qu'il s'occupe du peloton, le sergent prit son MP 40 et, accompagné du messager, se rendit à l'arrière.

Le cœur de Francisco bondit quand il aperçut au loin, plantée à côté de la cahute de la sentinelle, la silhouette d'un civil qui lui sembla familière. Il interrogea Pepe du regard et l'expression de l'Espagnol confirma que ce n'était pas une hallucination.

— Ce n'est pas possible.

Il hâta le pas. Il eut même envie de courir, mais se maîtrisa, certaines choses ne se faisaient pas. Il avait l'impression de voir Tanusha partout, tout le temps, mais la figure lointaine commença à sautiller et à s'agiter, comme si elle l'avait reconnu, et Francisco comprit alors qu'il ne s'était pas trompé. Ce ne pouvait être qu'elle, c'était elle, c'était vraiment elle.

— Tanusha ! Tanusha !

Indifférent à ce que les soldats pouvaient penser, il s'élança vers le poste de garde. La jeune fille essaya de le rejoindre, mais la sentinelle ne la laissa pas avancer. Elle se débattait dans les bras du soldat espagnol et Francisco sentit la fureur monter en lui. Il courut encore plus vite, il allait l'achever, il allait le cogner, le tabasser, lui défoncer la tête et…

Quand il arriva, rien de tout cela n'avait plus d'importance, Tanusha était là et c'était la seule chose qui comptait. Ça ressemblait à un rêve, mais c'était réel. Il l'avait perdue et il la retrouvait.

— Tanusha…

Ils s'arrêtèrent et se regardèrent, comme pris d'un doute. Étaient-ils bien réels ? Était-il possible qu'ils se soient retrouvés alors qu'ils croyaient s'être perdus ? La jeune fille était sale, ses cheveux blonds ébouriffés, ses tresses défaites, son visage maculé de traces de boue et ses vêtements en lambeaux, mais elle le dévisageait avec les mêmes yeux clairs qu'auparavant, des yeux cristallins et scintillants. Ils tombèrent dans les bras l'un de l'autre, et Francisco, la serrant contre lui, approcha ses lèvres jusqu'à effleurer les siennes et finir par ne faire plus qu'un. Leur premier baiser d'amour.

Le capitaine Barra lui ayant accordé, à titre exceptionnel, un laissez-passer pour qu'il s'occupe de « questions personnelles urgentes », Francisco fut autorisé à quitter les lignes. Mettant dans la poche deux petits pains au jambon qu'il avait dénichés avant de partir, il retourna rapidement à la cahute de la sentinelle, au bord de la route menant à Pouchkine.

— Il faut nous dépêcher, déclara la jeune fille lorsqu'il la rejoignit. Olga a besoin d'aide. Elle est brûlante de fièvre et Margarita est restée avec elle à la gare impériale.

Le Portugais fouilla dans la poche de son manteau.

— Tu as faim ?

— *Tchort !* La dernière fois que j'ai mangé, c'était il y a deux jours !

Francisco lui tendit les pains au jambon. Écarquillant les yeux, Tanusha s'en saisit et les dévora ; dire qu'elle était affamée ne traduisait qu'imparfaitement la façon presque bestiale avec laquelle elle avalait les petits pains.

— Du calme, recommanda-t-il, impressionné par son comportement. Ce n'est pas bon de manger comme ça. Va lentement.

Tout en mâchant, Tanusha lui répondit dans un murmure quelque chose d'incompréhensible ; ce n'était pas facile de se faire comprendre la bouche pleine. Ils marchaient côte à côte sur la route boueuse qui reliait le secteur du front à Pouchkine, elle mangeant avec voracité, tandis qu'il la surveillait pour éviter qu'elle ne s'étouffe. En moins de trois minutes, les deux pains avaient disparu. Lorsqu'elle eut fini, la jeune fille se léchait encore les doigts.

— Ah ! Je me sens déjà mieux.

Ils traversaient une forêt de conifères et croisèrent quelques soldats. Malgré la tentation, ils évitaient de se toucher. Mais Francisco brûlait de désir. Le baiser qu'ils avaient échangé, leur premier vrai baiser, avait réveillé son désir. Gêné, il réalisa que son envie ne pouvait plus se cacher. Mais que pouvait-il faire ? Il devait trouver un moyen, car si elle le frôlait…

Ils empruntèrent un tronçon de route où il n'y avait pas de soldats et Francisco remarqua un sentier sur la droite. Il lui prit la main et la tira.

— Dépêchons-nous, avant qu'on nous voie !

Ils se précipitèrent vers le sentier comme des voleurs et disparurent dans les frondaisons. Il y avait des pins, des sapins et des buissons partout. Les halliers rendaient leur progression difficile. La jeune fille réalisa ce qu'il avait en tête et ressentit, elle aussi, de l'excitation. Alors qu'ils se trouvaient totalement entourés de végétation, ils s'arrêtèrent et regardèrent autour d'eux pour s'assurer qu'ils étaient vraiment seuls. Lentement, sans prononcer un mot, ils s'enlacèrent et s'embrassèrent avec fougue, haletants et impatients. Ils titubèrent jusqu'au tronc d'un pin, ivres, Francisco s'adossa à l'arbre tandis que ses mains glissaient sous ses vêtements et sentaient sa peau palpitante. Le corps de Tanusha était en feu. Fous de désir, ils se débarrassèrent maladroitement de leurs vêtements.

Toujours debout, tremblant de désir, Francisco essaya de se glisser entre ses jambes, mais il était fort et trapu et elle menue et délicate. Tanusha se laissa tomber dans la neige et l'herbe mouillée, supportant le désagrément du froid, de l'humidité et de la glace dure, elle l'attira à elle et c'est ainsi qu'elle le reçut pour la première fois.

Leurs corps enfin contentés, ils purent penser clairement, comme si le nuage qui obscurcissait leur esprit s'était dissipé. Quand ils reprirent le chemin de Pouchkine, ils ne firent aucune allusion à ce qui venait de se passer, mais c'était comme s'ils avaient franchi une barrière.

— Nous avons traversé des moments terribles, finit-elle par dire. Après la bataille, de nombreuses personnes ont fui, avec toutes leurs affaires. On nous a dit que l'Armée rouge fusillait ceux qui avaient collaboré avec l'ennemi. Il suffisait d'avoir vendu quelque chose aux Allemands pour être accusé d'avoir trahi la patrie et être considéré comme un ennemi puis exécuté. Nous mourions de peur, car tout le monde savait que vous aviez fréquenté notre maison. Olga a jugé qu'il valait mieux s'enfuir avant qu'on vienne nous demander des comptes. Mais la route a été coupée et il n'était plus possible de passer. Nous avons rassemblé la nourriture que tu nous avais laissée et sommes allées dans la forêt.

— Où vous êtes-vous réfugiées ?

— Nous vivions en plein air.

Francisco ne pouvait pas y croire.

— Tu plaisantes…

— J'aimerais bien. Nous avons vécu trois semaines dans la forêt de Sablino.

— C'était de la folie !

— Je sais, mais que voulais-tu qu'on fasse ? Qu'on attende les soldats ? N'oublie pas que les derniers temps, mes sœurs vous recevaient tous les jours. – Elle secoua la tête. – Nous n'avions aucune chance de nous en sortir. On aurait été accusées de collaboration, ils se seraient amusés avec nous et ensuite ils nous auraient tuées. Nous avons préféré fuir.

Un vent glacial soufflait de face et le Portugais ajusta le col de son pardessus pour se protéger du froid.

— Comment peut-on vivre trois semaines dans les bois par – 20 °C ou – 30 °C ?

— Je ne le sais pas moi-même. C'était horrible. On faisait des feux et on dormait accrochées les unes aux autres pour essayer de nous réchauffer. Lorsque nous n'avons plus eu de nourriture, nous nous sommes mises à manger des racines. Mais avec la neige il n'y avait presque rien et nous avons commencé à avoir très faim. Au bout du compte, démoralisées, affaiblies et mortes de froid, nous avons décidé de voir s'il n'était pas trop risqué de rentrer à la maison. Nous sommes revenues par la forêt, mais quand nous sommes arrivées à la datcha, tout avait été détruit.

La forêt qui bordait la route boueuse céda alors la place à des rues avec des maisons ; ils étaient dans les faubourgs de Pouchkine.

— Qu'avez-vous fait alors ?

Tanusha haussa les épaules.

— Que pouvions-nous faire ? Nous sommes retournées dans la forêt, bien sûr. La maison était en bois, elle avait brûlé. Il ne restait plus rien.

— Mais vous ne pouviez pas vivre indéfiniment dans la forêt…

— À qui le dis-tu ! Nous avons essayé de tenir bon, bien sûr, mais c'était impossible, vraiment. Et puis, deux jours plus tard, Olga a commencé à avoir de la fièvre. Margarita a alors décidé qu'il fallait tenter de traverser les lignes et de passer de votre côté. Malgré les risques, c'était la seule chose à faire. Nous avons marché dans la forêt jusqu'à atteindre une route. Terrifiées à l'idée d'être prises par l'Armée rouge, nous avons interrogé des paysans qui nous ont dit qu'il y avait des Allemands dans les parages. Tu ne peux pas imaginer notre soulagement. J'ai dit à Margarita que nous devions aller à ta recherche.

— J'aurais pu être mort.

— Je savais que tu étais vivant. Je le sentais. J'avais… Je ne sais pas, j'avais une intuition.

Francisco grimaça ; il ne croyait pas aux intuitions. Mais l'idée lui plaisait.

— Et après ?

— Le reste a été simple. Nous sommes allées voir les Allemands et leur avons demandé où se trouvaient les soldats espagnols. On nous a dit que vous étiez à Pouchkine, alors on a décidé de venir jusqu'ici. Quand nous sommes arrivées en ville ce matin, Olga n'était plus capable de faire un pas. Margarita est restée avec elle à la gare et je suis partie à ta recherche.

J'ai arpenté Pouchkine en demandant à chaque soldat qui avait l'air espagnol ou portugais s'il te connaissait. J'étais très nerveuse car il y avait toujours le risque que… enfin, que les nouvelles à ton sujet ne soient pas bonnes.

Il lui lança un regard provocateur.

— Je pensais que tu croyais en ton intuition…

— Oh, j'y croyais, pour sûr. Mais on ne sait jamais, n'est-ce pas ? C'est pourquoi tu peux imaginer ma joie quand un Espagnol m'a dit que tu étais avec ton peloton du côté de la papeterie. Alors que je m'approchais de la sentinelle, un des hommes m'a reconnue, je pense qu'il était déjà venu à la datcha, et…

— C'était Pepe.

— Peut-être, je ne sais pas. Toujours est-il qu'il est allé te chercher et tu…

Francisco la regarda et sourit.

— Et je suis arrivé.

Les rues de Pouchkine étaient larges et aérées. La ville avait une élégance impériale, avec de vastes parcs et de beaux palais de l'époque des tsars, magnificence qui avait incité les armées occupantes à s'y installer. Le bâtiment le plus impressionnant et le plus emblématique de Pouchkine était le palais Catherine, qui avait été transformé en musée. Il y avait beaucoup d'autres magnifiques bâtisses, mais elles étaient souvent délabrées, voire en ruines. Ils arrivèrent à la gare impériale, une construction dont un toit latéral en forme de cône lui donnait un air d'église, et trouvèrent les deux sœurs assises à l'entrée.

— Les Allemands nous ont chassées de la salle des pas perdus, se plaignit Margarita quand Francisco et Tanusha s'approchèrent. Ils ont dit qu'ils ne voulaient pas de mendiantes.

Sales et déguenillées, les trois Tsukanova n'étaient plus que les ombres d'elles-mêmes. Elles étaient bien misérables, elles qui dans leur datcha de Sablino étaient toujours apprêtées. Avec ses cheveux noirs ébouriffés et son large buste, Margarita avait bien vieilli, tandis que la petite Olga, allongée sur le sol, recouverte de journaux, livide et fébrile, passait pour une indigente.

— C'est pire quand la nuit tombe, expliqua Tanusha. La fièvre augmente et Olga se met à délirer, c'est horrible. Tu crois qu'on peut la soigner ?

Il fallait faire quelque chose et Francisco savait que les sœurs n'avaient que lui. Il prit Olga dans ses bras et, les guidant à travers les rues de Pouchkine, les emmena jusqu'à sa chambre, un petit local dans une cave près de l'église Saint-Serge. L'espace était très réduit et il serait très difficile de partager une pièce aussi exiguë à quatre. Le Portugais étendit Olga sur le lit, la couvrit et lui donna des cachets pour la fièvre. Puis il ouvrit la porte pour sortir.

— Je reviens tout de suite.

Vingt minutes plus tard, il était de retour. Il apportait des plats chauds, que Margarita dévora avidement et Tanusha avec un peu plus de modération. Quand elles eurent fini de manger, le Portugais leur demanda d'ôter leurs robes et leur prêta ses propres habits. Il prit un récipient et du savon qu'il gardait en haut du placard, et emmena les deux sœurs et leurs guenilles jusqu'à la cour de l'immeuble, au centre de laquelle se trouvait un puits. Il remplit la bassine d'eau et leur tendit le savon.

— Lavez-vous et lavez vos vêtements ; ensuite, vous mettrez tout ça à sécher dans la chambre.

— Et Olga ?

Il retournait déjà à la cave pour qu'elles se sentent plus à l'aise.

— Lavez-la aussi.

Le changement fut radical. Une heure plus tard, les Tsukanova avaient retrouvé leur élégance naturelle. Elles étaient propres et présentables, belles comme autrefois. Tanusha avait même refait ses habituelles tresses blondes. En revanche, elles avaient maigri.

Dès que la nuit fut tombée, ils laissèrent Olga occuper le lit et tous trois couchèrent par terre. Francisco sentit son corps frémir au contact de Tanusha, qui s'était lovée à côté de lui. Il ne résista pas et tous les deux essayèrent d'être discrets. Mais Margarita ne pouvait pas ignorer leurs mouvements et leur respiration haletante. Ils finirent par s'endormir, apaisés, mais la nuit ne fut pas tranquille. Malgré les médicaments, la fièvre augmenta encore et Olga se mit à délirer. S'efforçant de ne pas réveiller Francisco, les deux sœurs se relayèrent à son chevet.

À l'aube, lorsque le jeune homme se leva pour rejoindre les lignes, Margarita, assise sur le bord du lit, posait des tissus humides sur la tête d'Olga ; apparemment c'était son tour.

— Aujourd'hui, je vais chercher un endroit où nous pourrons loger, annonça-t-elle dans un murmure, presque comme pour s'excuser du dérangement. Ensuite, j'irai travailler. Nous ne pouvons pas vivre à tes crochets.

Le Portugais n'avait aucun doute sur le genre de travail auquel elle pensait.

Le lendemain, Margarita loua une bicoque dans la cour d'une maison près de la cathédrale Féodorovsky. Elle n'avait pas d'argent, et offrit son corps pour payer une semaine de loyer. Enthousiaste, le propriétaire accepta, mais seulement pour trois jours. Si, passé ce délai, l'argent faisait encore défaut, il fut convenu qu'elle lui verserait un nouvel acompte, selon la même modalité.

Avec tous les soldats cantonnés à Pouchkine, l'argent ne se fit pas attendre. La poitrine généreuse et l'expérience de Margarita attiraient une clientèle de plus en plus nombreuse et, au bout de quelques jours, la jeune femme fut dépassée. Olga resta alitée encore une semaine, mais une fois rétablie, elle reprit son activité avec sa sœur. Elles eurent un grand succès auprès de la soldatesque, en particulier de la Division bleue, mais aussi des Belges d'une division de la Waffen-SS et même de quelques Allemands de la Wehrmacht.

La nouvelle situation des Tsukanova, qui n'était somme toute qu'un retour à leur ancienne vie, laissa Tanusha désœuvrée. Comme à la datcha de Sablino, la plus jeune des sœurs ne se livrait pas à ces activités. Olga et Margarita ne le voulaient pas, Francisco ne l'aurait pas accepté, et elle encore moins. Mais elle ne pouvait pas non plus y être complètement indifférente. La jeune fille partageait son temps entre les deux lieux. Pendant les heures creuses des sœurs Tsukanova, c'est-à-dire surtout tôt le matin, elle les aidait à nettoyer la bicoque et à préparer les repas, tandis que l'après-midi et le soir, elle s'occupait du réduit dans la cave, du dîner et de Francisco à son retour des lignes. La nuit, elle refusait de rester dormir avec le Portugais et exigeait qu'il la raccompagne jusqu'au logement de ses sœurs.

— Le seul homme avec qui je passerai la nuit sera mon mari, précisa-t-elle la première fois que la question se posa. Tu n'es pas mon mari, n'est-ce pas ?

Le Portugais comprit l'allusion, mais il ne se sentait pas encore prêt. Cela étant, silencieusement et insidieusement, l'idée commença à faire son chemin et il se surprit à y songer, même si les circonstances ne s'y prêtaient pas du tout. Et puis, telle qu'elle était, la situation se révélait plutôt confortable et très pratique ; il avait une chambre bien rangée, de bons petits plats quand il rentrait et une femme à la maison. Pourquoi se compliquer la vie ?

Les jours s'allongèrent, les températures grimpèrent et le réchauffement de l'atmosphère ne fut pas sans conséquences. Tout d'abord, sur la ligne de front, l'Ijora dégela. Le débit augmenta et la rivière devint une barrière défensive compliquant les fréquentes incursions soviétiques. Ensuite, avec la fonte des neiges et de la glace, le sol se transforma partout en un véritable bourbier. Les tranchées devinrent impraticables et les attelages commencèrent à s'embourber dans les chemins. Il y avait tellement de boue que les hommes de la Division bleue regrettaient presque l'hiver.

Tanusha comprit rapidement que l'une des tâches les plus importantes était de faire la lessive, corvée bien plus difficile qu'il n'y paraissait. L'uniforme et le bonnet de Francisco étaient infestés de poux de toutes les tailles et extraordinairement résistants aux conditions défavorables. Francisco lui raconta que, dans le bunker sur les rives de l'Ijora, il les voyait sauter dans le nid de mitrailleuses ou sur le manteau neigeux, même par – 30 °C. La jeune fille essaya tout pour les exterminer ; elle plongea notamment l'uniforme de Francisco pendant trois heures dans de l'eau bouillante et lui rasa les cheveux de si près qu'on voyait son cuir chevelu luisant comme de l'ivoire. Rien n'y fit. Désespérée et face aux rires de Francisco, un soir, Tanusha en vint à la conclusion que, quoi qu'elle fasse, les poux trouveraient toujours un moyen de revenir.

— *Tchort !*

L'interjection en russe amusa Francisco.

— Et alors ? Qu'est-ce qu'il y a ?

En guise de réponse, la jeune fille jeta son uniforme par terre et répéta avec un accent étonnamment correct le peu de portugais qu'il lui avait appris.

— Bordel de merde !

X

Il était rare de voir des SS dans le ghetto de Theresienstadt, eux et les gendarmes tchèques se tenaient généralement à l'extérieur de l'enceinte et laissaient le conseil des anciens gérer directement. D'où la surprise d'y voir le commandant du camp, l'Obersturmführer Anton Burger. Tous les Juifs ôtèrent leur chapeau et les femmes firent une révérence, comme ils en avaient l'obligation chaque fois qu'ils croisaient un Allemand. Mais Burger était en grande conversation avec Jacob Edelstein, le chef du conseil des anciens, et ne les remarqua même pas. Levin les regarda avec crainte et fascination. Sa vie, celles de sa famille et celles de tous les autres déportés étaient entre les mains de ces deux hommes. L'un décidait combien de personnes seraient envoyées vers l'est et quand, l'autre les choisissait.

À ce moment-là, l'un parlait et l'autre écoutait. D'après leurs visages graves, l'affaire semblait sérieuse. Un terrible soupçon s'insinua dans l'esprit de Levin. Encore des déportations ! De quoi d'autre pouvaient-ils parler ? Le mois précédent, les convois vers l'est avaient connu une évolution importante. Mettant fin à une pause de plusieurs mois, les déportations de grande ampleur avaient repris. Cinq mille personnes, le plus grand convoi jamais organisé en une seule fois. De plus, pour la première fois, le conseil des anciens avait désigné des enfants de moins de douze ans. Le commandant SS était probablement en train de dire à Edelstein qu'il fallait envoyer davantage de gens vers l'est, en utilisant des euphémismes tels que « migrations », « évacuations » ou « changements de résidence », et le chef du conseil des anciens devrait choisir les malheureux.

— Nous sommes foutus, observa quelqu'un près de Levin. Quand aura lieu le prochain convoi ?

— Ils disent qu'il y en aura bientôt un, répondit un autre. Je crois que ma mère est sur la liste.

— Tu as déjà protesté ?

— Oui, mais il n'y a aucun espoir.

Des questions avaient été posées au conseil des anciens et Edelstein avait dit qu'un nouveau camp allait être ouvert à l'est et qu'il fallait le peupler. Les déportés avaient été rassurés de constater que le docteur Janowitz, le secrétaire du conseil des anciens, et Alfred Hirsch, le chef du département jeunesse qui avait été l'instituteur de Peter à Prague, avaient fait partie du convoi précédent. Si le conseil des anciens avait envoyé des membres de sa propre équipe dans le nouveau camp, c'était certainement qu'il ne s'y passait rien de préoccupant. Le conseil ne les enverrait pas à la mort.

D'un autre côté, l'arrivée récente de centaines de Juifs danois avait éveillé le soupçon que le transport à grande échelle du mois dernier avait eu lieu pour faire de la place dans le ghetto. Ces derniers n'étaient en rien différents de ceux qui étaient à Theresienstadt, mais ils étaient traités comme des Prominenten en raison des pressions exercées par les autorités de Copenhague. On affirmait que le roi du Danemark en personne était intervenu et qu'ils ne risquaient pas d'être envoyés vers l'est.

— Coucou !

Deux mains froides se posèrent sur les yeux de Levin. Reconnaissant sa femme, l'illusionniste mit ses mains en arrière et la saisit par la taille.

— Devine qui est là…

Incapable de résister aux chatouilles, Gerda éclata de rire.

— Comment savais-tu que c'était nous ?

Levin se retourna et fit face à sa femme et à son fils.

— Je suis un magicien, non ?

Leur maigreur à tous deux l'inquiétait. Le peu de nourriture qu'ils recevaient ne leur suffisait pas, malgré les quelques compléments qu'ils arrivaient à *schleuser* ici et là. Mais ce qui leur manquait le plus, c'était une sensation de normalité. Ils la recherchaient en se promenant sur la place, où plusieurs magasins avaient été construits, l'un de meubles, l'autre de lingerie féminine, un de chaussures, un autre de vêtements pour hommes, une parfumerie, une boutique de sacs, une épicerie, une boucherie, une pharmacie. Bien sûr, toutes ces marchandises avaient été confisquées aux nouveaux venus. Comme il n'en arrivait pas, les magasins étaient vides mais les vitrines demeuraient richement décorées. Les produits n'étaient là qu'en exposition ; ils ne pouvaient pas être achetés.

— Alors, Peter ? Quand est-ce que tu nous trouves des billets pour la pièce de théâtre ?

— Je ne sais pas.

La première de la pièce dans laquelle jouait leur fils, *Brundibár*, avait eu lieu quelques semaines auparavant, mais le couple n'avait pas pu y assister, tellement il y avait de monde. Écarquillant les yeux et agitant les doigts en l'air comme un magicien, Levin fit un pas menaçant en direction de son fils.

— Ah bon, tu n'en trouves pas ? Mais… alors je vais te chatouiller !

— Non !

Peter s'échappa en poussant de petits cris et en riant.

— Viens là, je vais te chatouiller jusqu'à ce que tu aies des billets !

Le petit zigzaguait entre les familles sur la place du ghetto.

— Je vais les jeter !

— Ah ! Mais alors tu as trouvé des billets pour la pièce…

— Pour le café ! corrigea son fils en riant et sans cesser de courir. Papa, si tu me chatouilles, je les jette !

Levin s'arrêta, surpris.

— Tu as des tickets pour le café ?

Réalisant que son père ne le poursuivait plus, Peter s'immobilisa et, encore haletant, sortit trois petits papiers de sa poche et les agita.

— Maman les a *schleusés*.

Un quintette jouait *Sophisticated Lady*, de Duke Ellington ; c'étaient les Ghetto Swingers, le groupe du café. Les clients se balançaient au rythme de la musique et ils ressentirent alors une sensation de quasi-normalité, comme s'ils étaient revenus à leur vie d'avant. Le café de Theresienstadt n'était pas exactement l'Unionka ou le Montmartre de Prague ; il ne servait qu'un misérable *ersatz* de café, mais depuis qu'il avait ouvert, il était devenu si populaire qu'il fallait se procurer des billets à l'avance. Et ce n'était pas facile. L'établissement avait une capacité limitée, cent personnes à la fois, et on ne pouvait y passer que deux heures. Si Gerda n'avait pas su se débrouiller, ils n'auraient pas eu de billets.

Avant, on trouvait toujours un exemplaire du *Der neue Tag* dans le café, mais le journal allemand de Prague avait cessé de paraître après Stalingrad. L'existence dans le ghetto était dure, les gens étaient déracinés, des hommes et des femmes séparés, il y avait un manque total d'intimité, une mauvaise alimentation, des maladies, les personnes âgées qui tombaient comme des mouches, sans parler de la peur que suscitaient les convois vers l'est. D'où l'importance du café et des moments culturels qui se multipliaient à Theresienstadt entre la fin du travail et le couvre-feu. Concerts de musique classique, opéras, orchestres de jazz, conférences, pièces de théâtre, expositions de peinture, matchs de football, championnats de ping-pong ; on faisait de tout pendant cette courte heure précédant le crépuscule. Alors, et alors seulement, on pouvait se sentir normal. L'art leur permettait d'échapper à la misère à laquelle se réduisait leur existence.

L'illusionniste avait même envisagé la possibilité de faire un spectacle de magie, mais il finit par y renoncer. Les accessoires dont il avait besoin étaient restés à Prague et les fabriquer aurait nécessité beaucoup de travail et de matériel. Il aurait eu besoin de bois et de miroirs, mais tout le bois disponible était utilisé pour fabriquer des lits pour les logements, et les miroirs constituaient une denrée rare dans le ghetto. Il n'y aurait pas de magie à Theresienstadt.

— Tu crois qu'il y a des toilettes ici ?

— Pas que je sache, répondit Gerda. C'est urgent ?

Il lança à la femme un regard plein de sous-entendus.

— Je me demandais juste s'il y avait un endroit un peu calme…

Depuis qu'ils avaient quitté Prague, Levin et Gerda n'avaient plus d'intimité. Ils vivaient séparés et n'avaient accès à aucun espace privé. Ils avaient déjà aperçu des couples enveloppés dans un drap et dont les gestes ne laissaient aucun doute. Mais ils faisaient ça dans une salle éclairée et pleine de gens, et eux n'étaient pas capables d'en faire autant. Parfois, pour les besoins de la buanderie, Gerda devait aller à la menuiserie pendant la journée, et Levin demandait alors à ses compagnons d'aller « chercher des clous » à côté. Ils s'enfermaient alors pendant cinq à dix minutes, mais toujours pressés et avec le risque qu'un Allemand fasse irruption. S'ils étaient pris, c'était le premier convoi vers l'est.

L'illusionniste cherchait toujours un endroit discret où il pourrait s'éclipser avec sa femme, mais son attention fut attirée par l'agitation à la table voisine. Jetant un coup d'œil, Levin aperçut des cartes postales posées sur la table. Il était très inhabituel de voir du courrier dans le ghetto, où les nouvelles de l'extérieur arrivaient difficilement. Il se pencha vers la personne la plus proche.

— Dis-moi, l'ami. Il se passe quelque chose ?

— On a reçu des cartes postales des gens du convoi du mois dernier.

C'était une nouvelle extraordinaire, car jamais jusqu'alors un courrier des déportés vers l'est n'était arrivé.

— C'est incroyable ! dit Levin, intéressé. Où sont-ils ?

L'homme prit l'une des cartes postales et l'examina pour y chercher des renseignements sur l'expéditeur.

— Près de Neuberun.

— Neuberun ? Où est-ce ?

Le voisin regarda à nouveau.

— Je ne sais pas. Tenez, regardez.

Il lui montra l'indication de l'expéditeur sur la carte postale.

ARBEITSLAGER BIRKENAU BEI NEUBERUN

Levin lut.

— Camp de travail de Birkenau, Neuberun.

— Avec un nom pareil, suggéra l'homme à la carte postale, ça doit être quelque part en Allemagne.

Le nom avait effectivement l'air allemand et l'illusionniste tenta de se remémorer la carte de l'Allemagne, mais malgré tous ses efforts il ne se souvenait pas avoir jamais vu un endroit nommé Neuberun.

— Je ne vois pas où c'est. Que disent-ils ?

— Rien de spécial, si ce n'est qu'ils sont bien arrivés. Mais il y a une carte postale qui nous laisse perplexes.

L'homme la lui montra et Levin lut le texte ; c'était court et griffonné en lettres majuscules, comme l'exigeait la censure allemande.

CHER LEO,

NOUS SOMMES BIEN ARRIVÉS. ICI J'AI TROUVÉ TANTE SARA ET SES AMIS, SURTOUT RAEV. L'ONCLE ODKOLEK TRAVAILLE ÉNORMÉMENT. NOUS SOMMES HEUREUX.

PENSÉES

JAN FREUND

L'illusionniste rendit la carte postale à son voisin.

— Je ne vois rien d'anormal.

— Bien sûr, dit l'homme, manifestement convaincu du contraire. Le problème c'est que tante Sara est décédée il y a quelques années. – Il montra l'un des noms mentionnés sur la carte postale. – Quant à ce Raev, il y aurait beaucoup à en dire. Vous parlez hébreu, l'ami ?

— Euh, non.

— *Raev* signifie « faim » en hébreu. En somme, Jan est en train de nous dire qu'il a rencontré une tante qui est décédée et qu'elle a un ami appelé Faim. Ça n'est pas très normal, si ?

Le texte ainsi déchiffré causa un choc à Levin.

— En effet…

— Ce que nous ne comprenons pas, c'est la référence à l'oncle Odkolek.

Ce nom lui semblait familier.

— N'est-ce pas la grande boulangerie de Prague ?

— Ouais, c'est le seul Odkolek que nous connaissons. Mais pourquoi Jan dit-il que l'oncle Odkolek travaille énormément ? Serait-ce qu'ils font beaucoup de pain dans le camp ? Cela contredirait la phrase précédente.

La question intrigua Levin. Il se souvint des rares fois où il était entré chez Odkolek. C'était une immense boulangerie, très réputée pour la qualité et surtout la quantité de pains qu'elle produisait dans ses différents fours. Puisque Odkolek était une véritable fabrique à pains, l'allusion à la faim était en totale contradiction. Comment pouvait-on évoquer la faim si les fours de la boulangerie produisaient autant de pains ?

— Il parle peut-être d'une autre tante morte de faim, mais il veut nous assurer que le pain ne manque pas dans le camp de travail, déclara-t-il. Je ne vois pas d'autre explication.

Le voisin se gratta la tête, peu convaincu.

— Oui, c'est peut-être ça…

Une nouvelle mélodie enveloppa le café et un chanteur se mit à fredonner en anglais.

Summertime,
And the livin' is easy
Fish are jumpin'
And the cotton is high

Les Ghetto Swingers reprenaient *Summertime*, de George Gershwin, une ballade à la mode qui ravit aussitôt tous ceux qui se trouvaient dans le café.

XI

Le journal *La Prensa* venait d'être livré par la Feldpost et Francisco se retira dans le bunker pour prendre des nouvelles de la guerre. Il était arrivé d'Espagne et, bien qu'il datât du mois précédent, les informations concernant la reddition de l'Italie, l'occupation de Rome par les Allemands et l'opération allemande pour délivrer Mussolini, qui était prisonnier, furent dévorées presque comme si c'étaient des nouvelles de dernière minute.

Le froid était revenu en ce mois d'octobre 1943, inévitablement accompagné de la neige. Les rives de l'Ijora devinrent blanches et l'eau gela, annonçant les rigueurs propres à la saison. *La Prensa* confirmait ce que le Portugais savait déjà, à savoir que, sur le plan militaire, la situation avait changé, y compris sur le front russe. L'Armée rouge avait remporté, cet été-là, une importante bataille à Koursk, l'Italie s'était rendue et les Allemands reculaient partout. Hormis à Léningrad. Cette portion de terre semblait suspendue dans le temps ; tout se transformait partout ailleurs, sauf là.

Un bruit de bottes sales résonnant sur le sol boueux lui fit lever les yeux. Quand il vit le capitaine Barra, il se mit au garde-à-vous.

— À vos ordres, mon capitaine.

L'officier espagnol tendit le bras droit.

— *Heil Hitler !*

Francisco plissa les yeux, surpris. Le geste avait été si brusque et théâtral que le Portugais faillit rire. Quelle bête avait mordu le commandant ? Bien que le salut nazi fût effectivement obligatoire, la Division bleue ayant juré d'obéir au chef des Allemands, c'était tellement ridicule que personne dans l'unité ne le faisait, sauf par dérision, et il n'avait même jamais vu le capitaine Barra le faire.

— Euh…, hésita le Portugais, ébauchant par prudence un salut. *Heil Hitler.*

L'officier ôta sa casquette et se passa les doigts dans les cheveux, déjà peu fournis.

— En tant que commandant de la 1re compagnie du 262e régiment, je consulte personnellement certains hommes de l'unité au sujet des changements à venir. La Division bleue sera bientôt dissoute et le *Generalísimo* a donné des ordres de rapatriement.

La nouvelle n'était pas une véritable surprise, depuis quelque temps déjà les hommes de l'unité évoquaient à demi-mots un retour en Espagne. Ceci en était la confirmation. Pour Francisco, il était évident que le général Franco, effrayé par l'évolution de la guerre, avait décidé de prendre ses distances vis-à-vis des Allemands avant qu'il ne soit trop tard.

— Avec la dissolution de la Division bleue, les troupes rentrent à la maison. Cela étant, à la place de la Division va être créée la Legión Española de Voluntarios. La Légion bleue. – Il prit un air interrogateur. – Vous êtes au courant ?

— J'en ai entendu parler, mon capitaine.

— *Bueno, hombre*, vous êtes l'un de nos meilleurs soldats. Vous avez beaucoup d'expérience, une capacité de combat exceptionnelle et vous obéissez aux ordres ; vous êtes un exemple pour tous. – Il fit une pause. – J'ai besoin de savoir si vous voulez rester.

— Rester où, mon capitaine ?

— Ici, dit-il en désignant le sol. Avec la Légion bleue.

Un court silence se fit dans le bunker.

— M'autorisez-vous à parler librement, mon capitaine ?

— Autorisation accordée.

— Je ne comprends pas bien ce qui se passe, mon capitaine. L'Espagne a déclaré sa neutralité et elle va laisser une légion ici ?

— Une légion de volontaires, sergent. De volontaires.

— Mais, mon capitaine, la Division bleue est déjà entièrement constituée de volontaires. Quelle est la différence ?

Le capitaine Barra le dévisagea.

— Euh… bon… c'est… c'est différent, balbutia-t-il. Ce sont des volontaires… euh… plus volontaires que… que… les autres.

— Je ne comprends pas, mon capitaine.

L'officier fit claquer sa langue, impatient.

— *Coño*, peu importe ! J'ai besoin de savoir si vous restez ou non, le reste n'a aucune importance.

— Mon capitaine, obéissant aux ordres de mes supérieurs de la Légion étrangère, je me suis porté volontaire pour la Division bleue. Si la Division part, je pars aussi.

— Vous ne voulez pas rester dans la Légion ?

— Si je l'avais voulu, mon capitaine, je serais resté dans la vraie Légion, celle qui est à Dar Riffien. – Il secoua la tête. – J'en ai assez de tout cela.

— Je pensais que vous aviez une petite amie russe et que ça pouvait vous inciter à…

— Je suis surtout incité à partir, mon capitaine.

L'officier espagnol lâcha un « *muy bien* » résigné et se dirigea vers la sortie du bunker. La silhouette d'un homme grand, portant un pantalon de cavalier, apparut alors à la porte. Un officier SS. Le capitaine Barra lui fit un signe et quitta l'abri, laissant l'Allemand seul avec le Portugais. Francisco regarda l'inconnu avec curiosité ; il avait déjà vu des SS allemands et belges dans la rue, mais il ne leur avait jamais parlé. Après le traditionnel « *Heil Hitler !* », très décidé celui-ci, l'officier expliqua la raison de sa présence.

— Je suis l'Oberleutnant Kurt Schmidt, de la SS-Freiwilligen Legion Flandern, l'unité des volontaires flamands, dit-il en se présentant. Je ne sais pas si vous le savez, mais la SS est l'élite de l'élite. Nos forces sont les plus prestigieuses de tout le IIIe Reich, la fierté de l'Allemagne, l'avant-garde du national-socialisme, la garde avancée de la civilisation. Il se trouve que nous recrutons des volontaires pour nos unités et nous cherchons des hommes avec le bon profil. L'Espagne ayant pris la décision regrettable de retirer la Division bleue, je me suis entretenu avec le capitaine Barra pour savoir quels hommes de votre unité pourraient servir dans la SS. Votre nom a été mentionné en premier. J'ai vu vos états de service et… je voulais vous inviter à vous joindre à la SS.

Le légionnaire sourit.

— Je ne sais pas ce qui se passe, mais je suis très demandé tout à coup, observa-t-il. Je vous remercie pour l'invitation, je suis vraiment honoré, mais… – Il fit un geste négatif. – Je ne suis pas intéressé.

— Puis-je savoir pourquoi ?

— Je veux retourner dans mon pays. C'est aussi simple que ça. J'en ai marre de la Russie, du froid, de toute cette confusion.

L'Oberleutnant Schmidt haussa un sourcil.

— J'avoue que je suis surpris. Le capitaine Barra m'a dit que vous aviez dégoté une Russe à laquelle vous étiez très attaché.

— Rien ne m'empêche de l'emmener avec moi, n'est-ce pas ?

L'Allemand esquissa un regard sceptique.

— *Ach*, je ne pense pas que le gouvernement du général Franco soit disposé à laisser entrer en Espagne une ressortissante du pays de Joseph Staline, si vous voyez ce que je veux dire.

— Il l'acceptera si cette ressortissante est mariée à l'un de ses soldats. S'il ne l'accepte pas, je retournerai dans mon pays, le Portugal. Si celui-ci ne l'accepte pas non plus, je peux toujours aller dans les colonies portugaises ou au Brésil. Les possibilités ne manquent pas.

L'officier SS fit une moue.

— Je vois que vous êtes un homme déterminé, observa-t-il. Permettez-moi cependant de vous faire remarquer que la solde est meilleure dans la SS. Avec plus d'argent, vous pourriez améliorer la situation de votre jeune amie russe.

— L'argent ne m'intéresse pas.

L'Oberleutnant Schmidt plissa les yeux.

— Je ne peux rien faire pour vous convaincre ?

— Rien.

Devant la détermination de son interlocuteur, l'officier flamand comprit qu'il n'arriverait pas à ses fins. Il se mit de nouveau au garde-à-vous, fit claquer ses bottes l'une contre l'autre et tendit le bras.

— *Heil Hitler !*

Il tourna les talons et partit.

La confirmation de la dissolution imminente de la Division bleue mit un terme à des semaines de rumeurs, et Francisco comprit qu'il n'avait plus beaucoup de temps. Il devait prendre une décision importante. Quand, à la fin de l'après-midi, il acheva son tour de garde dans les lignes, il alla voir l'aumônier de l'unité pour lui demander conseil. Puis il se dirigea vers Pouchkine. Après être entré dans la ville, il fit un détour par le parc Alexandre pour cueillir quelques fleurs à côté de la tour blanche. Il en fit un bouquet et rentra chez lui.

Comme d'habitude, Tanusha l'attendait avec son tablier, et le dîner était prêt.

— Je t'ai préparé des blinis, annonça-t-elle, présentant un plat avec des minicrêpes cuites à la manière russe. J'ai trouvé de la farine dans… – Elle écarquilla les yeux. – Oh ! Qu'est-ce que c'est que ça ?

Le Portugais lui tendit le bouquet de fleurs.

— C'est pour… C'est pour toi.

La jeune fille prit le bouquet, le respira et leva les yeux sur lui, heureuse et surprise à la fois.

— Comme c'est gentil…, dit-elle en le serrant dans ses bras. Il y a une raison spéciale ?

Francisco avait l'air mal à l'aise.

— Ma division va être dissoute. Nous avons reçu l'ordre de retourner en Espagne.

Tanusha ouvrit légèrement la bouche et le dévisagea pendant un long moment, assimilant la nouvelle et toutes ses conséquences.

— Tu vas… Tu vas partir ?

Avec l'embarras de celui qui n'était pas habitué à traiter des questions de cœur, sa vie ayant plutôt gravité autour de la guerre que de l'amour, il n'osa pas la regarder dans les yeux lorsqu'il lui fit une proposition.

— Veux-tu venir avec moi ?

— Comment puis-je venir avec toi ? s'étonna-t-elle, sachant pertinemment que sa nationalité posait problème. Je suis russe.

— Il faudrait… enfin… que l'on se marie, voilà.

Ce n'était pas ainsi qu'elle avait imaginé le moment le plus romantique de sa vie, mais compte tenu des circonstances, et surtout de la frayeur qu'elle venait d'avoir, rien de tout cela n'avait d'importance.

— C'est une demande en mariage ?

Toujours gêné, la tête basse, les joues rouges de timidité, le Portugais acquiesça.

— Tu veux ?

La jeune fille chercha fugitivement son regard, comme si elle voulait s'assurer de la sincérité de sa proposition. Francisco parvint enfin à surmonter sa timidité et la dévisagea. Ses yeux marron révélaient une douceur qu'elle n'avait jamais remarquée auparavant.

— Bien sûr que je veux !

En passant devant le QG du bataillon, dans le centre de Pouchkine, l'attention de Francisco fut attirée par l'agitation autour du tableau des avis et notifications. Il s'approcha pour voir ce qui se passait. C'était un document publié par l'OKW allemand annonçant la dissolution de la Blaue Division le 12 octobre 1943, c'est-à-dire le jour même.

Il éprouva alors une sensation ambivalente. Neuf mois s'étaient écoulés depuis la bataille de Krasny Bor, et se retirer sans avoir vaincu lui semblait être une défaite déguisée. D'un autre côté, il n'avait aucune envie de rester. Les perspectives étaient mauvaises, le froid pénible et, malgré la mort de Juanito, il ne ressentait pas d'animosité particulière envers les Russes, peut-être parce qu'il vivait avec une Russe.

Cela faisait trois jours à peine que Tanusha avait accepté sa proposition de mariage. La cérémonie était prévue le samedi suivant, en l'église Znamenskaya, et le curé du bataillon l'avait assuré que, le jour dit, il disposerait du certificat de mariage. Muni de ce document, il pourrait obtenir un permis de séjour temporaire à Dar Riffien pour sa femme et demander sa naturalisation.

Sa compagnie ayant déjà abandonné ses positions le long de la rivière Ijora, Francisco consacrait son temps aux préparatifs du mariage. Ce serait une cérémonie simple, célébrée par le prêtre catholique de la Division bleue, à laquelle ne seraient invités que quelques camarades de l'unité. Malgré cela, Olga et Margarita insistèrent pour organiser une réception en l'honneur de leur sœur cadette. Elles suspendirent pendant quelques jours leur activité et mirent la main à la pâte. C'était pour cette raison que Francisco était passé près du QG du bataillon. Le marché était dans le quartier, ainsi que la cantine de la division. Tandis que Tanusha préparait son trousseau, ses sœurs, qui avaient donné au futur marié la liste des courses pour la réception, étaient déjà aux fourneaux. La liste était courte car ils étaient conscients de l'époque à laquelle ils vivaient, et les seuls vrais produits difficiles à trouver étaient le sucre et la liqueur d'orange, indispensables pour le gâteau skazka.

Pendant que Francisco s'attardait au QG, ses camarades, excités par la nouvelle de l'OKW leur annonçant qu'ils allaient enfin rentrer chez eux, commencèrent à chanter en chœur l'une des chansons préférées de la Division bleue.

On attend juste que notre
Général nous en donne l'ordre,
pour supprimer la frontière
entre l'Espagne et le Portugal.

Et quand nous y parviendrons,
Nous pourrons être heureux,
Car nous aurons réussi
à bâtir une Espagne impériale.

En entendant ces paroles, le Portugais secoua la tête et s'éloigna. Tout compte fait, il retournerait plutôt dans son pays. Ce n'était pas pour « supprimer la frontière entre l'Espagne et le Portugal » qu'il s'était engagé dans la Légion.

Il rentra chez lui une heure plus tard avec les courses. Il n'avait pas trouvé de liqueur d'orange mais, dans la cantine de la Division bleue, il avait dégoté une bouteille de palomita, un mélange de liqueur d'anis et d'eau. En descendant au sous-sol, il ne put retenir un sourire en imaginant la tête des Tsukanova quand elles réaliseraient que leur précieux skazka aurait un arrière-goût espagnol. En arrivant devant le réduit, il s'arrêta, étonné. La porte était grande ouverte.

— Tanusha ?

Il entra. La pièce était en désordre, le trousseau abandonné sur une chaise, les aiguilles et le dé à coudre par terre, sur le lit une très grande feuille de papier. Il la prit. On y voyait un jeune homme en chemise marron, une croix gammée sur la manche gauche et, derrière, la silhouette éthérée d'un soldat, tous deux regardant un point indéfini à l'horizon, une image typique des affiches de propagande. En dessous, il était écrit : *Auch du*. Toi aussi. Il se gratta la tête. Qu'est-ce que cela voulait dire ? Il plia la feuille et la mit dans la poche de son pardessus. Il se demanda que faire. Tanusha n'était pas là et la chambre était sens dessus dessous. Il n'avait pas la moindre idée de ce qu'il était arrivé, mais il était évident qu'elle était partie à la hâte. Était-elle allée rendre visite à ses sœurs ?

Il sortit et se dirigea d'un bon pas vers le logement d'Olga et Margarita. Sa fiancée aidait sans doute ses sœurs aux préparatifs du mariage. Quand il arriva chez elles, personne ne lui ouvrit la porte. Intrigué, il alla voir le propriétaire.

— Elles sont parties avec les Allemands, l'informa le Russe. Ils sont venus tout à l'heure et ils les ont emmenées.

Francisco le regarda avec incrédulité.

— Les Allemands ?

— Oui. Ils n'avaient pas l'air de plaisanter. Ils les ont mises dans un camion.

Elles avaient été arrêtées. La seule explication qu'il imagina était que l'activité d'Olga et Margarita avait été signalée.

— Étaient-ce des policiers ?

Les yeux de l'homme s'assombrirent.

— Ils avaient une tête de mort sur le col.

Les trois sœurs avaient été emmenées par des SS.

XII

La représentation de la pièce de théâtre pour enfants *Brundibár* dans le hall de la Magdeburger Kaserne avait été un succès. Bien disposés, les Levin emmenèrent leur fils au foyer pour enfants, où il étudiait et dormait, mais en arrivant dans le bâtiment ils tombèrent sur un membre de la Gemeinewache, assis par terre, les mains sur le visage, son bonnet noir posé à côté de lui. C'était le garde de la police juive qu'ils avaient rencontré la nuit de leur arrivée à Theresienstadt. À l'époque, la force s'appelait Ghettowache, désignation qui avait été changée en Gemeinewache, police de la communauté.

— Eh bien, Václav ? demanda Levin. Que s'est-il passé ?

Le garde écarta les mains de son visage et regarda l'illusionniste.

— J'ai reçu une convocation, dit-il, consterné. Je fais partie du prochain convoi vers l'est.

— Encore un ?

Le garçon hocha la tête.

— Ils ont déjà distribué les convocations dans les dortoirs. Beaucoup de gens en font partie, y compris le docteur Edelstein.

Ce n'était pas une surprise. Jacob Edelstein, le chef du conseil des anciens, avait été arrêté par les Allemands pour avoir falsifié les listes afin de sauver des déportés. Le précédent commandant lui-même avait été remplacé.

— Qu'entendez-vous par « beaucoup de gens » ?

— Cinq mille.

Levin et Gerda frissonnèrent, surpris. Cinq mille déportés, c'était un convoi gigantesque, le plus grand jamais vu, uniquement comparable à celui dans lequel Alfred Hirsch et les premiers enfants étaient partis en septembre. Ils auraient du mal à échapper à une telle razzia.

Le cœur battant la chamade, Levin entra dans son Ubikation. Plusieurs de ses camarades de chambrée étaient assis sur les châlits, tête basse, tenant des papiers roses à la main ; les convocations pour l'est. L'illusionniste jeta un coup d'œil vers son lit. Il ne vit rien.

— Il n'y a pas eu de convocation pour moi ?

L'homme allongé sur la couchette du bas était détendu, signe qu'il n'en faisait pas partie.

— Non.

— Vous en êtes sûr ?

— J'étais là quand ils sont venus. Il n'y avait rien pour vous.

La confirmation qu'il échappait à cet important convoi libéra Levin d'un poids énorme. Cette fois-ci, il avait eu de la chance. En général, mais pas toujours, les convocations concernaient toute la famille. Cela signifiait que s'il n'en avait pas reçu, selon toute vraisemblance Gerda et Peter aussi s'en étaient tirés. Mais il devait s'en assurer. Il quitta l'Ubikation et se dirigea vers la porte du bâtiment, où sa femme et son fils l'attendaient, fébriles.

— Je n'ai rien reçu ! annonça-t-il dès qu'il les vit.

Gerda soupira profondément et serra Peter dans ses bras, des larmes de joie brillaient dans ses yeux.

— Ah, grâce à Dieu ! Grâce à Dieu !

— Mais nous devons être sûrs que nous sommes tous tirés d'affaire, s'empressa d'ajouter Levin, qui savait que des cas de séparation des familles s'étaient parfois produits. Allons voir si vous n'avez rien reçu.

Le couvre-feu avait déjà commencé, la nuit étant tombée entre-temps. En temps normal, l'espace public du ghetto aurait été désert, mais pas ce jour-là. Les convocations soudaines, surtout le très grand nombre de personnes concernées, avaient provoqué une énorme agitation dans tout Theresienstadt. Les gens couraient d'un endroit à l'autre ; certains pleuraient, d'autres essayaient de les réconforter, quelques-uns cherchaient à obtenir des informations ou en donnaient, et beaucoup se préparaient déjà pour le voyage.

— Je suis tellement nerveuse, Bertie…

— Ne le sois pas, la rassura Levin. En général, ils ne séparent pas les familles.

— On ne sait jamais, Bertie. Tu sais, ils ont arrêté Edelstein et ils ont peut-être changé les règles. Comment peut-on être sûr que le *Familienzerreißung* n'est pas devenu plus fréquent ?

— J'en doute. Et puis il y a les Juifs danois dans le ghetto et avec leur gouvernement qui veut tout savoir sur Theresienstadt, les Allemands vont être très prudents.

— Tu le penses vraiment ?

Levin lui lança un regard confiant.

— J'en suis sûr.

Quand ils arrivèrent à la Dresdner Kaserne, Gerda disparut à l'intérieur. Comme il était strictement interdit aux hommes d'entrer dans les quartiers des femmes et vice versa, Levin et son fils restèrent à la porte. Peter aurait pu l'accompagner, mais Gerda voulait faire vite.

Au bout de cinq minutes à peine, elle réapparut dans le hall du bâtiment. En la voyant, Levin sentit son cœur s'emballer. Elle était en larmes et tenait deux papiers à la main. Il porta la main à la bouche, choqué et incrédule. Gerda se jeta dans ses bras en sanglotant et ne se calma qu'après plusieurs minutes.

— J'ai tellement peur, Bertie…

— Allons, calme-toi, tout ira bien, lui souffla-t-il à l'oreille. Quand partons-nous ?

— La convocation est juste pour moi et pour Peter.

La nouvelle laissa Levin incrédule.

— Ce n'est pas possible !

N'y croyant pas, Levin prit le papier et le lut. Le texte était dactylographié en allemand.

COMMISSION SS GOUVERNEMENTALE DU REICH
RECRUTEMENT ET EMPLOI DE TRAVAILLEURS FORCÉS

Avis : le Juif Peter Levin du protectorat
du Reich est informé que, par décision de l'autorité
susmentionnée, il a été sélectionné
pour le service du travail obligatoire.
Avant le départ, l'intéressé devra se procurer,
auprès du représentant de l'autorité susmentionnée,
les instruments nécessaires à l'exercice
de sa profession, des vêtements de rechange chauds
et assez de nourriture pour une semaine.

L'autre convocation était identique, seul le nom différait : elle concernait Gerda. Les références aux instruments de travail, aux vêtements chauds et à la nourriture, comme tout le monde le savait déjà, étaient purement rhétoriques. La seule chose qui comptait vraiment était que tous deux allaient être déportés.

— Il y a sûrement une erreur.

Elle était inconsolable.

— Parfois, cela arrive, dit-elle. La même chose est arrivée à Lenka lors du convoi en septembre, tu te souviens ? Son mari était convoqué et elle non.

Levin s'en souvenait, ils en avaient parlé dans la buanderie. Lenka avait alors décidé qu'elle ne se séparerait pas de son mari et avait demandé à être elle aussi incluse dans le convoi. C'était possible, et la grande majorité des familles que les convocations séparaient le faisait. Mieux valait accompagner sa famille à l'est que de rester seul à Theresienstadt.

Il serra sa femme dans ses bras et, sentant son fils s'accrocher à ses jambes comme il le faisait depuis qu'il était petit, il comprit que lui aussi serait incapable de se séparer de sa famille. Il était hors de question d'accepter le *Familienzerreißung* ; il ne pourrait pas vivre ainsi.

XIII

En arrivant au QG du bataillon, Francisco rencontra Rolf. Il lui raconta que Tanusha et ses sœurs avaient disparu et sortit de sa poche le tract qu'il avait trouvé sur le lit.

— *Ach so !* s'exclama Rolf, reconnaissant la feuille. C'est une affiche de recrutement des *Schutzstaffel*, sergent.

— Les SS ?

— Oui. Ils distribuent ces tracts pour convaincre des soldats de différentes nationalités de se joindre à eux. – Il le regarda avec une expression étrange, incrédule. – Vous dites que vous avez trouvé ça sur votre lit, sergent ?

Francisco avait déjà compris. Quelque temps auparavant, il avait rencontré un officier flamand qui avait voulu le recruter ; il avait refusé et, quelques jours plus tard, il trouvait un tract de la SS sur son lit, Tanusha avait disparu et on lui avait confirmé qu'Olga et Margarita avaient été emmenées par les SS. Très probablement, Tanusha aussi. Mais si les sœurs avaient été arrêtées pour prostitution, quel rapport avec les SS ?

— Emmène-moi à la caserne des SS.

Comme la plupart des bâtiments de Pouchkine, le palais Alexandre, bien qu'extrêmement propre, était délabré. C'était un immense manoir, mais plus petit que le palais Catherine voisin. Apparemment, il avait été la résidence préférée du dernier tsar et sa première prison lors de la révolution bolchevique. Les forces d'occupation en avaient fait leur siège et les caves avaient été transformées en prison de la Gestapo.

Deux sentinelles montaient la garde à l'entrée principale et un grand drapeau nazi flottait sur le balcon central. Avec Rolf comme guide, il entra dans le bâtiment et monta au premier étage. Au secrétariat, ils n'obtinrent aucune information utile au sujet des Tsukanova ; le militaire à l'accueil ne savait pas de qui il s'agissait, et encore moins où elles pouvaient se trouver. Francisco se rendit compte qu'il devait commencer par le début.

— Il vaudrait peut-être mieux que je parle à l'officier qui a essayé de me recruter.

— Comment s'appelle-t-il ?

Bonne question. L'officier s'était présenté, bien sûr, mais le Portugais n'avait pas retenu son nom : comment aurait-il pu imaginer qu'un jour il en aurait besoin ?

— Je ne me souviens pas. – Il fit un effort de mémoire. – Je sais qu'il était d'un régiment belge avec un nom bizarre.

— Il y a des soldats flamands dans l'unité SS déployée dans la région. Ce sont les SS-Freiwilligen Legion Flandern.

— Exactement !

Le SS se leva, se dirigea vers un placard d'où il sortit le dossier de l'unité en question, et revint à sa place.

— Quel était son grade ?

— Lieutenant, je crois.

— Dans la SS, les grades sont différents, répondit le militaire. Je suppose que vous faites référence à un Oberleutnant.

— Oui, c'est ça.

Il ouvrit le dossier et le feuilleta. Après avoir trouvé les pages des officiers, il sortit celle des Oberleutnants qui faisaient partie de l'unité flamande. Il parcourut les lignes une à une.

— Bien, dans la SS Flandern, nous avons l'Oberleutnant Johann Fritz, l'Oberleutnant Herbert Neumann, l'Oberleutnant Kurt Schmidt, l'…

— C'était Schmidt !

Il referma le dossier.

— L'Oberleutnant Schmidt n'est pas là pour le moment.

— Où puis-je le trouver ?

Le militaire remit le dossier à sa place et indiqua le couloir.

— Attendez dehors.

L'attente dans le couloir du palais se prolongeait. Cela faisait presque deux heures qu'ils étaient là et leur homme n'arrivait pas. Francisco montrait des signes croissants d'inquiétude, et Rolf retourna au secrétariat pour interroger à nouveau le soldat. Alors que le sergent était seul, il entendit des pas dans l'escalier. Il se retourna et vit un officier vêtu de gris qu'il reconnut.

— *Herr* Oberleutnant Schmidt ?

Le SS lui lança un regard vaguement triomphant, comme s'il avait gagné un pari.

— Que faites-vous par ici, sergent ? demanda-t-il avec un sourire malicieux. Ne me dites pas que vous êtes venu vous engager dans la SS…

— C'est à cause de mon amie, *Herr* Oberleutnant, déclara Francisco. Il semblerait que ses sœurs aient été emmenées aujourd'hui par des SS et ma fiancée a disparu. Je voudrais savoir si vous pouvez m'aider à éclaircir l'affaire.

Rolf apparut et, apercevant l'officier, le salua d'un *Heil Hitler !*. Après avoir rendu le salut, l'Oberleutnant Schmidt dévisagea le Portugais avec l'assurance de celui qui se sait maître de la situation.

— Je suppose, sergent, que vous faites référence aux prostituées qui menaçaient la pureté raciale de nos soldats dans ce bordel crasseux près de la cathédrale.

Les mots choisis par le SS embarrassèrent Francisco.

— Eh bien, les sœurs de ma fiancée… C'est-à-dire que les difficultés les ont amenées à… Eh bien, vous… vous comprenez, *Herr* Oberleutnant, dit-il, mal à l'aise. Je présume, d'après ce que vous venez de dire, que vous êtes au courant de ce qui se passe, *Herr* Oberleutnant.

— *Natürlich*, acquiesça-t-il. Toutes trois ont été arrêtées et vont faire l'objet d'un traitement spécial.

— Les trois ? demanda le sergent. Y compris ma fiancée ?

— Exact, répondit le SS.

— Mais pourquoi ? Tanusha n'a rien à voir avec les activités de ses sœurs, *Herr* Oberleutnant. Et puis l'armée allemande elle-même a des bordels où il se passe la même chose que chez les sœurs de Tanusha. Il est absurde de les accuser d'activités illégales.

Avec des mouvements lents et précis, l'Oberleutnant Schmidt commença à enlever ses gants, tirant sur le tissu au bout des doigts.

— Elles n'ont pas été arrêtées uniquement pour prostitution, sergent, dit-il en regardant ses gants, comme s'ils étaient plus importants que son interlocuteur ou l'affaire qui l'avait amené là. Elles ont été arrêtées parce qu'elles sont juives.

Le Portugais le regarda d'un air interrogateur.

— Juives ?

— Oui, juives. – Il passa au gant de l'autre main. – Vous ignorez, sergent, que les Juifs sont déportés et soumis à un traitement spécial ?

— C'est-à-dire… j'en ai entendu parler, bien sûr, mais… enfin, j'ai pensé que c'étaient des histoires. Je n'avais pas réalisé que c'était quelque chose de si… de si…

— C'est très grave, sergent, coupa le SS en le dévisageant à nouveau. Vraiment très grave. En outre, leur activité risquait de compromettre la pureté de la race aryenne. Il est immoral et illégal que nos soldats se mêlent à des sous-humains. Nous devions agir.

— Mais Tanusha n'a rien fait, *Herr* Oberleutnant. Elle n'était pas impliquée dans…

— Elle est juive et cela suffit.

— Suffit… pour quoi ?

Ayant fini d'enlever ses gants, l'Oberleutnant Schmidt inclina légèrement la tête en direction de son interlocuteur et serra les dents.

— Vous êtes idiot, sergent, ou vous vous moquez de moi ? dit-il avec dureté. Si elle est juive, il n'y a rien à ajouter. Elle doit être soumise à un traitement spécial.

Sentant qu'ils ne parlaient pas la même langue, Francisco ne sut que dire pendant quelques instants. Ces derniers mois, il lui était effectivement arrivé d'entendre des propos d'Allemands sur la menace juive et la nécessité d'en finir avec ce danger, mais il n'en avait jamais vraiment compris la portée. Il ne connaissait pas de Juifs, car il n'en avait jamais vu au Portugal, et il ne savait pas exactement quelle menace ils représentaient.

— Écoutez, je ne comprends rien à tout cela, dit-il. La seule chose que je sais, *Herr* Oberleutnant, c'est que Tanusha et ses sœurs ne faisaient rien de mal. Ce sont des personnes normales et…

— Je vois que vous êtes vraiment stupide, s'agaça l'officier SS. Les Juifs sont par définition une menace ! Ce sont eux qui ont provoqué cette guerre, en utilisant le capitalisme et le bolchevisme, deux créations juives ! Tout le monde le sait !

Le Portugais réalisa qu'il n'obtiendrait rien de cette manière. S'il voulait retrouver sa fiancée et les sœurs de celle-ci, il devait éviter la confrontation.

— Vous avez absolument raison, *Herr* Oberleutnant, concéda-t-il, complaisant. Mais je pense qu'il y a une erreur. Tanusha et ses sœurs ne sont pas juives.

— Bien sûr qu'elles le sont.

— Comment pouvez-vous le savoir, *Herr* Oberleutnant ?

— Leurs noms n'apparaissent ni dans le registre des églises, ni à l'état civil de Pouchkine.

— Mais elles ne sont pas de Pouchkine, *Herr* Oberleutnant. Elles vivaient à Sablino. Les registres s'y trouvent certainement, ou à Krasny Bor ou encore à Léningrad ou ailleurs, je ne sais pas. Mais pas à Pouchkine.

L'officier SS fit un geste d'impatience de la main.

— Cela n'a aucune importance. Elles ne sont pas enregistrées ici et elles n'ont pas pu prouver qu'elles ne sont pas juives. En cas de doute, nous devons partir du principe qu'elles le sont. Il vaut mieux éliminer dix innocents que de laisser échapper un coupable. Ce n'est qu'en obéissant à ce principe que nous pourrons être sûrs de la *Endsieg*, la victoire finale.

N'étant pas très doué pour les mots, Francisco resta sans réponse. Il n'était pas allé au-delà de l'école élémentaire, certainement comme le SS d'ailleurs. D'une certaine manière, il sentait que le raisonnement de l'officier ne collait pas et que quelqu'un de plus éloquent aurait été en mesure de le démonter. La seule chose qu'il savait, et avec certitude, c'est qu'il devait retrouver sa Tanusha.

— Vous avez peut-être raison, *Herr* Oberleutnant, dit-il, toujours conciliant, non par tempérament mais par nécessité. Mais pouvez-vous me dire où elles se trouvent, s'il vous plaît ?

— Elles ont été envoyées dans un *Einsatzgruppe*.

— Elles ne sont plus ici ?

— Non, confirma le SS. Dans deux jours elles seront soumises au traitement spécial.

Malgré sa bonne maîtrise de l'allemand, le sergent ne comprenait pas bien cette expression. *Einsatz*, il le savait, pouvait se traduire par « tâche » ou « travail », et *gruppe* par « groupe ». *Einsatzgruppe* signifiait littéralement « groupe de travail ». Quant à « traitement spécial », c'était une expression tout aussi ambiguë. En quoi ledit traitement était-il spécial ?

— *Herr* Oberleutnant, pouvez-vous m'expliquer ce que cela veut dire exactement ? Ma connaissance de l'allemand est encore limitée et…

L'officier fit signe à Rolf, qui assistait à l'entretien avec de plus en plus d'appréhension, lui confiant la tâche de répondre. Le soldat n'était pas soumis à la hiérarchie des SS, mais il était allemand et n'ignorait pas le pouvoir et l'influence de l'unité d'élite. Tirant Francisco par le bras, il s'éloigna de deux pas.

— C'est compliqué, lui dit-il à voix basse et dans son espagnol hésitant, une précaution pour pouvoir parler librement. La situation de ta fiancée est… est très difficile.

Francisco le regarda sans comprendre.

— Difficile comment ?

L'Allemand lança un regard furtif à l'Oberleutnant Schmidt, qui les observait avec une expression amusée, et baissa encore la voix.

— Les *Einsatzgruppen* sont des unités spéciales de la SS en Russie.

— Et alors ?

Rolf secoua la tête.

— Ce n'est pas bon.

— Qu'est-ce qui n'est pas bon ? – Il s'impatientait face à tant d'insinuations. – Explique-toi, bon sang !

Le soldat se domina.

— Les Einsatzgruppen sont… des unités d'extermination.

Ce dernier mot suscita une moue étonnée chez son interlocuteur, comme s'il abordait une question hors sujet.

— Extermination de quoi ? Quel rapport avec ce dont on parle ?

— Extermination des Juifs, sergent. Les Einsatzgruppen exterminent les Juifs, ici, en Russie.

Francisco le regarda, bouche bée.

— Ils exterminent les parasites qui contaminent les Juifs ?

L'Allemand secoua la tête avec véhémence.

— Non, sergent. Ils tuent les Juifs. Ils les rassemblent et les fusillent.

— Quoi ?!

— Vous comprenez la gravité de la situation, sergent ?

— Tu veux parler d'opposants juifs ?

— De civils, sergent, corrigea-t-il en soulignant les mots. Vieillards, femmes, enfants. Ils les tuent tous. C'est ce que font les Einsatzgruppen de la SS. L'extermination des Juifs.

Francisco accueillit les paroles de Rolf avec une totale incrédulité. Le Portugais regarda son subordonné comme s'il était fou, de tels propos n'avaient aucun sens. Tuer quiconque s'attaquait aux forces allemandes ou s'opposait à elles était une chose. Mais… des femmes et des enfants ?

— Arrête tes conneries…

Il n'était pas prêt à avaler tout ça.

— C'est sûr et certain, sergent. Ce n'est pas une blague.

Le soldat allemand avait prononcé ces mots avec une telle conviction et il avait l'air si inquiet que Francisco commença à comprendre qu'il était sérieux.

— Tu es sûr de ce que tu dis ?

— Absolument, sergent. J'ai vu l'Einsatzgruppe tuer des Juifs. Ils le font beaucoup, ici en Russie. Beaucoup, vraiment beaucoup.

— Tu l'as vu ?

— Oui, sergent. – Il désigna ses yeux bleus. – De mes yeux.

— Tanusha a été envoyée à la mort ?

— Oui, sergent.

Ce n'était pas possible, ça ne pouvait être qu'une blague entre légionnaires. Mais Rolf l'avait affirmé avec une telle conviction qu'il se tourna vers le SS.

— *Herr* Oberleutnant, il dit que vous allez les fusiller…

Il espérait encore que l'Oberleutnant Schmidt démentirait tout cela et que tout s'éclaircirait enfin, mais malgré l'évidence d'une telle folie, l'officier ne nia pas la déclaration ni n'afficha le moindre trouble, comme si ce qu'il venait de lui dire était une chose normale.

— Elles seront soumises au traitement spécial.

— *Aber, Herr* Oberleutnant, qu'est-ce que c'est que ça ?

Le SS désigna Rolf.

— C'est ce qu'il vous a expliqué.

— Il m'a parlé de les fusiller…

— C'est ce qu'il vous a expliqué.

Alors, et alors seulement, le Portugais se rendit compte que c'était bien la vérité. Tanusha et ses sœurs allaient être fusillées. Il lui suffit d'un bref instant pour prendre toute la mesure de ce qu'il venait d'entendre, mais lorsqu'il le comprit, son visage s'empourpra et une fureur incontrôlable s'empara de lui.

— Vous êtes fou ? rugit-il en portugais, hors de lui, se précipitant vers l'officier. Qu'est-ce que…

Réalisant ce qui allait se passer, Rolf le saisit par-derrière pour l'arrêter.

— Non, sergent !

— … c'est que ces conneries, bordel de merde ! Je vais te foutre une…

Le légionnaire allemand était costaud, mais il ne parvenait pas à arrêter Francisco qui fonçait sur le SS comme une locomotive.

— Sergent, arrêtez !

— … raclée dont tu te souviendras, espèce de fils de pute ! Je vais…

— Négociez avec lui, sergent ! cria Rolf, toujours en espagnol, s'efforçant à la fois de l'arrêter et de le dissuader de commettre une folie. Négociez avec lui. C'est la seule façon de la sauver !

En dépit de la colère, une partie de l'esprit du Portugais continuait de raisonner et il entendit son subordonné ; réalisant que frapper un officier SS n'était probablement pas la meilleure des stratégies, il se retint.

— Je négocie quoi ? demanda-t-il, s'arrêtant momentanément. Qu'y a-t-il à négocier ?

— Vous vous souvenez du tract que vous avez trouvé sur votre lit ? La dame du secrétariat m'a dit que Schmidt a jusqu'à dimanche pour atteindre son quota. Tout ça concerne le recrutement, vous comprenez ? Il a un quota et il doit absolument recruter des SS, même de force. C'est pour ça qu'il les a emmenées. Pour vous obliger à vous enrôler. Voilà ce qui se passe. C'est tout !

L'argument de Rolf était on ne peut plus sensé. Se ressaisissant, le Portugais recouvra son calme, seule manière de gérer la situation. Rassuré, Rolf le laissa. Francisco se redressa et ajusta son uniforme avant d'affronter à nouveau l'officier SS.

— *Herr* Oberleutnant, pouvez-vous empêcher que ma fiancée et ses sœurs soient fusillées ?

Conscient qu'il avait gagné la partie, l'officier SS sourit. Il lui suffisait de poursuivre la conversation habilement.

— Ce n'est pas impossible, dit-il, se donnant un air désintéressé. Mais ce ne sera pas facile. Par ordre du Reichsführer-SS, nous devons éliminer la menace que représentent les Juifs pour la sécurité du IIIe Reich. Cet ordre doit être exécuté, coûte que coûte.

— Mais il n'est pas impossible d'empêcher l'exécution…

— Le Reichsführer-SS a également ordonné que de bons soldats étrangers soient recrutés dans la SS, ajouta l'officier sur un ton sibyllin. Étant donné que dans certaines circonstances, ces deux ordres peuvent être contradictoires, c'est à nous, sur le terrain, de trouver des solutions adaptées. Et de cela, nous pouvons parler. Comment concilier l'ordre de soumettre les Juifs à un traitement spécial, et celui de recruter des soldats étrangers dans la SS ? Telle est la question. – Il cligna des yeux. – Vous avez une idée ?

Le Portugais ne savait pas qui était le Reichsführer-SS dont son interlocuteur parlait avec tant de vénération, et cela n'avait aucune importance. L'essentiel était qu'ils avaient atteint le point crucial de la négociation. L'Oberleutnant Schmidt avait dit ce que Rolf avait prévu qu'il dirait. À présent, il incombait à Francisco de faire sa part.

— Si je m'inscris dans la SS, *Herr* Oberleutnant, les relâcherez-vous ?

À sa grande surprise, son interlocuteur secoua la tête.

— *Unmöglich*, dit-il de manière péremptoire. Impossible.

— Pardon ?

— On ne peut pas laisser les Juifs en liberté.

— Mais, *Herr* Oberleutnant, elles ne sont pas juives, affirma Francisco, recommençant à s'énerver. Elles n'ont rien fait de mal et vous ne pouvez pas les tuer !

Le SS prit un air songeur, faisant semblant de considérer le problème.

— Je reconnais qu'il n'est pas indubitablement établi que les dames en question soient juives, dit-il, comme s'il arrivait à cette conclusion après mûre réflexion. Je ne peux ignorer cet argument et je le ferai valoir auprès de l'Einsatzgruppe. – Il se frotta le menton, toujours pensif. – Je peux leur dire qu'il faudra peut-être reporter le traitement spécial.

— Qu'est-ce que cela signifie, *Herr* Oberleutnant ? demanda le sergent sans déguiser son inquiétude. Que vous ne les fusillerez pas ?

— Le traitement spécial sera suspendu en attendant la confirmation de l'origine raciale des dames, confirma-t-il. Étant donné qu'on ne dispose pas de tous les documents, il est probable que l'enquête durera plusieurs années.

En d'autres termes, pensa Francisco avec soulagement, Tanusha et ses sœurs vivraient.

— Et entre-temps, que leur arrivera-t-il, *Herr* Oberleutnant ? voulut-il savoir, conscient que le diable se cachait dans les détails. Elles seront libérées ?

L'officier le surprit de nouveau par un refus catégorique.

— Étant soupçonnées d'être juives, elles ne peuvent être laissées en liberté. J'ai le pouvoir de suspendre indéfiniment le traitement spécial, c'est vrai, mais je crains de ne pas pouvoir les libérer. Ce serait une violation directe des ordres du Reichsführer-SS.

Francisco ne le lâcha pas des yeux.

— Êtes-vous en train de dire qu'elles seront emprisonnées pendant plusieurs années ?

— Ce sont les ordres du Reichsführer-SS en cas de doute. Je ne peux pas aller à l'encontre de ces ordres. La devise des SS est « La loyauté est mon honneur ». Aucun d'entre nous ne saurait désobéir.

Les bras croisés, Francisco le regarda fixement.

— Vous n'imaginez pas ce qui pourrait se passer si vous touchez à un seul cheveu de ma Tanusha, grogna-t-il sur un ton menaçant. Laissez-moi le dire autrement. S'il lui arrive quoi que ce soit, vous aurez de graves ennuis avec moi, très graves. Je ne suis pas homme à rester les bras croisés, je préfère vous prévenir, et Rolf le sait. En revanche, si vous la libérez, non seulement je m'engagerai dans la SS, mais je suis convaincu que je pourrai convaincre six ou sept camarades de la Division bleue d'en faire autant. Il me semble que ce serait très avantageux pour le quota de recrutement que vous devez atteindre d'ici dimanche. – Il pencha la tête sur le côté. – Qu'en dites-vous ?

La menace implicite du Portugais n'intimida pas une seule seconde l'officier SS. En revanche, la promesse qu'il amènerait avec lui d'autres recrues dans la force d'élite avait plus de poids. L'engagement de six ou sept Espagnols et Portugais dans la SS réglerait définitivement son problème.

— Comme je vous l'ai dit, je ne peux pas violer les ordres du Reichsführer-SS, insista-t-il. Je crois cependant que nous pouvons parvenir à un compromis qui, bien qu'il ne satisfasse pas pleinement toutes les parties, présente des avantages non négligeables.

— Je suis tout ouïe, *Herr* Oberleutnant.

— Si je comprends bien, votre principal souci est d'être avec votre fiancée. C'est bien ça ?

— Oui…

— Quant à nous, notre intérêt est de vous avoir dans la SS. Nous prévoyons de former deux compagnies espagnoles et de les déployer sur le front russe. Cependant, si vous intégrez ces unités, vous ne pourrez évidemment pas être avec votre fiancée. C'est pourquoi je suis prêt à ne pas vous affecter aux Waffen-SS, mais dans les SS-Totenkopfverbände. Ce serait un compromis intéressant. La situation ici, sur le front russe, étant vraiment compliquée, on a commencé à transférer vers les zones de combat des unités de SS-Totenkopfverbände qui étaient auparavant dans les *Katzet*. Ce qui signifie que maintenant nous manquons d'hommes pour gérer les Katzet. – Il le désigna. – C'est là que vous seriez affecté. – Il haussa les sourcils, très content de lui. – Génial, non ?

Francisco ne comprenait pas le côté génial du plan. À vrai dire, il ne le comprenait pas du tout.

— Désolé, *Herr* Oberleutnant, c'est quoi ces *SS-Toten-je-ne-sais-quoi* et ces *casse-tête* ?

— *Katzet*, c'est comme ça que nous disons : KZ, c'est-à-dire les *Konzentrationslager*, expliqua l'officier. L'appellation officielle est KL, mais nous disons KZ ou Katzet. Et les SS-Totenkopfverbände sont les unités SS chargées de gérer les Katzet. C'est clair maintenant ?

— *Konzentrationslager* ? Les camps de concentration ?

— *Genau*, confirma l'Oberleutnant Schmidt. Au lieu d'être affecté dans une unité SS ici, sur le front russe, vous iriez dans une unité SS dans les Katzet.

— Et ma fiancée ?

— Je ne peux pas la libérer, je vous l'ai déjà expliqué. – Il leva un doigt, pour émettre une réserve. – En revanche, je peux l'envoyer dans un Katzet. – Il désigna le Portugais comme s'il parachevait sa démonstration. – Le Katzet où vous seriez affecté.

— Cela signifie que ma fiancée et moi serions dans le même camp de concentration, moi en tant que garde et elle comme prisonnière ?

Un sourire éclaira le visage de l'officier SS.

— N'est-ce pas un plan génial ?

Francisco considéra la proposition.

— Et ses sœurs ?

— Elles iraient dans le même Katzet, bien sûr.

Le sergent s'imagina dans une prison, en train de regarder Tanusha et ses sœurs à travers les barreaux d'une cellule.

— Mais c'est complètement absurde !

L'Oberleutnant Schmidt haussa les épaules.

— C'est ce que j'ai de mieux à vous offrir. Si vous acceptez, elle vivra et vous pourrez être près d'elle. Si vous refusez, vous ne la reverrez plus jamais. C'est aussi simple que ça.

— C'est une opportunité, sergent, murmura Rolf en castillan. Profitez-en. L'Oberleutnant ne vous a fait cette proposition que parce qu'on lui met la pression avec les quotas de recrutement, mais il ne peut pas faire plus.

Pour Francisco, la solution était loin d'être satisfaisante. Mais, il devait être objectif, cela pourrait être bien pire. Avec ce compromis, il sauverait Tanusha et passerait le reste de la guerre avec elle, même s'il ne pourrait pas la faire libérer. Avec un profond soupir, il regarda l'Oberleutnant Schmidt, sa décision était prise.

— Où dois-je signer ?

Ébauchant un sourire de satisfaction, l'officier SS faillit lui serrer la main.

— Excellent ! s'exclama-t-il en se frottant les mains.

Les deux visiteurs accompagnèrent l'Oberleutnant jusqu'à un bureau au bout du couloir. D'après les affiches accrochées aux murs, dont l'une était identique à celle qu'il avait trouvée quelques heures plus tôt sur son lit, Francisco comprit que c'était le bureau de recrutement de la SS. L'officier allemand sortit un formulaire d'un tiroir, remplit les parties qui lui incombaient et le lui remit, désignant un espace sur la dernière page.

— Signez ici.

Francisco ne pouvait pas comprendre et demanda à Rolf de lire le formulaire. Le subordonné vérifia le texte et fit un geste affirmatif.

— C'est bon. Tout est OK.

Le Portugais prit le stylo que l'officier SS lui tendait et griffonna sa signature.

— Toutes mes félicitations ! le félicita l'Oberleutnant Schmidt. À partir de maintenant, vous êtes un *Anwärter* de la SS. Un candidat. Vous suivrez une courte formation dans un camp d'entraînement, puis direction le Katzet où, dès demain, nous enverrons votre fiancée et ses sœurs.

— Où est-ce ?

Le SS feuilleta le formulaire et trouva la page qu'il cherchait. Il tendit la feuille à la nouvelle recrue et indiqua la destination qu'il avait lui-même écrite quelques instants auparavant.

— En Pologne.

Troisième partie

PRÉLUDE À LA MORT

Ah ! Ah !
Mort ! Mort !
Tu souhaiteras la mort.

Aleister CROWLEY, *Le Livre de la loi*

I

Cela faisait deux jours que les Levin, comme tous les déportés entassés dans le wagon, n'avaient pas vu la lumière, exception faite de la légère lueur du jour qui pénétrait par les fissures dans les planches et quatre petites ouvertures sur l'extérieur protégées par du fil de fer barbelé. Leurs yeux avaient dû s'habituer à l'obscurité totale la nuit et à la pénombre le jour.

Levin ne comprenait pas comment les Allemands pouvaient traiter les gens de cette façon. C'était le deuxième voyage qu'ils faisaient en tant que déportés, et celui-ci n'avait rien à voir avec le premier. Certes, celui effectué quelques mois auparavant de Prague à Theresienstadt avait été pénible ; onze heures enfermés dans une voiture à voyageurs, sans rien à manger, ce n'était pas normal, mais cela avait été une promenade de santé à côté de ce nouveau transfert. Non seulement une soixantaine de personnes étaient enfermées dans le noir depuis deux jours, dans un wagon dont les portes étaient verrouillées par des cadenas extérieurs, mais le train dans lequel ils effectuaient le fameux transport vers l'est n'était constitué que de wagons à bestiaux. Des wagons à bestiaux ! Les Allemands avaient enfermé des hommes et des femmes, y compris des personnes âgées, des malades et des enfants, dans des wagons à bestiaux !

Les enfants pleurnichaient sans cesse, au début de toutes leurs forces puis, les dernières vingt-quatre heures, avec moins d'intensité, tandis que les malades gémissaient. Tout le monde avait soif et faim. C'était l'hiver et il faisait incroyablement froid. Comprimés les uns contre les autres, tous ces corps avaient au moins un avantage, ils généraient de la chaleur.

— Grand-mère ?

La voix de la petite fille, venue de quelque part sur sa gauche, tira Levin de ses pensées.

— Laisse, Zdanka, murmura quelqu'un. Grand-mère n'est plus parmi nous…

— Grand-mère ?!

Un silence pesant répondit aux sanglots de la fillette. C'était le deuxième décès depuis le début du voyage. Levin regarda son fils, blotti à ses pieds ; il s'était endormi une demi-heure plus tôt, quand il lui avait chanté l'une de ses chansons préférées en ladino, et dormait toujours. Puis il regarda Gerda qui semblait dormir debout tant elle était épuisée elle aussi. Apparemment, ils ne s'étaient pas rendu compte de la mort de la vieille dame et c'était sans doute mieux ainsi. La priorité à ce moment-là était de se reposer. Le wagon étant bondé, il n'y avait pas de place pour tout le monde par terre et les occupants ne s'asseyaient qu'à tour de rôle. Ce n'était pas le tour des Levin. Heureusement, il y avait les petites ouvertures entre les planches. Elles permettaient de jeter des choses dehors et, en plus de laisser entrer l'air, elles permettaient de comprendre dans quelle direction allait le train. D'après la position du soleil, ils se dirigeaient effectivement vers l'est. Ils avaient dépassé Prague et Ostrava et, ces dernières heures, ils avaient vu des panneaux en polonais sur les quais des gares.

Parfois, le train s'arrêtait dans une gare, mais les portes restaient fermées, ou alors en rase campagne, et il passait là des heures, immobile. La plupart du temps, cependant, c'étaient les autres trains, aux wagons parfois chargés de tanks ou d'autres matériels militaires destinés au front russe, qui attendaient que le convoi de Theresienstadt passe. Apparemment, leur train était prioritaire par rapport à ceux impliqués dans l'effort de guerre. Comment était-il possible que, pour les Allemands, un simple transport de Juifs soit plus important que les approvisionnements destinés aux troupes ?

Cela faisait déjà quelques heures que Levin sentait son estomac se contracter. Malgré ses efforts pour contrôler ses intestins, il comprit qu'il ne tiendrait plus bien longtemps. Soit il parvenait à se soulager dans la minute même, soit il n'avait d'autre choix que de faire ses besoins devant les siens. Ne pouvant se résigner à cette dernière éventualité, il s'enfonça dans la masse compacte des gens et tenta de se frayer un chemin.

— S'il vous plaît, demanda-t-il. Excusez-moi.

— Attention, idiot !

— Regardez où vous mettez les pieds !

Le voyage avait mis les déportés sur les nerfs et leur patience était à bout ; la moindre contrariété provoquait des réactions démesurées.

— Je suis désolé, mais j'ai besoin de passer.

— Où diable pensez-vous aller ?

— J'ai une urgence, il faut que j'utilise le… le seau.

La réponse éclaira tout le monde. Bien que serrés les uns contre les autres, les gens autour de lui s'écartèrent et, tout en grognant, s'arrangèrent pour le laisser avancer. Une fois dépassée la partie la plus compacte, la puanteur devint insupportable ; c'était là que se trouvait le seau, zone que les déportés évitaient.

Quand il arriva près du seau, Levin lança un regard dégoûté ; celui-ci débordait d'excréments. Il eut envie de vomir et regretta d'avoir attendu si longtemps car, s'il était venu plus tôt, il aurait trouvé le seau moins plein. À présent, il était trop tard. Il regarda autour de lui, recherchant une autre solution, mais il n'y en avait pas ; à moins qu'il ne choisisse de faire par terre, bien sûr. Il n'y avait aucun moyen d'éviter le récipient. Se résignant, il baissa son pantalon et, au milieu de tous ces gens, il s'accroupit comme il put au-dessus du seau immonde. Il n'eut aucun effort à faire pour libérer ses intestins ; c'était répugnant. Il ne lui fallut pas plus de vingt secondes. Dès qu'il fut soulagé, n'ayant rien pour s'essuyer, il se redressa et remonta son pantalon. Il se sentait mieux, bien que sale et humilié. Sa seule consolation était que tous ceux qui se trouvaient dans le wagon avaient tourné le dos pour qu'il ait un peu d'intimité.

Le fait est que personne n'était responsable de ce qui se passait. À la gare de Theresienstadt, les SS les avaient entassés dans le wagon en leur donnant seulement deux seaux, l'un pour faire leurs besoins, l'autre rempli d'eau, et un pain par personne. C'était avec ça, et rien que ça, qu'ils avaient vécu ces trois derniers jours.

— Eh, l'ami, vous voyez bien que le seau est plein, lança l'une des personnes les plus proches de lui, sur un ton de reproche. Vous devez le vider.

Le récipient était effectivement plein à ras bord et, selon les règles non écrites du wagon, le dernier utilisateur, Levin en l'occurrence, avait l'obligation de le vider. Résigné, il saisit le seau par l'anse répugnante et, retenant son souffle, le porta jusqu'à l'une des minuscules fenêtres. Les gens lui ouvrirent un passage avec plus d'empressement que lorsqu'il était venu. Après s'être retourné un instant pour reprendre son souffle, il bloqua sa respiration, leva le seau et vida le contenu dehors à travers les barbelés, en prenant soin de le faire vers l'arrière du train.

Il posa ensuite le seau, puis revint vers les siens en espérant ne pas être trop répugnant. Sa femme l'accueillit avec un sourire forcé. Elle voulait le consoler, lui dire que tout allait bien et qu'il n'avait pas à avoir honte.

— Tu n'as touché aucun Allemand ?

Levin apprécia la tentative.

— Pas cette fois, répondit-il avec un léger sourire.

Gerda faisait référence à un épisode survenu la veille. Depuis qu'ils avaient commencé à utiliser le seau, les voyageurs s'essuyaient avec du papier kraft qui avait servi à emballer de la nourriture et que quelqu'un avait apporté de Theresienstadt. Mais à force d'être utilisé, le papier devint aussi dégoûtant que le seau. Il finit par devenir inutile et, lorsque le train s'arrêta dans une gare, quelqu'un le jeta par la fente de la fenêtre. C'est alors qu'un soldat allemand, casqué et armé d'un fusil à baïonnette, intrigué par cette chose étrange qui traînait par terre, avait eu la brillante idée d'y enfoncer sa baïonnette puis de la prendre avec les mains.

Les quelques passagers qui regardaient par la petite ouverture et avaient assisté à la scène en firent le récit, celui-ci se répandit comme une traînée de poudre dans le wagon ; ce fut le seul moment de joie tout au long de l'interminable voyage.

La nuit était tombée depuis deux heures déjà et tous étaient plongés dans l'obscurité totale lorsque la voix d'une femme, entonnant une vieille berceuse pour endormir sa fillette de cinq ans, résonna dans le wagon :

Eine Rosa Krinoline
kauf ich dir, mein Kind,
wenn wir…

Le train se mit à ralentir et la mère se tut. Tout le monde prêta aussitôt attention, essayant de comprendre ce qui se passait. Ils étaient tellement habitués à l'obscurité absolue que la moindre lumière leur permettait de distinguer les silhouettes, et ceux qui se tenaient près des ouvertures purent deviner ce qui se passait dehors.

— Des lumières ! s'exclama l'un des déportés penchés à la fenêtre. Nous arrivons dans une gare !

Ils entendirent le crissement caractéristique des freins et le train ralentit encore. Quelques instants plus tard, il roulait lentement, comme s'il soufflait, épuisé. Une lueur s'infiltra par les fissures entre les planches du wagon, déchirant les ténèbres qui les enveloppaient depuis que la nuit était tombée, trois heures auparavant. Le train s'ébroua dans un dernier frisson avant de se figer. Un silence plein d'inquiétude s'installa dans le wagon.

— Que se passe-t-il ? demanda quelqu'un. Où sommes-nous ?

— Dans un patelin quelconque, répondit un homme près d'une fenêtre. Mais je ne vois pas de panneaux, je ne sais pas où on est. On ne voit que des lumières. Beaucoup de lumières.

Ils attendirent, silencieux. Au cours des derniers jours, ils s'étaient arrêtés dans plusieurs gares avant de repartir, sans que rien de particulier ne se produise. Cela pouvait être le cas une fois de plus. Très probablement, le train repartirait. Ils se sentaient épuisés, affamés et très assoiffés. Deux vieillards étaient déjà morts dans le wagon et ils voulaient sortir de là. Rien ne pouvait être pire que ce maudit train.

Ils entendirent des voix et des chiens qui aboyaient. Prêtant l'oreille, ils réalisèrent que des ordres étaient criés en allemand, mais de l'intérieur du wagon, il était impossible de comprendre ce qui se disait. Tout à coup, ils entendirent un son métallique, on déverrouillait la porte. Il y eut un claquement final suivi d'une courte pause.

— Et maintenant ? murmura Gerda inquiète. Est-ce que… ?

La porte s'ouvrit brusquement et une lumière vive inonda l'intérieur du wagon, éblouissant les déportés habitués à l'obscurité.

— *Raus !* cria un homme en allemand. Dehors ! Tout le monde dehors !

— *Schnell ! Schnell !* ordonna un autre. Vite ! Vite ! Dehors ! On se dépêche !

Les chiens aboyaient furieusement et les Levin sentirent l'espace autour d'eux se vider dans un grand tumulte ; les gens commençaient à sortir. On entendait des ordres en allemand et des bruits secs mêlés aux cris. Au milieu de cette confusion d'ombre et de lumière, ils discernèrent des silhouettes qui tabassaient les déportés quand ils sortaient du wagon.

— *Schnell ! Schnell !*

Les hommes qui frappaient ainsi étaient des soldats SS ; ils cognaient de tous côtés avec des matraques, frappant sans discernement vieillards, hommes, femmes, enfants. Certains riaient même. Pas de loi ici, ou s'il y en avait une, c'était celle dictée par des hommes qui pouvaient tout se permettre. Les chiens aboyaient, les vieillards s'effondraient sous les coups, les enfants hurlaient d'effroi ; le chaos s'était installé, sorti de nulle part. Sidéré, Levin demeura quelques instants paralysé, ne comprenant pas ce qui se passait, ne sachant que faire, n'ayant aucune idée de l'endroit où ils se trouvaient, jusqu'à ce que son tour arrive et, prenant les valises et protégeant sa femme et son fils de ses bras, il se dirigea vers la porte du wagon afin de sortir au plus vite, car plus il y avait de monde, plus ils avaient de chances d'échapper aux coups de matraques.

— *Raus, Juden ! Raus !*

Il reçut un coup à l'épaule en essayant de protéger Peter ; il gémit de douleur mais ne s'arrêta pas et avança jusqu'à ce qu'il saute dehors. L'air glacé lui gifla le visage et enveloppa son corps, tandis qu'une étrange odeur de brûlé lui entrait par les narines. Ils se trouvaient sur le quai d'une gare. Les déportés, effrayés et désemparés, à demi aveuglés par toute cette lumière, ne comprenant pas ce qui se passait, se bousculaient comme du bétail dans un enclos. Au-dessus d'eux, des flocons de neige tombaient lentement ; Levin les regarda avec étonnement jusqu'à ce qu'il se rende compte que ce n'était pas de la neige mais des cendres.

— Posez vos bagages ! commanda un SS. Plus vite ! Laissez vos valises et mettez-vous en rang. Tout le monde, en rang par cinq ! *Schnell ! Schnell !*

Voyant tous les dix mètres des SS qui hurlaient ou les dévisageaient en tenant en laisse des chiens furieux, et désorientés par les halos de lumière dans un lieu qu'ils ne connaissaient pas, les déportés obéissaient en silence, intimidés, semblables à un troupeau. Les valises étaient posées sur le quai jusqu'à former un véritable tas ; les Levin allaient aussi devoir laisser les leurs. Ils ne savaient pas comment ils les récupéreraient, mais ni Levin ni Gerda n'osèrent poser la moindre question, sachant que les chiens et les bastonnades attendaient ceux qui se manifestaient.

— *Los ! Los !* insista un SS qui passait à côté d'eux en balançant son bâton d'un air menaçant. Allez ! *Los !*

Après avoir posé les valises qu'il avait apportées de Theresienstadt, Levin s'aperçut qu'elles étaient chargées sur des chariots par des hommes aux cheveux en brosse et portant des uniformes aux rayures gris-bleu, semblables à des pyjamas, avec des étoiles jaunes à six branches sur la poitrine. La plupart de ces prisonniers juifs marchaient en silence, mais il entendit certains échanger quelques mots et comprit qu'ils parlaient polonais. Bien qu'il ne connût pas cette langue, il espérait qu'ils comprendraient le tchèque, puisque c'étaient deux langues slaves assez proches, et il risqua une question.

— Où sommes-nous ?

L'homme hésita avant de répondre dans un murmure discret.

— Oświęcim.

Le nouveau venu n'avait jamais entendu ce nom, se demandant même s'il avait bien compris, mais il n'insista pas, c'était trop risqué. Où que se trouvât cet endroit étrange, il semblait évident que c'était quelque part en Pologne et qu'ils avaient atteint leur destination finale. Obéissant aux ordres des SS, il se mit dans le rang sur le quai avec sa femme et son fils et, bien qu'effrayé, essaya de les rassurer.

— Nous sommes arrivés, murmura-t-il à l'intention de Gerda. Au moins le voyage est terminé. Tout est préférable au train.

Sa femme ne répondit pas, tant elle était terrifiée. Levin n'ajouta rien de plus, craignant d'être entendu. Ses yeux s'étant habitués à la lumière, il regarda autour de lui pour essayer d'en apprendre le plus possible. La nuit était profonde, mais il pouvait voir une succession d'ampoules suspendues à des barbelés tendus entre des poteaux inclinés en ciment, formant de vastes périmètres rectangulaires qui s'étendaient sur plusieurs kilomètres, ainsi que des miradors équipés de projecteurs qui balayaient les rangées successives de baraquements de bois à l'intérieur de ces rectangles. Il discerna une tour qui se profilait un peu plus loin et, au-delà, une flamme très haute qui léchait la nuit. C'était une cheminée et elle était en activité.

— Tout le monde en ligne ! brailla un SS. Allez ! Tous en rang ! *Schnell ! Schnell !*

Il regarda l'officier allemand qui donnait des ordres aux nouveaux venus et, juste à côté de lui, il vit le nom de la gare écrit sur un panneau : ce n'était plus Oświęcim en polonais, le nom que le prisonnier lui avait soufflé quelques instants auparavant, mais l'équivalent en allemand.

Auschwitz.

II

Un halo orangé rompait les ténèbres, ponctuant l'horizon d'une lueur rouge. Intrigué, Francisco passa la main sur le pare-brise de la voiture pour en enlever la buée ; il affûta son regard. Un bâtiment était-il en feu ? Ça ne ressemblait pas à une construction, mais plutôt à une torche géante. La flamme au sommet était énorme, plusieurs mètres de haut, et éclairait l'obscurité tel un phare.

Il regarda le chauffeur de la police militaire qui était venu le chercher à la gare de Katowice et constata qu'il n'avait pas du tout l'air inquiet. Soit il n'avait pas remarqué la flamme, soit il ne lui accordait aucune importance. Ce qui semblait absurde, le black-out durant la guerre étant général. Le chauffeur devait être distrait.

— *Entschuldigung*, lui demanda Francisco en désignant la flamme. Dites-moi, vous savez ce que c'est ?

Le chauffeur jeta un coup d'œil rapide dans la direction indiquée.

— Auschwitz.

En entendant ce nom, le Portugais fixa la lumière avec un œil neuf. C'était donc là que Tanusha avait été envoyée. Regardait-elle la même flamme en ce moment ? Après une si longue séparation, il allait enfin la retrouver. Depuis la dernière fois qu'il l'avait vue à Pouchkine, trois mois plus tôt, il était sans nouvelles d'elle, et il ne s'était pas attendu à en avoir dans le camp d'entraînement de la SS où il avait été envoyé. L'année 1943 était derrière lui et en janvier 1944, sa formation étant achevée, il avait été nommé à Auschwitz. Le camp où elle avait été envoyée. Le problème, c'était la flamme. Dans quel but les Allemands exposaient-ils le camp à la vue de l'ennemi ?

— C'est normal que le Katzet soit ainsi éclairé ?

— Ce n'est pas l'éclairage. C'est la flamme d'un *Krema*.

— Un quoi ?

— Un crématoire.

La réponse semblait couler de source, mais pour le Portugais tout semblait absurde.

— Pourquoi utilisent-ils le crématoire à cette heure ? voulut-il savoir. Ne serait-il pas préférable de l'allumer uniquement pendant la journée ?

— Ce sont les ordres.

— Mais l'aviation ennemie peut nous repérer à des centaines de kilomètres. On est une cible facile.

— Ce sont les ordres.

Le chauffeur lui parlait avec indifférence, et Francisco comprit qu'il n'obtiendrait rien de lui, mais il ne pouvait s'empêcher de réfléchir à ce non-sens. Alors que toutes les villes d'Europe étaient soumises à un black-out général, précisément pour gêner les raids aériens ennemis, Auschwitz était illuminée comme un sapin de Noël.

— Vous vous rendez compte que l'Armée rouge vient d'entrer en Pologne ? demanda-t-il, incapable de se contenir. Vous savez que les Russes approchent ?

— Si j'étais vous, je ferais attention à ce que je dis, *SS-Mann*, rétorqua le chauffeur en guise d'avertissement. C'est de la propagande défaitiste.

Propagande, mon cul ! fut tenté de répondre Francisco. Mais il ne le pouvait pas, l'information ne circulait que sur les radios des Alliés et parmi les unités allemandes qui étaient au front. Tout le monde savait que c'était vrai, bien sûr, mais il fallait prétendre que c'était juste de la propagande. Les Russes avaient pris Kiev le mois précédent et, quelques jours après le nouvel an, ils étaient entrés en Pologne. Et que faisaient les Allemands ? Ils illuminaient Auschwitz comme si c'était la tour Eiffel ! Dans d'autres circonstances, et surtout si Tanusha ne se trouvait pas là-bas, il en aurait ri. Quelle bande d'idiots !

L'inscription en lettres de fer *Arbeit macht frei*, suspendue au-dessus du portail, parut de bon augure à Francisco. « Le travail rend libre. » Il était arrivé dans un camp de travail. L'idée lui parut digne. Au lieu de laisser les prisonniers toute la journée sans rien faire, hormis intriguer et conspirer, les responsables d'Auschwitz les faisaient travailler. Quelle tâche avait bien pu être confiée à Tanusha ?

Mais la voiture ne franchit pas le portail. Elle continua tout droit et, à l'angle extérieur du camp, tourna à droite. Trois grands bâtiments en briques orangées comme celles qui se trouvaient dans le KL étaient alignés juste derrière les barbelés. Le véhicule s'immobilisa devant celui du milieu, et les deux hommes en descendirent. Il faisait très froid, probablement – 10 °C, et la neige accumulée sur le bas-côté, mélangée à la boue, formait une congère grise et peu avenante. Se hâtant de sortir de là au plus vite, Francisco s'approcha du bâtiment central.

— Nous sommes à Auschwitz I, le camp principal, ou *Stammlager*, expliqua le chauffeur en montant les escaliers jusqu'au premier étage. Voici le bâtiment de l'administration centrale.

— Vous avez dit Auschwitz I ? s'étonna le nouveau venu. Il y en a d'autres ?

— Le Katzet d'Auschwitz se compose d'une quarantaine de camps. Celui-ci est le principal, mais le plus grand, c'est celui où vous avez vu la flamme. Le nouveau commandant l'a récemment rebaptisé Auschwitz II, mais tout le monde l'appelle Birkenau. Après, il y a une série de camps de travail, notamment Auschwitz III, également appelé Monowitz, où est installée une usine d'IG Farben, et des dizaines d'autres, plus petits, qui se succèdent sur plusieurs kilomètres.

— Bon sang, c'est une ville…

— Une métropole.

Ils s'approchèrent du guichet du bureau du personnel et Francisco posa ses documents sur le comptoir. L'employé de service, un officier SS avec le grade de Hauptsturmführer, grisonnant et avec des rides de sexagénaire, consulta le document de transfert.

— Vous venez d'Heidelager !

Il tamponna le document du camp d'entraînement de la SS et le rangea dans un dossier. Puis il lui remit un formulaire. Le Portugais le parcourut du regard et hésita.

— Euh… excusez-moi, Hauptsturmführer, balbutia-t-il, évitant le *Herr* qui n'était pas utilisé dans la SS où prévalait l'esprit de camaraderie ; comme on le lui avait expliqué à Heidelager, cette formule de politesse n'existait que dans la Wehrmacht. Je parle allemand, mais l'écrire c'est autre chose.

L'employé fit une grimace ennuyée, mais il se mit à remplir lui-même le document. Il posa quelques questions au nouveau venu, en particulier au sujet de son identité et de son parcours professionnel, et nota toutes les données nécessaires. Lorsque le formulaire fut prêt, il le lui fit signer et se dirigea vers le placard pour le mettre dans un dossier. Puis il s'assit à un bureau, plaça une feuille dans la machine à écrire et tapa un texte. Après quoi il revint au comptoir pour la lui remettre.

— Demain, présentez-vous à la *Politische Abteilung* à 8 heures du matin avec ce formulaire, ordonna-t-il d'une voix monocorde. Étant donné que vous êtes portugais, vous devez le donner à l'Unterscharführer Broad, l'officier SS dont vous relevez.

Francisco trouva étrange qu'il dise « étant donné que vous êtes portugais » mais, voyant que l'homme semblait vouloir en finir le plus vite possible, il décida de ne pas insister. Cependant, il ne pouvait ignorer la référence au département de Broad, c'était apparemment son futur lieu de travail.

— *Politische Abteilung* ? s'étonna-t-il. Qu'est-ce que c'est ?

— Vous ne savez pas ce qu'est le département politique ? rétorqua l'Allemand sur un ton moqueur. Vous n'avez jamais entendu parler de la Gestapo ?

Le Portugais entrouvrit la bouche puis la referma, surpris ; il ne connaissait que trop bien la réputation de la police secrète.

— Je suis affecté à la Gestapo ?!

— C'est ce qui est écrit.

— Mais, Hauptsturmführer, je ne suis pas un policier, protesta-t-il. Je ne suis qu'un simple soldat de la SS, je suis venu ici pour…

Le préposé l'interrompit d'un coup de poing sur le comptoir.

— SS-Mann ! rugit-il. Qu'est-ce que ça signifie ? Depuis quand on conteste les ordres ? Un SS obéit et ne discute pas ! On ne vous l'a pas appris ?

— Naturellement, Hauptsturmführer, répondit le nouveau venu. Vous avez absolument raison, Hauptsturmführer. Loin de moi l'intention de remettre en question les ordres. – Il fit une grimace. – Je trouve juste que… enfin, il doit y avoir une erreur, c'est tout. Pourriez-vous vérifier, s'il vous plaît ? Je suis un soldat, je ne suis pas un policier… Quelqu'un a probablement fait une erreur et…

Le préposé se mit à tapoter le formulaire du bout de l'index.

— Il est écrit ici que vous devez vous présenter à la Politische Abteilung. Si c'est écrit, c'est parce que c'est comme ça.

— Je n'en doute pas, Hauptsturmführer. Mais pour autant que je sache, le nom officiel de la Gestapo est *Geheime Staatspolizei*, police secrète de l'État, ce n'est pas Politische Abteilung, département politique.

— Le département politique des Katzet relève de la Gestapo.

Francisco prit une profonde inspiration, s'avouant vaincu.

— Je vois.

C'était indéniable, ce SS n'aimait pas les complications. Sans ménagement, il lui remit un passe du KL Auschwitz.

— Ce passe vous permet de circuler uniquement dans le Stammlager, le camp principal. Pour pénétrer dans les autres camps, il vous faut une autorisation écrite de la hiérarchie. Votre logement se trouve dans les baraquements des SS, à l'extérieur du camp.

— *Danke*, Hauptsturmführer, remercia le Portugais. Mais je n'ai aucune idée de l'endroit où se trouvent les baraquements des SS ni la Gestapo. Je ne suis jamais venu ici, je ne connais rien.

L'homme ouvrit la bouche pour lui répondre sèchement, mais le chauffeur de la police militaire intervint.

— Laissez, Hauptsturmführer. Je vais lui montrer.

La nuit glaciale les accueillit à nouveau, mais pour Francisco elle était préférable à ce stupide préposé. Heureusement, la paperasse était terminée et il allait pouvoir se reposer après le long voyage qui l'avait mené du camp d'entraînement à Auschwitz. Il se dirigea vers la voiture.

— Vous voyez ce bâtiment ? lui demanda le chauffeur en montrant l'autre côté de la rue. C'est la Gestapo, où vous devez vous présenter demain.

L'obscurité ne permettait d'apercevoir que les contours de deux bâtiments. Le nouveau venu indiqua le plus éloigné, à gauche.

— Est-ce que celui-ci fait aussi partie de la Gestapo ?

Le chauffeur secoua la tête.

— C'est le Krema.

— Mais la flamme est éteinte…

Se tournant vers le bâtiment de l'administration centrale, d'où ils venaient de sortir, l'Allemand désigna la lueur rougeâtre qui s'élevait à l'horizon, de l'autre côté.

— Je vous ai déjà dit que la flamme que nous avons vue tout à l'heure était à Birkenau. C'est de ce côté-là.

— Ah bon. Il y a donc deux crématoires ici, celui-ci et celui de Birkenau.

— Cinq.

— Cinq ?!

— Un ici, à Auschwitz I, et quatre à Birkenau. Et il y a aussi des fosses à ciel ouvert pour davantage d'incinérations.

— Eh bien ! Et pourquoi tant de crématoires ?

— Auschwitz est le plus grand Katzet du IIIe Reich. Il y a des dizaines de milliers de personnes dans les différents camps de ce complexe, mais surtout à Birkenau. C'est une métropole, comme je vous l'ai dit. Avec autant de monde, on a besoin d'installations pour incinérer les corps, sinon ça poserait un problème.

— D'accord, mais cinq crématoires, c'est un peu trop, non ? Il meurt tant de gens que ça, ici ?

Le chauffeur ignora la question. Au lieu de cela, il désigna les barbelés derrière le bâtiment de l'administration centrale.

— Auschwitz I est situé au sein de l'enceinte clôturée. Tous les *Blocks* à l'intérieur sont pour les prisonniers. – Il indiqua le bâtiment à droite de celui de l'administration centrale. – Ça, c'est l'hôpital SS. Si vous avez un problème quelconque, c'est ici qu'il faut venir. Surtout, faites attention aux symptômes du typhus, qui est très fréquent à Auschwitz. – Il montra le Block de gauche. – Ici c'est la Kommandantur. – Puis le bout de la rue, dans la même direction. – Là-bas au fond se trouve la résidence du commandant. L'Obersturmbannführer Höss n'est plus là, il a été appelé à de plus hautes fonctions, mais sa famille continue d'y vivre.

La maison se trouvait à une certaine distance mais, même dans l'obscurité, Francisco se rendit compte que c'était une belle villa. Ils montèrent dans la voiture. Malgré le froid, elle démarra au quart de tour. Ils remontèrent la rue en passant devant la Kommandantur, jusqu'à ce qu'ils arrivent à une rue transversale à l'angle du camp. Ils tournèrent à droite et empruntèrent une route qui longeait Auschwitz I.

— Vous avez entendu l'employé qui s'est occupé de nous ? demanda le Portugais. Pas très aimable, vous ne trouvez pas ?

— Il est certainement venu ici à contrecœur, expliqua le chauffeur. La plupart des hommes des Katzet sont des SS-Totenkopf et on les transfère sur le front russe. Comme on manque de personnel à Auschwitz, on a commencé à faire venir des soldats plus âgés, des Waffen-SS, comme ce préposé. Ils recrutent aussi des SS étrangers, dont beaucoup atterrissent ici.

— Comme moi.

L'homme de la police militaire ne répondit pas. Après avoir contourné le camp d'Auschwitz I, ils longèrent des bâtiments de l'autre côté de la rue, que le chauffeur pointa du doigt.

— Voici la cantine SS et là l'usine à tabac et la boulangerie. – Trois Blocks apparurent aussitôt après et la voiture s'arrêta devant l'un d'eux. – Ici, ce sont les baraquements des SS.

Francisco descendit du véhicule et récupéra son sac dans le coffre. Quand il le referma, il entendit un au revoir, vit une main s'agiter et la voiture démarra, disparaissant dans la nuit.

En tant que SS-Mann, le grade le plus bas de la hiérarchie SS, Francisco n'avait droit qu'à une simple couchette dans le dortoir des gardiens. Le Scharführer de son Block lui indiqua l'endroit où il dormirait, un lit superposé dans un dortoir rempli d'autres couchettes, et le laissa à côté du casier où il rangea ses affaires. Dans le dortoir il y avait quelques dizaines de SS, certains étaient couchés, d'autres jouaient aux cartes ; presque tous fumaient ou buvaient ce qui semblait être de la vodka ou du schnaps. Quelques-uns avaient l'air ivres, ce qui surprit le nouveau venu. Il sortait d'un camp de formation où on lui avait seriné qu'un SS ne s'enivrait pas, que cela constituait une grave violation de la discipline, et voilà qu'il en croisait déjà qui étaient ivres morts.

Le soldat dans la couchette en dessous de la sienne, un SS-Mann comme lui, suspendit la lecture de la lettre qu'il tenait entre ses mains.

— *Heil Hitler !* dit-il en le saluant. Je suis Heinz. Tu es nouveau ici ?

— *Heil Hitler*, répondit le nouveau venu en sortant ses affaires de son sac. Je viens d'arriver.

En entendant la réponse, l'Allemand haussa un sourcil.

— Quel est cet accent ?

Francisco commença à mettre ses vêtements dans le casier. Il portait un pardessus et son premier uniforme, mais le second devait être bien rangé ; il l'accrocha à un cintre.

— Je suis portugais.

Le SS-Mann le regarda de haut en bas, comme s'il avait du mal à le croire. Puis il s'assit sur le bord de la couchette et éleva la voix.

— *He, Kameraden !* appela-t-il. Maintenant, ils recrutent des Portugais !

— Tu déconnes…

— Je suis sérieux ! – Il désigna Francisco. – Un SS-Mann portugais vient d'arriver !

Il y eut des rires.

— Tout est bon pour la SS ! observa quelqu'un. Quand mon oncle est entré à la Leibstandarte-SS, il y a quelques années, ils n'acceptaient que des candidats mesurant au moins un mètre quatre-vingt-quatre. Il a dû présenter des documents prouvant qu'il n'avait pas un seul ancêtre juif dans les trois ou quatre générations précédentes. Ils n'acceptaient que des Aryens purs.

— *Ach*, cette époque est révolue ! rétorqua un autre. À présent on a même des SS musulmans, tu te rends compte !

— N'importe quoi…

— Je suis sérieux ! Tu n'as pas entendu parler des SS-Handshar ? C'est la compagnie SS qu'ils ont formée dans les Balkans. Il y a plein de musulmans. Ils sont tout le temps le cul en l'air, tournés vers La Mecque. Et il y a aussi des SS tatars, cosaques, albanais, azerbaïdjanais… et je ne sais quoi encore. On dirait la foutue Société des Nations !

— Mais ces gars-là, ce ne sont pas des sous-hommes ?

— Les Ukrainiens aussi sont des sous-hommes et pourtant ils servent ici dans la SS, non ?

— Oui, c'est vrai. Et tu as vu ce que ça a donné l'année dernière, quand ces dégénérés ont tourné leurs armes contre nous !

— Les Ukrainiens ? demanda un autre sur un ton moqueur. Laissez-moi rire. On les appelle Ukrainiens, mais en fait la plupart sont russes. Ils venaient de l'Armée rouge, vous le saviez ? Une honte ! Comment des Russes, qui plus est de l'Armée rouge, peuvent-ils être dans la SS ? Il manquerait plus qu'on recrute cet enfoiré de Staline !

— Allons, *Kameraden* ! lança une nouvelle voix. Le plus important est de garantir la *Endsieg*, la victoire finale. Si pour ça la SS doit accepter des sous-hommes… eh bien, patience. On avisera après la victoire.

Ces commentaires n'étaient pas vraiment du goût de Francisco. Il savait que dans toutes les unités c'était difficile pour les nouveaux venus, car ils ne connaissaient personne et, en règle générale, ils avaient affaire à des groupes déjà constitués, avec leur esprit de corps ; mais c'était la première fois qu'on l'incluait explicitement dans la catégorie des sous-hommes. De plus, il ne savait pas exactement ce que cela signifiait. Qu'entendaient-ils par sous-hommes ?

Dans le dortoir, la conversation se poursuivait, les observations désobligeantes portant à présent sur les piètres performances au combat de certaines compagnies SS comprenant de soi-disant sous-hommes, mais le type de la couchette du bas s'en désintéressa et s'adressa à nouveau à Francisco.

— Et d'où viens-tu maintenant ?

Après tout ce qu'il avait entendu, le Portugais n'était pas très enclin à répondre, mais il ne pouvait pas se laisser marginaliser.

— Du camp d'entraînement militaire SS à Pustków. Avant, j'ai combattu à Léningrad avec la Division bleue et, avant ça encore, en Espagne avec la Légion étrangère.

L'information sembla impressionner l'Allemand.

— *Ach so*, les Espagnols ! s'exclama le SS-Mann. Le Führer a dit énormément de bien de votre unité. Il paraît que vous dormez beaucoup, mais que vous êtes des durs à cuire.

Francisco accrocha une ceinture et deux cravates à un crochet cloué à l'intérieur de la porte du casier. Puis il plaça une assiette, un verre, des couverts et un petit pot de compote dans un petit espace à gauche, et son casque en acier en haut du casier.

— Nous combattons en dormant.

Le compagnon de couchette regarda la lettre dont il avait interrompu la lecture, se demandant s'il devait ou non la reprendre.

— Dis donc, tu as faim ?

La question fut posée sur un ton étonnamment amical. Ayant fini de ranger ses affaires, Francisco regarda son camarade.

— Je suis affamé.

La cantine de la SS était encore ouverte, malgré l'heure tardive. Elle remplissait une vaste salle, avec de nombreuses tables, certaines occupées par des soldats qui mangeaient ou bavardaient tout simplement. Après avoir choisi un endroit, Heinz conduisit son nouveau camarade à une table immense couverte de nourriture.

— Sers-toi à volonté.

Francisco demeura bouche bée, contemplant la table. Il y avait de tout. Depuis plus d'un an, il s'était habitué aux maigres rations de combat de la Division bleue, ainsi qu'au régime du camp d'entraînement de la SS, en l'occurrence du pain et des saucisses. Exceptionnellement, l'ordinaire était amélioré, comme pour Noël avec l'Aguinaldo espagnol. Ici, cependant, la nourriture était non seulement variée mais abondante ; c'était comme un super Aguinaldo. Outre le pain et les saucisses, il y avait des conserves de harengs et de sardines, des dattes et des figues sèches, des amandes et de multiples délices du sud de l'Europe. Quant aux boissons, c'était tout aussi incroyable ; il y avait des dizaines de bouteilles différentes. Ce devait forcément être une occasion spéciale.

— Qu'est-ce que vous célébrez ?

— Ce que tu vois ici, c'est le quotidien de notre cantine, dit Heinz en riant. C'est comme ça tous les jours.

Francisco le regarda en écarquillant les yeux.

— Tous les jours ? C'est quoi cet endroit en fin de compte ? – Il regarda autour de lui, incrédule. – Le paradis ?

— Presque, Portugais ! Presque !

D'un geste large, le nouveau venu désigna ce qui se trouvait sur la table.

— Mais où diable êtes-vous allés chercher tout ça ?

Nouvel éclat de rire de l'Allemand.

— C'est *organisé*.

Il dit cela comme si ça expliquait tout, mais en réalité Francisco ne comprenait rien. Il prit une bouteille et, regardant l'étiquette, supposa, d'après les caractères grecs, que c'était de l'ouzo. À côté se trouvait une bouteille jaune de limoncello italien et une autre transparente : de la rakia serbe. Un peu plus loin, il vit une bouteille de vin rouge. Il regarda l'étiquette : l'appelation Château Haut-Brion Pessac-Léognan ne laissait aucun doute.

— Du vin français ?

— Auschwitz, mon cher !

L'attention de Francisco revint à la nourriture, en particulier aux conserves de sardines et aux fruits secs. Il commença à se servir un peu de chaque mets.

— Ce sont des choses de mon pays, constata-t-il en remplissant son assiette. D'où viennent vos approvisionnements ?

— Tout est *organisé*, je te l'ai déjà dit.

Encore cette formule énigmatique. Francisco pensa qu'il n'avait pas compris la première fois parce que son allemand était limité, mais à la seconde, il réalisa qu'il lui fallait une explication.

— Qu'est-ce que tu entends par là ? *Organisé* comment ?

— Ça vient des approvisionnements.

Son assiette remplie, le Portugais se dirigea vers la table avec son camarade.

— Ça n'a pas de sens, dit-il en commençant à manger. Comment expliques-tu qu'il y ait des rationnements partout, y compris à Berlin, et qu'à Auschwitz on trouve tout ce qu'on veut ? C'est quoi cet endroit ? Il n'y a pas de rationnements ici ?

Heinz le regarda, un étrange sourire aux lèvres.

— Oh, tu comprendras…

Le Portugais ne comprenait pas grand-chose, mais cela n'avait pas vraiment d'importance. L'important, c'était qu'il avait faim et qu'il pouvait déguster des plats délicieux et boire de très bons vins… ce à quoi il avait été habitué au Portugal et en Espagne, mais pas sous ces latitudes. Il ne savait pas comment une telle chose était possible dans un trou perdu au milieu de la Pologne gelée, mais il n'allait pas se plaindre.

— Humm…, murmura-t-il avec plaisir en savourant les fruits secs. Ces figues sont…

À ce moment-là, la porte de la cantine s'ouvrit et un SS apparut, à bout de souffle.

— Convoi !

À ce mot, la plupart des soldats, y compris Heinz, lâchèrent tout et sortirent en courant. Francisco resta planté sur sa chaise, les voyant disparaître par la porte d'entrée. Il regarda autour de lui et constata, stupéfait, qu'une dizaine d'hommes à peine étaient restés à la cantine. Ce n'était pas ça qui allait lui couper l'appétit, songea-t-il. Il se leva et alla chercher la bouteille de Pessac-Léognan, bien décidé à se remplir la panse.

III

Les déportés qui venaient d'arriver de Theresienstadt passèrent silencieusement sous la grande tour sombre, intimidés par l'environnement oppressant, et pénétrèrent dans un complexe gigantesque. Le camp, qui s'étendait à perte de vue, était entouré de barbelés et de multiples miradors de surveillance, à égale distance les uns des autres, tous équipés de puissants projecteurs qui balayaient la nuit. L'odeur de brûlé était devenue plus forte et les cendres dans l'air plus denses, comme s'il tombait de la neige sombre.

Levin parcourut l'horizon du regard, essayant de comprendre dans quel lieu étrange il se trouvait. Tout autour, le sol était plat et des lumières s'étendaient à perte de vue, alignées comme des réverbères, mais il s'aperçut vite que ce n'étaient pas vraiment des réverbères, plutôt de simples ampoules, des points lumineux qui éclairaient des clôtures entourées de barbelés, auxquelles étaient accrochés des panneaux affichant une tête de mort et des os entrecroisés avec un avertissement en allemand.

Halt! Lebensgefährlich! Hochspannung!

Gerda lut l'avertissement, horrifiée.

— Tu as vu ? murmura-t-elle, effrayée. Les pancartes parlent de danger de mort et de lignes à haute tension.

— Ce sont des clôtures électriques.

Les clôtures se perdaient au-delà de l'horizon. Les aboiements des chiens et les cris effrayés des enfants que les mères ne parvenaient pas à calmer emplissaient l'air. À tout cela s'ajoutaient les hurlements incessants des SS.

— *Schnell !* criaient-ils, comme si tout leur vocabulaire se limitait à ces mots. *Schnell, Juden !*

— *Los !* Allons-y ! *Los ! Los !*

Ils empruntèrent un chemin étroit, ceint de clôtures avec du fil de fer barbelé. Ils aperçurent des formes qui se déplaçaient dans l'ombre, derrière le grillage ; le bref passage de la lumière des projecteurs sur ces clôtures leur révéla des silhouettes décharnées, cadavériques, sans cheveux, les yeux exorbités et les pommettes saillantes, des squelettes ambulants surmontés de crânes vivants.

— Quelle horreur ! s'exclama Gerda, impressionnée. Tu as vu ça, Bertie ? Sommes-nous arrivés dans un asile de fous ? Ils ont l'air… je ne sais pas, aliénés.

Son mari ne savait que penser. Les squelettes vivants en uniformes rayés avaient effectivement l'air hagard des patients des hôpitaux psychiatriques ou des asiles, mais compte tenu du caractère singulier de ce lieu étrange, il était difficile de discerner qui ils étaient. Lorsque les projecteurs se concentrèrent sur ceux qui venaient de débarquer, les prisonniers cadavériques derrière les barbelés s'agitèrent.

— *Dzieci !* criaient-ils, les bras tendus vers les nouveaux arrivants. *Dzieci !*

D'après les voix, il était clair que les squelettes n'étaient pas des hommes mais des femmes ; l'erreur s'expliquait par leurs cheveux rasés et leur extrême maigreur. Les femmes décharnées criaient, hagardes, désignant la colonne des déportés, et un grand nombre d'entre elles pleuraient.

— Que crient-elles ? demandait-on dans le groupe. Vous comprenez ?

— C'est du polonais, répondit quelqu'un. Vous entendez, ça ressemble à *děti*, en tchèque. *Dzieci* signifie enfants. Elles crient : « Les enfants ! »

Les SS intervinrent rapidement, distribuant des coups de matraque là où les échanges avaient eu lieu.

— Silence !

Les déportés se turent pour éviter de nouvelles punitions, mais aussi parce qu'ils ne comprenaient pas la réaction des prisonnières derrière les barbelés. Pourquoi s'étonnaient-elles de voir des enfants dans le groupe ? Qu'y avait-il là d'extraordinaire ? Tout cela était incompréhensible. Décidément, ils étaient dans un asile de fous.

La foule s'arrêta devant un immense bâtiment. Ceux qui étaient devant commencèrent à y entrer, mais ils avançaient au compte-gouttes. Il faisait un froid sibérien et le vent leur glaçait les os. Levin avançait en tenant sa femme et son fils par la main, toujours soucieux de les rassurer. La file progressait lentement, à petits pas, pied contre pied ; après une quarantaine de minutes, ils finirent par arriver enfin devant la porte, qu'ils franchirent. Il faisait moins froid à l'intérieur, mais la température devait rester négative. Quand le hall du bâtiment fut plein, les SS fermèrent les portes. Un officier apparut.

— Déshabillez-vous !

Les déportés se regardèrent mutuellement, déconcertés, sans comprendre l'ordre. Apparemment, leur réaction était attendue, car l'Allemand répéta l'ordre sur le ton de quelqu'un qui savait ce qu'il pouvait avoir de déconcertant pour des gens pudiques.

— Déshabillez-vous ! ordonna-t-il à nouveau, en montrant un espace vide dans le hall. Mettez vos vêtements et vos chaussures là-bas !

Les nouveaux arrivants se regardèrent à nouveau ; l'ordre était clair, mais il n'avait toujours aucun sens.

— Que veut-il dire par là ? demanda Gerda à son mari, perplexe. On se déshabille comment ? Ici ? Devant les enfants ? Avec tous ces gens qui regardent ? Ça ne peut pas être ça, il ne…

Les SS qui entouraient la foule commencèrent alors à frapper les déportés avec leurs matraques.

— Déshabillez-vous ! répéta l'officier SS en élevant la voix, sur le ton de celui qui le disait pour la dernière fois. Allez ! Tout le monde se déshabille et met ses vêtements et ses chaussures là-bas ! *Schnell ! Schnell !*

Les coups de bâton dissipèrent les doutes et tout le monde commença à se déshabiller hâtivement, essayant d'éviter les bastonnades. La pudeur n'avait plus d'importance, ils voulaient juste éviter les coups et s'il fallait pour cela se dénuder devant les autres, exposer son corps aux enfants, petits-enfants et étrangers, eh bien tant pis.

— Vont-ils me rendre mon manteau ? se demanda Gerda avec l'air de quelqu'un qui se sépare de son vêtement le plus précieux. C'est de la fourrure véritable, ça a coûté une fortune…

Son mari ne répondit pas ; il ne savait pas. Quelques instants plus tard, tout le monde était nu ; les parents devant leurs enfants, les grands-parents devant leurs petits-enfants. Nul n'avait jamais imaginé se retrouver dans une telle situation.

— Les femmes de ce côté, les hommes de l'autre ! cria l'officier, indiquant les couloirs de chaque côté. Les garçons de moins de douze ans peuvent accompagner leur mère ! *Schnell ! Schnell !*

Les Levin échangèrent un regard effrayé, la dernière chose qu'ils voulaient c'était être séparés. Gerda et Peter allèrent à gauche avec toutes les autres femmes et les enfants, et Levin suivit le reste des hommes à droite, tous trois les yeux baissés.

La grande salle disposait de douches fixées au plafond. Les hommes étaient dans ce qui ressemblait à une salle de bains gigantesque, si grande que tout un régiment aurait pu s'y laver. Les bras serrés contre leur corps pour essayer, en vain, de se réchauffer, les déportés avancèrent nus, formant une masse compacte, jusqu'aux douches ; ils pouvaient à peine bouger sans se toucher. Soudain, de l'eau jaillit des douches.

— Aaaah !

Un grand brouhaha se fit entendre, auquel fit écho un autre vacarme pas très loin, celui des femmes et des enfants dans une pièce voisine, quelque part dans le même bâtiment. Une eau glacée jaillit de toutes parts. Levin frissonnait, discernant à peine ce qui se passait, à part que les hommes se serraient les uns aux autres pour essayer de se tenir chaud. Passé l'effet de surprise, qui l'atteignit avec l'intensité d'un choc électrique, il se concentra et, par un effort de volonté, exposa les parties les plus sales de son corps au jet de la douche, conscient qu'il était dégoûtant et couvert d'excréments desséchés. On ne leur avait pas distribué de savon, mais l'eau nettoyait quand même. En même temps, il ouvrit grand la bouche, avalant toute l'eau qu'il pouvait. Aussi vite qu'elle avait jailli, l'eau cessa de couler, trop tôt pour tous ceux qui avaient soif.

— Tout le monde par ici ! ordonna l'officier SS, indiquant le fond du couloir. Allez, dépêchons ! *Los !* Tous par ici !

Mouillés et glacés, les bras toujours autour de leur corps pour essayer de se réchauffer, les hommes avancèrent dans le couloir en sautillant jusqu'à une autre pièce. Des prisonniers en uniformes rayés avec des étoiles à six branches les attendaient à côté de montagnes de vêtements. Les nouveaux arrivants formèrent des files et, dans le froid, attendirent quelque chose dont ils ignoraient tout. Quelques secondes seulement avant son tour, observant le sort réservé aux hommes devant lui, Levin comprit.

— Au suivant.

Il fit un pas en avant et, d'un geste rapide, un prisonnier en uniforme passa, pour les raser, une lame sur les poils de ses parties génitales et de sa poitrine, en laissant une traînée de sang.

— Tournez-vous.

Levin tourna sur ses talons et le prisonnier à la lame fit de même avec les poils des fesses. Puis il aspergea un liquide sur les endroits où la lame était passée et l'illusionniste sentit sa peau brûler, comme si on avait versé de l'alcool sur les blessures.

— Au suivant.

L'opération terminée, il se dirigea vers les montagnes de vêtements. Des détenus en uniforme jetaient des vêtements aux nouveaux venus comme s'ils lançaient des graines à des pigeons. Les hommes nus sautaient pour saisir les habits lancés en l'air. Levin attrapa une chemise, puis un pantalon, un manteau et enfin un caleçon. Alors qu'il s'apprêtait à l'enfiler, il le regarda et hésita, choqué.

— C’est… C’est un talit !

Il regarda, scandalisé, les prisonniers qui jetaient les vêtements, mais ceux-ci semblaient indifférents. Ils avaient lancé un caleçon fait à partir d’un talit de prière et, visiblement, ça ne semblait déranger personne, comme si c’était parfaitement normal. Levin n’était pas un homme religieux, le sabbat et la visite à la synagogue étaient pour lui juste des traditions, mais… des caleçons en talit ? Réalisant que rien de tout cela n’avait d’importance à ce moment précis, il se résigna et le revêtit. Il était serré, mais c’était mieux que rien. Puis il enfila la chemise, trop large, et le pantalon, si petit qu’il était ridiculement court. Le manteau aussi était bien trop serré, les bords des manches lui arrivaient une demi-douzaine de centimètres au-dessus des poignets. Il regarda autour de lui et constata que c’était la même chose pour les autres déportés. Des hommes de grande taille portaient des vêtements trop petits, et de petits hommes nageaient dans les leurs. Certains n’avaient pas attendu pour les échanger. Conscient que les échanges ne tarderaient pas à s’achever et que la possibilité de trouver des vêtements à sa taille ne se représenterait pas, il s’adressa à un petit homme avec une veste et un pantalon trop grands pour lui.

— On échange ?

L’inconnu accepta et ils troquèrent leurs vêtements. Levin garda néanmoins la chemise, car bien que trop grande, elle lui allait bien. Puis il se dirigea vers la zone des chaussures et s’empara d’une paire de bottes qui semblaient à sa taille. Une fois habillé, il se regarda des pieds à la poitrine. Il avait des galoches noires, un pantalon violet à rayures verticales et un manteau orange vif ; il se sentait ridicule, un vrai clown de cirque. Les hommes autour de lui étaient dans la même situation ; tous portaient des vêtements dépareillés et certains, qui n'avaient trouvé personne avec qui faire un échange, portaient des pantalons trop longs avec les ourlets qui traînaient par terre, ou si petits que les ourlets arrivaient au milieu de la jambe, et il en était de même pour les manteaux, certains ridiculement grands, d'autres trop serrés et trop courts. Une troupe grotesque.

Un homme grand et mince s'approcha de lui et, avec une expression inconsolable, exhiba un linge blanc.

— Y aurait-il un caleçon à ma taille ?

Celui qu'il montrait, et qui avait au moins l'avantage de ne pas être taillé dans un talit de prière, était pour un enfant de cinq ans.

Les inévitables files se formèrent dans la pièce voisine. Levin se mit sur la pointe des pieds pour essayer de comprendre la raison de cette nouvelle attente, mais il se rendit seulement compte qu'elles aboutissaient à d'autres prisonniers vêtus d'uniformes rayés, occupés à quelque chose qu'il ne discernait pas. La file avançait lentement. Au bout d'une demi-heure, il arriva à un prisonnier assis derrière une table, qui prenait des notes dans un livre.

— Nom ?

— Herbert Levin.

L'homme griffonna dans le livre.

— Date et lieu de naissance ?

— Berlin, 9 septembre 1906.

D'autres gribouillis.

— Profession ?

— Charpentier.

Il aurait pu répondre courtier en bourse ou magicien, mais cela n'avait probablement aucune utilité dans un camp de travail nazi. Il s'était rendu compte à Theresienstadt que la profession de charpentier était très recherchée. Plus il serait utile, mieux ce serait pour lui et sa famille. Après avoir écrit, le prisonnier lui fit signe d'avancer jusqu'au prisonnier assis à côté de lui et il regarda le déporté suivant.

— Nom ?

Levin se dirigea vers le deuxième prisonnier sans savoir ce qu'on attendait de lui. L'homme était assis derrière une longue table et avait un objet pointu à la main, une espèce de crayon avec une aiguille au bout, et une bouteille d'encre.

— Levez la manche du bras gauche.

Ne comprenant toujours rien, l'illusionniste obéit. Il remonta la manche de son manteau et de sa chemise et présenta son bras gauche.

D'un mouvement rapide, le prisonnier lui planta l'objet pointu dans le bras, lui causant une vive douleur, comme un pincement violent. L'opération fut brève, le prisonnier lui indiqua aussitôt un couloir avec le pouce.

— Vous pouvez y aller.

Le bras gauche endolori, Levin emprunta le couloir sans comprendre ce qui s'était passé. En marchant, il regarda son bras et constata que l'endroit où on lui avait planté l'aiguille était rouge, ensanglanté et enflé, mais il vit aussi des traces de peinture. Que diable avait pu lui faire le prisonnier ? Il examina la boursouflure et, sous les gouttes de sang et d'encre, il aperçut quelque chose d'écrit. Il frotta avec de la salive et, pendant un instant, la marque disparut. Il craignait de l'avoir effacée et de devoir subir à nouveau le même sort, mais une lettre et des chiffres apparurent sur la peau enflée. Il plissa les yeux, perplexe. Un tatouage ? Regardant de plus près, il discerna les formes que l'encre de l'aiguille lui avait gravées dans la peau.

A-1676.

IV

Le gémissement prolongé d'un instrument à vent retentit quelque part dans le bâtiment de la Gestapo quand Francisco se présenta à l'entrée, à 8 heures précises. Consultant le nom mentionné sur le formulaire qui lui avait été remis la veille, le Portugais se présenta à la réception et, après l'habituel « *Heil Hitler !* », demanda à parler à l'Unterscharführer Pery Broad.

— Veuillez attendre un moment.

Le nouveau venu resta debout en attendant l'officier dont il relevait. Le miaulement mélodieux de l'instrument se prolongea pendant une minute, suscitant des échanges de regards agacés entre les SS qui étaient à la réception, puis il s'interrompit brusquement. Quelques instants plus tard, le réceptionniste réapparut et fit signe à Francisco de le suivre.

La porte d'un bureau s'ouvrit et le nouveau SS-Mann se trouva face à un jeune homme à lunettes, âgé d'à peine plus de vingt ans. Petit, il portait un uniforme gris et rangeait, accroupi, un instrument à vent dans un placard. L'homme portait le grade d'Unterscharführer, l'équivalent SS du sergent dans la Wehrmacht.

— Salut ! dit-il, toujours accroupi. Le jazz, c'est génial, non ?

Francisco était bouche bée, incrédule. L'homme avait parlé en portugais. Ayant rangé son saxophone, l'officier SS le regarda avec un sourire.

— Eh bien ! Tu as perdu ta langue ?

Le nouveau venu secoua la tête, se remettant de sa surprise.

— Vous… euh… Vous parlez portugais, Unterscharführer ?

— Je suis né au Brésil, à Rio de Janeiro. – Il indiqua une chaise. – Tu ne veux pas t'asseoir ?

Tel un automate, Francisco obéit. Il regardait son interlocuteur, stupéfait, sans y croire.

— Excusez mon impertinence, Unterscharführer, mais… que fait un Brésilien dans la SS ?

— La même chose qu'un Portugais, je suppose.

— Vous avez également été forcé de rejoindre la SS, Unterscharführer ?

L'officier sourit.

— Je ne dirais pas forcé. Mon père est brésilien et ma mère allemande. Quand j'étais plus jeune, ma mère m'a amené à Berlin et m'a inscrit à l'université technique. Puis la guerre a éclaté, et je me suis engagé dans la SS, cela fait trois ans maintenant, et en 1942, on m'a envoyé ici.

— Comme vous pouvez le comprendre, Unterscharführer, c'est une grande surprise de rencontrer un SS brésilien.

Pery Broad se leva et se dirigea vers l'armoire, dont les étagères étaient remplies de livres.

— Mais moi aussi je suis surpris de voir un SS portugais, dit-il. Regarde ça. – Il sortit un livre d'une étagère et, ajustant ses lunettes, en vérifia le titre. – Tu l'as déjà lu ?

Il dirigea la couverture vers son subordonné et attendit sa réaction ; l'œuvre s'intitulait *Phèdre* et l'auteur était Racine.

— Non, je ne connais pas.

— Crois-moi, c'est un chef-d'œuvre, mon gars ! – Il remit le livre sur l'étagère. – Racine, Molière… Des chefs-d'œuvre ! – Il se tourna vers lui. – Je pense que tu ne lis que Eça de Queiróz…

Les questions étaient déconcertantes et montraient un niveau intellectuel bien supérieur à celui de Francisco ou de n'importe quel SS que le Portugais avait pu rencontrer.

— Je… Enfin, la lecture n'est pas mon fort.

Le SS brésilien prit un dossier posé sur une autre étagère et revint s'asseoir à son bureau. Comme il l'avait fait quelques instants auparavant avec *Phèdre*, il dirigea la couverture vers son interlocuteur.

— Je lis aussi des CV, et le tien est impressionnant. – Il siffla. – Bon sang ! Tu n'as fait que combattre, hein ? Comment ça se fait ?

— Eh bien, j'ai eu des problèmes au Portugal, expliqua-t-il. J'y ai fait une bêtise et, pour ne pas finir en prison, j'ai dû m'enfuir en Espagne. Comme il fallait que je travaille, je me suis enrôlé dans la Légion étrangère. Sauf que la guerre civile a éclaté et… eh bien, c'est devenu ma vie. – Il s'éclaircit la voix, saisissant l'occasion pour soulever le problème qui le préoccupait depuis la veille. – Veuillez m'excuser, Unterscharführer, mais je vais vraiment devoir rester dans la Gestapo ?

— Bien sûr que non. Ton transfert nous a été transmis par le Heidelager il y a une semaine. Comme tu es portugais, notre commandant, l'Obersturmbannführer Liebehenschel, m'a demandé d'être ton tuteur. Ça devrait faciliter ton intégration au Katzet. Les SS étrangers n'ont pas toujours été bien acceptés par les SS allemands, et il y a eu quelques petits problèmes au sein du personnel. L'été dernier, par exemple, les SS ukrainiens se sont révoltés ici, à Auschwitz, parce qu'ils pensaient qu'on voulait les tuer. Ils se sont pris pour des *pistoleros* et ont commencé à tirer partout.

— Vraiment ?

— C'est la vérité. Bon sang, ça ne rigolait pas. Trois SS allemands et huit ukrainiens sont morts, tu te rends compte ! C'est pour éviter ce genre de problème que l'Obersturmbannführer m'a demandé de te donner un coup de main. Par ailleurs, tout le monde sait que l'arrivée à Auschwitz est généralement un choc, même pour certains SS allemands plus endurcis, crois-moi. Ça va donc être mon rôle. Je vais être ta nounou.

— J'apprécie l'intention, Unterscharführer, mais ne vous en faites pas pour moi. Il est vrai qu'hier soir, certains SS allemands ont eu l'air dégoûtés quand ils m'ont vu dans le dortoir, mais d'autres ont été sympathiques et m'ont même emmené à la cantine. Je ne pense pas que j'aurai des difficultés. En outre, je ne suis plus un enfant et je sais me défendre. Après tout ce que j'ai vu et vécu en Espagne et à Léningrad, ce n'est pas un simple camp de travail qui va m'impressionner.

Les yeux fixés sur son subordonné, l'Unterscharführer tapotait sur le bureau comme s'il réfléchissait à ce qu'il allait dire.

— Nous verrons si Auschwitz t'impressionnera ou non, finit-il par murmurer, comme s'il s'adressait à lui-même plus qu'à son interlocuteur. Ça dépendra beaucoup de ta discipline, mon gars. Qu'est-ce qu'on t'a appris au Heidelager ?

— Eh bien… tous ces exercices physiques, plus les leçons de maniement d'armes, de tactique et de stratégie militaire, rien que des trucs que je connais depuis longtemps. C'était du gâteau.

— Je parle des cours d'idéologie.

— Ah oui. « Loyauté et honneur. » Ils passaient leur vie à répéter ça. « Loyauté et honneur. » Un SS doit obéir sans poser de questions, obéir toujours, même s'il ne comprend pas un ordre ou n'est pas d'accord avec lui. Lorsqu'elle donne un ordre, la hiérarchie sait des choses que nous ignorons. Les SS sont simplement là pour l'exécuter, que ça leur plaise ou non. Nous devons être fidèles aux dirigeants en toutes circonstances et honorer le serment de loyauté.

— Loyauté et honneur, répéta lentement Broad en soulignant ces mots. C'est-à-dire obéissance à la hiérarchie. Obéissance aveugle et indiscutable. Ce concept est fondamental à Auschwitz. Tu as compris ? Fondamental.

L'insistance du Brésilien surprit Francisco.

— Si je peux me permettre, Unterscharführer, l'obéissance aux ordres est un devoir fondamental dans toute armée. Pas seulement ici. Un soldat doit toujours obéir aux ordres de la hiérarchie. C'est vrai dans la SS, mais aussi dans la Division bleue, la Légion étrangère ou encore, je suppose, dans l'armée portugaise.

— Auschwitz est spécial.

— En quoi, Unterscharführer ?

Le supérieur se pencha en arrière sur son siège.

— Qu'est-ce qu'on t'a appris sur l'idéologie politique ?

— Eh bien… ils ont dit que la SS avait deux missions. L'une est constructive. La SS est l'école des chefs de demain, l'élite de l'élite, ce genre de choses. L'autre est répressive. Il incombe à la SS d'éliminer les ennemis de l'Allemagne, ceux qui veulent détruire la civilisation et entraîner l'humanité dans les ténèbres.

— Et qui sont les plus grands ennemis ?

Le Portugais sentit qu'il était testé. Il se concentra donc sur ce qu'il avait entendu dans les cours d'idéologie au Heidelager et répéta les idées principales pour montrer qu'il avait bien retenu la leçon.

— Les Juifs. Ce sont les Juifs qui ont inventé le capitalisme et le socialisme internationalistes, les grands ennemis du national-socialisme. Les socialistes-internationalistes et les capitalistes-internationalistes veulent conquérir le monde et détruire les nations. Les bolcheviks, par exemple, cherchent, par la lutte des classes, à encourager la guerre civile, la guerre au sein de la nation, où l'on s'en prend les uns aux autres. Le national-socialisme s'oppose à la guerre civile, il veut la réconciliation et l'harmonie interne, la coopération mutuelle au sein de la nation, en faveur du bien commun, le bien de la nation. La nation est un corps. Les différentes parties du corps doivent s'articuler de façon harmonieuse et les germes doivent être éliminés pour maintenir le corps en bonne santé.

L'Unterscharführer hocha la tête en signe d'approbation.

— Bravo, tu connais ta leçon sur le bout des doigts, dit-il.

Comme si une idée lui était venue, son regard s'anima.

— Tu aimes le jazz ?

Inattendu, le changement de sujet surprit Francisco. Mais il se rendit vite compte que les questions destinées à le tester étaient finies et que son supérieur voulait se détendre.

— C'était vous, Unterscharführer, qui jouiez du clairon tout à l'heure ?

Pery Broad le regarda, l'air amusé.

— Du saxophone, mon gars.

— Oui, c'est ça. Vous jouez bien, Unterscharführer…

— Parfois, je pratique un peu, tôt le matin, avant que les grands chefs n'arrivent, dit-il sur un ton de confidence. Tu sais, le Führer déteste le jazz. Ils disent que c'est de la *Negermusik*, de la musique dégénérée de nègres, modernisée par les Juifs à New York. C'est pour ça qu'ils l'ont interdit. Mais moi j'aime le jazz et j'en joue chaque fois que je peux.

La confession surprit Francisco.

— Mais si c'est interdit, les chefs ne vous disent rien ?

— Oh, ici à Auschwitz, tout est différent.

— Différent comment ?

— Tu le verras, répondit-il de manière sibylline. Il m'arrive même de capter la radio américaine uniquement pour écouter Glenn Miller, l'homme blanc du jazz. Tu sais, il joue beaucoup !

Le Portugais se gratta la nuque.

— Pardon, Unterscharführer, mais… écouter la radio ennemie, n'est-ce pas également interdit ?

— Bien sûr que si, mais tout le monde l'écoute. Pas pour la musique de Glenn Miller, bien sûr, mais les officiers SS écoutent la radio des *gringos* pour avoir des nouvelles de la guerre. – Il fit un geste vague de la main. – Comme je te l'ai dit, à Auschwitz tout est différent.

Son subordonné secoua la tête, ne comprenant pas.

— Mais un SS est obligé de faire preuve de loyauté et d'honneur, Unterscharführer. Loyauté et honneur. Si un SS doit obéir aveuglément aux ordres de ses supérieurs, même s'il ne les comprend pas ou n'est pas d'accord avec eux, et si on a donné l'ordre de ne pas écouter la radio ennemie, comment se fait-il que les SS désobéissent ?

Bonne question.

— Pour obéir aux ordres les plus difficiles, il est parfois nécessaire de désobéir aux plus simples.

— Je ne comprends pas, Unterscharführer.

— Le moment venu, tu comprendras, dit Broad. Le moment venu.

Rien de tout cela ne semblait très germanique, ce qui était complètement nouveau pour Francisco. Bien qu'il n'eût pas fréquenté beaucoup d'Allemands, exception faite de Rolf et de quelques hommes de la Légion, il avait observé les unités de la Wehrmacht à l'occasion de défilés ou au combat à Krasny Bor et Pouchkine, et il s'était familiarisé avec leurs armes et leurs tactiques. Chez eux, tout était pensé, réglé, efficace, tout était mécanisé ; on aurait dit de véritables machines. La formation dispensée par la SS elle-même, à laquelle il avait été soumis dans le camp d'entraînement du Heidelager, mettait l'accent sur l'obéissance aveugle aux ordres. Fidélité et honneur, c'était le leitmotiv qu'ils répétaient *ad nauseam*. C'était la base sur laquelle reposait toute armée disciplinée, et s'il existait une armée disciplinée, c'était bien l'armée allemande. Ses soldats s'apparentaient à des robots.

D'où son étonnement pour tout ce qu'il découvrait à Auschwitz. La nourriture était abondante dans le camp alors que le pays était soumis à un strict rationnement, et les SS y faisaient des choses interdites, comme se saouler, jouer du jazz et écouter la radio ennemie. Autrement dit, ils enfreignaient ouvertement les règles. Il y avait même des Allemands d'Amérique dans leurs rangs, comme l'officier devant lui. En fin de compte, derrière les automates il y avait des hommes, des hommes qui s'écartaient de la ligne tracée pour les robots et qui visiblement désobéissaient aux ordres, des hommes qui préféraient parler de jazz plutôt que de travail. Mais Francisco avait vraiment besoin de parler du travail.

— J'aimerais vous poser une question, Unterscharführer, dit-il en s'excusant. Quelles vont être exactement mes fonctions ?

— Nous avons besoin de gardes. Les transferts de cadres SS dans les unités de combat sur le front russe ont vidé nos rangs. Ils ont fait venir des papis d'Allemagne, quelques SS plus âgés qui s'occupaient de tâches administratives, mais ils sont trop mous avec les prisonniers. Le Reichsführer-SS a suggéré de remplacer les gardes par des chiens, mais ça n'a pas marché. Un prisonnier n'a aucun mal à tromper un chien. Il suffit de lui jeter un peu de nourriture d'un côté et le prisonnier s'enfuit de l'autre. On ne peut donc pas se passer de gardes, et de préférence des jeunes. C'est pour ça que dès demain tu seras affecté au Stammlager pour contrôler un *Kommando*.

— Vous m'envoyez dans les commandos ?

— Non, non. Ici à Auschwitz, les *Kommandos* ne sont pas des troupes spéciales, mais des unités de travail. Un *Arbeitskommando*. Le travail des prisonniers, bien sûr. Il y a des Kommandos pour faire des routes, des Kommandos pour transporter du bois, des Kommandos pour s'occuper des cuisines… Bref, il y a des Kommandos pour tout. Les prisonniers dans des baraquements sont soumis à l'autorité d'un prisonnier chef de Block, le *Blockälteste*, et quand ils vont dans un Arbeitskommando, ils sont sous les ordres d'un autre prisonnier, le *Kapo*. Nous avons besoin de gardes SS pour superviser les Blockältesten et les Kapos, et s'assurer qu'ils contrôlent les détenus. Ceux-ci relèvent des Blockältesten et des Kapos, lesquels relèvent des SS. Si un prisonnier se comporte mal, c'est le Blockälteste ou le Kapo qui le frappe. Si un Blockälteste ou un Kapo ne frappe pas, le SS lui donne une raclée et le remplace par un autre. Un Blockälteste ou un Kapo rétrogradé est tué sur-le-champ par les autres prisonniers, car nul n'oublie les coups qu'il a reçus, de sorte que les Blockältesten et les Kapos font tout ce qu'ils peuvent pour nous être agréables. – Il désigna son subordonné. – Ton travail consistera à surveiller un Arbeitskommando et à sanctionner le Kapo s'il ne punit pas les prisonniers récidivistes.

Cela ne semblait guère compliqué et Francisco avait hâte d'en venir au problème qui le préoccupait vraiment, à savoir le sort de Tanusha. La trouver était pour lui la priorité, mais il allait devoir être prudent. S'enquérir, dès le premier jour, du sort d'une femme pouvait éveiller des soupçons. Il devait néanmoins commencer à préparer le terrain.

— Comment se passent les relations avec les prisonniers, Unterscharführer ?

— C'est très simple. Nous commandons et ils obéissent.

— Oui, mais… les relations sont-elles bonnes ?

— Les prisonniers sont des ennemis du Reich. Cela signifie que fraterniser avec eux, c'est fraterniser avec l'ennemi. C'est strictement interdit, tu as compris ?

— Oui, Unterscharführer.

— Tu dois faire attention avec les femmes, ajouta Broad. Certaines d'entre elles, en particulier les Polonaises, sont très séduisantes, et parfois on est tenté. – Il leva la main, en guise d'avertissement. – N'y pense même pas, tu entends ? Il est strictement interdit d'avoir une relation avec une prisonnière. Quiconque le fera sera sévèrement puni.

— On est exclu des SS, Unterscharführer ?

Le Brésilien faillit éclater de rire.

— Exclu ? Si tu veux, mais exclu de la vie, mon gars. Après avoir perdu sa femme, un camarade, le Hauptscharführer Palitzsch, s'est acoquiné avec une prisonnière lettonne. Tu sais ce qui lui est arrivé ? L'année dernière, il a été arrêté, accusé de dégénérescence raciale et condamné à mort.

— Il a été exécuté ?!

— Il a fait appel et attend la décision. Une enquête concernant le commandant d'Auschwitz en personne, l'Obersturmbannführer Rudolf Höss, a été ouverte parce qu'il avait une relation avec une détenue ; eh bien, il a essayé de la tuer pour l'empêcher de parler. – Il baissa la voix. – Il paraît que l'Untersturmführer Boger, mon supérieur à la Politische Abteilung, a également fricoté avec des jeunes filles. On raconte qu'il a dû les tuer pour ne pas être découvert. – Il se remit à parler normalement. – Je te raconte tout ça pour que tu sois prudent, tu saisis ? Fraterniser avec les détenus est interdit et la punition est très sévère.

— Mais alors, quelles sont nos relations avec eux, Unterscharführer ?

En guise de réponse, le SS poussa sa chaise en arrière et se leva.

— Tu veux vraiment le savoir ?

Faisant le tour de son bureau, Pery Broad alla chercher son manteau suspendu au cintre. Il ouvrit la porte et, enfilant le pardessus, invita son subordonné à le suivre. Il allait lui montrer Auschwitz de l'intérieur.

V

— Appel !

Le cri réveilla Levin. L'illusionniste, qui était couché, recroquevillé sous la couverture, ouvrit les yeux, ensommeillé et désorienté, ne comprenant pas très bien où il était, ni ce qui se passait.

— Appel ! insista la voix. *Appell ! Schnell ! Appell ! Los, los !*

Il entendit des bruits sourds et des gémissements. Tout à fait réveillé, il vit deux hommes s'approcher, un SS et le Blockälteste ; celui-ci criait en même temps qu'il distribuait des coups de bâton à gauche et à droite dans le dortoir, atteignant principalement ceux des couchettes supérieures. Les déportés sautaient à la hâte de leurs lits, certains encore ivres de sommeil, pour se diriger en trébuchant vers la sortie.

Il se souvint de tout. Ils étaient arrivés la veille et, après la douche et l'enregistrement, sans manger ni savoir ce qu'il était advenu de leurs familles, lui et les hommes qui venaient de Theresienstadt avaient été emmenés dans un camp entouré de clôtures et couvert de baraquements en briques et en bois. Les SS les laissèrent avec un homme portant l'étoile jaune de David sur la poitrine : le Blockälteste, le responsable du baraquement. Un des nouveaux arrivants, l'ancien garde de la police juive Václav, le reconnut : c'était Bondy, l'un des Juifs de Theresienstadt déportés dans le convoi précédent.

Le Blockälteste les avait emmenés au Block 12. Dans le baraquement, ils avaient découvert des dortoirs misérables, composés de châlits à trois niveaux, chacun pouvant accueillir trois personnes. Ils étaient exténués et, après qu'on leur eut distribué des couvertures légères, ils se couchèrent là où ils pouvaient. Levin trouva un espace exigu au milieu du niveau inférieur d'un châlit ; il était entouré de cinq déportés serrés les uns contre les autres, trois tournés d'un côté et deux de l'autre, de telle sorte qu'il était pris en sandwich. Il lui semblait incroyable qu'un châlit conçu pour trois personnes fût occupé par six personnes, soit dix-huit en tout sur les trois niveaux, dix-huit ! C'était incroyable mais que pouvait-il y faire ?

Il avait mal dormi et il était mort d'inquiétude pour Gerda et Peter. Cette préoccupation était commune à tous les hommes qui se trouvaient dans le baraquement avec lui, personne n'ayant la moindre idée de ce qu'il était arrivé aux femmes et aux enfants, et ceux qui avaient commis l'erreur d'interroger les SS à ce sujet, non seulement n'avaient pas obtenu de réponse mais avaient payé cher leur imprudence. Ce ne fut cependant pas le seul problème de la nuit. L'un des occupants du grabat au-dessus du sien avait la diarrhée ; Levin n'avait pas été directement touché, mais l'odeur était répugnante et la couverture de l'homme à côté de lui avait été souillée. De plus, ils n'arrivaient guère à bouger tant le lit était étroit ; le mouvement de l'un d'entre eux affectait tous les autres. À cela s'ajoutaient bien sûr la faim et la soif. Tout le monde avait des douleurs à l'estomac à cause du manque de nourriture.

— Appel ! répéta le Blockälteste Bondy, toujours en criant, avançant le long du baraquement en frappant ceux qui étaient encore couchés. *Schnell ! Schnell !*

Ceux qui se trouvaient aux niveaux inférieurs, comme Levin, purent sauter rapidement hors du lit et ainsi échapper aux bastonnades, mais ce n'était pas aussi facile pour ceux du milieu et, *a fortiori*, du niveau supérieur qui furent les principales victimes du responsable du baraquement.

Il faisait encore nuit et un vent froid soufflait, tandis que les étranges cendres de la veille continuaient de flotter dans l'air. Les prisonniers furent rassemblés en rang par cinq devant le baraquement, les pieds plongés dans la boue et les corps tremblants de froid, en attendant d'être comptés. Les ampoules sur les clôtures étaient toujours allumées et les projecteurs des nombreux miradors fouillaient le camp en permanence. Levin regarda autour de lui avec anxiété, recherchant des signes des femmes et des enfants, mais il ne vit rien. La veille déjà, il avait remarqué d'autres baraquements alentour et il s'était dit que sa famille se trouvait peut-être dans l'un d'eux.

Il regarda la nuque des hommes qui, comme lui, attendaient l'appel. À Theresienstadt aussi il y avait des appels pour compter les prisonniers, mais c'était rare.

— *Achtung !*

En entendant l'avertissement lancé par le Blockälteste, ils se mirent au garde-à-vous. Deux officiers apparurent alors sur l'*Appellplatz* et se plantèrent aux côtés de Bondy et du SS responsable du Block 12. Après avoir échangé quelques mots avec le SS et le Blockälteste, les officiers regardèrent les prisonniers. Celui qui semblait être le chef était un homme mince et grand, aux yeux clairs, très pâle, et il était impeccablement habillé, avec un pardessus lui arrivant presque jusqu'aux pieds et des bottes qui brillaient, ce qui ne manqua pas d'impressionner Levin. Comment l'Allemand parvenait-il à rester aussi propre au milieu de toute cette boue ?

— *Juden !* cria l'officier avec un fort accent bavarois, sa voix rauque rompant le silence. Bienvenue à Birkenau ! Je suis l'Obersturmführer Johann Schwarzhuber, le Lagerfürher de Birkenau. Vous êtes ici au camp B IIb, qu'on appelle à Birkenau le *Familienlager*, le camp des familles. Ce camp a été créé en septembre spécifiquement pour les déportés de Theresienstadt et les prisonniers y jouissent de privilèges spéciaux. Ils ont même le droit d'écrire des cartes postales à leur famille et leurs amis à Theresienstadt, et de recevoir d'eux des colis. Mais ils n'ont pas que des droits. Il est de mon devoir de vous rappeler que vous êtes dans un camp de travail, pas dans un camp de vacances. Il y aura trois appels par jour, chaque fois devant vos baraquements. Je vous conseille de faire votre devoir et de ne causer de problèmes à personne, car la discipline est rigoureuse et la justice impitoyable. Le travail commence aujourd'hui. Je vous laisse avec vos Blockältesten et Blockführer, qui vous guideront d'une main ferme mais juste.

Après sa brève intervention, l'Obersturmführer Schwarzhuber se retira en compagnie de l'officier avec lequel il était venu, probablement pour répéter le même discours devant les détenus du baraquement suivant réunis pour l'appel. Le Blockälteste recula d'un pas, tandis que le SS qui était resté, le Blockführer de toute évidence, commença à parcourir les rangs des prisonniers, en les comptant et en prenant des notes dans un petit carnet.

À l'instar des autres déportés, Levin se sentait fatigué et il songea à s'asseoir par terre pendant l'appel. Entendant sur sa gauche un bruit sec et un gémissement, il se retourna. Un déporté était étendu sur le sol, le SS venait de lui assener un coup de crosse.

— Est-ce que ce sont des manières de se comporter durant l'appel, *Jude* ? vociféra le Blockführer. Lève-toi ! Je veux tout le monde au garde-à-vous pendant l'appel !

L'homme se leva et, malgré la douleur et la peur, il se tint très droit. Tous les déportés suivirent son exemple. Visiblement, ils devaient rester immobiles tout au long du comptage. Lorsqu'il eut fini, le SS recommença. L'ensemble du processus dura près d'une heure ; Levin grelottait de froid et mourait de faim.

C'est alors que l'officier SS entra dans le baraquement pour vérifier si quelqu'un était resté à l'intérieur ; dix minutes plus tard, il ressortit en traînant un vieillard, qu'il laissa tomber aux pieds du Blockälteste comme s'il s'agissait d'un sac de pommes de terre.

— Blockälteste ?

— *Jawohl*, *Herr* Rottenführer Baretzki !

— Punis-moi ce saboteur !

Bondy s'approcha du vieillard et le gifla.

— Canaille, le gronda-t-il. – Il désigna le groupe aligné sur l'Appellplatz. – Dans le rang !

L'homme tremblait, pas seulement de froid.

— Je… euh… Je me suis endormi, *Herr* Blockälteste, bredouilla-t-il dans un filet de voix. J'étais très fatigué et…

Venu de nulle part, le SS donna un coup de crosse dans le dos de Bondy, le projetant au sol.

— Blockälteste ! rugit-il. Je veux une punition exemplaire, pas une simple gifle. Donne-lui une vraie leçon. Vingt-cinq coups de baguette, qui font mal. Tu as compris, Blockälteste ?

— *Jawohl, Herr* Rottenführer Baretzki.

Réprimant une grimace de douleur, le Blockälteste se leva et donna un coup de pied au vieil homme que le SS avait ramené du baraquement.

— Alors comme ça on se cache pour échapper à l'appel, hein ? – Il montra une planche posée à côté de l'Appellplatz. – Baisse ton pantalon et allonge-toi là-dessus, les fesses en l'air ! Tu vas apprendre à obéir !

Le vieil homme regarda la planche avec horreur, mais il n'eut pas l'ombre d'une hésitation. Tel un élève fautif qui se prépare à la punition dans le bureau du directeur, il se dirigea vers la planche, baissa son pantalon et s'allongea dessus. Bondy s'approcha avec la baguette, retroussa ses manches et se mit à fouetter le prisonnier en comptant les coups à haute voix.

— *Ein... zwei... drei...*

À chaque coup, le corps du vieillard se crispait de douleur et on entendait un gémissement, mais il était évident que la victime se retenait pour ne pas hurler. Comme tous les autres déportés, Levin assistait à la scène, consterné. Il n'avait jamais rien vu de tel, même à Theresienstadt on ne traitait pas les gens de cette façon. Et la punition était administrée par un autre prisonnier. Quel pouvait bien être ce lieu ? Jamais il n'avait pensé qu'on pouvait descendre si bas. Face au châtiment infligé pour une faute aussi bénigne, il sentit qu'il avait touché le fond.

— *... vierundzwanzig... fünfundzwanzig !*

Lorsqu'il arriva à vingt-cinq, le Blockälteste s'arrêta et fit signe aux deux prisonniers les plus proches :

— Emmenez-le à l'intérieur.

Les détenus obéirent et, soulevant délicatement le vieil homme dont le corps était agité de spasmes, ils le portèrent jusqu'au baraquement. Après avoir assisté à la scène avec une expression d'approbation, le Rottenführer Baretzki griffonna quelque chose dans son carnet et leva les yeux.

— Du sport.

Le Blockälteste fit de nouveau face aux déportés.

— Un acte d'indiscipline commis par un détenu est un acte d'indiscipline de tous les prisonniers, cria-t-il. Tout le monde par terre, vous allez faire des pompes, en comptant. Tout de suite !

Personne n'osa désobéir ; tous se couchèrent dans la boue pour faire des pompes en comptant en chœur. *Ein. Zwei. Drei*... Lorsqu'ils arrivèrent à vingt-cinq, le SS leva la main.

— Assez de sport.

Ce fut Bondy qui cria l'ordre, comme si le Blockälteste du Block 12 n'était rien de plus que le prolongement de la volonté du Blockführer.

— Dispersez-vous !

VI

En cette matinée du mois de janvier, il faisait un froid glacial qui les pétrifia dès qu'ils sortirent. En quittant le bâtiment du Politische Abteilung, ils resserrèrent leurs manteaux et enfilèrent leurs gants, puis se dirigèrent vers le Stammlager, le camp principal d'Auschwitz. L'attention de Francisco fut attirée par le Block jouxtant le bâtiment de la Gestapo, le crématoire d'après ce que le chauffeur lui avait dit la veille.

— Ce crématoire fonctionne-t-il ?

— Rarement, lui répondit Broad. C'était le premier d'Auschwitz, mais aujourd'hui on utilise ceux de Birkenau. – Il sourit. – On ne va quand même pas incinérer des corps juste à côté de la Gestapo et de la Kommandantur, si ?

— Hier, en arrivant, j'ai vu la flamme d'un crématoire qui brûlait la nuit…

— Et alors ?

Francisco jugeait incompréhensible que Broad ne saisisse pas ce qui lui paraissait évident.

— Mais, Unterscharführer, une flamme comme celle-là en pleine nuit constitue une violation des ordres de black-out et une invitation adressée à l'aviation ennemie. C'est comme si on lui disait : on est là, vous pouvez larguer vos bombes !

Le SS brésilien haussa les épaules.

— Il le faut.

— Mais on ne pouvait pas attendre qu'il fasse jour ?

— Si on avait attendu, les cadavres se seraient accumulés et cela aurait aggravé le problème. La règle est de les brûler le plus tôt possible. Ce n'est qu'ainsi que les choses peuvent fonctionner.

La réponse déconcerta Francisco.

— Je ne comprends pas, Unterscharführer. Quel problème y aurait-il à attendre le jour pour le faire ?

— Il y a beaucoup de cadavres, mon gars. Vraiment beaucoup. S'ils s'accumulent, ils engorgent toute la chaîne et le système cesse de fonctionner. Nous savons que nous courons un risque, mais il n'y a pas d'autre solution.

La réponse embrouillait encore un peu plus le Portugais. Que fallait-il entendre par « engorgement de la chaîne » et « fonctionnement du système » ? Quelle chaîne ? Quel système ? Et surtout, c'était quoi cette histoire de cadavres ?

— Je suis désolé, Unterscharführer, mais je ne comprends pas. Que voulez-vous dire par beaucoup de cadavres ? Aussi nombreux soient-ils, on peut quand même attendre le lendemain matin pour les incinérer, non ?

— C'est toi qui le dis, mais quand tu verras la situation, tu comprendras. Ils doivent être incinérés sur-le-champ.

Ils atteignirent l'angle extérieur du camp et tournèrent à gauche, en suivant le fil de fer barbelé. Des miradors se dressaient à chaque coin, et à l'intérieur de la clôture on voyait les baraquements habituels en briques rougeâtres, aux toits élevés. Les Blocks des prisonniers.

— Combien de cadavres y a-t-il ? Une dizaine ? Une vingtaine ?

— Des milliers.

Francisco écarquilla les yeux, incrédule.

— Des milliers ?!

— Mille, cinq mille, dix mille.

— Par an ?

— Par jour, mon gars. Par jour.

Le Portugais regarda son supérieur hiérarchique les yeux grands ouverts, totalement ébahi. Au bout de deux secondes, cependant, il sourit. Quel idiot ! Bien sûr, c'était une blague que l'on faisait aux bleus. Ce genre de plaisanterie était très courant lorsque des nouveaux arrivaient dans les unités militaires. Et lui, pauvre nigaud, qui avalait tout !

— Ouais, ouais, dit-il en jouant le jeu. Si ça se trouve, vous montez même à vingt mille par jour.

— Oh, c'est déjà arrivé. Et même plus ! – Le ton de sa voix changea, comme s'il émettait une réserve. – Avec le nouveau commandant, Liebehenschel, les choses sont beaucoup plus calmes. – Il désigna l'horizon, en face. – Regarde là-bas. Est-ce que tu vois ?

Francisco tourna les yeux dans la direction indiquée et vit un panache de fumée noire qui s'élevait au loin.

— C'est le crématoire du plus grand camp ?

— Exactement, l'un des Kremas de Birkenau. Il n'y a qu'un Krema en fonctionnement car l'activité est ralentie. Mais ça n'a pas toujours été aussi tranquille. – Il porta la paume de la main à son front. – Bon sang, tu ne peux même pas imaginer ! Quand on recevait davantage de matière première que maintenant, tous les Kremas devaient tourner en même temps. Les quatre, et parfois aussi les fosses communes. Surtout des Juifs et des Polonais. Des milliers et des milliers. Ces jours-là, c'était terrible, crois-moi.

Francisco lui jeta un coup d'œil furtif, amusé par le zèle que mettait son supérieur hiérarchique à le bizuter. Pas de doute, les Brésiliens étaient des farceurs.

La sentinelle se mit au garde-à-vous lorsque les deux hommes traversèrent le portail du Stammlager, passant sous l'inscription en métal *Arbeit macht frei*. Francisco entra dans Auschwitz I. Sur la droite s'élevait un vaste édifice – la cuisine, indiqua Broad –, le reste de l'espace étant occupé par des successions de Blocks en briques rougeâtres où vivaient les prisonniers, tous alignés. Du pouce, le Brésilien désigna le premier bâtiment sur la gauche, après le portail, isolé du reste par une nouvelle clôture en barbelés.

— Tu as envie d'une fille ?

Francisco regarda le bâtiment et vit une blonde à la fenêtre, séduisante, qui fumait distraitement une cigarette.

— C'est une prisonnière ?

— Bien sûr.

Plissant les sourcils, le Portugais échangea un regard complice avec son supérieur.

— Vous avez des prisonnières de toute beauté, dites-moi !

— Si tu veux, tu peux te la faire.

La déclaration surprit Francisco.

— Je ne comprends pas, Unterscharführer, dit-il, troublé. Ne m'avez-vous pas dit tout à l'heure qu'il était strictement interdit de fraterniser avec les prisonniers ?

— Du calme, répondit le supérieur. Celles-ci sont des prostituées, OK ?

— Vous avez des putes, ici ?

— Dans le Block 24. Sur ordre du Reichsführer-SS, l'été dernier, ce bâtiment a été transformé en bordel, mais par pudeur on l'appelle *Sonderbau*, le bâtiment spécial. Il y a des Allemandes, des Polonaises, des Ukrainiennes et des Russes qui sont de vrais brasiers.

— Où les avez-vous dégotées ?

— Dans le camp, pardi. Ce sont des prisonnières.

Francisco parut de nouveau inquiet.

— Vous les forcez ?

— On ne les oblige à rien du tout. Ces filles sont volontaires pour faire ce travail ; au Sonderbau elles mangent bien, elles sont au chaud, elles ont de beaux vêtements et même du parfum. Parfois, on les emmène faire une balade. Elles ont la belle vie, surtout quand on la compare à la vie des autres, ici à Auschwitz, tu sais.

— Eh bien, il ne fait aucun doute que…

— Regarde là-bas ! Ça tombe à pic ! – L'officier éleva la voix et passa à l'allemand. – *Oswald, komm her !*

Francisco se retourna et vit un groupe de prisonniers qui tirait une charrette. Toujours à la recherche de Tanusha, il vérifia instinctivement s'il y avait des femmes. Il ne vit que des hommes. Un seul SS accompagnait le groupe, le fameux Oswald, dont les oreilles semblaient encore plus décollées du fait de sa maigreur. Quand il vit Broad se diriger vers lui, le SS tendit le bras droit.

— *Heil Hitler !* salua-t-il. Vous m'avez appelé, Unterscharführer ?

— *Ach*, je suis content de te voir. – L'officier fit un geste pour introduire son compagnon. – Oswald, le SS-Mann Francisco Latino est une recrue qui vient d'arriver. Il sera ton nouvel assistant pour surveiller les Arbeitskommandos sous ta responsabilité. – Il se tourna vers le Portugais. – Voici le Rapportführer Oswald Kaduk. Il est chargé de quelques Kommandos.

Tu devras te présenter à lui demain à 5 heures du matin sur l'Appellplatz, compris ?

Francisco savait que Rapportführer n'était pas un poste de carrière dans la SS, mais une fonction.

— *Jawohl*, Unterscharführer.

Le SS qui accompagnait les prisonniers souffla de soulagement.

— Il était temps, Unterscharführer, déclara Oswald dans un allemand à l'accent étrange. J'ai besoin d'aide pour surveiller les Kommandos. On ne peut pas envoyer en permanence des hommes au front et ne laisser que quelques soldats ici. Moi, par exemple, je suis Rapportführer et j'exerce les fonctions de Kommandoführer. Ce n'est pas possible. Si on continue comme ça, un de ces jours il ne restera plus personne.

— Rassure-toi, Oswald. À partir de demain, Francisco te donnera un coup de main à l'Arbeitskommando. Accompagne-le un certain temps, pour qu'il comprenne ce qu'il doit faire et…

Pendant que les deux SS parlaient, le Portugais observait les prisonniers qui tiraient la charrette. Ils portaient des uniformes à rayures, semblables à des pyjamas, avec, cousus sur la poitrine, des triangles verts ou rouges, la pointe vers le bas ; parfois, des lettres figuraient dans la partie inférieure des triangles colorés ; il y avait surtout des P, mais aussi quelques F et d'autres lettres. Il se demanda si Tanusha, où qu'elle fût, était aussi habillée comme ça. Ce qui attira vraiment son attention, cependant, ce fut l'état physique des hommes ; leurs visages étaient émaciés, leurs pommettes saillantes, et leurs corps squelettiques semblaient flotter dans leurs uniformes. Lorsque Broad en eut fini avec le Rapportführer, Francisco ne put s'empêcher de faire un commentaire à leur sujet.

— Comme ils sont maigres ! dit-il, choqué en imaginant que sa fiancée pouvait être dans le même état qu'eux. On ne les nourrit pas ?

L'officier leur jeta un coup d'œil tandis qu'ils s'éloignaient.

— Qu'est-ce que tu racontes ! fit-il avec un geste dédaigneux de la main. Ils m'ont l'air bien.

— Mais ils sont extrêmement maigres…

— Tout le monde est maigre dans le Katzet, c'est comme ça. On reçoit une quantité de nourriture limitée, et comme il y a beaucoup de monde à Auschwitz, ça ne suffit pas et on doit un peu la rationner. – Il indiqua le groupe qui était passé. – Mais ceux-là me semblent tout à fait normaux. Tu devrais voir les hommes à Birkenau. Là, ce n'est vraiment pas facile.

— C'est pire qu'ici ?

— Oh ! Bien pire ! Quand tu verras un *Muselmann*, on en reparlera.

— Il y a des musulmans ici ?

La question arracha un sourire ambigu à l'Unterscharführer.

— Plus qu'à La Mecque.

Francisco ne comprit ni la réponse ni le sourire, mais il n'insista pas. Son attention était toujours fixée sur les prisonniers qui étaient déjà loin.

— Que signifient ces triangles verts et rouges qu'ils portent sur la poitrine ?

— Les couleurs indiquent la catégorie des prisonniers, expliqua Broad. Les triangles rouges sont pour les détenus politiques : communistes, libéraux et sociaux-démocrates. Les verts sont pour les droits communs : criminels, violeurs, voleurs. Mais il y en a beaucoup qui n'ont rien fait. Des prisonniers qui ont été condamnés pour sabotage juste parce qu'ils avaient acheté une pomme de terre dans la rue.

Ils ont été amenés ici, au Katzet, et on leur a mis des triangles verts.

— Pour avoir acheté une pomme de terre ?!

— C'est carrément fou, n'est-ce pas ? Le Katzet est plein de détenus de ce genre. Il y en a qui ne savent même pas ce qu'ils ont fait pour se retrouver ici. Il suffisait que quelqu'un écrive une lettre en disant qu'untel avait dit du mal du Führer et… hop, il était arrêté.

— Vous voulez dire que si je n'aime pas mon voisin, je n'ai qu'à écrire une lettre disant qu'il a insulté le Führer, et le type se retrouve ici ?

— C'est ça, confirma Broad. L'idée, c'est qu'il vaut mieux arrêter dix innocents que de laisser échapper un coupable. C'est pour ça qu'il y a des gens avec un triangle rouge ou vert qui n'ont rien fait.

— Ça alors !

— Mais il y a aussi d'autres couleurs. Les triangles noirs sont les asociaux et les putains. Les roses, les homosexuels, les violets, les témoins de Jéhovah et les étoiles jaunes de David, les Juifs. Les lettres identifient le pays d'origine. P pour Pologne, F pour France, B pour Belgique et ainsi de suite. Les Allemands n'ont pas de lettre.

Le Portugais regarda les uniformes des prisonniers qu'ils croisaient.

— Je ne vois que des rouges et des verts.

— C'est la majorité des détenus au Katzet. Ils n'arrêtent pas de se battre. Et nous encourageons ça, bien sûr. Pendant qu'ils se battent entre eux, ils ne se battent pas contre nous. Même les rouges se battent entre eux. Il paraît qu'à Dachau les communistes et les sociaux-démocrates en viennent presque à s'entretuer ; mais ici, les conditions sont beaucoup plus difficiles et cela n'arrive pas souvent. Quoi qu'il en soit, la grande majorité des Kapos et des Blockältesten, les détenus qui surveillent les autres prisonniers, sont des verts, vraiment *très* verts. Des sales types, tu n'as pas idée. Des violeurs, des meurtriers, des gens violents. Une bande de scélérats ! Les autres prisonniers passent un sale quart d'heure avec eux. Mais le nouveau commandant, celui qui est arrivé il y a trois mois, a renvoyé les verts les plus féroces et les a remplacés par des rouges. Ce sont des gens plus policés. Dans les Arbeitskommandos où les Kapos sont rouges et dans les baraquements où les Blockältesten sont rouges aussi, la situation s'est améliorée.

— Excusez-moi, Unterscharführer, mais pas besoin d'être un génie pour comprendre que, si on met des meurtriers et des violeurs aux postes de direction, ça risque de mal tourner.

— C'est précisément pour ça qu'on les y a mis.

— Vous plaisantez !

— Je suis tout à fait sérieux, confirma Broad. Ils ne t'ont pas expliqué, au Heidelager, qu'il faut être impitoyable avec les ennemis du Reich ? – D'un geste de la main, il indiqua les prisonniers qui passaient près d'eux. – Ces gens sont des ennemis du Reich.

— Mais ceux-ci sont déjà en prison, Unterscharführer.

— Cela n'a pas d'importance, souligna-t-il. L'ordre n'est pas d'être impitoyable envers les ennemis du Reich qui sont en liberté. L'ordre est d'être impitoyable envers les ennemis du Reich, un point c'est tout. Qu'ils soient en liberté ou non, ça n'a aucune importance. C'est Eicke, un grand chef SS, décédé l'année dernière sur le front russe, qui a conçu ce système. Eicke a dit : quiconque affiche la moindre sympathie envers les prisonniers doit être écarté. Nous avons besoin de SS coriaces et qui y croient dur comme fer. Il n'y a pas de place pour les mauviettes parmi nous. Nous ne pouvons pas ressentir de la pitié envers les prisonniers, et quiconque en aura n'ira pas loin. Tels sont les ordres en vigueur dans tous les Katzet du Reich.

— Et quelle est la logique de tout ça ?

— Darwin, mon gars.

— Un autre chef SS ?

Broad sourit.

— Darwin était un Anglais qui a découvert que la vie est une jungle et que seuls les plus forts survivent. Les plus faibles sont tués. Cette idée est très importante pour l'évolution de l'humanité. Quiconque montre de la sympathie à l'égard des détenus fait preuve de faiblesse. Quiconque montre de la faiblesse est faible et, partant, menace la force de la race. Les faibles sont éliminés. Un SS ne peut pas être faible, puisqu'il est l'élite de l'élite, l'avenir des Aryens et de l'humanité ; il ne doit donc pas céder aux sentiments humanistes vis-à-vis des prisonniers. C'est pour ça que les verts ont été nommés Kapos. L'idée est qu'en étant violents, ils rendront la vie infernale aux autres prisonniers et les plus faibles mourront. Seuls les plus forts survivront, tu comprends ? La sélection naturelle.

— Mais, Unterscharführer, n'avez-vous pas dit il y a un instant que le nouveau commandant avait remplacé les plus violents ? Ça contredit toute cette logique, non ?

L'officier SS brésilien regarda son subordonné avec un air approbateur.

— Tu ne sais peut-être pas qui est Darwin, mais tu fais attention aux détails, observa-t-il. En effet, tu as raison. L'Obersturmbannführer Liebehenschel ne croit pas à la philosophie de Eicke, il pense que c'est une connerie dépassée et contre-productive et c'est pour ça que, dès son arrivée, il a commencé à remplacer les

Kapos et les Blockältesten verts par des rouges. Il veut améliorer la vie des prisonniers. Ça se passe ici, à Auschwitz I. C'est moins le cas à Birkenau, où la plupart des postes de Kapo et de Blockälteste continuent d'être occupés par des verts.

Ils atteignirent la dernière rue du camp et, sur l'indication de Broad, tournèrent à droite. Francisco continuait à observer les prisonniers qui apparaissaient, remarquant surtout leurs silhouettes décharnées et la couleur des triangles qu'ils portaient sur leurs uniformes rayés.

— C'est curieux, je ne vois pas de Juifs…

— À Auschwitz I, on n'en a pas beaucoup. – Il désigna le panache noir de fumée au loin. – Ils vont principalement à Birkenau, à trois ou quatre kilomètres dans cette direction. La majorité d'entre eux sort *durch Kamine*. Par les cheminées.

— Les cheminées ?

— C'est ça. C'est par là qu'ils sortent.

Francisco secoua la tête.

— Pardon, Unterscharführer, mais je ne saisis pas…

Broad le regarda, comprenant parfaitement pourquoi il ne saisissait pas.

— Ah, je vois que tes copains de dortoir ne t'ont pas expliqué ce qui se passe ici, dit-il, l'air très sérieux. Ça surprend tous ceux qui arrivent dans le camp, y compris les SS. Ce que je vais te dire est un secret. Personne en dehors du camp ne doit le savoir, compris ?

— Bien sûr, Unterscharführer. Vous pouvez me faire confiance.

Il fit à nouveau un geste en direction de Birkenau.

— Tu as vu les trains qui arrivent de ce côté ?

— Les convois ?

— C'est ça. Tu les as vus ?

— Je n'en ai vu aucun. Mais hier, quand j'étais en train de dîner, un SS est arrivé en disant « Convoi », et tout le monde est sorti en courant. Je suppose que c'est à ça que vous faites allusion, Unterscharführer.

— Exactement. Ces trains, que tout le monde appelle *Transport* ou *convoi*, amènent des Juifs de partout. Une fois à Birkenau, les Juifs en descendent. Une partie reste là pour travailler. Les autres… *durch Kamine*. Ils sortent par les cheminées.

— Quelles cheminées ?

— Ils sont tués.

Le Portugais esquissa une expression ennuyée.

— Allez, arrêtez ! Soyez sérieux.

— C'est comme je te le dis, mon gars, déclara Broad avec emphase. Les Juifs qu'on ne garde pas pour travailler, on les envoie aux Kremas et ils sont tués. Tu te souviens de la flamme que tu as vue hier soir ? – Il désigna Birkenau. – Tu ne vois pas la fumée noire, là-bas au loin ? Ce sont leurs corps qu'on brûle. Les Juifs arrivent, on les tue et puis ils sont incinérés. C'est ce qu'on fait ici.

Le Portugais hésita. Dans des circonstances normales, il aurait invité son interlocuteur à arrêter de le charrier, convaincu que la crémation quotidienne de plusieurs milliers de corps n'était qu'un bobard réservé aux bizuts. Mais de fait, tout correspondait à ce qu'il avait observé la veille, l'immense flamme illuminant la nuit, et la fumée noire qu'il continuait de voir s'élever d'Auschwitz II, ou Birkenau. Pour qu'un crématoire fonctionne comme ça sans interruption, les morts d'un camp ne suffisaient pas, il ne pouvait pas mourir tant de monde que ça à Auschwitz. Tous ces corps, il fallait forcément qu'ils arrivent d'ailleurs. Par ces fameux convois ?

Il n'avait pas non plus oublié ce que Rolf lui avait dit à Pouchkine, trois mois plus tôt, lorsqu'il avait parlé des Einsatzgruppen, les unités SS qui exécutaient des civils juifs sur le front russe, y compris des femmes et des enfants. Il lui avait juré qu'il avait vu ces exécutions de ses propres yeux, ce que le fonctionnaire de la SS qui l'avait recruté n'avait pas nié. Or, si les SS tuaient des Juifs sur le front russe, qu'est-ce qui les empêchait d'en faire autant, en toute tranquillité, dans un camp de concentration ?

Pourtant, il avait du mal à le croire.

— Ce n'est pas possible, Unterscharführer.

L'officier brésilien ouvrit les bras et haussa les épaules.

— C'est pourtant ce qui se passe. Dieu veuille qu'un jour ils ne réservent pas à notre peuple le sort que nous réservons au leur !

Francisco dévisagea intensément son supérieur.

— Vous avez vu des Juifs se faire tuer dans le camp ?

— Une fois. Dans le Krema III.

Le Portugais demeura silencieux pendant quelques instants. Ils continuèrent à marcher le long de la dernière rue qui traversait le camp de concentration, Francisco réfléchissant à ce qu'il avait entendu et vu. Il regarda vers l'horizon et fixa à nouveau la colonne de fumée noire qui s'élevait au-delà des Blocks d'Auschwitz I. Était-il vraiment possible qu'ils tuent des Juifs par milliers et les incinèrent ? L'idée était trop absurde pour être vraie. Cependant, elle concordait avec tout ce qu'il savait déjà. Sa tête y croyait, mais pas son cœur.

— Vous avez dit que le nouveau commandant tentait de changer Auschwitz, rappela-t-il, rompant le bref silence qui s'était installé entre eux. Changer comment ?

Lorsqu'ils atteignirent le bout de la rue, ils s'arrêtèrent devant les derniers baraquements. Le SS brésilien désigna les deux qui se trouvaient à gauche, dans le coin.

— Tu vois ces bâtiments ? demanda-t-il. Ce sont les Blocks B11 et B10. – Il montra le dernier, dans l'angle du Stammlager. – Le B11, c'est celui-là. Le baraquement le plus redouté des prisonniers du camp principal. Il n'y a personne qui ne connaisse le B11, même si rares sont ceux qui en sont sortis vivants pour raconter leur histoire. C'est là que les prisonniers sont interrogés. Et quand je dis « interrogés », c'est un euphémisme. Jusqu'à récemment, ils étaient accrochés et battus jusqu'à ce qu'ils s'évanouissent. Ensuite, on les jetait dans les cellules. Certaines d'entre elles, appelées bunkers, sont si étroites que les prisonniers ne peuvent même pas s'asseoir. Ils y étaient enfermés pendant des jours et des jours, toujours debout.

— Vous y êtes déjà allé, Unterscharführer ?

Broad hocha affirmativement la tête.

— Le B11 est sous la responsabilité de la Politische Abteilung.

— Avez-vous interrogé des prisonniers ?

Le SS brésilien sortit une cigarette de sa poche, la porta à ses lèvres et l'alluma avec un briquet. Il fit ces gestes avec nonchalance, comme s'il cherchait à gagner du temps pour réfléchir à sa réponse.

— Il m'est même arrivé de les cogner jusqu'à faire gicler leur sang comme des porcs à l'abattoir.

Sentant que le sujet était trop sensible, Francisco demeura silencieux. L'officier entrouvrit les lèvres et souffla lentement une bouffée, les yeux toujours fixés sur le dernier bâtiment du camp, comme s'il était en train de revivre la scène.

— Nous avions deux types de prisonniers : les criminels de type 1 et les criminels de type 2, dit-il sur un ton monocorde, reprenant son récit comme s'il se parlait à lui-même. Les premiers étaient accusés de délits mineurs, comme fumer pendant l'Arbeitskommando ou voler des pommes de terre. Ils recevaient quelques coups de fouet et se retrouvaient dans une compagnie pénale à faire des travaux pénibles. Les criminels de type 2 avaient moins de chance. Ils étaient emmenés aux toilettes du rez-de-chaussée et obligés de se déshabiller. Avec de l'encre indélébile, on écrivait leur numéro sur leur corps. Puis ils devaient sortir, nus, dans la cour entre le B11 et le B10, où se trouvait un homme de la Gestapo avec un pistolet. – Il simula un pistolet avec la main et visa une cible invisible. – Bang. Au suivant. Bang. Au suivant. Bang. – Il baissa le bras. – Ils étaient abattus contre un mur noir, au fond de la cour, touchant presque le fil de fer barbelé. Le numéro inscrit sur leur corps permettait ensuite d'identifier les exécutés. Dans le rapport, on disait qu'ils avaient tenté de s'échapper.

— Vous… Vous avez aussi assisté à ça ?

Francisco posa la question dans un murmure et le Brésilien, toujours plongé dans ses souvenirs, acquiesça à nouveau.

— Plusieurs fois. – Il resta silencieux un moment, comme s'il revoyait une scène, et, tout à coup, sembla revenir au présent. – Tu te souviens de ce camarade dont j'ai parlé tout à l'heure, l'Hauptscharführer Palitzsch ?

— Celui qui a été condamné à mort pour avoir fricoté avec une prisonnière ?

— Celui-là même. Palitzsch se vantait d'avoir exécuté vingt-cinq mille prisonniers devant le mur noir.

— Vingt-cinq mille ? Un seul homme a exécuté vingt-cinq mille personnes ? – Il esquissa une moue d'incrédulité. – Ce n'est pas possible.

— C'est ce qu'il disait. Et crois-moi, j'ai vu Palitzsch en tuer beaucoup ! – Il secoua la tête. – Il était taré. – Il se tourna vers son interlocuteur. – Lorsqu'il a été arrêté l'année dernière, tu sais où on l'a envoyé ?

— Ne me dites pas que c'était au B11…

Le Brésilien sourit.

— Quelle ironie, non ?

Le regard de Francisco demeurait fixé sur le bâtiment à l'angle du camp.

— On y pratique encore des exécutions ?

Cette fois, Broad fit un geste négatif de la tête.

— L'été dernier, un colis envoyé par un SS d'Auschwitz a soulevé des soupçons. Le paquet était petit, mais très lourd. On l'a ouvert et on a vu qu'il contenait trois lingots d'or. C'était une preuve : des SS volaient de l'or pris aux Juifs, ici, au Katzet. Un inspecteur est arrivé, le juge Morgen, et il a commencé à enquêter sur les cas de corruption. Au cours de son enquête, il a été confronté aux mêmes choses que toi aujourd'hui, le meurtre des Juifs. Il a été informé que ces exécutions avaient été ordonnées par le Führer et il n'a rien pu faire. Mais le juge a révélé de nombreux cas de fusillades non autorisées de Polonais devant le mur noir, dont une grande partie relevait de la responsabilité du chef de la Politische Abteilung, un scélérat nommé Grabner.

— Votre chef ?

— Plus maintenant, dit Broad. C'était un péquenot, il suffisait de l'entendre parler. Son allemand était rudimentaire, un vrai rustre. En fait, avant d'être SS, il était bouvier. On n'a rien trouvé de mieux que de confier des responsabilités à un abruti pareil ! – Il esquissa une moue de désapprobation. – À plusieurs reprises, Grabner a accusé la Politische Abteilung d'être trop laxiste avec les prisonniers, juste parce qu'on ne faisait pas suffisamment d'exécutions. Il a exigé plus de dureté.

— Et vous ?

Le Brésilien fit un geste vague de la main.

— On a dû obéir, bien sûr. Mais le problème ce n'était pas uniquement les exécutions au B11. Le chef des médecins du camp, le Dr Wirths, a également accusé Grabner d'avoir ordonné l'exécution de Polonaises enceintes, et il a dit qu'il était fréquent, dans les infirmeries, de sélectionner régulièrement des malades pour leur injecter du phénol dans le cœur. Ces exécutions n'étaient pas réglementaires parce qu'elles n'avaient pas été incluses dans l'ordre verbal du Führer ni n'avaient été autorisées par le Reichsführer-SS. Grabner a été arrêté voilà trois mois, en novembre. Son supérieur, le chef de la Gestapo de Katowice, a aussi fini par être remplacé. Ces hommes de Katowice, c'étaient de véritables bouchers, tu ne peux pas imaginer. Et les choses n'en sont pas restées là. À la même époque, le commandant du camp lui-même, l'Obersturmbannführer Höss, a été écarté.

— À cause des exécutions ?

— Oh, ce n'était pas que les exécutions. L'année dernière, la radio anglaise a commencé à signaler les meurtres à Auschwitz. Le Reichsführer-SS est venu ici et lui a dit que tout cela pouvait être gênant pour l'Allemagne. Höss devait partir. L'enquête du juge Morgen n'a fait que précipiter les choses. En fait, le commandant Höss a été promu et affecté à Berlin, ce qui montre que ce n'était pas exactement une punition. Toujours est-il qu'il est parti.

— Et le nouveau commandant est arrivé…

— Liebehenschel a repris le poste en octobre et il a commencé à tout changer. Il a mis un terme aux sélections périodiques dans les infirmeries et dans les camps, les bunkers du B11 ont été démolis, le mur noir a été abattu et l'ordre de tirer sur tous ceux qui tentaient de s'échapper du Katzet a été annulé. De plus, pour la première fois, un prisonnier rouge a été nommé pour diriger un Block et les verts les plus dangereux ont été éloignés et transférés dans d'autres camps. Ces changements ont eu de l'effet à Auschwitz I, où la situation s'est nettement améliorée. À Birkenau, les choses ont aussi changé, c'est vrai, mais peu.

— Et les Juifs ?

Broad tira à nouveau une bouffée sur sa cigarette et souffla la fumée. Puis il tourna sur ses talons et commença distraitement à rebrousser chemin, laissant les Blocks B10 et B11 derrière lui.

— Je te raconte tout ça à cause des Juifs, rappela-t-il en marchant. De même qu'il a mis fin à un certain nombre de situations graves ici, Liebehenschel a mis un terme au meurtre des Polonais et tenté d'arrêter le massacre des Juifs. Comme je l'ai dit, il a suspendu les sélections dans les camps. Comme ça, tout le monde est resté tranquille.

Francisco indiqua la fumée noire qui montait de Birkenau.

— Et le crématoire, Unterscharführer ? Il brûle quoi ? Du bois ?

— Attends, je n'ai pas fini, dit-il en levant la main. Quand on s'est aperçu qu'on avait arrêté le massacre des Juifs à Auschwitz, Berlin a donné des ordres exprès et formels pour que les sélections soient reprises. L'Obersturmbannführer a alors commencé à feindre d'être distrait et à chercher des excuses, il a déclaré qu'il fallait interrompre les trains des Juifs car la rampe de la gare devait être réparée, et je ne sais quoi d'autre du même genre, mais les chefs à Berlin étaient furieux et ils ont insisté. L'Obersturmbannführer s'est alors rendu à Berlin pour convaincre les huiles de mettre fin à tout ça, mais ça n'a pas marché. La semaine dernière, après deux ou trois mois d'interruption, les trains ont réapparu. C'est pour ça que tu vois la fumée.

— Le commandant est opposé aux meurtres ?

— Bien sûr.

— Mais alors, comment se fait-il qu'il soit encore en fonction, Unterscharführer ?

Broad leva l'index en l'air, comme un professeur répétant la leçon à son élève.

— Loyauté et honneur, mon gars. Loyauté et honneur, tu as oublié ? Un SS obéit à la hiérarchie, il obéit toujours, même quand il n'est pas d'accord ou ne comprend pas. Loyauté et honneur.

Comme si la leçon était terminée, Pery Broad se tourna vers la sortie et son subordonné le suivit, le regard filant dans toutes les directions à la recherche de Tanusha. Toujours en vain.

VII

Lorsqu'il vit le liquide noir qui avait été versé dans la timbale en aluminium, Levin fut consterné. De l'*ersatz* de café, encore. Regardant alentour, il constata que tout le monde était aussi déçu que lui. Le problème ne tenait pas à l'*ersatz* de café, mais au fait qu'il n'y avait *que* ce maudit café. Ils n'avaient rien mangé depuis qu'ils avaient avalé, dans le train, leur maigre pitance apportée de Theresienstadt, et la seule chose qu'on leur donnait au petit déjeuner c'était ce jus de chaussette !

— Vous avez vu ça ? demanda Václav, aussi inconsolable que les autres devant le « petit déjeuner ». On dirait de l'eau de vaisselle.

Il dit cela sur le ton de la plaisanterie, mais personne n'eut envie de rire. Levin avala son café d'un trait tant il avait faim. Lorsqu'il eut fini, loin d'être rassasié, il eut envie de demander au Blockälteste s'il n'y avait rien de solide à croquer, mais il se retint. Après avoir vu ce qu'on avait fait au vieillard à l'appel, et bien que ce fût sur la demande du SS, il préféra faire preuve de prudence.

L'un de ses voisins de grabat apparut soudain, haletant.

— Elles sont dans les latrines !

Nul besoin de grandes explications pour comprendre à qui il faisait allusion. Ils se levèrent d'un bond.

— Où est-ce ?

— Au bout du camp, indiqua-t-il en désignant le fond du couloir. Je suis allé aux latrines et elles étaient là… Je veux dire, je n'ai vu que quelques femmes et des enfants, bien sûr, mais elles nous ont dit qu'elles avaient toutes été logées dans les baraques de l'autre côté.

La nouvelle se répandit rapidement dans le baraquement et le murmure dégénéra en brouhaha ; tout le monde voulait aller aux latrines et quelques-uns se dirigeaient déjà vers la porte.

— Où pensez-vous aller ?

La question menaçante du Blockälteste les arrêta. Ils demeurèrent immobiles, n'osant faire un pas de plus. Bondy s'éloigna d'une poignée d'hommes en uniformes rayés, avec des triangles verts sur la poitrine. Il fit deux pas en avant, les mains sur les hanches, dans l'attitude de celui qui se savait observé par le SS et les Kapos allemands.

— Je vais vous dire où vous allez aller, grogna-t-il en allemand comme c'était la règle quand il y avait des SS dans les parages. Vous allez travailler, bande de paresseux. Comme le Lagerführer l'a dit ce matin, au Block 12, la discipline sera de fer et la justice implacable, et c'est à moi qu'il appartient de l'administrer en premier lieu. Et je le ferai. Laissez-moi vous rappeler qu'à Birkenau vous n'êtes plus des déportés. Vous êtes des prisonniers. Dans ce baraquement, c'est moi qui commande et ceux qui sortent du rang vont morfler, je vous le dis. Si vous voulez vivre, vous devez obéir. – Il fit un geste en direction des hommes en uniformes rayés qui se trouvaient derrière lui. – Voici vos Kapos. Chacun est responsable d'un Kommando de travail. Tout le monde dehors, prêt à suivre son Kapo jusqu'au lieu de travail. – Il frappa dans les mains, il avait fini de donner ses ordres. – Allez, en avant, tout le monde. *Los, los !* Ouste, au travail !

Ce que les prisonniers désiraient le plus à ce moment-là, c'était revoir leurs familles, mais de toute évidence les retrouvailles devraient être reportées. Quelques instants plus tard, ils quittaient le baraquement. Comme ses compagnons, Levin se dirigea vers l'Appellplatz du Block et se mit en rang derrière l'un des Kapos.

— Et si on se cachait ? murmura-t-il à l'homme qui se tenait à côté de lui, celui qui venait des latrines. Vous croyez qu'ils se rendraient compte de notre absence ?

— Vous n'y pensez pas ! répondit-il. Ceux que j'ai rencontrés dans les latrines sont arrivés avec le convoi de septembre. Ils m'ont dit de faire très attention avec les Kapos. Les Blockältesten de notre camp sont juifs, ils ne nous maltraitent que lorsqu'il y a des Allemands à proximité. Mais les Kapos d'Auschwitz ne sont pas juifs et les pires sont ceux avec les triangles verts. Ce sont des prisonniers de droit commun. Voleurs, assassins, violeurs. On m'a dit qu'ils peuvent être très violents.

Les détenus du Kommando examinèrent les triangles cousus sur les vêtements des Kapos qui emplissaient l'Appellplatz ; la plupart d'entre eux portaient bien des triangles verts, même si quelques-uns étaient rouges. C'était le cas du Kapo chargé de ce groupe. L'homme les regarda et leva les bras pour attirer leur attention.

— Je me nomme Mieczysław, mais tout le monde m'appelle Metek, dit-il dans un allemand rudimentaire – C'était manifestement un Polonais. – Je suis responsable du Kommando des pierres et vous êtes dans le groupe C, mon unité. Je veux de l'ordre et de la discipline. Ne me créez pas de problèmes et vous n'aurez pas de problèmes. Compris ?

Le groupe répondit par un murmure d'assentiment. Le Kapo fit alors un geste du bras, ordonnant aux prisonniers de le suivre.

— Kommando… au travail !

VIII

Les fils des barbelés bruissaient au vent, émettant un murmure prolongé semblable au bourdonnement de violons désaccordés. Tout en marchant le long de la clôture, Francisco dévisageait les prisonniers, essayant de la trouver sur chaque visage, mais Tanusha semblait invisible. À plusieurs reprises, il crut la voir passer dans une rue du camp, entrer dans un baraquement de détenus ou travailler dans un Arbeitskommando. Une fois, il eut l'impression de l'apercevoir sur l'Appellplatz et il alla même jusqu'à l'appeler. Mais chaque fois, c'était un faux espoir.

Il commença à se demander si le SS qui l'avait recruté à Pouchkine ne l'avait pas trompé. Mais il était encore trop tôt pour tirer des conclusions. Il y avait beaucoup de monde à Auschwitz I, et sa fiancée pouvait se trouver dans l'un des quarante autres camps du complexe ; c'était d'ailleurs le plus probable. Il pourrait les parcourir tous, bien sûr, mais il y en avait beaucoup et son laissez-passer était limité au camp principal. Il se mit à imaginer des stratagèmes pour la retrouver et en arriva à la conclusion que le meilleur moyen serait de demander à quelqu'un de la chercher à sa place. Il devait trouver un bon prétexte et il ne pourrait jamais laisser deviner sa relation avec elle. L'affaire exigeait la plus grande prudence.

C'est avec cette idée en tête qu'il sortit plus tôt ce matin-là. Avant d'aller au Stammlager se présenter au Rapportführer Kaduk, il se rendit dans le bureau de Pery Broad et trouva le Brésilien en train de lire. L'officier SS leva les yeux.

— *Priviet !* dit-il en le saluant. *Kak dela ?*

Francisco ne comprit pas.

— Que dites-vous, Unterscharführer ?

— *Ja gavario po-ruski.*

— Vous parlez russe, Unterscharführer ?

Broad lui montra la couverture du livre ; c'était un dictionnaire allemand-russe.

— J'apprends, répondit-il. – Il se tourna vers la porte. – Dima !

Un prisonnier du secteur administratif apparut à l'entrée du bureau.

— À vos ordres, *Herr* Unterscharführer.

— On dit *ja gavario po-ruski* ou *ja panhimayo po-ruski* ?

— Cela dépend de ce que vous voulez dire, *Herr* Unterscharführer, précisa le détenu. *Ja gavario* signifie « je parle » et *ja panhimayo* signifie « je comprends ». Ce sont des choses différentes, *Herr* Unterscharführer.

— *Ach*, bien sûr !

— Autre chose, *Herr* Unterscharführer ?

D'un signe de la main, le SS brésilien le congédia.

— Va travailler.

Le Russe retourna à son poste, les laissant à nouveau seuls.

— Pourquoi voulez-vous apprendre le russe, Unterscharführer ?

— Mes responsabilités à la Politische Abteilung comprennent la traduction. Comme je parle portugais, espagnol, anglais et français, on fait appel à moi pour traduire pendant les interrogatoires. Alors pourquoi ne pas apprendre aussi le russe ? L'intonation ressemble d'ailleurs un peu au portugais.

Le saxophone était posé dans un coin du bureau, et quelques partitions étaient éparpillées sur la table. Saisissant ce prétexte pour en arriver à ses fins, Francisco en prit une et regarda les notes comme s'il s'y connaissait. Il savait que Broad était mélomane et faisait partie d'un orchestre composé de prisonniers.

— C'est pour le concert que vous organisez ?

— Oui, je répète *L'Anneau du Nibelung*, de Wagner, avec mon orchestre. Tu connais ?

— Non, répondit-il. Mais je me demandais si vous étiez toujours à la recherche de détenus doués pour la musique.

— Bien sûr. Pourquoi ?

Le Portugais s'éclaircit la voix, s'apprêtant à raconter l'histoire qu'il avait préparée.

— On m'a dit qu'il y a un talent incroyable dans le camp.

— C'est vrai ? Qui ?

Son subordonné fouilla dans sa poche et en sortit un papier qu'il déplia, comme s'il cherchait une information qui y était notée.

— Une Russe, répondit-il. Elle s'appelle… laissez-moi voir… Tanya Tsukanova.

L'officier lui lança un regard opaque.

— Jamais entendu parler.

— Il paraît que c'est une grande artiste.

— Je vais demander à Dima. Si la fille est célèbre en Russie, il la connaîtra.

— Elle n'est pas encore célèbre, s'empressa de préciser Francisco. Mais on m'a assuré qu'elle était très prometteuse. Un talent en devenir.

Le Brésilien sembla moins intéressé.

— Je ne recherche que des artistes confirmés.

Francisco avait réfléchi à la question et il avait décidé de mentir modérément. Prétendre que Tanusha était une artiste consacrée ne marcherait jamais, car il y avait de nombreux prisonniers russes dans le camp, y compris dans le bâtiment de la Politische Abteilung, comme ce Dimitri. Et puis, lorsqu'on l'aurait trouvée, Broad se rendrait très vite compte qu'elle n'avait aucun talent pour la musique. Cela pourrait éveiller les soupçons. Moins il mentirait, moins les faits le contrediraient.

— On m'a dit beaucoup de bien d'elle, Unterscharführer. Apparemment, elle n'est pas encore connue, mais elle serait un diamant à polir. Pourquoi ne pas vérifier ?

— Qui t'a dit ça ?

— Des… Des prisonniers dans le camp.

Broad fit un geste de lassitude.

— C'est une perte de temps. Quelqu'un veut faire sortir la fille de son trou et t'a raconté cette histoire pour voir si ça marchait.

— Même si c'était le cas, vous ne perdriez pas votre temps. J'ai toujours aimé jouer les détectives, je peux me charger moi-même du travail. Si je me rends compte qu'elle a vraiment le talent qu'on prétend, je vous en informerai et vous pourrez ainsi renforcer votre orchestre. Si ce n'est pas le cas, je ne vous dérangerai même pas. Qu'avez-vous à perdre ?

L'officier SS regarda le Portugais. Effectivement, qu'avait-il à perdre ?

— Si tu tiens vraiment à perdre ton temps avec ça, très bien. Tant que tu remplis tes devoirs de garde du camp, je n'y vois pas d'inconvénient.

Du pouce, Francisco indiqua la porte du bureau.

— Je peux demander au personnel administratif de localiser la fille ? C'est que je n'ai pas accès aux dossiers des prisonniers.

Se désintéressant de la question, son supérieur reprit son dictionnaire, se cala dans son siège et se remit à le feuilleter à la recherche d'un nouveau mot en russe.

— Parles-en à Dima.

Avoir affaire à un détenu à Auschwitz offrait le grand avantage que celui-ci n'oserait jamais remettre en question une demande émanant d'un membre de la SS, même un simple SS-Mann. C'est pourquoi, lorsque le Portugais quitta le bureau de Pery Broad et alla voir le détenu, celui-ci se leva immédiatement et attendit les ordres.

— J'ai été informé que vous disposez des dossiers contenant les fiches des prisonniers, déclara Francisco. J'ai parlé avec l'Unterscharführer et nous devons trouver une personne.

Sans perdre de temps, Dimitri se dirigea vers l'étagère où se trouvaient les dossiers des prisonniers.

— Tout de suite, *Herr* SS-Mann, dit-il. Quel est son matricule, *Herr* SS-Mann ?

— C'est quelqu'un de votre pays, l'informa le Portugais, faisant semblant de consulter le nom inscrit sur le papier qu'il tenait à la main. Tanya Tsukanova.

Toujours debout près de l'étagère, le prisonnier russe insista.

— Oui, *Herr* SS-Mann, mais quel est son matricule ?

— Je l'ignore. Cherchez d'après son nom.

Dimitri semblait embarrassé, mais il n'osait pas regarder le SS dans les yeux.

— Quand les prisonniers entrent au Katzet, *Herr* SS-Mann, c'est le matricule tatoué sur leurs bras qui permet de les identifier. Comme vous le savez, les noms des prisonniers ne sont généralement pas enregistrés.

La réponse ne sembla pas convaincre Francisco.

— Allons, Dima, il doit bien se trouver dans un dossier.

— Pas ici à la Politische Abteilung, *Herr* SS-Mann. Et pour autant que je sache, il n'y a de fichier avec les noms de tous les détenus ni à la Kommandantur, ni à l'administration centrale. À quelques exceptions près, les détenus de ce Katzet ne sont identifiés que par leur matricule.

C'était vrai, et le Portugais le savait, mais il n'avait pas pensé à ce détail qui allait compliquer sa recherche.

— Il n'y a aucun fichier avec les noms, nulle part ?

Dimitri réfléchit à la question.

— Seulement dans les Blocks où vivent les prisonniers, *Herr* SS-Mann, suggéra-t-il. J'imagine que les Blockältesten connaissent certaines des personnes de leur baraquement.

L'idée n'était pas mauvaise.

— Envoyez une circulaire à tous les Blockältesten pour qu'ils la cherchent.

— À tous les Blockältesten, *Herr* SS-Mann ?

— Oui.

— Tous ?

Son insistance intrigua Francisco.

— Ça pose un problème ?

Se tenant toujours debout près de l'étagère, Dimitri semblait ne pas savoir quoi faire.

— C'est que… enfin, il y a une quarantaine de camps, des centaines de Blocks et des dizaines de milliers de prisonniers, *Herr* SS-Mann. C'est compliqué d'adresser une telle demande à tous les Blockältesten. Cela va susciter beaucoup de questions.

— Humm… alors, que suggérez-vous ?

— Il serait peut-être préférable de procéder de manière méthodique, discrète et sélective, *Herr* SS-Mann. Si la personne en question est russe, le mieux serait de commencer par un camp où il y a des Russes. Si ça ne donne rien, on passe à un autre camp avec des Russes, et puis un autre. Je pense qu'ainsi on obtiendra de meilleurs résultats.

— Par où suggérez-vous que l'on commence ?

— Auschwitz I, *Herr* SS-Mann.

Conscient qu'il ne connaissait pas bien la façon de travailler au KL, Francisco fit un geste vague de la main.

— Entendu, faites comme ça.

Le Russe prit un dossier et l'apporta au SS. Il l'ouvrit et identifia les noms des Blockältesten de chaque Block. Ensuite, et après y avoir été dûment autorisé par Francisco, il s'assit derrière son bureau et commença à rédiger la circulaire visant à demander des informations au sujet de la prisonnière Tanya Tsukanova.

Le prisonnier au triangle rouge avec un P, un Polonais, allait décharger le sac de la charrette lorsqu'il fut frappé dans le dos ; il se cogna brutalement contre la charrette et s'effondra par terre. Il se leva et, bien que tremblant, reprit le sac sans regarder le Kapo qui l'avait bousculé. Plantés à quelques mètres de là, les deux SS chargés de la surveillance de cet Arbeitskommando assistaient à la scène.

— Tu as vu ça ? demanda le Rapportführer Kaduk. À ton avis, que faut-il faire ?

La question embarrassa Francisco. Il savait ce qu'il fallait faire et il savait ce que le Rapportführer pensait qu'il fallait faire, mais il ne savait pas comment concilier les deux points de vue.

— Eh bien… peut-être qu'il faudrait parler au Kapo.

Un sourire malicieux se dessina sur le visage de Kaduk.

— Exactement, dit-il en acquiesçant. Tu lui parles ?

— Euh… il vaudrait mieux que vous me montriez d'abord comment on fait, Rapportführer.

Kaduk se tourna vers le détenu qui dirigeait l'Arbeitskommando, un prisonnier avec un triangle vert sur la poitrine, et lui fit signe du doigt.

— Kapo, viens ici !

Le prisonnier responsable de l'unité de travail, jusqu'alors si féroce avec les autres détenus, s'approcha des SS, doux comme un agneau.

— À vos ordres, *Herr* Rapportführer.

— Ce prisonnier a été puni parce qu'il travaillait lentement, ce qui constitue un acte de sabotage contre le Reich. C'est ainsi qu'on punit un saboteur, Kapo ?

Le Kapo avait l'air embarrassé.

— Je ne voulais pas retarder le service, *Herr* Rapportführer.

— Tu retardes le service si tu ne leur inculques pas la discipline, Kapo. – Il désigna le détenu en question. – Fais ton travail.

Le Kapo retourna vers le prisonnier et lui assena deux coups de poing qui le projetèrent à nouveau à terre ; alors que l'homme gisait dans la boue, il le roua de coups de pied jusqu'à ce qu'il ne bouge plus. Après, il regarda le Rapportführer, pour vérifier qu'il était satisfait.

— *Sehr gut*, approuva Kaduk. Si ce chien recommence à commettre des actes de sabotage contre le Reich, réserve-lui un traitement définitif. Sinon, c'est moi qui vais m'occuper de toi, compris ?

— *Jawohl, Herr* Rapportführer.

Sur ordre du Kapo, deux prisonniers de l'Arbeitskommando soulevèrent la victime et l'emmenèrent à son Block, tandis que les autres prisonniers continuaient à travailler dans un silence lourd, déchargeant de la charrette des sacs qu'ils emportaient jusqu'au bâtiment de la cuisine. Un sourire de satisfaction aux lèvres, Kaduk se tourna vers Francisco.

— As-tu compris comment on fait ? Les Polonais doivent savoir qui commande ici. Nous sommes les *Herrenvolk*, la race des seigneurs, et nous devons le montrer aux races d'esclaves. Ils doivent nous craindre pour nous respecter.

Le Portugais se força à sourire.

— Bien vu.

Comme il le faisait quotidiennement depuis une semaine, lorsqu'il avait ordonné à Dimitri de distribuer la circulaire aux Blockältesten, Francisco passa à la Politische Abteilung dès la fin de son service. En entrant dans le bâtiment, l'un des SS à la réception lui fit un signe.

— Dima veut vous parler.

Son cœur bondit dans sa poitrine. Avait-il une information ? Il courut presque jusqu'au bureau des affaires administratives. Lorsqu'il entra, les prisonniers se levèrent et se mirent au garde-à-vous.

— Dima ! appela-t-il, ignorant les détenus. Il y a du nouveau ?

Le Russe, lui aussi au garde-à-vous, secoua affirmativement la tête.

— *Jawohl*, *Herr* SS-Mann, déclara Dimitri. J'ai le plaisir de vous annoncer que nous avons une réponse positive.

Tanusha avait été retrouvée !

— Où est-elle ?

— Ici, à Auschwitz I. Block 24.

— Excellent ! s'exclama-t-il, se contenant pour ne pas sauter de joie. Excellent ! – Il regarda la carte du camp fixée au mur. – Où est-ce ?

— C'est le Sonderbau, *Herr* SS-Mann.

— Sonder… quoi ?

— Sonderbau, *Herr* SS-Mann. – Il baissa la voix. – Le bordel.

— Comment ?!

— Elle est au bordel.

Incrédule, Francisco fixa le prisonnier pendant un long moment. Il pensa que le Russe allait se reprendre, il s'était certainement mal exprimé. Mais Dimitri ne corrigea rien.

— Le bordel ?

— *Jawohl*, *Herr* SS-Mann.

Un sourire de fierté accompagna la confirmation. Il était évident que le Russe était heureux d'avoir localisé la prisonnière.

— Elle… a été affectée à un Kommando de nettoyage au Block 24, ou quelque chose comme ça ?

— *Nein*, *Herr* SS-Mann, répondit Dimitri. C'est l'une des filles recrutées pour le Puffkommando. Elle exerce les fonctions de *Feldhure*.

Feldhure signifiait « putain de camp ».

— Comment le sais-tu ?

Le prisonnier prit un dossier sur son bureau.

— L'information se trouve dans les archives de la Politische Abteilung, *Herr* SS-Mann. – Il feuilleta les documents du dossier. – En général, on ne conserve pas de registres avec le nom des détenus, mais c'est l'un des cas dans lesquels on l'enregistre. Un Blockälteste qui a lu la circulaire a attiré mon attention sur cette prisonnière du Sonderbau et je suis allé vérifier. – Il tourna encore quelques pages jusqu'à ce qu'il trouve ce qu'il cherchait. – Ah, voilà ! – Il sortit la feuille du dossier et la remit au Portugais. – C'est le septième nom de la liste, *Herr* SS-Mann.

Le symbole des SS-Totenkopfverbände figurait en en-tête et confirmait qu'il s'agissait bien d'un document officiel. Francisco lut le nom dactylographié sur la septième ligne.

Tanya Tsukanova 25 404

Il n'y avait aucun doute, c'était sa Tanusha.

— Qu'est-ce qu'elle fait là ?

La question était purement rhétorique, Francisco dans sa perplexité se parlait à lui-même, mais le prisonnier russe pensa que c'était une tentative d'humour.

— Elle s'amuse, *Herr* SS-Mann…

La plaisanterie ne fut pas du goût du Portugais, et Dimitri fut le premier prisonnier du camp à faire l'expérience des poings du SS portugais. Personne ne se moquerait de Tanusha parce qu'elle était devenue prostituée au bordel d'Auschwitz.

IX

La pierre était lourde et Levin était épuisé, mais il savait que le Kapo Metek et le SS affecté au Kommando les surveillaient, et il ne pouvait pas s'arrêter. Suivant l'homme qui était devant lui, il se traîna péniblement dans la boue. Gerda et Peter lui manquaient et il se mit à fredonner la vieille chanson en ladino que sa mère lui avait apprise et qu'il adorait, essayant de garder vivant ce qui le reliait à la famille.

Era en un bodre de mar
Ke yo empesi a amar
Una ninya kon…

Il se tut lorsqu'il atteignit le petit tas de pierres et posa la sienne sur les autres. Il se redressa et, à l'instar des autres membres du Kommando, il contempla avec soulagement l'endroit qu'ils avaient dégagé des pierres. Il était vide. Ils avaient terminé le travail de la matinée.

— Il est midi, annonça le Kapo. Déjeuner.

Les prisonniers montraient des signes d'épuisement, mais la nouvelle les requinqua. Au petit déjeuner, ils n'avaient eu que du mauvais café et ils avaient désespérément besoin de quelque chose de plus substantiel pour tenir le reste de la journée. Malgré sa faiblesse et les douleurs musculaires dues aux efforts déployés, Levin suivit ses compagnons et se rendit là où le *Kostträgger*, le Kommando qui était venu des cuisines, les attendait à côté d'une marmite fumante. L'Arbeitskommando étant constitué de trente-huit membres, une queue se forma devant la casserole, dont le contenu commença à être distribué par les prisonniers du Kostträgger, deux Polonais portant un uniforme zébré et un triangle rouge sur la poitrine.

Levin regarda sa gamelle avec consternation ; le déjeuner consistait en une soupe aqueuse où flottait un triste navet, seul misérable morceau dans le liquide jaunâtre. Les yeux fixés sur la soupe, il se demanda sérieusement, pour la première fois, quelles étaient leurs chances de survie. Comment les Allemands voulaient-ils que les déportés fassent des travaux aussi pénibles, comme transporter de grosses pierres dans le froid et dans la boue pendant des heures et des heures, s'ils ne les nourrissaient qu'avec du mauvais café et des bouillons à l'eau ? S'il avait déjà tant de mal à tenir le coup à ce jour, dans quel état serait-il après deux ou trois semaines de travail avec une telle diète ?

Il s'assit par terre et, malgré la faim, il but lentement sa soupe à même la gamelle, en faisant durer le moment. Plus longtemps durerait la soupe, plus l'illusion de déjeuner serait grande. Malheureusement, malgré ses efforts, le récipient se vida en quelques instants. Il lécha goulument les restes, plongeant le visage comme un animal dans la gamelle jusqu'à ce qu'elle brille.

Une paire de bottes montantes sortit Levin de ses pensées. Il leva les yeux et vit, planté à côté de lui, le SS chargé de surveiller le Kommando. Surpris, il se releva à la hâte et se mit au garde-à-vous.

— À… À vos ordres, *Herr* SS-Mann !

— Je suis Unterscharführer.

— Mes… Mes excuses, *Herr* Unterscharführer.

Levin s'attendait à être puni pour son erreur, avec un peu de chance juste deux gifles ou un coup de crosse, mais le SS ne sembla pas se formaliser. Décidément, il devait mémoriser les galons et les grades pour ne plus commettre ce genre d'erreur stupide.

— Je vous ai entendu chanter tout à l'heure. Quelle langue était-ce ?

La question surprit le Juif, autant que de ne pas avoir encore reçu de coup de crosse, car comme il avait pu le constater, les SS frappaient d'abord et interrogeaient ensuite.

— C'est… C'est du ladino, *Herr* Unterscharführer. Une langue des Juifs.

— *Ach so !* s'exclama le SS. Je m'appelle Pestek, je suis allemand mais je suis né en Roumanie. Je suis ce que par ici on appelle un *Volksdeutsche*, un membre de la minorité allemande de Roumanie. Il se trouve que les mots que vous avez utilisés ressemblent un peu au roumain. Par exemple, je vous ai entendu dire *mar*, et nous, en roumain, nous disons *mare*. De même, vous avez aussi dit *ke yo*, alors que nous disons *ca eu*. Pourtant, le roumain n'a rien à voir avec le yiddish. Si vous chantiez dans une langue juive, comment expliquer ces similitudes avec le roumain ?

— Si vous me permettez, *Herr* Unterscharführer, la langue dans laquelle je chantais n'était pas du yiddish mais du ladino, clarifia Levin, toujours effrayé et se méfiant des manières étonnamment affables du SS. Le yiddish est le dialecte des Juifs ashkénazes d'Europe centrale et orientale, basé principalement sur l'allemand, tandis que le ladino est un dialecte des Juifs séfarades de la péninsule Ibérique, essentiellement fondé sur le castillan. La majorité des Juifs cultivés d'Amsterdam étaient portugais et le portugais était leur première langue, mais ils utilisaient le castillan comme langue littéraire. C'est pourquoi le ladino est dérivé du castillan, avec un peu de portugais. Or, le castillan et le portugais sont des langues latines, tout comme le roumain et…

— *Ach so*, acquiesça Pestek. – Sa curiosité satisfaite, il commença à s'éloigner, mais après avoir fait trois pas, il s'arrêta et désigna la gamelle vide que le Juif tenait à la main. – Laissez-moi vous donner un conseil. Si vous ne commencez pas à *organiser* les choses, vous ne vous en sortirez pas.

— Qu'avez-vous dit, *Herr* Unterscharführer ?

— Vous savez ce que c'est qu'*organiser* ?

— Euh… oui, bien sûr, dit-il, sans comprendre exactement où le SS voulait en venir. Cela signifie planifier.

Se rendant compte que le déporté n'avait aucune idée du véritable sens de cette expression typique d'Auschwitz, Pestek secoua la tête.

— Lorsque vous retournerez au camp, demandez à quelqu'un qui est ici depuis plus longtemps ce que signifie organiser.

L'Unterscharführer Pestek s'éloigna pour de bon, laissant l'illusionniste perplexe. Il s'attendait à être agressé, mais il n'en avait rien été. Comment comprendre ces gens ?

Au signal de Pestek, le Kapo se leva et frappa dans ses mains pour attirer l'attention des membres du Kommando.

— *Achtung !* dit Metek. Tout le monde au travail ! *Los, los !* Tout le monde au travail ! Allez charger les pierres ! On n'a pas toute la journée ! *Los, los !*

Les déportés commencèrent à s'activer mais ils avaient l'air perdus, ne comprenant pas bien ce qu'on attendait d'eux. Ils avaient déjà transporté les pierres à l'endroit qu'on leur avait indiqué, exactement où elles se trouvaient à ce moment-là, et ils ne voyaient pas à quelles nouvelles pierres le Kapo faisait référence.

— Je vous demande pardon, *Herr* Kapo, finit par dire l'un des Juifs, d'une voix intimidée, et sans oser lever les yeux. Il n'y a plus de pierres.

Metek s'approcha de lui. L'observation semblait l'avoir rendu furieux et il lui donna une gifle si violente qu'elle le projeta au sol.

— Espèce d'idiot ! s'exclama-t-il. – Il montra le tas que les prisonniers avaient constitué dans la matinée. – Et ça, qu'est-ce que c'est ? Hein ? – Il s'approcha de l'homme qu'il avait giflé et se pencha, désignant toujours le tas de pierres. – C'est quoi, ça ? Dis-le-moi, qu'est-ce que c'est ? Allez, dis-le !

Recroquevillé pour se protéger, l'homme tremblait.

— Ce sont… Ce sont des pierres, *Herr* Kapo.

— Ah ! Alors, en fin de compte, il y a des pierres, oui ou non ?

— Oui, *Herr* Kapo.

Après avoir à nouveau giflé le Juif, Metek se redressa et désigna l'espace vide où ils avaient ramassé les pierres durant la matinée.

— Mettez toutes les pierres là-bas !

Hésitants, les déportés se regardaient pour tenter de saisir le sens de cet ordre ; ils n'étaient pas sûrs d'avoir compris.

— Vous n'avez pas entendu ? cria le Kapo. Ne m'obligez pas à répéter ! Mettez les pierres à l'endroit où vous les avez prises ce matin ! – Il frappa dans ses mains pour les encourager. – Allez ! Tout le monde au travail ! Ce n'est pas un camp de vacances ! On se bouge ! *Schnell, schnell !*

L'un après l'autre, les Juifs ramassèrent les pierres qu'ils avaient entassées et commencèrent à les rapporter à leur place initiale. Levin réalisa ce jour-là que son travail à Birkenau consisterait à transporter des pierres d'un côté à un autre, puis à les rapporter à leur point de départ, pour recommencer à nouveau. Telle serait désormais son inestimable contribution à la gloire et à la grandeur du Reich.

X

Francisco ne ferma pas l'œil de la nuit. Apprendre que Tanusha était l'une des prostituées d'Auschwitz l'avait totalement secoué. S'il avait découvert qu'elle était morte, il n'aurait pas été plus malheureux. Sa fiancée était devenue une prostituée que fréquentaient les hommes du camp. La situation lui semblait irréelle.

Le matin, lorsqu'il se leva pour s'habiller, il avait pris une décision. Il allait l'oublier. La situation était inacceptable et il valait mieux qu'il se dise qu'elle n'existait plus. Tanusha était morte. Sa vie s'était arrêtée le matin où elle était restée dans la cave de Pouchkine en train de préparer son trousseau. C'était là qu'elle avait disparu. Elle faisait encore partie du monde, mais elle ne faisait plus partie de celui de Francisco.

Mais le cœur a ses raisons que la raison ignore, comme le SS portugais, inexpérimenté dans les choses de l'amour, le découvrit rapidement. Il avait beau se dire que Tanusha était morte, son cœur lui affirmait le contraire ; elle était vivante et il était fou de vouloir tuer la personne qu'il aimait le plus au monde. Ce conflit intérieur le déchirait, la raison d'un côté, les sentiments de l'autre. Ou bien, après tout, la raison n'était peut-être qu'un simple sentiment et les sentiments la raison véritable. Toujours est-il qu'il se sentait dépassé et il fut pris de fureur alors qu'il surveillait l'Arbeitskommando. Pour une bagatelle, il frappa deux prisonniers et même le Kapo. Le Rapportführer observa l'incident avec un sourire de satisfaction.

— C'est de cette trempe que sont faits les SS !

C'est ainsi qu'Oswald Kaduk surmonta ses doutes et se convainquit qu'il avait affaire à un homme digne de la SS. Il annonça ce jour-là à Pery Broad que la formation de Francisco était terminée et que la nouvelle recrue était prête à assumer toutes les fonctions dévolues à un membre des SS-Totenkopfverbände.

Mais le tourment continuait de torturer le SS portugais, qui réalisa rapidement qu'il ne serait pas capable de se tenir à sa décision. Il voulait comprendre ce qui s'était passé. Pour cela, il devait lui parler. Il suffisait de voir ce qui se passait autour de lui, en particulier les convois qui arrivaient à la gare et les colonnes de fumée qui montaient des crématoires, pour réaliser qu'Auschwitz était tout sauf un endroit comme les autres. Rien ne pouvait y être considéré comme normal.

Il devait parler à Tanusha. Cette décision l'apaisa. Mais elle était plus facile à prendre qu'à mettre en œuvre car, il le savait pertinemment, il était interdit aux gardes de fraterniser avec les prisonniers. Il allait avoir besoin d'un bon prétexte pour arriver jusqu'à elle, et en évitant de passer une nouvelle fois par Broad, car son insistance pourrait éveiller les soupçons.

Le lendemain, après l'appel matinal devant le bâtiment de la cuisine, il s'approcha de Kaduk.

— Rapportführer, j'ai une question délicate à vous poser.

— Que voulez-vous savoir ? lui répondit-il. Si vous pouvez tuer un Juif en le rouant de coups ? Vous ne pouvez pas ! Vous le devez !

Kaduk éclata de rire, satisfait de sa plaisanterie, et le Portugais se força à rire, comme s'il s'agissait de la chose la plus drôle qu'il avait entendue de toute la semaine.

— Ah, vous êtes drôle, il n'y a aucun doute, dit-il. Mais ce n'est pas de ça que je voulais vous parler. – Il désigna le Block 24. – Ce que j'aimerais savoir, c'est… enfin, comment je pourrais aller au Sonderbau…

— Ah, mon cochon ! répondit le Rapportführer. Tu veux aller voir les filles…

Feignant d'être embarrassé, Francisco baissa les yeux et lui dit sur le ton de la confidence :

— Vous savez ce que c'est, Rapportführer. On n'est pas de bois, pas vrai ?

— Je dirais que le problème c'est justement qu'on a un bout de bois entre les jambes !

Nouvel éclat de rire de Kaduk, accompagné par celui de son subordonné.

— Ah, vous êtes impayable !

— *Ach*, je sais. Seuls les prisonniers ne comprennent pas mon sens de l'humour…

Il rit à nouveau, comme s'il venait de sortir la blague du jour.

Une fois remis de son hilarité, Kaduk alluma une cigarette et, bien disposé, il regarda le Portugais.

— Écoute, il y a un bordel en ville pour les SS, dit-il. Les filles sont allemandes. *Himmel !* De vraies déesses !

— Je sais, Rapportführer. Mais je ne suis pas allemand. Si je me présente au bordel SS, vous pensez qu'en tant que Portugais on me laissera me faire une

Allemande ? Que faites-vous du danger de mélange des races et de la dégénérescence raciale ?

Le supérieur rejeta une bouffée de fumée.

— Ça peut poser un problème, reconnut-il. Utilise le bordel des SS ukrainiens. Ils ont des Ukrainiennes et des Russes.

— Il est à Monowitz. Ce n'est pas vraiment la porte à côté. Tant qu'à me faire une Russe, je préfère le Stammlager. C'est tout près, c'est plus pratique.

— Oui, mais il est interdit aux SS.

C'était une information que Francisco ignorait.

— Vous plaisantez…

— C'est vrai, confirma Kaduk. Les SS n'ont pas le droit de fréquenter le Sonderbau. Le bordel du Block 24 est exclusivement destiné aux prisonniers qui ont rendu de bons services dans le Katzet. Je pense surtout aux Kapos et aux Blockältesten qui sont implacables avec les prisonniers, bien sûr. L'idée de créer un bordel ici, au Stammlager, est d'ailleurs venue du Reichsführer-SS lui-même ; il a voulu introduire un système destiné à récompenser les prisonniers de confiance, comme le font les communistes dans leurs camps de concentration.

— Mais l'autre jour, j'ai entendu Heinz raconter dans le dortoir qu'une fois il avait eu envie de se faire une Ukrainienne, et qu'il était venu au Sonderbau pour tester. D'autres ont rajouté que les Polonaises du Block 24 étaient géniales. Si Heinz et les autres y sont allés, Rapportführer, ça signifie que les SS peuvent fréquenter le bordel du Stammlager.

C'était vrai, et Kaduk le savait.

— Eh bien… il est vrai que certains SS violent l'interdiction, admit-il. Je ne le nie pas.

— Et puis les SS ukrainiens n'ont pas le droit d'utiliser le bordel des SS parce qu'il leur est interdit de toucher aux Allemandes. Alors ils utilisent celui de Monowitz qui, comme vous le savez, est un bordel pour les Kapos d'IG Farben. Si les SS ukrainiens fréquentent un bordel qui n'est pas pour les SS, je ne peux pas en faire autant ?

— En effet…

— Alors, que dois-je faire ?

Le Rapportführer regarda autour de lui pour s'assurer que personne ne les écoutait et il se pencha vers le Portugais.

— Achète un billet à un Kapo.

La nervosité lui nouait l'estomac, ce qui le surprit un peu. Pour la énième fois, Francisco mit la main dans la poche et, comme pour s'assurer qu'il n'aurait pas de mauvaise surprise, il sentit entre ses doigts la surface rugueuse du papier que le Kapo lui avait vendu. Le billet lui avait coûté six reichsmarks, soit trois fois le prix payé par le détenu, mais cela ne l'avait pas gêné.

Une clochette sonna quelque part dans le bâtiment et un SS apparut dans la salle d'attente, au rez-de-chaussée du Block 24. C'était le Blockführer du bordel.

— Au suivant.

Passant avant le prisonnier qui était le premier sur la liste, Francisco tendit le billet au SS.

— C'est moi, Scharführer.

En apercevant le soldat SS, le Scharführer le regarda avec désapprobation, mais sans avoir l'air surpris.

— C'est réservé aux détenus avec des privilèges spéciaux…

— Désolé, Scharführer, mais je suis portugais et on a refusé de me laisser entrer dans le bordel des SS en ville, mentit-il. Ils ont dit que ce n'était que pour les Allemands. – Il baissa la voix, pour faire un aparté.

– Question de pureté raciale. – Puis il reprit sa voix normale. – Je suis donc venu ici.

Acceptant l'explication, qui lui semblait d'ailleurs plausible, voire naturelle, l'Allemand lui montra un bureau.

— Entre.

— On m'a dit qu'il y avait une Russe incroyable. C'est elle que je veux. Elle s'appelle…

— Entre ! coupa le Scharführer avec impatience. On verra sur qui tu tombes à la tombola. Pour l'instant, tu dois être examiné.

Francisco obéit et entra dans la pièce indiquée. Un médecin en blouse blanche, un stéthoscope pendu au cou, l'attendait assis près d'un bureau.

— Baisse ton pantalon.

Le Portugais défit sa ceinture et baissa son pantalon et son caleçon presque jusqu'aux genoux. Le docteur mit ses lunettes, se pencha et regarda ses parties génitales, cherchant des symptômes de maladies vénériennes.

— C'est bon, conclut-il, enlevant ses lunettes et retrouvant sa position initiale sur la chaise. – Il se tourna vers le bureau, saisit un tampon qu'il appliqua sur la main du client, comme un secrétaire qui enregistrerait un document. – Tu peux y aller.

Après avoir resserré la ceinture de son pantalon, Francisco revint vers le Scharführer.

— Va dans cette pièce, ordonna le SS en indiquant une porte. Le Sturmmann Gröning est chargé de la distribution des filles.

Le soldat se dirigea vers la pièce voisine, étonné de toutes ces procédures. Même pour la gestion d'un bordel, les méthodes des Allemands ressemblaient à celles d'une chaîne de montage. L'efficacité avant tout. Après avoir vérifié le tampon sur sa main, le Sturmmann Gröning le dévisagea.

— Vous n'êtes pas allemand, n'est-ce pas ?

— Je suis portugais.

— Seuls les Allemands peuvent fréquenter les Allemandes, prévint-il. Vous êtes SS, mais vous êtes étranger et vous ne pouvez donc voir que des étrangères. Le mélange des races est contraire au règlement.

— Très bien.

L'Allemand jeta un coup d'œil sur une liste posée sur un buffet.

— La prochaine étrangère qui sera libre est Alinka, déclara-t-il. Lorsque la sonnette retentira, allez dans la chambre numéro neuf.

— Je ne veux pas celle-là, répondit Francisco sûr de lui. Je préfère Tanya.

— Mais la prochaine disponible est Alinka.

— Je veux Tanya.

Le Sturmmann Gröning haussa les épaules avec indifférence ; cela lui était égal. Un nouveau client était arrivé entre-temps, un prisonnier polonais avec un triangle vert, et aussitôt après une sonnette retentit dans le couloir ; apparemment, Alinka était libre. Le SS ordonna au Polonais d'aller dans la chambre neuf. Puis un autre détenu apparut, la main tamponnée, et lorsqu'une autre cloche sonna, il fut dirigé vers la chambre numéro deux.

— C'est la première fois que je viens ici, déclara Francisco. J'aurai combien de temps à l'intérieur ?

— Quinze minutes. Notez que seule la position du missionnaire est autorisée. Toutes les autres sont des perversions et sont interdites par le règlement.

— Allons donc ! Une fois la porte fermée, je ferai ce que je voudrai.

— Toutes les portes ont un judas, révéla le SS. Le Scharführer jette un œil de temps en temps pour voir si tout se fait selon les règles. Donc…

Le Portugais était perplexe.

— Vous plaisantez…

— Contrôle de qualité. Tout est contrôlé pour garantir le respect scrupuleux de la réglementation en vigueur.

Une usine, pensa Francisco, ébahi. Les Allemands avaient réussi l'exploit de transformer un bordel en usine à vider les testicules avec un maximum d'efficacité !

Une nouvelle cloche sonna.

— Chambre sept, dit Gröning. Allez-y.

Le Portugais se rendit compte que l'ordre lui était destiné.

— C'est bien la chambre de Tanya Tsukanova ?

— Allez-y.

Prenant sur lui, Francisco ajusta son uniforme et, le cœur battant la chamade, il se dirigea d'un pas mal assuré vers la chambre numéro sept. Au bout du couloir, un prisonnier avec un triangle vert sortait de la pièce, encore en train de fermer son pantalon. Lorsque Francisco croisa le détenu, il eut envie de lui casser la gueule. Il ne pouvait pas supporter l'idée qu'un porc comme ce type venait de prendre sa Tanusha, mais il se contint et, serrant les dents, continua d'avancer.

Il atteignit la porte, regarda à l'intérieur et la vit.

XI

Les hommes du Kommando étaient exténués quand, à la fin de la journée, ils traversèrent le terrain plat et stérile et entrèrent à nouveau dans le complexe concentrationnaire. L'Unterscharführer Pestek ouvrant la marche, le fusil en bandoulière, et le Kapo marchant à côté d'eux sans jamais cesser de les surveiller, ils parcoururent les chemins boueux entre les multiples clôtures électrifiées.

Un murmure parcourut tout à coup la file des déportés.

— Regarde ! Regarde !

Le regard vide, tant il était fatigué, Levin revint à lui et se retourna. Plusieurs prisonniers avec des étoiles à six branches tiraient une charrette comme s'ils étaient des animaux, mais ce qui choqua les hommes du camp des familles, ce fut le chargement de la charrette. Des cadavres. Elle transportait des cadavres, empilés les uns sur les autres. Squelettiques, pâles, raides, bouches béantes, regards fixant l'infini, entassés comme des ballots de paille ou de la viande pour l'abattoir.

— Mon Dieu !

Les hommes du Kommando des pierres avaient du mal à croire ce qu'ils voyaient. Les corbillards étaient courants à Theresienstadt, mais ils n'avaient jamais rien vu de tel. La nudité des cadavres, la crudité de la scène, la brutalité avec laquelle les morts étaient entassés, l'extrême maigreur des corps qui avaient l'air de squelettes recouverts de peau, et surtout l'indifférence avec laquelle cette situation était vécue, comme s'il s'agissait d'une chose banale, tout cela les ébranlait. Dans quel lieu se trouvaient-ils ?

— Silence ! ordonna sèchement le Kapo. Vous n'avez jamais vu un *Rollwagenkommando* ?

Pour Levin, la question même du Kapo était troublante. Metek était étonné que les hommes sous sa responsabilité soient surpris de voir une charrette tirée par des prisonniers, comme si le passage de cadavres squelettiques, empilés comme un tas de gravats, n'avait rien d'anormal.

Ils poursuivirent leur chemin et, environ cinq cents mètres plus loin, ils virent des silhouettes d'une extrême maigreur, portant des uniformes de prisonnier en lambeaux, qui se déplaçaient derrière les clôtures. En fait, ils étaient étiques, ils faisaient penser à des squelettes ambulants. Le groupe fut sidéré de voir ces gens qui s'étiolaient derrière les barbelés, certains trop faibles pour réussir à se lever. Ils les avaient déjà vus la nuit, lorsqu'ils étaient arrivés à la gare, mais les ombres avaient dissimulé beaucoup de choses. À la lumière du jour, l'image était choquante.

— Mon Dieu !

— Silence ! cria à nouveau Metek. Vous n'avez jamais vu de Muselmänner ?

Les Juifs échangèrent un regard déconcerté et se hâtèrent pour ne pas provoquer sa colère. Les nazis emprisonnaient-ils aussi des musulmans à Birkenau ?

— *Halt !* cria la sentinelle. Nom, groupe et nombre de prisonniers ?

Ils s'arrêtèrent au portail du camp des familles. On entendait de la musique ; à l'intérieur du camp, six prisonniers jouaient de différents instruments, ce qui surprit les nouveaux venus. Le SS s'approcha de la sentinelle.

— Unterscharführer Viktor Pestek, groupe C, Kommando des pierres, trente-huit hommes.

Les deux SS consultèrent les documents et trouvèrent la liste remise le matin même lorsque le Kommando avait quitté le Familienlager pour aller au « travail ».

— Arbeitskommando ! cria le Kapo Metek, familiarisé avec les procédures réglementaires de retour au camp. Tous alignés pour l'appel !

Les prisonniers se rangèrent en rang par cinq, comme ils avaient déjà appris à le faire, et les deux SS passèrent à côté d'eux. La liste en main, la sentinelle les compta une première fois à voix haute, puis une deuxième, toujours secondé par Pestek. Après avoir à nouveau vérifié la liste, la sentinelle ouvrit le portail.

— Trente-huit, le compte est bon, confirma-t-il. Vous pouvez passer.

Suivant Pestek et le Kapo, le Kommando traversa l'entrée et croisa les six musiciens ; il y avait trois violons, un accordéon, une clarinette et un instrument à percussion. Levin reconnut l'un des violonistes, il l'avait vu lors d'un concert à Theresienstadt, et comprit qu'il s'agissait de déportés du transport de septembre. Le Kommando traversa la Lagerstrasse et se dirigea vers le Block 12, où d'autres prisonniers étaient déjà rassemblés sur l'Appellplatz, sous la supervision du Blockälteste Bondy et du Rottenführer Baretzki.

— Blockführer et Blockälteste, Baretzki et Bondy, plaisanta quelqu'un dans un murmure. Le duo au double « B ».

Le magicien eut envie de rire, mais il avait trop peur. Cette journée interminable semblait ne pas être encore achevée, sauf pour Pestek et Metek. Tous deux étaient partis une fois la livraison effectuée, tandis que Levin et ses compagnons durent se remettre à nouveau en rang par cinq. S'étant assuré que le Blockälteste et le Blockführer étaient suffisamment loin pour ne pas l'entendre, Levin demanda à l'homme à côté de lui.

— Que va-t-il se passer maintenant ?

— Je pense que c'est un appel.

— Encore ?!

L'homme ne dit rien, craignant d'être entendu. Les Allemands étaient très attachés à l'appel. Ils en avaient fait un au réveil et un autre quelques minutes plus tôt, à l'entrée du camp. Visiblement, ce n'était pas suffisant et ils allaient en faire un troisième. Entre-temps, de nouveaux Kommandos arrivaient et se mettaient en rang sur l'Appellplatz. Quand la dernière unité se présenta, le Rottenführer Baretzki parcourut les files en comptant, comme le prévoyait le règlement. Plus d'une demi-heure plus tard, il prit des notes dans son carnet et se tourna vers le Blockälteste.

— C'est bon, dit-il. Vous pouvez les renvoyer.

Bondy s'éclaircit la voix.

— Prisonniers ! hurla-t-il. Dîner !

Levin ne s'attendait pas vraiment à ce que le dîner soit meilleur que le déjeuner, mais il conservait quelque espoir. Il ne sut donc pas quoi penser lorsque le Kommando des cuisines leur distribua leur repas. Au lieu du café, on leur donna du thé. Il n'y avait pas de soupe, mais ils reçurent une miche de pain et un morceau de jambon plein de gras. Cela aurait pu être pire, mais ce n'était pas avec ça qu'ils survivraient.

Utilisant toujours la même technique, Levin but le thé lentement et mangea le pain et le jambon à petites bouchées. Il avait l'intention de tout engloutir, mais il se ravisa. Le petit déjeuner était bien trop insuffisant pour entamer la journée, il mit donc de côté la moitié du pain et du jambon. Son métier consistant à manipuler les perceptions, il était conscient qu'une part importante du réel n'était qu'une construction de l'esprit. Si ce principe lui était utile dans l'art de la magie, il lui servirait en tant que prisonnier à Birkenau.

Après le dîner, la priorité était d'aller aux latrines. Ce passage était nécessaire malgré le peu de nourriture qu'il avait mangé dans la journée, mais il avait surtout l'espoir de rencontrer une femme qui connaîtrait Gerda et Peter et qui pourrait aller les chercher. Revoir sa famille était une priorité absolue. Alors qu'il se dirigeait vers sa couchette pour cacher la moitié du pain qu'il n'avait pas mangé, il entendit une sirène à l'extérieur et regarda ses compagnons, essayant de comprendre ce qui se passait.

— Un *Blocksperre*, dit Václav, comme si ses anciennes fonctions dans la police juive de Theresienstadt faisaient de lui une autorité en la matière. Quelqu'un a dû s'enfuir.

Comme Levin, d'autres prisonniers s'étaient préparés à sortir ; ils avaient dû avoir la même idée que lui, chacun espérant revoir sa famille. La sirène perturba leurs plans. Que devaient-ils faire exactement ? Devaient-ils rester enfermés dans le baraquement ? Ou le règlement les obligeait-il à se rassembler de nouveau sur l'Appellplatz ? Étant tous nouveaux dans le Block 12 et ne sachant trop que faire, ils se tournèrent vers le Blockälteste.

— Vous êtes encore là ? Votre famille ne vous manque donc pas ?

Les hommes se regardèrent sans oser espérer.

— Nous pouvons… Nous pouvons sortir ?

— Quand cette sirène sonne, ça signifie que tout le monde peut se réunir sur la Lagerstrasse, annonça Bondy. Vous n'avez que vingt minutes. Lorsqu'elle retentira à nouveau, vous aurez cinq minutes pour rentrer. Quiconque arrivera en retard le regrettera.

Il était inutile d'en dire davantage. Une pagaille monstre se fit dans le baraquement, et les prisonniers se précipitèrent dehors. Levin fut l'un des premiers à sortir. Il n'avait alors qu'une question en tête. Dans quel état seraient sa femme et son fils ?

XII

Ils demeurèrent figés l'un en face de l'autre, la prostituée allongée sur le lit, vêtue d'un simple corset rouge, et le soldat planté sur le pas de la porte dans son uniforme de SS ; ils se voyaient sans pouvoir y croire.

— *Tchort !* finit-elle par s'exclamer en se levant. Francisco, c'est… c'est vraiment toi ?

L'âme en ébullition, le Portugais la fixait intensément, choqué et soulagé à la fois, ne sachant pas vraiment ce qu'il éprouvait, un maelström de sentiments contradictoires.

— Et Tanusha ?

Olga s'approcha de lui ; elle était tellement maigre qu'elle n'avait presque plus de joues, et elle avait les cheveux courts mais, à moitié nue dans son corset rouge, elle restait séduisante.

— Elle est à Birkenau, lui confia-t-elle. Francisco, s'il te plaît, il faut que tu l'aides. C'est… c'est terrible. Tu ne peux pas imaginer. Si tu ne l'aides pas, elle ne pourra pas tenir.

Le soldat SS s'appuya contre la porte afin de recouvrir le judas qui s'y trouvait.

— Je n'ai pas encore été autorisé à me rendre à Birkenau, expliqua-t-il. Où se trouve Tanusha exactement ?

— Dans un camp appelé *Frauenlager*, déclara Olga. Le camp des femmes. C'est affreux. Il faut que tu y ailles le plus vite possible. Je ne sais pas si elle survivra très longtemps.

— Ce n'est pas si simple. Pour circuler dans les camps, j'ai besoin d'un…

— Tu dois y aller !

La jeune fille montra une telle conviction que Francisco comprit que le temps était compté pour sa fiancée.

— Calme-toi.

Olga se laissa tomber dans ses bras.

— Dieu merci !

Le Portugais la soutint pendant un moment, caressant ses cheveux blonds. Après quelques instants, la sentant rassérénée, il la questionna.

— Que s'est-il passé ? D'après le registre, tu es Tanusha.

Olga se rassit sur le lit, laissant le SS appuyé contre la porte pour préserver leur intimité.

— C'est un échange, expliqua-t-elle. Quand nous sommes arrivées à Auschwitz, nous avons été placées dans le camp des femmes. – Elle lui lança un regard inquiet. – Tu sais ce qui arrive aux Juifs à Birkenau ?

— On me l'a dit.

Elle prit une profonde inspiration.

— Je vais donc t'épargner les détails, et puis nous avons trop peu de temps, dit-elle. Un jour, la Lagerführerin Mandel, la cheffe du camp des femmes, a dit à Tanusha d'aller au bordel.

— Pourquoi elle ?

— Je n'en ai aucune idée. Je suppose qu'un SS qui passait par là l'avait remarquée. Ça n'a pas d'importance. Toujours est-il que Mandel, que nous appelons la Bête féroce, lui a ordonné de venir ici. Tanusha a bien essayé de résister, mais on ne pouvait pas dire non à la Bête aussi facilement. Si elle l'avait fait, elle aurait très probablement été choisie lors de la *Selektion* suivante. Elle a dû accepter.

— Elle est venue au bordel ?

— Elle était désespérée, déclara Olga. Elle a pleuré toute la nuit. Je me suis demandé s'il était possible de contourner l'ordre. C'est alors que j'ai eu une idée. Comme elle et moi nous nous ressemblons un peu, je me suis dit que nous pouvions échanger nos rôles.

— Et vous avez réussi ?

— Comme tu peux le voir. On nous avait rasé la tête, nous avions perdu beaucoup de poids et nous portions des robes horribles qu'on nous avait données à notre arrivée au camp. La sienne était bleue et petite, la mienne jaune et très grande. Si nous échangions nos vêtements, qui remarquerait la différence ? C'est ce que nous avons fait. Quand la *Blockowa* a appelé Tanusha pour être transférée au bordel, c'est moi qui me suis présentée. Avec la robe bleue de Tanusha, personne n'a vu la différence, et puis la Bête féroce avait d'autres chats à fouetter. C'est comme ça que je suis arrivée au Stammlager et qu'elle est restée là-bas.

Francisco était médusé.

— C'est si horrible que ça là-bas ?

— À côté, Auschwitz I est un paradis.

— Allons…

— Je t'assure, ici c'est le paradis, insista-t-elle. Tu n'as pas idée de ce qui se passe à Birkenau. Si on nous avait amenées directement de Pouchkine au Stammlager, j'aurais trouvé ça horrible. Mais après être passée par le camp des femmes, je t'assure qu'ici on est au paradis. Birkenau est un cauchemar. Tout le monde meurt de faim, il n'y a pas d'eau, il y a de la boue et de la merde partout, les maladies sont endémiques… c'est atroce ! Alors que moi ici, à Auschwitz I, tous les jours je mange et je bois bien ! On me donne de beaux vêtements, on m'offre des cigarettes, je prends un bain d'eau chaude, je me parfume et je peux même me promener. Que demander de plus ?

— Et tous ces hommes qui viennent au bordel ? rappela-t-il. Ça ne te dérange pas ?

Olga fit un geste d'indifférence.

— Oh, j'y suis habituée. Au début, c'était difficile, je ne le nie pas. Quand nous sommes arrivées, nous n'avions plus nos règles. Ni nous, ni aucune autre femme du camp d'ailleurs. Avec ce qu'on nous donne à manger et ce qu'on souffre ici, ça n'était pas étonnant. Je n'avais plus aucun désir non plus, bien sûr. Et c'est dans cet état que j'ai été transférée ici. Alors j'ai d'abord eu beaucoup de mal à recevoir des hommes. Mais ensuite, avec de vrais repas, tout est redevenu normal. D'ailleurs, ce que je fais ici, je le faisais à Sablino ; la différence c'est que les types ici ne me paient pas… et le travail est plus monotone. On n'a droit qu'à une seule position et pendant un quart d'heure seulement. Je suis allongée sur le lit, ils entrent, baissent leur pantalon, me montent et…

— C'est bon, assez, l'interrompit Francisco. Épargne-moi les détails.

Alors qu'il était habitué, dans la Légion étrangère, à fréquenter ce genre de femmes, le Portugais s'étonna d'être si mal à l'aise en entendant Olga décrire ce qu'elle faisait.

Un coup à la porte interrompit la conversation.

— Que se passe-t-il ici ?

C'était le responsable qui venait inspecter.

— C'est bon, Scharführer.

— Alors pourquoi ne puis-je rien voir à travers le judas ?

— Je suis appuyé contre la porte, Scharführer.

— Appuyé… ? *Ach !* Cette position n'est pas réglementaire !

— Je vais sortir.

Le SS grogna quelque chose d'imperceptible avant de mettre fin à la conversation.

— Vous avez trois minutes, rappela-t-il. Dépêchez-vous !

Dans la pièce, Francisco et Olga se regardaient, la rencontre tirait à sa fin.

— Tu dois aider Tanusha, insista-t-elle. Elle ne peut pas rester toute seule.

— Seule ? Et Margarita ?

Olga prit une profonde inspiration et baissa la tête.

— Le typhus l'a emportée.

Désormais, Francisco n'avait plus qu'une seule et unique préoccupation. Quoi qu'il en coutât, il devait aller à Birkenau retrouver sa fiancée et la protéger. Il n'avait guère envie de reparler de Tanusha et de ses prétendus talents musicaux à Pery Broad. Il était risqué d'insister. Cependant, il ne voyait pas d'autre moyen d'obtenir un laissez-passer. Le lendemain, après sa journée de travail, il passa à la Politische Abteilung.

— Tu as vu tes bottes ?

Ce fut la première chose que Pery Broad lui dit quand il se présenta devant lui. Le Portugais regarda ses pieds, étonné.

— Qu'est-ce qu'elles ont, Unterscharführer ?

— Elles sont pleines de boue !

— Mais… c'est normal. J'ai surveillé un Kommando et, comme vous le savez, il y a de la boue partout. Il est impossible de ne pas les salir.

— Ce n'est pas une excuse, déclara sèchement le Brésilien. Les bottes d'un SS doivent toujours être cirées et brillantes. Si elles sont sales, il faut les nettoyer sur-le-champ. C'est dans le règlement. La tenue d'un SS est la preuve de sa supériorité sur les autres, compris ?

— Oui, Unterscharführer.

La réprimande laissa Francisco perplexe. Broad semblait être de mauvaise humeur cet après-midi et le Portugais se demanda si le moment était bien choisi.

— Alors, que se passe-t-il ? demanda le Brésilien en consultant sa montre. Sois bref, je suis pressé.

— Je… Il vaut peut-être mieux que je vous parle plus tard, Unterscharführer.

C'était tout ce que Broad voulait entendre. L'officier se leva et alla chercher son pardessus.

— Très bien, s'exclama-t-il avec une satisfaction évidente. Je suis déjà en retard. Je vais à Birkenau et je n'ai pas le temps de taper la causette.

L'information était inattendue et Francisco se rendit compte de l'opportunité.

— Eh bien… C'est justement à propos de Birkenau que je voulais vous parler, Unterscharführer, s'empressa-t-il d'ajouter. J'ai reçu des renseignements au sujet de la musicienne dont je vous avais parlé, vous vous souvenez ? La Russe dont on dit qu'elle est promise à un grand avenir… apparemment, elle serait à Birkenau.

— Vraiment ? Où ça ?

— Dans le camp des femmes.

L'officier enfilait son pardessus.

— Alors, oublie.

— Comment ça, Unterscharführer ?

— Si elle a vraiment le talent que tu dis, la Lagerführerin Mandel, qui dirige ce camp et adore la musique, aura déjà mis le grappin dessus. Le camp des femmes a son propre orchestre constitué de prisonnières, et il est dirigé, tu ne devineras jamais… par Alma Rosé !

— Ah, bon…

Broad finissait de boutonner son pardessus ; réalisant que ce nom n'avait produit aucun effet sur son subordonné, il s'arrêta et le dévisagea.

— Hé ! Tu ne sais pas qui est Alma Rosé ?

— Je ne vois pas bien, Unterscharführer.

Le Brésilien leva les yeux au ciel.

— Bon sang ! s'exclama-t-il en recommençant à boutonner son pardessus. Alma Rosé est une violoniste très connue, vu ? Immensément célèbre ! Ce n'est pas pour rien qu'elle est la nièce du grand Arnold Rosé, le chef de l'orchestre philharmonique de Vienne, et du célèbre Gustav Mahler. Elle s'appelle Alma parce que la femme de Mahler s'appelait Alma, compris ? Il s'agit d'une très grande artiste !

— Mais alors, que fait-elle à Auschwitz ?

La question embarrassa l'officier.

— Elle est… Elle est juive, répondit-il presque dans un murmure. Mais elle dirige l'orchestre du camp des femmes. Si cette jeune fille dont tu parles a tellement de talent, Alma ou Mandel s'en seront déjà certainement aperçues. Alors oublie ça, d'accord ?

Francisco ne s'y attendait pas. Malgré les risques, il avait joué son va-tout. En vain.

— Si vous le dites…

Il dit cela avec un certain découragement, conscient qu'il allait devoir se débrouiller pour concocter un nouveau plan.

— Tu ne veux pas m'accompagner au camp des femmes pour entendre l'orchestre d'Alma ?

La question prit le Portugais au dépourvu.

— Moi ? – Il hésita, mais seulement un très court instant. – C'est-à-dire… euh… Oui, bien sûr. J'aimerais bien. – Sa voix devint plus assurée, et même enthousiaste. – En fait, j'aimerais beaucoup, Unterscharführer. Pensez-vous que ce soit possible ?

Après avoir consulté à nouveau sa montre et enfilé ses gants pour affronter le froid, Pery Broad ouvrit la porte du bureau et s'engagea dans le couloir d'un pas rapide.

— La semaine prochaine, je t'emmènerai à Birkenau.

XIII

La foule avait envahi la Lagerstrasse, la rue boueuse qui séparait les deux longues rangées de baraquements du camp des familles. De nombreux cercles étaient déjà formés et Levin reconnut des visages du convoi de septembre ; présents depuis quelques mois, ceux-là connaissaient les lieux et les routines. En revanche, les membres de son convoi semblaient perdus, aucun d'entre eux n'avait convenu d'un point de rencontre et il fallait les chercher parmi la masse des gens.

— Blanička ! cria un homme.

— Jiří ! appela une femme.

Les cris fusaient, les appels se croisaient. Perdu et désorienté, Levin s'arrêta au milieu de la Lagerstrasse. Cinq mille personnes étaient parties avec le convoi de septembre et cinq mille autres avec le sien, il y avait donc dix mille personnes dans le Familienlager. Dix mille ! Toute cette foule rassemblée en même temps dans la rue centrale du camp faisait presque penser à Unter den Linden un dimanche. Comment retrouver Gerda et Peter au milieu de cette foule ?

Il commença par éviter de regarder les personnes qui formaient un groupe, elles faisaient certainement partie du convoi de septembre, et décida de se concentrer sur les femmes qui erraient seules ou avec un enfant. Cela aurait été plus facile s'il avait su quels vêtements portait Gerda, bien sûr, mais il supposait qu'après la douche on lui avait donné d'autres habits, comme pour lui.

— Monsieur Levin ! appela quelqu'un. Monsieur Levin !

Il se retourna et vit s'approcher un jeune homme aux cheveux bruns. C'était Alfred Hirsch, l'ancien professeur de son fils à Prague, et l'animateur à Theresienstadt.

— Fredy !

Hirsch arriva jusqu'à lui ; il avait maigri et semblait fatigué.

— Vous cherchez votre famille, je présume. Peter a passé la journée dans le baraquement des enfants, au Block 31, et votre femme est allée le chercher. – Il montra un côté de la Lagerstrasse. – Ils doivent être là-bas.

Réprimant difficilement son impatience, l'illusionniste le remercia et partit à toutes jambes.

— Monsieur Levin, appela Hirsch. Il faut que je vous parle. C'est important.

— Pas maintenant, Fredy, dit Levin sans s'arrêter. Nous n'avons que vingt minutes et j'en ai déjà perdu dix. Je dois les retrouver avant que la sirène ne sonne.

Sans un mot de plus, il plongea dans la foule. S'il avait pu voir la mine déçue de Hirsch, il aurait compris que la question qui le préoccupait était plus qu'importante, elle était d'une extrême gravité.

Le pull orange vif que portait Levin, celui qu'il avait reçu lors de la distribution chaotique des vêtements à l'arrivée, contribua sans doute à ce que ce soit sa femme qui le trouve, et non l'inverse.

— Bertie !

L'illusionniste entendit la voix, reconnaissable entre toutes, à moins de cinq mètres de lui. Il se figea quelques instants, presque incapable de la reconnaître. Gerda portait une robe bleue, déchirée aux extrémités, des bottes d'homme et un manteau vert élimé ; elle était décoiffée et avait de la boue séchée sur le visage. Au moins, on ne lui avait pas rasé les cheveux. Passé le choc initial, il ouvrit grand les bras.

— Gerda !

— Papa !

C'était son fils, qui apparut derrière elle et se précipita vers lui. Contrairement à sa mère, Peter avait l'air propre et bien habillé. Ils s'embrassèrent.

— J'ai eu tellement peur, sanglota Gerda. Tellement, tellement peur.

— Allons, allons…

— Ce n'est que ce matin qu'on nous a dit que vous étiez dans le camp, expliqua-t-elle. Lorsque Fredy est venu chercher les enfants pour aller à la Škola, il nous a expliqué comment ça fonctionne ici. J'ai essayé de venir, mais on m'a mise dans un Kommando pour nettoyer la route.

— Tu as eu de la chance. Moi, ils m'ont affecté à un Kommando chargé de transporter des pierres d'un côté à un autre, tu te rends compte ! Rien de plus stupide, et totalement insensé. – Il se tourna vers son fils. – Et toi, Peter ? C'est comment, la Škola ?

— C'est un baraquement, papa, répondit le garçon. On chante, on nous raconte des histoires et on nous enseigne l'arithmétique.

— Tu as mangé ?

Peter fit une grimace.

— Comme ci comme ça.

Mettant la main à sa poche, Levin sortit le morceau de pain et le jambon qu'il avait gardés, et les donna à son fils.

— C'est pour toi.

Sa femme le regarda, étonnée.

— Quoi ? Tu as déjà commencé à *organiser* ?

C'était la deuxième fois qu'il entendait cette expression.

— Qu'est-ce que ça veut dire ?

— *Organiser* ? C'est ce que nous appelions *schleuser* à Theresienstadt. Voler du pain au Kostträgger, ce n'est pas voler. C'est… organiser.

Levin montra le pain dans lequel mordait son fils.

— Non, je n'ai pas *organisé* ce pain. On me l'a donné pour le dîner et j'en ai gardé la moitié.

— Ah, comme c'est gentil !

Il indiqua deux colonnes de fumée noire qui montaient dans le ciel, au loin.

— Comment peut-il y avoir si peu de nourriture avec des usines qui tournent ?

— Tu parles des cheminées ? demanda Gerda. Une amie de la blanchisserie de Theresienstadt, qui est arrivée avec le transport de septembre, m'a dit que c'est par là que nous allons sortir.

— Par là, où ?

— Par les cheminées.

Levin scruta la fumée avec une moue d'incompréhension.

— On va sortir par les cheminées ?! demanda-t-il. Que voulait-elle dire par là ?

— Je ne sais pas. Je le lui ai demandé et elle a pris un air bizarre. Elle m'a dit que le seul moyen de sortir du camp, c'est par les cheminées. Et puis elle est partie. J'ai demandé à quelqu'un d'autre qui a utilisé la même expression. « Nous sortirons par les cheminées. »

Levin secoua la tête.

— Oh, ils devaient se moquer de toi, rétorqua-t-il. Comme ils sont arrivés avant nous, ils se croient plus intelligents et disent n'importe quoi pour rire à nos dépens.

Elle semblait indécise.

— Tu as peut-être raison, dit-elle. Mais les choses qui se passent ici n'ont rien de drôle. Quand je suis sortie avec le Kommando, j'ai vu un Kapo frapper un prisonnier. C'était affreux, le pauvre homme. Et tu devrais voir le nombre de personnes qui n'ont que les os et la peau. Juste en face de notre périmètre, il y a un camp de femmes. C'est horrible, elles ont l'air de folles. Beaucoup sont à moitié nues, répugnantes de saleté et démentes. Ça doit être celles que nous avons vues à notre arrivée. – Elle frissonna. – Quel est cet endroit, Bertie ? Que vont nous faire les Allemands ?

— Nous sommes des esclaves. Ils veulent que nous travaillions.

— À nettoyer la rue ? C'est pour ça que le Reich a tant besoin de nous ? Ou pour transporter des cailloux d'un endroit à un autre, et les rapporter ensuite à l'endroit de départ ? En quoi cela sert-il le Reich ?

Dans le vertige de ce premier jour, Levin n'avait pas encore pris le temps de s'interroger sur le sens de tout ce qu'il avait vu et vécu, mais il ne pouvait que donner raison à Gerda. Si les Allemands avaient tellement besoin de faire travailler les Juifs, pourquoi leur avait-on confié une tâche aussi inutile ? Il n'avait pas la réponse. Ils étaient tous là et ils ne pouvaient rien faire. Les Allemands devaient probablement les occuper tant qu'ils n'avaient pas trouvé quelque chose de plus utile à leur faire faire. Peut-être construisaient-ils une usine quelque part et, quand elle serait prête, ils y seraient envoyés.

Ou bien, qui sait, les Allemands étaient sans doute tout simplement stupides. Il avait vécu de nombreuses années parmi eux, il était même né allemand, et il savait qu'ils étaient intelligents. Mais il n'ignorait pas non plus qu'il y avait quelque chose de profondément irrationnel dans leur rationalité, quelque chose de génial et en même temps d'insensé ; il suffisait de voir leurs incroyables contributions à la science et à la philosophie et, parallèlement à cela, leur croyance infantile à l'astrologie et la parapsychologie, aux histoires mythiques et mystiques de Thulé et de l'Atlantide, aux dieux Wotan et Thor, et toutes ces absurdités mythologiques, sans oublier leurs complexes d'infériorité associés à leurs tendances à se croire supérieurs, pour ressentir leur côté obscur. Comment tant de génie pouvait-il cohabiter avec tant de folie, tant de rationalisme dégénérer en une telle irrationalité ?

La sirène retentit, c'était la fin des vingt minutes accordées aux familles. Sachant qu'ils n'avaient que cinq minutes pour retourner aux baraquements, Levin dit au revoir à sa femme et à son fils.

— On se retrouve demain aux latrines une heure avant l'appel ?

La question surprit Gerda.

— Dans les latrines ?

— C'est le seul endroit discret où nous pouvons être ensemble.

Elle sourit, comprenant l'allusion, et, s'éloignant main dans la main avec son fils, elle lança à son mari un regard entendu.

— Coquin !

La perspective de retrouver sa femme dans les latrines laissa Levin songeur, mais sa rêverie se brisa après seulement trois pas lorsqu'un cri éclata tout à coup sur sa droite. Il vit une femme accrochée à la clôture électrique, secouée de convulsions au milieu d'un intense bourdonnement. La prisonnière s'effondra brusquement, inerte et fumante, et plusieurs personnes se précipitèrent pour l'aider.

Quelqu'un prit son pouls.

— Elle est morte.

Tous ceux qui étaient encore dans la Lagerstrasse échangeaient des commentaires horrifiés. Le spectacle du suicide était terrible. Inquiet pour son fils, le magicien chercha Gerda parmi les curieux et la vit s'éloigner en empêchant Peter de regarder. C'était mieux ainsi.

XIV

Les baraques en bois s'étiraient à perte de vue, ce qui donna à Francisco une idée de la dimension de Birkenau. C'était une mégalopole, comparé à Auschwitz I. Les baraquements, tous identiques, étaient alignés de façon géométrique, formant des rues parallèles et perpendiculaires, surveillées en permanence par des SS postés au sommet de nombreux miradors. De lourds nuages et un voile bleuâtre formaient un ciel de plomb. Il n'y avait pas une seule trace de verdure, pas une seule. Comme si la vie était absente. Juste de la terre, de la poussière, des flaques d'eau et de la boue. Surtout de la boue dans ce paysage désolé. Une couleur écrasait tout, affligeante, le gris. Birkenau apparaissait enveloppé d'un gris terne et déprimant ; on aurait dit une autre planète.

— C'est grand, hein ?

La question de Pery Broad, accroché au volant, suscita un geste affirmatif du Portugais.

— Immense.

— Bien plus grand que le Stammlager, ajouta l'officier brésilien. Et pire. Bien pire. – Il jeta un œil à celui qui l'accompagnait. – Il vaut mieux t'y préparer, tu sais. Auschwitz I est un camp de travail. Birkenau aussi, en principe, mais en fait c'est pour camoufler sa vraie nature, car c'est un *Vernichtungslager*, un camp d'extermination. La situation ici est bien plus compliquée.

De la route, on comprenait que Birkenau était divisé par un réseau de barbelés. Le périmètre du camp était entouré de barbelés et, à l'intérieur, d'autres clôtures morcelaient l'espace en sections, comme si le camp était composé de plusieurs sous-camps. En contemplant l'immensité désertique de Birkenau, une étendue plate à peine découpée à l'horizon par le massif des Beskides, Francisco ne put s'empêcher de se demander dans quel secteur pouvait bien se trouver Tanusha.

— Unterscharführer, savez-vous où se trouve le camp des femmes ?

— Bien sûr, rétorqua Broad. Ce sont ces baraquements les plus proches. – Il désigna les Blocks le long du fil de fer barbelé. – Le Frauenlager.

Francisco regarda les baraques. C'était donc là. Le Portugais avait hâte de revoir sa fiancée, mais il appréhendait. Les histoires qu'il avait entendues à Auschwitz laissaient augurer le pire.

La voiture tourna brusquement vers un champ où se trouvaient plusieurs véhicules et où le Brésilien se gara. Les deux SS sortirent du véhicule et, lorsqu'il respira l'air extérieur, Francisco remarqua une odeur très forte.

— Ça sent… le barbecue ?

Le Brésilien montra l'horizon.

— C'est l'odeur de Birkenau, indiqua-t-il. Les crématoires fonctionnent à plein régime.

Les SS fixèrent les deux colonnes sur leur gauche dont les volutes de fumée noire contribuaient à plomber davantage le ciel. Francisco réalisa que l'odeur provenait des cadavres qu'on brûlait. Une brume sinistre filtrait la lumière et assombrissait le jour.

L'atmosphère était oppressante, épaisse, opaque ; on aurait dit que les clôtures concrétisaient une frontière, d'un côté le monde des vivants, de l'autre les limbes, ce no man's land qui séparait la vie de la mort, la porte de l'au-delà.

Sans dire un mot, comme si l'environnement les oppressait, ils fermèrent les portières de la voiture et continuèrent en silence. Une pluie légère et froide commença à tomber. Passant la main sur son front humide pour essayer de le sécher, le Portugais examina les gouttes sur ses doigts. Elles étaient sales et grises. *Grises*. Il comprit que la saleté qui imprégnait les gouttes ne venait pas de la poussière, mais des cendres. Les cendres des cheminées. Des fours crématoires. Des cadavres. Il leva les yeux vers les nuages sombres que la fumée des cheminées alimentait en permanence et, terrifié, il réalisa qu'à Birkenau il pleuvait des morts.

La tour se dressait haute, sombre et imposante, telle une sentinelle géante. Ce n'était pas n'importe quel géant, mais un monstre, un titan silencieux et sournois. Un Moloch de pierre. C'était, expliqua Broad, l'entrée principale du camp. La tour rouge de Birkenau. La bouche qui les avalait tous. Au-delà se trouvaient les crématoires. Et Tanusha.

Ils marchèrent sur la route boueuse, les yeux fixés sur la tour, attirés par ce spectre sinistre dont la présence les hypnotisait. Ils finirent par arriver au grand bâtiment en brique rouge qui marquait l'entrée à Birkenau, couronné par la haute tour.

Une foule les empêcha de passer par le grand mirador. La marée humaine défilait sous la tour comme une rivière engloutie par la montagne, sous la bruine froide du matin. Il y avait beaucoup d'hommes dans ce flot, mais la plupart étaient des vieillards, des femmes et des enfants, y compris des bébés dans des berceaux ou dans les bras de leur mère.

— Des Juifs, murmura Broad. – Il désigna le côté d'où venait la foule. – Tu vois le train ? Ces gens viennent d'arriver.

C'était un « convoi », réalisa Francisco. Il regarda un moment le train immobilisé sur le quai, au fond, d'où provenait la marée humaine ; il y avait plusieurs centaines de personnes, peut-être même plus d'un millier. Escortant la colonne, des SS armés, certains avec des chiens tenus en laisse. Une ambulance arborant le logo de la Croix-Rouge klaxonna ; complaisante, la foule s'écarta pour la laisser passer. Plusieurs SS s'entretenaient avec des Juifs sur un ton étonnamment amical.

— ... pour travailler plus tard, disait un officier allemand avec des galons d'Oberscharführer à un groupe de Juifs qui l'accompagnait. Pourriez-vous, s'il vous plaît, m'indiquer quelles sont exactement vos professions ?

Un des Juifs traduisit la question en français et tout le monde devint très excité, se bousculant presque pour répondre.

— Celui-ci est cordonnier, *Herr* Voss, dit au SS celui qui servait d'interprète. Cette dame sait coudre, et le plus jeune travaillait dans une menuiserie à Nantes.

— *Sehr gut, sehr gut*, approuva Voss avec bonhomie. Tout le monde sera utile ici, dans le camp de travail, car...

Le groupe s'éloigna, toujours en grande conversation, et Francisco souffla, soulagé. Tout compte fait, ce n'était pas un de ces fameux « convois » dont ses camarades parlaient tant. Tant mieux, car il avait craint le pire, surtout après avoir vu tant d'enfants.

Les conversations fusaient et le Portugais s'aperçut que la plupart d'entre eux ne parlaient pas français, mais une langue slave qui lui sembla être du polonais. Il parcourut la colonne du regard. La longue file commençait sur le quai de la voie ferrée, se prolongeait le long de la route, passait par le portail d'entrée sur la gauche et se poursuivait à l'intérieur du camp parmi des chantiers de construction en cours. Au fond, les cheminées des deux crématoires crachaient de la fumée noire comme des volcans en éruption.

— Il y a des travaux là-bas ?

— C'est la nouvelle *Judenrampe*, précisa Broad. Nous construisons un nouveau quai pour que les trains passent sous le portail et déchargent les gens à l'intérieur du Katzet. Ce sera bien plus efficace.

La conversation fut interrompue par la voix d'un autre SS qui parlait à quatre Juifs en allemand.

— ... vous pourrez prendre le thé, déclara l'officier. Tout diplôme ou certificat est un atout. Laissez-les dans le vestiaire, à côté de vos vêtements, vous les donnerez aux fonctionnaires après la douche. Ne les perdez pas, vous entendez ? Ces documents sont très importants pour...

Ce groupe s'éloigna à son tour et le dialogue s'évanouit dans le murmure léger de la foule. Les gens convergeaient calmement vers le passage sous la tour, pénétrant ainsi dans le périmètre de Birkenau. Beaucoup avaient l'air fatigués, d'autres semblaient soulagés que le voyage soit enfin terminé. Les deux visiteurs entendaient des bribes de conversations et des enfants qui pleurnichaient lorsque les nouveaux arrivants passaient à côté d'eux. Broad leva le bras et héla un SS avec des galons d'Unterscharführer.

— Karl ! appela-t-il. Eh ! Karl !

Le SS s'approcha.

— *Heil Hitler*, dit-il en le saluant. Pery ? Que fais-tu par ici ?

— Je vais au camp des Tziganes. – Il montra la foule qui défilait. – D'où viennent ces gens ?

— Drancy.

— Et ils vont… ?

— Bien sûr, comme d'habitude, répondit l'autre avec un haussement d'épaules. *Sonderbehandlung*.

— *Ach*. Quel ennui !

Karl fit un geste d'indifférence.

— On s'y habitue. – Il fit un signe de la main. – À plus tard, Pery.

L'Unterscharführer s'éloigna et se fondit dans la foule. Il engagea aussitôt la conversation avec des Juifs auxquels il offrit des cigarettes après avoir sorti un paquet de sa poche.

— Je n'ai pas compris ce qu'il a dit, lança Francisco. D'où viennent ces gens ?

— De Drancy. C'est un camp de concentration pour les Juifs en France. Ils sont déportés ici.

— Mais ils ne parlent pas tous français…

— C'est vrai. Les Français nous envoient surtout des Juifs polonais qui ont fui en France lorsque nous avons libéré la Pologne.

En suivant la foule des yeux, le Portugais essaya de comprendre où ils se dirigeaient.

— Votre camarade a dit qu'ils allaient à un Sonder… quelque chose.

— *Sonderbehandlung*. Traitement spécial.

L'expression parut familière à Francisco.

— Ce n'est pas… ?

Pery Broad indiqua les volutes de fumée qui montaient vers le ciel.

— Les cheminées.

Traitement spécial, se rappela le subordonné, était l'expression utilisée par l'officier SS de Pouchkine qui l'avait recruté pour évoquer le sort réservé à Tanusha.

— Ce n'est pas possible, Unterscharführer ! s'exclama-t-il. Là c'est différent. Vous n'avez pas entendu leurs conversations ? Ils vont travailler. On leur demande leurs métiers et même leurs diplômes et certificats.

— C'est pour les tromper. Ces Juifs sont destinés aux fours crématoires et ils vont subir le traitement spécial. Tu as vu l'Oberscharführer qui parlait avec eux ? C'est Peter Voss, le chef des fours crématoires. Un ivrogne. Et Karl Steinberg, l'homme avec qui j'ai parlé à l'instant, est lui aussi particulièrement brutal. – Il fit un geste en direction des SS qui souriaient et fraternisaient avec les Juifs. – Regarde-les ! Voss, Karl et les autres, ils sont tous attentionnés et pleins de tact, ils leur demandent s'ils veulent des biscuits, quels sont leurs métiers, où sont leurs diplômes et tout le reste, et tu sais pourquoi ? Pour qu'ils ne se doutent de rien.

Francisco regardait en silence, bouche bée.

— Ça doit se passer dans le calme et la tranquillité, poursuivit Broad. Comme ça, les Juifs se dirigent vers les cheminées en pensant que tout est normal. S'ils réalisent qu'ils vont mourir, ce qui s'est déjà produit plusieurs fois, c'est un désordre sans nom. Ils crient, tentent de s'enfuir, et on doit les frapper. C'est plutôt ennuyeux, non ? Ils pourraient même se retourner contre nous. Pas plus tard qu'en octobre, quand Höss est parti, dans le crématoire, une Juive, une soi-disant actrice ou danseuse ou je ne sais quoi, a pris l'arme de Schillinger et l'a tué. Là-bas, tu vois ! Pan, pan ! Schillinger est mort. Emmerich a été blessé. – Il montra le défilé des Juifs. – Comme ça, c'est bien plus sympathique. Ils croient que tout va bien, qu'ils vont se laver, manger un morceau, et que demain ils travailleront. Ainsi, tout se passe beaucoup plus facilement. Ils pensent qu'ils vont prendre une douche, on ferme la porte et hop… on envoie le gaz. C'est même plus humain pour eux, non ? Ils ne souffrent pas, contrairement à quelqu'un qui sait qu'il va mourir.

Pour le Portugais, tout cela semblait surréaliste.

— Mais… et la Croix-Rouge ? demanda-t-il en désignant l'ambulance qui roulait en tête près des travaux de la nouvelle rampe. Vous faites ça devant la Croix-Rouge ?

— Quelle Croix-Rouge, mon gars ? Cette ambulance fait partie de la mise en scène, qu'est-ce que tu crois ? Elle sert uniquement à donner l'impression que tout est normal, qu'on apporte une assistance aux malades qui étaient dans le train et que maintenant tout le monde sera bien traité. Tu ne vas pas me croire, mais c'est l'ambulance qui transporte le gaz au crématoire.

Le Portugais regarda les gens qui passaient à côté de lui. Ils marchaient vers la mort sans la moindre idée de ce qui les attendait. Certains avaient l'air nerveux, le regard anxieux, évaluant l'espace autour d'eux et, surtout, scrutant les visages des Allemands qui les surveillaient. Ils cherchaient des signes, des indices de ce qui allait leur arriver ; allaient-ils vraiment travailler, ou bien les rumeurs selon lesquelles, à l'est, on tuait les Juifs, se confirmeraient-elles ? Les paroles des SS semblaient fonctionner et apaisaient la plupart d'entre eux. Après tout, les rumeurs n'étaient rien d'autre que ça, de simples rumeurs. Tout cela impressionnait Francisco, mais ce qui le choquait le plus, c'était de voir les femmes qui poussaient des landaus, tenaient des enfants par la main ou les portaient dans les bras. Il connaissait désormais le sort réservé à tous ces gens, mais il avait du mal à croire qu'il était possible de faire une telle chose de sang-froid.

— Est-ce qu'ils tuent aussi les enfants ?

— Bien sûr.

— Pourquoi ? Qu'ont-ils fait ?

— Un petit Juif innocent aujourd'hui deviendra un méchant Juif coupable demain, rétorqua le Brésilien. Et puis, n'oublie pas que le but de tout ça, c'est de débarrasser l'humanité des sous-hommes. Si les bébés sont épargnés, les sous-hommes se perpétueront.

Francisco ne savait rien de tout ça. Mais le sort des enfants le bouleversait énormément.

— Vous arrivez vraiment à les tuer ? demanda-t-il incrédule. Ça ne vous coûte pas ?

Le SS haussa un sourcil.

— Hé ! Tu me fais la morale ? J'ai lu tes états de service et je sais très bien ce que tu as fait pendant la guerre civile en Espagne et à Léningrad. Tu n'es pas un enfant de chœur.

— J'ai fait mon travail de soldat, Unterscharführer.

— Des civils sont également morts, n'est-ce pas ?

— Bien sûr, il y en a qui sont morts, confirma Francisco. Moi-même j'en ai tué, je ne le nie pas. Je les ai tués de mes propres mains. Mais faire ça dans le feu de la bataille, dans un moment de fureur ou lors d'une attaque qui tourne mal, c'est une chose. Mais ça… – Il fit un geste pour indiquer la procession devant eux. – Ça… c'en est une autre.

— C'est l'ennemi, mon gars.

— Ce sont des vieillards, des femmes, des enfants. Même s'ils sont l'ennemi, quel mal peuvent-ils faire ? Le IIIe Reich a peur des vieillards, des femmes et des enfants à présent ?

Pendant un instant, Pery Broad ne dit rien. Le défilé des Juifs s'achevait, seuls les retardataires passaient encore.

— Le meurtre des Juifs obéit à une logique terrible, c'est vrai, mais une logique scientifique, déclara le SS brésilien. Je ne nie pas que j'ai, moi aussi, des doutes. Beaucoup, même. Quand je vois ces civils, en particulier les femmes et les bébés, je m'interroge. Et je sais que de nombreux camarades font de même. Mais quand on parle avec les grands chefs, ils nous rappellent que tout ça, bien que très dur, est nécessaire pour le bien de la race aryenne et, par conséquent, de l'humanité. – Il s'adressait à Francisco, mais c'était comme s'il dialoguait avec sa propre conscience. – Nous devons éliminer les races inférieures pour que l'humanité ne dégénère pas sur le plan racial et puisse passer à l'étape suivante de l'évolution. Le meurtre des Juifs est terrible, personne ne le nie. C'est extrêmement pénible. Mais couper une jambe gangrenée est tout aussi difficile, non ? Il faut pourtant le faire pour sauver le reste du corps. C'est la même chose. Les Juifs sont la jambe gangrenée et l'humanité est le corps. Nous devons couper la jambe pour sauver le corps. Quand on découpe, c'est horrible, il y a du sang partout, quand on prend le… le… Comment s'appelle l'instrument pour couper ?

— La scie ?

— C'est ça. Quand on prend la scie et qu'on commence à couper, ce n'est pas très joli à voir. Mais il faut le faire pour sauver le corps, n'est-ce pas ? Eh bien, la SS est la scie. Chaque fois que nous doutons, et la plupart d'entre nous doutent, nous devons nous rappeler que nous sommes la SS, nous sommes l'élite, nous faisons le travail que personne d'autre ne veut faire, le sale boulot qui doit être fait pour le bien de l'humanité. Nous plaçons le devoir au-dessus de tout, même au-dessus des sentiments. « Loyauté et honneur », tu te souviens ? Loyauté et honneur. Les ordres de nos supérieurs sont au-dessus de tout. Fidélité aux chefs, et honneur au serment fait au Führer. Nous pouvons ne pas aimer certaines choses, ne pas les comprendre, nous pouvons douter même, mais nos supérieurs savent ce qu'ils font et nous devons leur faire confiance. Au bout du compte, n'oublie pas que tout ça repose sur une base scientifique. C'est du national-socialisme scientifique.

— Écoutez, je ne comprends rien à la science, mais je suis un soldat et…

Le Brésilien l'interrompit, appliquant son index sur sa poitrine.

— Tu n'es pas un soldat ! Tu es un SS. La SS n'est pas un ordre militaire, c'est un ordre initiatique ! Tu n'es pas un soldat, tu es un moine guerrier. Nous tous, les SS, nous sommes au service de forces que nous ne comprenons pas, des forces qui viennent du cosmos et nous relient à la transcendance ! Nous sommes l'homme nouveau. Notre destin est de détruire l'homme-animal et de créer l'homme-Dieu ! Telle est notre mission. Est-ce que ça coûte ? Bien sûr. Ça coûte énormément. C'est affreux. Mais nous devons le faire. Pour le bien final de l'humanité, nous devons faire temporairement le mal.

Francisco continuait à secouer la tête.

— Ce n'est pas juste, murmura-t-il. Ce n'est pas juste, vous entendez ? Dans ma vie, j'ai vu beaucoup de saloperies et j'en ai fait aussi beaucoup, mais… *ça* ?!

Sur la route, la procession se terminait et les derniers Juifs du convoi passaient devant eux.

— Tu sais, tout le monde réagit comme ça la première fois qu'il voit des gens aller aux crématoires, déclara Broad. Je me rappelle, quand j'ai assisté à ma première exécution dans la chambre à gaz, au Krema III. Je me suis senti… je ne sais pas comment. J'ai passé deux jours sans manger ni dormir. C'était horrible. D'ailleurs, j'ai refusé d'y retourner. Le Reichsführer-SS lui-même a eu un choc lorsqu'il a vu les Einsatzgruppen tuer des Juifs.

— Himmler ?

En se rappelant l'histoire, le Brésilien ne put contenir un sourire.

— Il paraît qu'il a failli s'évanouir ! Cette réaction est normale, tu comprends ? Plusieurs camarades SS se sont sentis mal, ont vomi ou sont tombés dans les pommes. D'autres ont été traumatisés. Boger et Lachmann sont allés voir le médecin parce qu'ils ne pouvaient plus dormir. Ils disaient qu'ils avaient des visions des morts. Froll s'est mis à crier en dormant. Dylewski, mon camarade de la Politische Abteilung, est tombé malade six semaines après être arrivé au Katzet à cause du choc. Riegenhagen a fait une dépression après avoir assisté à une exécution dans la chambre à gaz. Ce travail est dur, mon gars. Très dur. Mais avec le temps, on finit par s'y habituer.

— Personne ne peut s'habituer à ça, Unterscharführer. Personne. On ne tue pas des ennemis qui nous tirent dessus ou nous attaquent avec des couteaux. On tue des femmes et des enfants.

Un peu plus loin, des camions chargés de valises quittaient le quai ; c'étaient les bagages que les nouveaux arrivants avaient laissés sur la rampe. Les Juifs étaient à présent tous à l'intérieur de Birkenau, et la route était déserte. La voie étant libre, Broad donna une tape dans le dos de Francisco comme s'il voulait le consoler, et se dirigea vers la grande tour rouge qui marquait l'entrée du camp.

— Donne du temps au temps.

La Hauptstrasse était un vrai chantier à cause de la construction de la nouvelle rampe. Se substituant à l'odeur écœurante de barbecue qui imprégnait tout, d'infects relents d'excréments avaient envahi l'air.

— Ouah ! Quelle puanteur !

— Ça vient des Blocks des latrines, observa le Brésilien en montrant les baraquements à droite.

Avec une expression dégoûtée, Francisco examina les baraquements. Ils étaient alignés le long de la clôture et avaient une apparence encore plus misérable que les bâtiments déjà en piteux état d'Auschwitz I. Au moins, ceux du Stammlager étaient en maçonnerie, tandis que ceux-ci étaient tout simplement en bois. L'attention du Portugais fut attirée par les silhouettes qui circulaient parmi les baraques des latrines. Il y avait des hommes, des femmes et des enfants qui portaient des vêtements normaux et avaient des cheveux. Ils avaient l'air très différents des prisonniers qu'il avait vus à Auschwitz I. Seule similitude, tous étaient très maigres.

— Ici à Birkenau, c'est différent, observa Francisco. Regardez. Ils mélangent les hommes, les femmes et les enfants. Et ils ont des vêtements normaux.

— C'est le camp des familles.

Il dit cela comme si ça expliquait tout.

— Quelles familles ?

— Ce camp est celui des Juifs tchèques, expliqua le Brésilien. Ils viennent de Theresienstadt, le ghetto modèle. Dans le camp des familles, les règles sont différentes. C'est le seul endroit du Katzet où les familles juives sont autorisées à rester ensemble et où les détenus peuvent porter des vêtements civils. C'est un endroit plutôt sympa, de loin le meilleur de Birkenau.

— Pourquoi les camps ne sont-ils pas tous comme ça ?

Broad fit un geste avec les mains.

— En Europe, des rumeurs ont commencé à circuler selon lesquelles nous tuons des Juifs et je ne sais quoi encore. Et donc, la Croix-Rouge s'est mise à poser des questions, tu me suis ? Pour prouver que tout était normal, le Reich a accepté de négocier une visite de la Croix-Rouge internationale dans un ghetto. Et c'est le ghetto de Theresienstadt qui a été choisi, c'est le meilleur et c'est celui où sont envoyées toutes les personnes importantes. Voilà pourquoi les prisonniers de Theresienstadt sont très bien traités. Dans le camp des familles, les prisonniers bénéficient d'un traitement préférentiel. Ils sont autorisés à envoyer des cartes postales à leur famille et à leurs amis, pour dire que tout va bien. Ils peuvent même recevoir des colis. C'est pour ça que les hommes, les femmes et les enfants restent ensemble, ne portent pas l'uniforme et n'ont pas les cheveux rasés. On a même accepté que les Blockältesten soient juifs. Si la Croix-Rouge internationale vient voir comment on traite les Juifs à Auschwitz, on leur montre ce camp-là.

Francisco regarda les personnes à côté de la clôture du camp des familles.

— Ce n'est que de la propagande.

Le Brésilien continua à marcher, pensif, le regard rivé au sol.

— Mais ça ne durera pas éternellement…

Autrement dit, comprit le Portugais, les Juifs de ce camp aussi avaient leurs jours comptés.

XV

Malgré les efforts de Gerda, Levin remonta son pantalon avec un sentiment de frustration, mettant fin à une tentative qui commençait à devenir gênante pour tous les deux.

— Je ne peux pas, murmura-t-il avec amertume. Je ne peux pas…

Elle saisit à nouveau son pantalon.

— Laisse-moi essayer encore, insista-t-elle. Tu vas voir, tu vas y arriver et…

— Non !

Le ton et le geste pour l'arrêter étaient si déterminés que sa femme n'insista pas. Si un aspect des relations avec les hommes exigeait du tact, c'était précisément celui de leur virilité. Rien ne les vexait plus, quand ça ne marchait pas. Gerda pensait qu'ils accordaient une importance démesurée à la question, qu'il n'y avait pas de quoi en faire un drame, mais la gent masculine était ainsi faite.

— Tu sais que cela arrive à presque tous les hommes du camp ? demanda-t-elle. Mes amies du baraquement disent la même chose. Tout le monde a perdu tout désir.

L'information lui remonta le moral, car ces choses-là étaient tellement intimes que les hommes n'en parlaient pas entre eux.

— C'est vrai ?

— Bien sûr, c'est pareil pour tout le monde. Seuls ceux qui, pour une raison ou pour une autre, mangent encore bien, comme les Kapos et les Blockältesten, ont encore un peu d'envie. Et c'est pareil pour les femmes. La situation est si dure que les gens ont perdu tout intérêt pour ces choses-là.

Il suffisait de regarder autour de soi. Dans les premières semaines suivant leur arrivée, et dès qu'ils se rendirent compte que les latrines étaient le seul endroit où hommes et femmes pouvaient se rencontrer en échappant à la vigilance des SS, le bâtiment se remplissait chaque jour pendant une heure avant l'appel. Des couples s'y retrouvaient et, ayant chargé quelqu'un de surveiller l'entrée, ils se retiraient dans un coin, faisant abstraction des regards indiscrets et de la puanteur des latrines. Au fil du temps, les choses avaient changé. La faim et l'épuisement avaient eu raison de leurs envies et, quelques semaines plus tard, rares étaient les couples qui se réveillaient encore tôt pour se retrouver dans les latrines.

D'ailleurs, l'intérieur du baraquement était quasi désert, à l'exception d'un couple qui s'enlaçait dans un coin. Il y avait aussi une poignée d'hommes et de femmes, mais ils n'étaient venus que pour se laver et étancher leur soif. Bien qu'ils se fussent dévêtus les uns à côté des autres, ils ne montraient aucune attirance. Et de l'attirance pour quoi exactement ? Il suffisait de regarder leurs corps émaciés pour réaliser à quel point ils étaient devenus asexués. L'alimentation n'était déjà pas très riche à Theresienstadt, mais à Birkenau elle se réduisait à rien. Les repas étaient à base d'eau, tels que soupes, cafés, thés. S'ils étaient maigres en arrivant, ils devinrent squelettiques. Seuls les colis que leur envoyaient de temps à autre leurs amis de Theresienstadt, un privilège réservé au camp des familles, les avaient empêchés de mourir de faim.

Ils n'avaient plus d'énergie, et même s'ils en avaient, ils ne ressentaient aucune attirance pour le sexe opposé. Hommes et femmes avaient perdu leurs muscles, la graisse qui arrondissait leurs formes, et ils n'avaient plus que la peau sur les os. Il suffisait de voir les femmes nues en train de se laver dans les latrines pour perdre tout désir. Leurs seins étaient décharnés, leurs jambes étaient réduites à de longs bâtons et leurs os perçaient sous la peau. Elles sentaient mauvais, leurs cheveux étaient ébouriffés et pouilleux, leurs visages émaciés et leurs yeux cernés. Idem pour les hommes. Herbert et Gerda s'enlacèrent, non plus avec l'intention qui les avait amenés là, mais pour ressentir l'amour. Ce qui manquait le plus à Birkenau, c'était bien la sensation d'aimer et d'être aimé.

Ils sortirent des latrines. Dehors, il faisait froid et les premières lueurs du jour déchiraient le ciel à l'est. Deux corps gisaient à côté de la clôture électrifiée, ceux qui s'étaient éclipsés la nuit pour se suicider. Ils bâillèrent. Ce qui les avait horrifiés la première fois était devenu la routine. Même les cadavres de vieillards squelettiques que l'on sortait chaque matin des baraquements, morts de faim ou de maladie, avaient cessé de les impressionner. Dans un tel lieu, seuls ceux qui se souciaient d'eux-mêmes avaient une chance de s'en sortir.

— Je vais apporter de l'eau à Peter, dit Gerda en s'éloignant, l'écuelle pleine. Tu restes ?

— Fredy veut me parler.

— À propos de Peter ?

— Probablement.

Elle hâta le pas, à cause du froid, mais aussi parce qu'elle avait hâte de retourner auprès de son fils qui dormait encore. Elle devait le déposer au baraquement de la Škola avant l'appel.

L'attention de Levin fut attirée par les gens qui passaient sous la tour principale, formant une colonne qui se prolongeait dans la Hauptstrasse, le chemin qui menait aux bâtiments avec les cheminées d'où se dégageaient une haute flamme et des volutes de fumée noire. Cela faisait des jours qu'il n'y avait pas eu de trains et les cheminées étaient restées endormies, mais ce matin-là, la fumée noire et épaisse avait réapparu.

Les latrines du camp des familles étaient situées à côté de la Hauptstrasse. Les travaux de construction de la nouvelle plate-forme ferroviaire étaient en cours, mais le magicien ne pouvait détacher son regard de ces gens. Hommes, femmes, vieillards et enfants. Ils étaient chaudement vêtus et portaient des étoiles jaunes sur leurs vêtements. Il était difficile de voir exactement où ils allaient, la Hauptstrasse s'étendant bien au-delà du périmètre du Familienlager, mais de loin il lui sembla qu'ils se dirigeaient vers les bâtiments aux cheminées.

Les mystérieux bâtiments suscitaient constamment des observations dans le camp des familles. Les vétérans du transport de septembre affirmaient que les gens « sortaient par les cheminées » et, bien qu'ils le répétassent sans cesse, eux-mêmes semblaient douter de ce qu'ils disaient, comme s'ils ne faisaient que rabâcher ce qu'ils avaient entendu. Levin s'était livré à une enquête discrète pour savoir si quelqu'un y était déjà allé et avait vu ce qu'il s'y passait vraiment, car il n'y avait aucun moyen de vérifier les faits et, partant, de démêler le faux du vrai. Il avait découvert que personne ne savait rien de concret. Toutes les affirmations étaient fondées sur des on-dit : « j'ai entendu dire que », « tout le monde sait que ».

L'illusionniste tourna son regard vers les cendres qui planaient autour de lui. Personne n'avait jamais pénétré dans ces bâtiments, c'était un fait, mais il y avait d'autres faits qu'il ne pouvait nier. Les déportés descendaient des trains, empruntaient le chemin devant le camp des familles et poursuivaient dans cette direction. Ces gens se dirigeaient vers ces bâtiments mais n'en revenaient pas, comme s'ils étaient avalés par la terre. De plus, la fumée ne sortait des cheminées que lorsqu'ils y allaient. Les jours où personne ne passait, rien ne s'en échappait. Enfin, il y avait cette odeur nauséabonde dans l'air, qui faisait penser à un barbecue.

Et les cendres. Chaque fois que les cheminées étaient actives, l'air se remplissait de poussières grises. Elles planaient comme de la neige, certains jours légères, d'autres plus denses, poussées au loin quand le vent soufflait, ou se balançant lentement les jours calmes. Les cendres entraient dans leurs vêtements et maculaient leurs cheveux de pellicules grises. Une fine couche en recouvrait les flaques d'eau, leur donnant des reflets d'argent, et le sol boueux se chargeait de particules. Les prisonniers et les gardiens les respiraient constamment ; il leur arrivait de cracher des cendres lorsqu'ils toussaient. Celles-ci ne pouvaient provenir que des cheminées ; d'ailleurs, c'était le jour où elles fumaient le plus qu'il y en avait le plus. Quel sordide tour de magie pouvait bien se cacher derrière tout cela ?

— Monsieur Levin ?

L'illusionniste se retourna et vit le responsable de la Škola du camp.

— Salut, Fredy.

— Merci d'être venu, monsieur Levin, déclara Alfred Hirsch. Je sais que ce sera bientôt l'appel, mais c'est le seul moment de la journée où nous pouvons parler tranquillement.

— Est-ce à cause de mon fils ? demanda Levin. Il y a un problème avec lui ?

— Pas du tout. Peter s'adapte très bien, il n'y a aucun problème. Je sais même que vous et votre femme, vous lui donnez une partie de vos rations et de la nourriture que vos amis vous envoient de Theresienstadt. Je voulais vous demander de ne pas le faire.

— Allons donc ! Et pourquoi cela ?

— Parce que les enfants reçoivent déjà des rations supplémentaires à la Škola. Les Allemands ont accepté d'améliorer leur alimentation. Les enfants mangent une soupe plus nutritive, parfois avec de la viande. On leur donne des pains plus gros, du sucre et même des bonbons, et de temps en temps un peu de lait. Donc ne vous en faites pas pour votre fils. Mangez toute votre nourriture. Vous en avez bien plus besoin que lui.

— Mais comment avez-vous réussi à convaincre les Allemands ?

— J'ai cinq cents enfants sous ma responsabilité au Block 31 et j'ai invité les Allemands à nous rendre visite. De temps en temps, ils viennent à la Škola juste pour voir les enfants et beaucoup se sont attachés à eux. Hier encore, nous avons eu la visite de l'Obersturmführer Schwarzhuber et du docteur Mengele.

Un silence s'installa soudain entre eux. Si tout allait bien avec Peter, pourquoi cette conversation ? se demanda Levin. Il attendit que Hirsch l'éclaire. Le responsable de la Škola montra du doigt les déportés qui passaient dans la Hauptstrasse.

— Savez-vous où vont ces gens ?

— On ne peut pas le voir d'ici, répondit Levin. Mais on dirait qu'ils se dirigent vers les bâtiments aux cheminées.

— Vous savez ce qui va leur arriver ?

— On dit qu'ils sortiront par les cheminées. – Il hésita. – Est-ce vraiment le cas ?

Hirsch le dévisagea un long moment, comme s'il le disséquait.

— Qu'en pensez-vous ?

— Vous savez, je suis né et j'ai vécu en Allemagne, et je sais que chaque ville allemande a son crématorium, observa le magicien. Ce sont des crématoires. Il n'y a rien d'anormal à ce qu'il y en ait ici. Le camp est grand, la nourriture est terrible, les maladies prolifèrent et la mortalité est élevée. Les Allemands préfèrent incinérer les morts, ce qui explique l'activité des crématoires.

Le professeur indiqua la foule qui parcourait la Hauptstrasse.

— Et ces gens ?

Levin soupira.

— Eh bien, ils semblent se diriger vers les crématoires et, d'ici, on ne les voit pas sortir, dit-il. Mais… qu'insinuez-vous par là ? Qu'on les tue ? Poursuivre et arrêter des Juifs, c'est une chose ; c'en est une autre, tout à fait différente, de nous tuer de cette manière, si… si… – Il ne trouva pas le mot juste. – Ce n'est pas possible.

Son interlocuteur prit une profonde inspiration, puis exhala une bouffée de vapeur.

— Les rumeurs sont vraies, j'en ai peur.

Levin se figea. Il savait que Hirsch n'était pas n'importe qui. C'était un Juif allemand qui maîtrisait la langue et la culture germaniques, ce qui lui permettait d'impressionner les SS. Cela seul pouvait expliquer qu'il les ait convaincus de faire la Škola dans un baraquement du camp, ce qui, l'illusionniste le savait, était un cas unique à Birkenau. Un homme comme Hirsch était particulièrement bien informé. S'il affirmait quelque chose, ce n'était certainement pas une simple rumeur.

— Vous en êtes sûr ?

— J'ai la plus grande certitude que l'on puisse avoir compte tenu des circonstances, répondit-il. D'après ce qu'on m'a dit, dès que ces trains arrivent, les SS font une *Selektion* sur la plate-forme. Une minorité est considérée apte au travail et part à droite. La majorité, qui comprend forcément les vieillards, les enfants et les femmes qui ne veulent pas abandonner leurs enfants, est envoyée à gauche et chargée dans des camions, ou bien ils marchent. – Il désigna la colonne de personnes qui passaient sur la Hauptstrasse. – Ce sont ceux de gauche. On les envoie vers ce camion et… et ils sortiront par les cheminées.

Levin était choqué. Jusqu'à présent, il avait estimé que ce qui se disait sur le massacre de ces gens n'était que de simples rumeurs et, bien que ce qu'il voyait et entendait le mît mal à l'aise, il ne s'en était jamais vraiment préoccupé. Mais si une personne comme Alfred Hirsch affirmait une telle chose…

— Avec nous, ça ne s'est pas passé comme ça, rappela-t-il. Nous sommes arrivés à la gare, et après nous avoir fait prendre une douche, on nous a amenés ici. Autant que je sache, il n'y a pas eu de Selektion, et on n'a envoyé personne vers ces bâtiments. S'ils envoient à la mort les Juifs qui arrivent par les trains, pourquoi ne nous ont-ils pas réservé le même sort ?

Le Juif allemand haussa les épaules.

— Je ne sais pas.

— Alors, comment pouvez-vous affirmer que la rumeur est vraie ?

Le regard de Hirsch revint vers son interlocuteur.

— Êtes-vous capable de tenir secret ce que je vais vous dire ?

— Bien sûr.

— Vous ne le direz à personne, pas même à votre femme ?

La demande déconcerta Levin, habitué à discuter de tout avec Gerda. Il comprit cependant qu'il s'agissait là d'une condition importante. Plus que cela, une exigence.

— Vous pouvez compter sur moi.

Voulant s'assurer qu'ils seraient absolument seuls, Hirsch l'entraîna au-delà des latrines. Nul ne devait entendre ce qu'il avait à lui dire.

XVI

Quand Francisco jeta un coup d'œil sur le terrain à gauche de la Hauptstrasse, il se figea, choqué. Des corps inertes étaient étendus dans la boue. Autour d'eux déambulaient des silhouettes squelettiques, n'ayant littéralement que les os et la peau, pleines de boue et d'excréments, la peau grisâtre couverte d'œdèmes, certaines vêtues de haillons, d'autres totalement dénudées malgré le froid, les côtes et les pommettes saillantes, le regard vide, les globes oculaires enfoncés dans les orbites, les visages inexpressifs, pareils à des masques, l'air prostré. Des cadavres ambulants. Des morts-vivants.

— Qu'est-ce que c'est que *ça* ?

— *Muselmänner*.

— Des musulmans ? s'étonna le Portugais. – C'était la deuxième fois depuis qu'il était arrivé au KL qu'il entendait parler de musulmans. – Vous tuez aussi des musulmans ?

— Ce ne sont pas des musulmans, corrigea Broad. Nous appelons Muselmänner les détenus qui ne vont pas tarder à mourir de faim. – Il désigna celui qui était le plus proche de la clôture. – Tu ne vois pas qu'il arrive à peine à tenir debout ? Ils sont affamés et à bout de forces. Quand ils n'en peuvent plus, ils tombent à genoux et se penchent en avant, comme des musulmans qui prient. C'est pour ça que tout le monde les appelle Muselmänner, tu comprends ?

— Il existe un camp uniquement pour les affamés ?

— Il y a des Muselmänner partout à Birkenau. Ici, c'est le camp des femmes.

En entendant cela, Francisco fut saisi d'horreur. Il fixa les silhouettes squelettiques. Le camp des femmes ? Était-ce ici que se trouvait Tanusha ? *Ici ?* Dans ce camp ? Au milieu de ces cadavres et de ces gens qui mouraient de faim ? Comment était-ce possible ? Quel cauchemar était-elle en train de vivre ? Mort d'angoisse, il se mit à manquer d'air.

— Ça va ?

Francisco respira profondément.

— Ne vous en faites pas.

Ils reprirent leur chemin sur la Hauptstrasse, le long de laquelle des piliers avec des barbelés délimitaient le périmètre des différents sous-camps. Le chemin était boueux. Broad sautillait comme un danseur, essayant d'éviter les flaques d'eau et de garder propres ses bottes noires impeccablement cirées, tandis que le Portugais, les yeux fixés sur les spectres derrière les clôtures, avançait tel un somnambule, sans savoir où il posait les pieds, ses bottes déjà maculées et son pantalon couvert de boue. Tout ce qu'il voyait lui paraissait si choquant qu'il se demanda un instant s'il ne rêvait pas. Comment les Allemands, que Francisco trouvait si rationnels, pouvaient-ils avoir conçu une telle folie ?

— As-tu déjà vu une grenouille que l'on fait cuire dans de l'eau ?

— Une grenouille ?

— Si tu mets une grenouille dans de l'eau bouillante, demanda Broad, que va-t-elle faire ? Sauter, n'est-ce pas ? Mais si tu la mets dans de l'eau tiède que tu réchauffes lentement, la grenouille ne va pas sauter. Même quand l'eau sera en train de bouillir, la pauvre ne remarquera rien et elle y restera. Pourquoi ? Parce qu'elle s'est habituée petit à petit à la chaleur. Elle finira par être cuite sans s'en être aperçue.

— Les prisonniers sont les grenouilles ?

— Les grenouilles, c'est nous. Avant la guerre, Göring a dit qu'il était impensable de tuer les Juifs. Alors qu'elle était déjà en cours, Himmler a dit la même chose. Mais la situation s'est lentement réchauffée et, presque sans que l'on s'en aperçoive, petit à petit, l'impensable est devenu acceptable et a fini par être nécessaire. Tu savais qu'au départ, le plan était simplement d'expulser les Juifs d'Allemagne ? On leur a rendu la vie impossible pour qu'ils s'en aillent. Mais personne ne voulait les recevoir. Tout le monde se faisait moraliste, mais personne ne bougeait le petit doigt pour eux. Quand la guerre a éclaté, les frontières se sont fermées et on n'a su que faire d'eux. Nous avons donc décidé de les envoyer dans les régions conquises en Pologne. Nous leur avons même réservé une partie du pays, rien que pour eux. Le problème, c'est que les colons allemands ont commencé à affluer en masse en Pologne et on avait besoin de terres pour les leur donner. Nous avons alors pensé que les Juifs en avaient trop et, comme ils étaient encore peu nombreux, nous nous sommes dit que nous pourrions leur attribuer des zones plus petites. Pourquoi pas dans les villes ? Mais, comme les Polonais y étaient déjà, nous avons fini par rassembler les Juifs dans certains quartiers. Les ghettos. L'ennui, c'est que les ghettos sont devenus de vrais foutoirs. Beaucoup de monde et des conditions déplorables. Comment y remédier ? Nous avons songé à les envoyer à Madagascar, mais ça n'a pas marché. Et les Juifs ont continué à arriver dans les ghettos. Il n'y avait pas assez de place ni de nourriture pour tout le monde. Les maladies ont proliféré et ils ont commencé à tomber comme des mouches. Ça devenait ingérable. Certains pouvaient encore travailler, mais d'autres étaient dans un état pitoyable. Les femmes, les enfants, les vieillards mouraient de faim. Que faire de ces malheureux ? Il fallait trouver une *Endlösung der Judenfrage*, une « solution finale à la question juive ». Pourquoi les faire souffrir autant pendant si longtemps ? C'est terrible de mourir de faim. Puisqu'ils mouraient, une mort rapide était plus humaine. Et ainsi…

Regardant son supérieur avec une expression d'incrédulité, Francisco indiqua d'un geste les clôtures et, par-delà, les fantômes cadavériques, les baraquements, les volutes de fumée noire qui sortaient sans cesse des cheminées, les kilomètres de fil de fer barbelé qui les entouraient.

— Seriez-vous en train d'insinuer que vous avez conçu tout ça par… par… ?

L'Unterscharführer prit une profonde inspiration, conscient de l'absurdité de sa réponse.

— Par souci d'humanité aussi, oui.

XVII

La file de Juifs sur la Hauptstrasse se tarissait. Debout face à la clôture du camp des familles, les deux hommes ne songeaient cependant pas au sort de ces personnes, mais à leur propre destin. Alfred Hirsch regarda à nouveau autour d'eux pour s'assurer que personne ne les écoutait. Rassuré, il pointa le doigt vers la fumée noire à l'horizon.

— Je suis en contact avec eux.

— Les déportés ?

— Ceux qui travaillent dans les fours crématoires. Mais l'expression « four crématoire » est trompeuse car elle suggère que l'on n'y fait que brûler des cadavres. C'est là que sont tués les déportés. – Il fit un geste vague de la main. – Toutes ces cendres… ce sont des gens. Nous respirons des êtres humains.

Levin fixa son regard sur les mystérieux bâtiments au fond de la Hauptstrasse dont les cheminées étaient toujours très actives.

— Comment diable avez-vous pu parler aux gens des crématoires ?

— Cela n'a pas d'importance, répondit Hirsch sèchement. – Il hésita, voulant se reprendre. – Par le biais d'une organisation clandestine de résistance appelée *Kampfgruppe Auschwitz*, le groupe de combat d'Auschwitz. C'est une unité appelée *Sonderkommando*, ou commando spécial, qui s'occupe des fours crématoires. Le Kampfgruppe Auschwitz et le Sonderkommando veulent organiser un soulèvement.

À ces mots, Levin se figea. Les deux Juifs se turent pendant un moment ; le dernier mot prononcé par Hirsch était très dangereux. L'illusionniste baissa la voix et murmura :

— Que voulez-vous dire par là ?

— Je suppose que vous savez ce que ce mot signifie, rétorqua Hirsch. Nous nous emparons de tout ce qui nous tombe sous la main, nous attaquons les gardes, nous incendions tout.

Ils regardèrent à nouveau autour d'eux, se méfiant presque de leur ombre.

— Mais… n'est-ce pas trop dangereux ?

Hirsch fit un geste pour indiquer la foule qui se dirigeait vers les fours crématoires.

— Être à Birkenau est dangereux.

— Quand je dis dangereux, je veux dire suicidaire, précisa l'illusionniste. Nous sommes dans un camp allemand, entouré de barbelés et de SS armés jusqu'aux dents. Avec quoi allons-nous nous battre ? Des lance-pierres ?

— Ce serait déjà pas mal si on en avait…

La sincérité de Hirsch était déconcertante.

— Quelle sont nos chances contre les Allemands ?

— Aucune.

— Mais de quoi parlons-nous ? demanda Levin. Bon an mal an, ils nous laissent vivre, mais si nous levons ne serait-ce que le petit doigt, nous serons massacrés, alors pourquoi devrions-nous nous révolter ? Ne vaut-il pas mieux parier sur la possibilité de survivre que sur la certitude de mourir ?

— Aujourd'hui, nous sommes vivants. Mais demain ?

Levin soupira, il n'aimait pas le cours que prenait la conversation.

— Écoutez, s'il n'y avait que nous, les hommes, nous pourrions effectivement tenter quelque chose, je ne dis pas non. Mais il y a les femmes et les enfants. Et les vieillards aussi. Que leur arrivera-t-il si nous nous révoltons ?

— La même chose qu'à nous, ils seront massacrés.

Le magicien fit un geste, perplexe, comme si cette simple observation démontrait que le projet n'était rien de moins que fantaisiste.

— Mais alors, de quoi parle-t-on ?

S'asseyant par terre, comme s'il ployait sous la responsabilité de la décision, Hirsch prit une profonde inspiration.

— Jurez-vous de ne rien révéler de ce que je vais vous dire ?

— Je vous ai déjà dit oui.

Le jeune homme tourna son regard vers la fumée qui s'élevait des crématoires, comme attiré par un aimant.

— On m'a dit que nous tous, tous ceux du camp des familles, nous allions être tués.

— Qui vous a dit ça ?

— Mes contacts du Kampfgruppe Auschwitz et du Sonderkommando. Apparemment, un membre du Kampfgruppe Auschwitz, qui travaille avec les SS, a eu accès au registre de notre convoi. Selon ce document, tôt ou tard, nous serons tous éliminés.

Ce n'était pas une nouvelle facile à entendre. Levin secoua la tête.

— Mais ça n'a pas de sens, voyons, s'étonna-t-il. Ils nous ont amenés de Theresienstadt, ils n'ont pas fait de sélection et ils ont épargné la vie de tout le monde… Pour quelle raison ? Pour nous tuer maintenant ? Si c'était pour ça, pourquoi ne nous ont-ils pas tués quand nous sommes arrivés ? Pourquoi se sont-ils donné la peine de nous garder en vie s'ils avaient l'intention d'en finir avec nous ?

Hirsch se gratta la nuque.

— C'est ce que je ne comprends pas, reconnut-il. Mon contact au Kampfgruppe Auschwitz m'a assuré que l'extermination des prisonniers du camp des familles est implicite dans le registre de notre convoi. Cependant, vous avez raison. S'ils envisagent de nous tuer, pourquoi attendre ? Le fait de ne pas nous avoir tués quand nous sommes arrivés et de nous avoir mis dans ce camp montre que nous sommes différents et qu'ils veulent nous laisser la vie sauve.

— Je le pense aussi.

— Lorsque nous sommes arrivés ici et que les Juives polonaises ont vu nos enfants, elles se sont mises à crier, se souvint Hirsch. À l'époque, nous n'avons pas compris, mais maintenant je sais que c'est uniquement dans notre camp et dans celui des Tziganes qu'il y a des enfants. Tous les autres ont été tués à l'arrivée. Les Polonaises ont crié parce que leurs enfants avaient été tués, et c'était la première fois qu'elles voyaient des enfants juifs entrer dans le périmètre de Birkenau. Nos enfants leur ont rappelé les leurs.

— Vous voyez ? En acceptant nos enfants, les Allemands ont montré que notre présence sera différente. Nous sommes spéciaux. Et vous voudriez qu'on gâche tout ça ? N'oubliez pas que les Russes sont déjà entrés en Pologne et les Américains en Italie. Il faut juste qu'on s'accroche encore un peu, Fredy. Juste un peu plus. Si nous nous révoltons, la mort est certaine. Mais si nous tenons bon, nous pouvons en réchapper.

La guerre ne va plus durer très longtemps. Pourquoi nous révolter ?

Le responsable de la Škola avait le regard perdu dans l'infini ; il était face à un dilemme.

— Il est difficile de prendre une décision, admit-il. Le type du Kampfgruppe Auschwitz m'a dit que notre mort est planifiée et qu'il vaut mieux mourir en luttant que massacrés comme des agneaux à l'abattoir. Vous auriez dû l'entendre. Il est très convaincant. Et les types des Sonderkommandos que j'ai contactés disent la même chose.

— Mais qui sont exactement ces Sonderkommandos ?

— Ce sont les hommes du Kommando qui travaillent dans les fours crématoires, je vous l'ai déjà expliqué.

— Oui, mais que font-ils ?

— Je ne connais pas les détails. Je sais seulement qu'ils aident les Allemands à tuer les Juifs et à les brûler ensuite.

— Ce sont donc des nazis…

— Non. Ce sont des Juifs.

L'information choqua Levin.

— Des Juifs ?!

— Exactement, comme nous. De la même manière que vous avez été sélectionné pour le Kommando des pierres et votre femme pour celui du nettoyage des routes, ils ont été sélectionnés pour le Kommando des crématoires.

Le magicien semblait incrédule.

— Des Juifs aident les Allemands à tuer des Juifs ?!

— Ils n'ont pas le choix.

— Comment ça, ils n'ont pas le choix ? Il leur suffit de refuser.

— S'ils refusent, ils sont immédiatement exécutés et les Allemands vont en chercher d'autres pour les remplacer.

Levin était encore en train de digérer ce qu'il venait d'entendre.

— Ils tuent des Juifs pour ne pas être tués ? demanda-t-il. Ça veut dire que, quand ce sera fini, les gars du Sonderkommando seront les seuls Juifs à en réchapper…

— Pas tout à fait, corrigea Hirsch. Il semblerait qu'après trois mois de service dans les crématoires, les hommes du Sonderkommando sont tués par les Allemands et remplacés par d'autres. Aucun ne survit.

— Ces membres du Sonderkommando vont être tués ?

— Oui.

— Alors c'est pour ça qu'ils voudraient qu'on se révolte, conclut Levin, comme s'il présentait une preuve. Vous ne comprenez pas, Fredy ? Ces gars veulent se servir de nous. Leur idée n'est pas de nous sauver, c'est de se sauver, eux. C'est pour ça qu'ils essaient de nous convaincre de nous révolter. Ils veulent nous manipuler dans leur propre intérêt, peut-être dans le but de créer une diversion qui leur permette de s'échapper. C'est légitime et, *a priori*, je serais même disposé à les aider s'il n'y avait pas les femmes et les enfants. Mais ce n'est pas le cas. Pourquoi échanger l'incertitude quant à notre destin, alors que les Alliés sont si proches, contre la certitude d'une mort immédiate si nous nous révoltons ? Ça n'a pas de sens.

Se couvrant le visage avec les mains, Hirsch se massa les tempes du bout des doigts ; il semblait perdu.

— Vous avez raison, vous avez raison, admit-il. Mais les types du Kampfgruppe Auschwitz et du

Sonderkommando affirment que nous allons tous être assassinés.

— Ils nous manipulent.

Les dernières personnes du convoi qui venait d'arriver avaient fini de passer devant le camp. Le responsable de la Škola resta silencieux un moment, réfléchissant aux arguments avancés par Levin.

— Écoutez, vous avez peut-être raison, mais peut-être pas, dit-il. Aussi, il me semble plus prudent de nous préparer à la révolte.

— Mais...

— Je ne dis pas que nous allons nous révolter, je dis juste qu'il faut être prêts, s'empressa de clarifier Hirsch. Imaginez que les Allemands décident vraiment de nous tuer. Que ferons-nous alors ? Il vaut mieux se tenir prêts et voir qu'il ne se passe rien, que de rester les bras croisés et être pris au dépourvu lorsque ça arrivera.

— C'est vrai, finit par convenir Levin. À quoi songez-vous ?

— Nous devons élaborer un plan opérationnel et nous procurer des armes. Mon contact au Kampfgruppe Auschwitz m'a dit que la résistance pourrait peut-être nous aider.

— Mais qu'attendez-vous de moi ?

— J'ai besoin de votre aide pour voler du matériel, le cas échéant. Vos talents peuvent nous être très utiles.

Levin faillit éclater de rire.

— Quels talents, Fredy ? Vous me traitez de voleur ? Vous parlez comme si j'étais un expert en la matière, mais je n'ai jamais rien volé de ma vie. Je n'ai jamais volé et je ne sais pas voler. Comment voulez-vous que je vous aide ?

Hirsch le dévisagea intensément.

— N'êtes-vous pas illusionniste ? Les magiciens ont des talents spéciaux. Ils savent créer des illusions et distraire l'attention, ils maîtrisent l'art de manipuler des objets avec leurs mains, les faisant apparaître et disparaître. N'est-ce pas ?

— Eh bien… oui.

— Ces talents sont essentiels pour mettre en œuvre un tel projet. C'est pourquoi j'ai besoin de vous. Pour préparer une révolte, il faut mettre un nombre restreint de personnes dans la confidence, et ne fournir des détails qu'à ceux qui doivent les connaître. J'ai parlé de vous à mon contact au Sonderkommando et il s'est montré très intéressé. Il voudrait donc savoir si vous êtes d'accord pour nous aider.

Si Levin acceptait, son choix serait irréversible et aurait des conséquences importantes, ce qu'aucun d'eux n'ignorait. Si la conspiration était découverte, et c'était tout à fait possible, ils étaient perdus. Il suffisait que les SS torturent l'un des conspirateurs et ils seraient tous découverts. N'était-ce pas ainsi qu'à Prague, les Allemands avaient trouvé les hommes qui avaient tué Heydrich ? D'un autre côté, l'illusionniste admettait qu'ils devaient être prêts si les Allemands décidaient vraiment d'en finir avec les prisonniers du camp. Si rien n'était fait, comment se défendraient-ils ? Plus que pour lui-même, il devait le faire pour Gerda et Peter. Il ne pouvait pas laisser sa famille à la merci des nazis. Son devoir était de contribuer à la défense de tous, en particulier des femmes et des enfants. En les empêchant de travailler et de subvenir aux besoins de leurs familles, les Allemands avaient fait d'eux des hommes inutiles, des impuissants, comme il l'avait constaté une heure plus tôt à peine. Le moment était donc venu pour eux d'être des hommes, d'assumer leurs responsabilités et d'agir pour protéger leurs familles. Comment pouvait-il refuser cette demande ?

— Qu'attendez-vous de moi ?

Soulagé et enthousiaste, Hirsch lui serra vigoureusement la main avec un grand sourire.

— Je le savais, monsieur Levin ! s'exclama-t-il. Je savais que je pouvais compter sur vous !

On ne pouvait pas dire que le magicien était emballé, il allait prendre un risque énorme et probablement exposer la vie de sa femme et de son fils à un danger encore plus grand que celui qu'ils couraient déjà en étant à Birkenau.

— Dites-moi ce que je dois faire.

— Pour l'instant, rien. Je vais voir avec le Kampfgruppe Auschwitz ce qu'on peut faire. Si nous avons besoin de vos talents, je vous recontacterai le moment venu.

— Vous savez, mes talents ne sont sans doute déjà plus ce qu'ils étaient, prévint Levin. Manipuler des objets, par exemple, nécessite un entraînement constant. Or, cela fait plus d'un an que je n'ai pas touché un jeu de cartes. Dans ces conditions, je ne peux rien garantir.

— Un jeu de cartes vous aiderait-il ?

— Bien sûr. Je pourrais au moins exercer mes doigts.

Comme s'il était lui-même illusionniste, Hirsch sortit un objet de sa poche et le lui tendit.

— Et voilà.

Incrédule, le magicien regarda les cartes.

— Où avez-vous trouvé ça ?

— L'Obersturmführer Schwarzhuber aime bien le baraquement des enfants, précisa-t-il. Quand il voit les petits, ça lui rappelle sa propre famille. Un jour, les enfants ont fait un spectacle pour les SS ; il m'a demandé ce dont j'avais besoin et j'ai sollicité des jeux. Il m'a apporté ces cartes à jouer et j'ai pensé que ça pouvait servir à un magicien comme vous.

Levin ramassa les cartes comme si c'était un trésor et les manipula avec dextérité.

— Vous voyez ? J'ai besoin d'entraînement, je suis rouillé.

Hirsch faillit éclater de rire.

— Eh bien, pour moi, vous êtes un as, un vrai !

Le magicien posa sa main sur l'épaule du professeur.

— L'as, c'est vous, Fredy. Regardez-vous. Vous avez l'air en forme. – Il passa la main sur son manteau. – Et vous avez de beaux vêtements, hein ? Vous êtes allé à Karstadt faire des courses ? – Puis il toucha son pantalon. – Regardez-moi ça. Je parie que vous avez dans la poche un stylo et une pièce de monnaie que vous pouvez me prêter pour que je m'entraîne.

Le responsable de la Škola hocha la tête.

— Vous avez de la chance, il se trouve que je suis venu avec un stylo et une pièce. – Il mit la main dans la poche de son pantalon pour les sortir. Soudain paniqué, il fouilla dans la poche de son manteau. – Oh non ! On me les a volés !

Comme par magie, un stylo et une pièce de cinq reichsmarks apparurent alors dans les mains de Levin.

— C'est de ça que vous parlez ?

Hirsch éclata de rire.

— Alors là, vous m'avez bien eu ! Et vous dites que vous ne savez pas voler ? Bon sang ! Comment diable avez-vous fait ?

— La magie.

— Vous voyez, ces techniques peuvent nous être très utiles. Qui sait si vous ne parviendrez pas à voler un pistolet à l'Obersturmführer Schwarzhuber lui-même ? Ça nous serait bien utile ! Un pistolet, quelques grenades, des…

— Doucement, ce n'est pas si simple, le corrigea Levin. Ce que je viens de faire exige beaucoup de bagou pour distraire la victime et parvenir à la toucher. Ce n'est qu'ainsi qu'on peut mettre la main dans la poche de quelqu'un sans qu'il s'en aperçoive. Or, je ne peux pas m'adresser à un Allemand chaque fois que j'ai envie et encore moins le toucher. Et sans cela, impossible de lui soutirer quoi que ce soit.

— Je suis sûr que vous contournerez le problème.

— Ne vous méprenez pas, répondit le magicien. L'une des astuces les plus importantes de l'illusionniste est l'art de manipuler l'attention. La dextérité manuelle ne suffit pas, il faut une liberté totale pour distraire les gens. Et il est crucial de pouvoir les toucher, afin de créer des sensations tactiles durables. Si vous regardez le soleil pendant une fraction de seconde, que se passe-t-il quand vous fermez les yeux ? Vous continuez à le voir, n'est-ce pas ? C'est une sensation visuelle durable. En touchant le corps, on crée des sensations tactiles du même genre. Par exemple, si vous pincez quelqu'un, il ressentira encore la douleur quelques instants après le pincement. C'est ça, une sensation tactile durable. Pour parvenir à voler quelque chose, le principe est le même. Je dois d'abord toucher la personne pour créer une sensation tactile durable qui me permettra de mettre la main dans sa poche sans qu'elle s'en aperçoive. Mais je ne peux pas toucher un SS comme ça, de but en blanc. Et c'est pour ça que je ne peux pas faire des trucs de ce genre avec eux. Mes talents exigent une certaine liberté que je n'ai pas dans le camp.

— Ah, quel dommage !

— Et puis les SS ne sont pas complètement idiots, ajouta-t-il. Même s'il ne s'aperçoit de rien sur le moment, quand un soldat se rendra compte qu'il n'a plus son arme, il va passer en revue sa journée et il se souviendra qu'il était avec un prisonnier qui, comme par hasard, est magicien. Et il viendra alors me tabasser jusqu'à ce que j'avoue. Et ensuite, il me descendra avec le pistolet que je lui avais volé.

— Vous avez raison…

Autour d'eux, le camp sembla s'animer, comme s'il s'éveillait tout à coup. Les prisonniers commençaient à sortir des baraquements, l'appel n'allait pas tarder. Prenant congé précipitamment d'un hochement de tête, les deux hommes se séparèrent, l'un se dirigeant vers la Škola, l'autre vers le Block 12. En chemin, Levin ne put s'empêcher de réfléchir à tout ce qui venait de se passer, imaginant surtout les conséquences, pour lui et sa famille, du dangereux projet auquel il venait de s'associer.

Les Juifs allaient se révolter et il faisait partie de la conspiration.

XVIII

Le porche d'entrée du camp des femmes était encadré par une structure simple : deux poteaux de chaque côté, réunis au sommet par une barre électrifiée. Un SS avec une mitrailleuse posée sur un trépied occupait la tour de guet, tandis qu'à l'entrée, un autre contrôlait les papiers.

— L'orchestre a fini de jouer, Unterscharführer, déclara la sentinelle quand Pery Broad l'interrogea à ce sujet. L'appel vient de se terminer et il ne recommencera que lorsque les Kommandos partiront au travail.

L'officier se tourna vers Francisco.

— Zut, je ne vais pas pouvoir attendre, lui dit-il. Je dois aller directement au camp des Tziganes. Mais ne t'en fais pas. Lorsque les Kommandos sortiront à nouveau, l'orchestre d'Alma Rosé va jouer. Prends ton temps. Quand tu voudras rentrer, tu n'auras qu'à sortir. Le Stammlager est à quatre kilomètres ; tu pourras faire le chemin à pied.

Les deux SS se séparèrent en se faisant un signe de la main. Le Brésilien se dirigea vers le camp voisin des Tziganes, tandis que le Portugais, grâce au laissez-passer temporaire que l'Unterscharführer lui avait remis le matin même, pénétra dans le camp des femmes.

Sa première impression fut qu'il se trouvait dans un asile d'aliénées. De nombreuses femmes mouraient littéralement de faim, tandis que d'autres, bien que décharnées, tentaient encore de survivre. La plupart ne portaient pas l'uniforme rayé des prisonnières, mais des robes qui ne leur allaient pas ; des grandes femmes portaient des vêtements d'enfants, tandis que d'autres, plus petites, flottaient dans leur tenue ; on se serait cru au cirque, au milieu des clowns. Certaines marchaient à moitié nues, les seins qui pendaient. Toutes étaient rasées, pieds nus et répugnantes. Elles ne s'étaient certainement pas douchées depuis des mois.

Sans s'arrêter, Francisco se dirigea vers le baraquement le plus proche d'un pas rapide, comme pour les fuir. Il vit deux femmes, la tête plongée dans une flaque d'eau boueuse, qui buvaient avidement, comme des bêtes, et il détourna le regard ; une telle dégradation était insupportable. Il regarda les bâtiments du camp, dont une moitié était en brique et l'autre en bois ; aucun n'avait de fenêtres et tous avaient l'air d'être des écuries. Broad lui avait dit que chaque baraquement abritait mille cinq cents personnes, un chiffre qui lui parut incroyable.

— Qui commande ici ?

Il interrogea la première prisonnière qu'il rencontra à la porte du baraquement et la femme, en voyant un SS, se recroquevilla instinctivement.

— C'est… C'est la Blockowa, *Herr* SS-Mann.

— Appelle-la.

La prisonnière disparut à l'intérieur du local, d'où provenait une odeur indescriptible, et Francisco resta prudemment à la porte. Quelques instants plus tard, une femme d'apparence normale, visiblement bien nourrie, vint vers lui. Le triangle vert sur la poitrine, sans aucune lettre, indiquait qu'il s'agissait d'une criminelle allemande.

— Vous avez demandé à me voir, *Herr* SS-Mann ?

— J'ai ordre de localiser une prisonnière, détenue ici, au Frauenlager, lui répondit-il. Elle s'appelle Tanya ou Olga Tsukanova. Est-elle dans ce Block ?

— Quel est son matricule, *Herr* SS-Mann ?

— Je l'ignore. Je ne connais que son nom.

La Blockowa alla parler à son assistante, la *Califactorka*, qui disparut aussitôt dans le baraquement.

— Elle a fait quelque chose, *Herr* SS-Mann ?

— Ça ne vous regarde pas.

La réponse sèche cloua le bec à la Blockowa. Francisco avait décidé qu'il ne mentirait qu'en cas d'absolue nécessité, ce qui l'obligeait à décourager les questions. Moins il en dirait, moins il prendrait de risques. Tous deux restèrent plantés à la porte en attendant, sans échanger un mot.

Dix minutes plus tard, la Califactorka réapparut et appela la Blockowa à l'intérieur. Puis la responsable revint vers le SS.

— Ici, il n'y a ni Tanya ni Olga Tsukanova, *Herr* SS-Mann.

Parcourant du regard le camp des femmes, Francisco soupira. Le domaine comprenait une trentaine de baraquements, avec mille cinq cents prisonnières chacun ; il n'allait pas être facile de trouver sa fiancée. Mais il ne devait pas se décourager ; en réalité, il ne s'était jamais fait d'illusions. La recherche venait à peine de commencer. Il quitta le premier baraquement et se dirigea vers le suivant. Il ne partirait pas avant d'avoir trouvé Tanusha.

Il entendit d'abord le sanglot prolongé des violons, mais rapidement les autres instruments répondirent. La musique venait de l'entrée et, en y jetant un coup d'œil, Francisco aperçut des groupes de femmes qui se préparaient à sortir du camp ; c'étaient les

Arbeitskommandos. Si Tanusha était dans l'un d'entre eux, et c'était le scénario le plus probable car le camp des femmes était un camp de travail, cela signifiait qu'elle était sur le point de quitter les lieux. Il courut jusqu'au porche et se planta à côté de la sentinelle pour scruter les visages des prisonnières qui sortaient.

Sur un signal de la Lagerführerin, la barrière se leva au son de l'orchestre d'Alma Rosé et les Kommandos s'ébranlèrent, dirigés par une prisonnière en chef portant généralement un triangle vert sur la blouse. Les premiers groupes passèrent le porche et se dirigèrent vers les lieux de travail où on les avait affectés, hors du périmètre de Birkenau. La Lagerführerin fut appelée par une *Blockführerin*, une SS chargée d'un Block, et dut s'absenter tandis que Francisco se tenait près du porche, ne cessant d'examiner les visages émaciés. Il ne devait pas être très difficile d'identifier Tanusha, tant ces femmes étaient repoussantes. Il distinguerait facilement sa fiancée.

C'est alors qu'il remarqua une détenue qui s'était arrêtée au milieu du porche et le dévisageait intensément de ses yeux bleus anormalement grands ; elle était squelettique, avait la même apparence misérable que les autres et, pour une raison étrange, elle semblait le fixer. Le SS portugais allait lui ordonner de s'en aller, pour ne pas attirer l'attention, mais avant qu'il ne dise quoi que ce soit, une Blockführerin intervint.

— Qu'est-ce que tu fais ? Rejoins le Kommando, tout de suite !

Avec la baguette qu'elle tenait à la main, la Blockführerin fouetta la prisonnière qui tomba par terre. Elle lui assena un coup de pied et, continuant à la fouetter, elle l'obligea à se relever et la poussa dans le groupe d'où elle était sortie, mais la détenue ne cessait de dévisager Francisco. Son regard le dérangea ; pourquoi le fixait-elle ainsi ? Voyant que la prisonnière ne détachait pas son regard du SS-Mann, la Blockführerin se précipita vers elle, la baguette prête à frapper encore.

— Qu'est-ce que c'est que ça ? cria-t-elle. Tu veux un homme, c'est ça ? Tu vas voir ce que tu vas voir, sale pute ! Prends ça !

La prisonnière se recroquevilla sur elle-même et couvrit sa tête de ses bras pour se protéger des coups.

— *Nyet ! Nyet !*

Ce fut la voix qu'il reconnut. La voix. Le visage aurait pu l'alerter, surtout les yeux, mais elle était si différente qu'il n'avait rien vu. La voix, cependant, était la même. Exactement la même.

— Attendez ! ordonna Francisco, faisant un pas en avant et interrompant la punition. Juste un moment !

La Blockführerin, prête à corriger la prisonnière, retint sa baguette en l'air et le regarda, l'air surpris.

— Quelque chose ne va pas, SS-Mann ?

S'approchant de la prisonnière, le Portugais se pencha vers elle. Délicatement, il écarta son bras de sa tête pour voir son visage. Ses yeux, clos dans l'attente des coups de baguette qui tardaient à venir, s'ouvrirent doucement. D'un bleu toujours cristallin mais emplis d'effroi, ils le dévisagèrent. D'abord avec incertitude, puis avec défiance, comme si elle craignait d'être trahie par ce qu'elle avait vu, elle comprit. Elle s'attendait à tout sauf à le voir là.

— Francisco ?

C'était Tanusha.

NOTE FINALE

Aucun roman ne m'a autant coûté à écrire que celui-ci. J'ai songé à abandonner avant même de le commencer car ce que j'avais à raconter était à ce point terrible, ce qui s'est vraiment passé à Birkenau était tellement effroyable, qu'il m'a semblé que l'on répugnerait à le lire. Or, trop soucieux de ne pas édulcorer la vérité pour la rendre digeste, je me suis trouvé face à un dilemme. Pourquoi écrire un livre que personne ne serait capable de lire ?

Une sorte d'impératif m'a forcé à m'atteler à un roman que je trouvais *a priori* impossible à lire ; l'obligation inexplicable de mettre en mots le récit qui m'habitait, dont je ne pouvais me libérer qu'en le couchant par écrit. Comme si l'émotion m'imposait ce que la raison m'interdisait. Il me fallait peut-être raconter cette histoire pour en faire une catharsis qui me libérerait de tout ce que je portais comme un fardeau, un processus de purification intérieure, une fenêtre que j'ouvrais pour chasser les démons qui m'avaient hanté durant le travail de recherche.

Pour saisir ce phénomène, il faut comprendre qu'aucun texte n'est capable de reproduire fidèlement ce qu'a été l'horreur de Birkenau dans toute sa dimension. Non seulement ce qui s'y est passé est inexprimable, mais une œuvre qui tenterait de créer chez le lecteur la sensation d'y être court un risque sérieux, celui de ne jamais être lue car, y être, ne serait-ce que par le truchement de la fiction, est une expérience insupportable. Par ailleurs, tant de livres ont déjà été écrits sur la Shoah en général, et sur Auschwitz en particulier, qu'on pourrait penser qu'il n'y a rien de plus à en dire et que l'on sait déjà tout sur la question.

Il importe cependant de comprendre que les travaux littéraires sur l'Holocauste souffrent de la myopie du survivant, c'est-à-dire qu'ils tendent à mettre l'accent sur l'histoire des personnes qui ont réussi à en revenir, des êtres qui ont fait face à d'inconcevables épreuves et qui, exceptionnellement, ont réussi, contre toutes les probabilités, à s'en sortir, des individus ordinaires dans des situations extraordinaires, des gens simples devenus des héros. Bien évidemment, de tels récits sont admirables, mais ils négligent la donnée fondamentale qui est que ceux qui ont vécu l'expérience de la Shoah dans son *intégralité* ne sont pas les survivants, mais les morts. Ce qui fait la spécificité de la Shoah, ce ne sont pas ceux qui en ont réchappé mais ceux qui y sont restés. Bien que les récits individuels dans les œuvres de fiction sous-entendent, sur le plan émotionnel, le contraire, à aucun moment nous ne pouvons oublier que les survivants constituent l'exception, jamais la règle.

À cette première constatation, si facile à ignorer car les morts ne parlent pas et on pourrait donc penser que ce qu'ils ont vécu n'a jamais eu lieu, s'en ajoute une autre. Celle de l'édulcoration de l'expérience de la

Shoah. Nous avons tous déjà entendu parler des millions de morts, et nous avons déjà vu ou lu des descriptions plus ou moins vagues de ce qu'il se passait dans les chambres à gaz, par exemple. Cependant, aucun lecteur ne peut supporter d'être confronté de manière prolongée à de telles réalités. Si nous pouvons fixer le soleil quelques brefs instants, il est impossible de le regarder trop longtemps. C'est pour la même raison que la fiction tend à adoucir ou à abréger la part la plus intolérable de ce qui est arrivé. Certes, on peut voir des scènes atroces dans des romans et des films mais, malgré leur horreur, l'horreur de la fiction finit toujours par être en-deçà de la réalité. Telle est la deuxième constatation qu'il convient de faire. Aussi incroyable que cela puisse paraître, ce qui est habituellement présenté dans les œuvres littéraires ou cinématographiques ne rend pas justice à la réalité de la Shoah. La réalité est pire que la fiction.

Le pire du pire n'a pas laissé de témoins. Je parle bien évidemment des personnes qui ont été enfermées dans les chambres à gaz ou abattues d'une balle dans la tête. Aucune n'a pu raconter ce qui lui est arrivé, ce qu'elle a pensé, ce qu'elle a ressenti en attendant son tour pour être exécutée, ce qui s'est passé dans cette salle hermétiquement close avec trois mille personnes nues, serrées les unes contre les autres. On parle rarement, par exemple, de ce qui s'est produit à Treblinka, Belzec ou Sobibor. Serait-ce parce qu'il ne s'y est rien passé ? Les camps de Treblinka, Belzec et Sobibor étaient les pires de tous. Pires encore que Birkenau. Le problème, c'est que personne ou presque n'a réchappé de ces camps de la mort. Sans témoin, il n'y a pas d'histoire puisque les morts ne parlent pas. Cela s'est produit, mais puisque personne n'a survécu pour raconter ce qui s'y est passé, c'est comme si rien ne s'était passé.

Les uniques témoignages dont nous disposons sur la Shoah sont ceux de personnes qui n'ont pas péri dans les chambres à gaz et, par conséquent, n'ont pas touché le fond de cet abîme. L'une d'elles, Otto Dov Kulka, a même écrit : « Comme j'étais jeune, je n'ai pas ressenti les tourments et l'inquiétude aiguë, assassine, destructrice que ressentaient les détenus adultes. » En somme, il a vécu à Birkenau sans vraiment comprendre ni ressentir l'horreur de Birkenau. La seule chose dont il se souvient vraiment, ce sont les cadavres squelettiques des vieillards et des malades que l'on sortait des baraquements et qu'il évitait lorsqu'il se rendait à la baraque-école d'Alfred Hirsch. « Vous me demandez d'explorer ma mémoire de manière rationnelle, m'a répondu Dov lorsque je l'ai interrogé sur le sujet. Je suis moi-même abasourdi de constater que mon esprit n'a conservé aucune scène de violence. » Werner Reich aussi l'a observé. « Cela peut sembler étrange, m'a-t-il dit, mais ma vie à Birkenau n'a pas été aussi terrible que celle à Mauthausen, où j'ai été transféré lorsque Auschwitz a été fermé, et où je mourais de faim. »

Il est vrai qu'à l'époque, Dov et Werner étaient adolescents et les plus jeunes sont, en général, un peu protégés de la violence et ont tendance à considérer leur situation comme normale, dans la mesure où ils n'ont pas de points de comparaison. De plus, Dov et Werner étaient dans le camp des familles, le moins dur des camps de Birkenau car il devait faire l'objet d'une visite de la Croix-Rouge, laquelle n'a finalement jamais eu lieu. Le pire moment fut effectivement le gazage de leurs occupants, mais les gazés n'ont pas vécu pour le raconter et les survivants comme Dov et Werner ne sont évidemment pas passés par les chambres à gaz. Cela crée une distorsion inévitable dans la perception de ce que fut l'expérience globale de l'Holocauste.

Il est possible cependant de corriger cette distorsion et de saisir le vécu de ceux qui sont morts asphyxiés au Zyklon B. Certes, nous ne disposons pas de leurs récits à eux ; nous ne saurons sans doute jamais ce qu'étaient les premiers moments où les cristaux de gaz tombaient dans la chambre, ni la panique et le violent tumulte qui s'ensuivaient, nous ne pouvons qu'imaginer le désespoir absolu, en ces instants terribles, de quelqu'un essayant à tout prix de sortir, au point de lacérer les murs jusqu'à s'arracher les ongles. Mais nous avons accès aux récits de ceux qui ont partagé les derniers instants de ces victimes. Je fais allusion aux détenus affectés aux chambres à gaz et aux fours crématoires, ce qu'il est convenu d'appeler les unités spéciales.

Les *Sonderkommandos*.

L'écrasante majorité des membres des Sonderkommandos n'a pas survécu. Pour les raisons formulées dans le roman, et dans les circonstances ici exposées, eux aussi ont presque tous été assassinés. Mais, contrairement aux personnes qu'ils ont aidé à tuer, certains des hommes des Sonderkommandos, profitant de la confusion entraînée par la fuite désordonnée des SS d'Auschwitz face à l'avance russe, ont réussi à s'échapper. Parmi ceux-ci, quelques-uns ont témoigné au procès de Cracovie et deux d'entre eux, Filip Müller et Miklós Nyiszli, ont publié leurs mémoires et raconté leurs expériences dans des livres. Toutefois, cela ne s'est produit qu'une ou plusieurs années après les événements et l'accueil réservé à l'époque à ces ouvrages est allé de l'indifférence à la froideur, voire à l'hostilité ouverte. À vrai dire, l'attitude qui a prévalu à leur égard s'est révélée extrêmement négative, surtout parmi les Juifs eux-mêmes, traumatisés par le génocide mais aussi par la docilité avec laquelle les leurs se sont laissé tuer, ainsi que par la participation complice d'autres Juifs au processus d'extermination.

Intimidés et craignant les inévitables accusations de trahison et de collaboration, les autres membres des Sonderkommandos se sont fondus dans la masse et sont restés silencieux pendant plusieurs décennies. Leur silence fut si profond que même certains historiens spécialistes de la Shoah ignoraient que des hommes des crématoires avaient survécu. Ils sont devenus des Juifs maudits, des témoins silencieux, des fantômes vivants des chambres à gaz.

Il faut souligner que, dans certains cas, cette réputation était méritée. Les SS évoquent l'indifférence, voire la bestialité, de certains membres des Sonderkommandos vis-à-vis de ceux qui allaient mourir. « La facilité avec laquelle ils s'acquittaient de leurs fonctions n'a jamais cessé de m'étonner », a écrit l'Obersturmbannführer Höss, le créateur et premier commandant d'Auschwitz-Birkenau, soulignant que « non seulement ils n'informaient jamais les victimes de ce qui allait leur arriver, et les aidaient même à se déshabiller, mais ils étaient aussi prêts à recourir à la violence contre ceux qui résistaient ». Cette affirmation a été confirmée par les survivants eux-mêmes de l'unité des crématoires. « Oui, je regrette de le dire, mais certains étaient comme ça », a reconnu Josef Sackar, ancien membre des Sonderkommandos, lorsque Gideon Greif lui a demandé s'il était vrai que certains de ses compagnons se comportaient avec agressivité et cruauté envers ceux qui allaient mourir. Ils les frappaient « avec les mains », a expliqué Sackar, surtout « pour les presser » de se déshabiller et d'aller à la chambre à gaz. Nous ne saurons jamais si cette attitude était dominante parmi les prisonniers qui travaillaient dans les crématoires, car, si c'était effectivement le cas, jamais les survivants ne l'admettraient ; cela étant, les manuscrits laissent supposer qu'un tel comportement était minoritaire, voire rare.

L'attitude à l'égard des Sonderkommandos n'a commencé à changer que dans les années 1980, grâce au travail d'historiens comme Gideon Greif et Ber Mark, qui ont réexaminé les expériences des hommes de l'unité spéciale des crématoires. En effet, ce n'est que lorsqu'on a commencé à porter un regard différent sur ce que ces hommes avaient enduré, que certains ont abandonné l'anonymat et accepté de raconter ce qu'ils avaient vu et vécu. Le point faible de tous ces récits, cependant, est qu'ils ont été faits longtemps après les événements. Dans la plupart des cas, et pour les raisons que je viens d'évoquer, il a fallu des décennies pour que de tels témoignages soient formulés, et ils sont marqués par de multiples contradictions et inexactitudes. Par exemple, il existe différentes versions de la façon dont l'Oberkapo Kaminsky a été tué par le Hauptscharführer Moll. En l'occurrence, j'ai fini par me fier au témoignage d'un survivant des Sonderkommandos qui affirmait avoir assisté à tout et transporté le corps de l'Oberkapo après l'exécution, ce qui fait de lui un témoin oculaire de cet événement spécifique. Dans d'autres cas, cependant, la solution s'est révélée moins évidente.

Le temps qui passe, c'est la vérité qui s'enfuit, dit une vieille maxime française, et on pourrait en dire autant des souvenirs. Le temps joue avec eux. Il les efface, les reconstruit, voire les falsifie, un phénomène bien connu des neurosciences. Rien ne saurait donc supplanter un témoignage consigné au moment des faits, lorsque le souvenir de ce qui s'est passé est encore frais et vif, les détails nets, les impressions presque intactes. Le problème c'est que, comme nous l'avons vu, les survivants des Sonderkommandos n'en ont parlé que plus tard, voire *beaucoup* plus tard. Le temps avait passé et les souvenirs s'étaient altérés ou éteints.

Cela étant, il existe un type de témoignages des Sonderkommandos qui remonte à la période où les événements se sont produits. Il s'agit d'un ensemble de manuscrits rédigés par des membres de l'unité spéciale au moment des gazages, qui ont été enterrés à proximité des crématoires afin qu'on les découvre plus tard, une fois les camps libérés. Tous leurs auteurs ont été tués, à l'exception de Marcel Nadsari, mais leurs manuscrits nous sont parvenus. Ils constituent les récits les plus terrifiants de ce qu'il s'est réellement passé dans les chambres à gaz.

Quelques jours seulement après la libération d'Auschwitz-Birkenau, en février 1945, on a trouvé le premier de ces documents, un texte en français de Chaim Herman, et le mois suivant, certains des textes les plus importants, les manuscrits en yiddish de Zalmen Gradowski, *Schreiber* du crématoire numéro 3, puis, en avril, celui de Leib Langfus, *Dayan* des Sonderkommandos, lui aussi en yiddish. Sept ans plus tard, en 1952, fut découvert un autre texte non signé, mais également attribué à Langfus, puis en 1961 et 1962, deux textes de Zalmen Lewental, également en yiddish. Un dernier manuscrit est apparu en 1980, écrit en grec par Marcel Nadsari, presque illisible et qui n'a été restauré qu'en 2017.

Ce sont ces textes qui nous conduisent directement au « cœur de l'enfer », comme Gradowski a intitulé ses manuscrits, et je m'en suis largement inspiré pour décrire les événements dans les Sonderkommandos, des gazages aux détails de la révolte du 7 octobre 1944, en passant par les crémations.

Ouvrage composé par
PCA 44400 Rezé

Achevé d'imprimer en Italie par Grafica Veneta SpA
en octobre 2022

POCKET - 92, Avenue de France - 75013 Paris

S32252/03